BÄREN UND ADLER

R.P. WOLLBAUM

Contents

Erstes Kapitel

„Was haben wir denn hier?", fragte der Plünderer seinen Kameraden, als sie langsam ums Eck ritten und das Dorf, von dem sie nichts als rauchende Ruinen übriggelassen hatten, hinter sich ließen.

„Sieben Bauern mit kümmerlichen Bajonetten auf ihren Gewehren. Ein paar von ihnen zittern vor Angst", antwortete sein Kamerad und wischte das Blut ab, das von seinem letzten Opfer auf den Griff seines Schwertes gespritzt war. „Schau, ihre Kollegen haben ihre Pferde zu weit nach hinten gebracht. Wenn sie davonlaufen, haben wir leichtes Spiel. Los, wir stellen uns auf und dann greifen wir an, wenn sie geschossen haben, und machen sie nieder. Genau wie immer. Diese dummen Bauernburschen. Die Russen lernen nie dazu. Große Muskeln, aber nur Stroh im Kopf."

Andreas, der sich am rechten Rand seiner kleinen Linie befand, sah zu, wie sich die zwanzig blutverschmierten Pferde und ihre Reiter in zwei Linien zu zehn Mann, Knie an Knie, aufstellten. Mit breitem Grinsen auf den Gesichtern begannen sie auf Andreas zuzureiten. Ihre Lanzen senkten sich, sodass es aussah als ob jede einzelne nur auf ihn gerichtet war.

Ohne ein Wort zu sagen, machte Andreas eine halbe Umdrehung nach rechts und legte sein Gewehr an. Seine sechs Soldaten taten es ihm gleich. Vielleicht würden sie Zeit für einen zweiten Schuss haben; danach würden sie sich hinknien, den Gewehrkolben auf den Boden stützen, die Bajonette auf die Brust der Pferde richten, und feste hoffen, zu überleben.

"Nach der ersten Salve werden sie attackieren; ladet schnell, schießt noch mal und auf ein Knie herunter", sagte Andreas. Er spürte, wie ihm die Galle in den Mund stieg.

„Wartet!", sagte Andreas, als die Plünderer ihren Pferden die Sporen gaben und lostrabten. Das Vibrieren der Pferdehufen auf dem Boden, die Geräusche der Hufen und das Klirren des Zaumzeugs, der Schwerter und Lanzen fingen an, seine Sinne zu überwältigen. Er fühlte, wie ihm der Schweiß den Rücken herunterrannte und konnte hören, wie einer seiner Soldaten sein Frühstück erbrach, während die schnell näherkommenden Pferde und ihre Reiter bald sein gesamtes Blickfeld einnahmen.

„Wartet!", sagte er noch einmal, als er sah, wie einer seiner Soldaten von einem Fuß auf den anderen trat. "Wenn du davonrennst, werden sie uns alle umbringen."

Ein Schweißtropfen lief ihm über die Stirn und tropfte auf seine Nasenspitze. Seine Hände fingen an, leicht zu zittern, und er sah nun, dass die Gesichter der Plünderer und die Flanken ihrer Pferde blutverschmiert waren. Das Blut von Dorfbewohnern. Unschuldige Bauern, die nur versuchten mit ihren Familien über die Runden zu kommen. Sein Herz wurde kalt und ruhig, als er auf die Mitte der Brust seines Mannes zielte.

„Fertig, Feuer!", schrie er.

Die sieben Gewehre gaben ihre kleine Salve ab und hinterließen sieben leere Sattel. Die Körper der Reiter fielen nach hinten, als die Kugeln vom Kaliber .50 Löcher in ihre Brust rissen. Die übrigen Plünderer trieben ihre Pferde zum Galopp an. Andreas griff nach einer Patrone aus dem Patronengurt über seiner Brust und fingerte am Kammerstängel herum, riss ihn zurück, stopfte die Patrone in die Kammer und schlug den Kammerstängel zum Schließen wieder nach vorne.

„Scheiße, das wird knapp", dachte er, zielte mit seinem Gewehr auf den nächsten Reiter und hörte, wie ein Soldat fluchte, weil ihm eine Patrone durch die nervösen Finger geflutscht und auf den Boden gefallen war. Andreas verdrängte alles um sich herum und sah nur noch das nächste Pferd, das im vollen Galopp auf ihn zuraste und den blutverschmierten Arm des Reiters, der die Lanze auf seine Brust gerichtet hatte. Er drückte ab, ging auf ein Knie und rammte den Gewehrkolben mit beiden Händen mit so viel Kraft, wie er konnte, in den Boden sodass das Bajonett im Winke von fünfundvierzig Grad zum Boden hervorragte. Das Pferd, das er gerade erschossen hatte, schlug fünf Meter vor ihm mit der Brust auf dem Boden auf. Der Reiter wurde vorn über aus dem Sattel geschleudert, landete mit dem Kopf voraus vor Andreas und brach sich das Genick. Der nächste Reiter sah sich mit wildem Blick um, fiel mit erhobenen Schwert über ihn her und Andreas begann zu beten, als er das Bellen von Gewehren hörte, die aus Richtung der Bäume, die den Pfad, den er mit seinen Männern blockiert hatte, säumten, abgefeuert worden. Wie zuvor sein Kamerad wurde der Reiter aus dem Sattel gerissen, als ihn eine Kugel unter dem erhobenen Schwertarm traf.

Nach wenigen Sekunden war alles vorbei. Andreas sank im Staub auf seine Knie und ließ seinen Kopf auf die Unterarme fallen, die Hände immer noch um das in den Boden gerammte Gewehr geschlossen. Der Geruch von Schießpulver in seiner Nase und das wilde Trommeln seines Herzens überdeckten beinahe die Schreie der verwundeten Pferde und Männer und den Geruch von Blut. „Das wird in den Geschichten nie erwähnt", dachte er, als er versuchte seine zitternden Hände ruhig zu halten und den Brechreiz zu unterdrücken.

„Verdammt, Andy", sagte Johann, der aus den Bäumen herankam, das Bajonett gesenkt und das Gewehr auf die gefallenen Plünderer gerichtet. „Du hast beinahe zu lange gewartet."

Andreas hörte das Geräusch von herannahenden Hufen, stand auf, sah sich um und fummelte nach einer weiteren Patrone, da er befürchtete, dass noch mehr Plünderer in Anmarsch waren und sie alle auf offener Straßen erwischen würden. Aber es waren nur die berittenen Soldaten, die er mit dem Befehl zurückgelassen hatte, alle Plünderer, die dem Hinterhalt entkommen würden, zu verfolgen und anzugreifen.

„Schnapp dir ein paar Mann und erlöse die verletzten Pferde aus ihrem Elend, Johann", sagte er. „Und schick die berittene Schwadron zum Dorf, um zu sehen, ob es irgendetwas gibt, das wir tun können".

„Was ist mit den verwundeten Plünderern?", fragte Johann.

„Falls Minderjährige dabei sind, bring sie zu mir. Was die anderen angeht: Verschwende nicht deine Munition, das können wir uns nicht leisten", sagte Andreas und näherte sich einen schreienden Plünderer, der seine Gedärme in den Händen hielt. Schnell rammte er sein Bajonett in den Hals des Mannes, drehte es zu Seite, zog es wieder heraus und ging davon, während der Mann am Blut, das aus der Wunde strömte, erstickte.

Die Soldaten, die sich um die Pferde gekümmert hatten, kamen herbei und Andreas nahm sein Pferd Bartholomew entgegen und stieg auf. Er schwang das Gewehr über seine Schulter, das Bajonett noch aufgepflanzt, sammelte fünf Soldaten um sich und trabte mit ihnen in Richtung Dorf.

„Sieht so aus, als hätten sie alle in die Kirche getrieben und die Kirche angezündet, Herr Feldwebel", sagte der Hauptgefreite, den er mit den Soldaten ins Dorf geschickt hatte, auf Russisch.

„Wir haben keine Überlebenden gesehen und ich habe gerade ein paar Kameraden in Zweiergruppen losgeschickt, um in der Umgebung nach welchen zu suchen."

„Verdammt! Diese Schweine!", dachte Andreas. „Die haben alles umgebracht: Hühner, Hunde, Kühe, Schweine."

„Oh mein Gott", sagte er und wechselte wieder ins Deutsche, seine Muttersprache. Eine junge Mutter lag mit weit gespreizten Beinen und zerrissenem Rock am Boden. Ihre Kehle war durchtrennt, ihr Säugling lag mit eingeschlagenem Kopf neben ihr.

„Das ist noch nicht alles", sagte der Soldat und zeigte auf den Dorfpriester, der an einer Haustür gekreuzigt worden war; Küchenmesser durch die Handgelenke und seine Genitalien in den Mund gestopft.

„Hier ist, was wir machen", sagte Andreas und wechselte wieder ins Russische. „Sammelt alle Leichen, die ihr finden könnt in der Scheune da drüben und zündet sie an. Wir haben keine Zeit, sie zu begraben. Und bildet noch eine Gruppe und sammelt alles Essbare, das ihr finden könnt".

„Bruder, wir haben drei Gefangene für dich und sechs vernünftig gute Pferde, die wir verwenden können", sagte Johann auf Deutsch, als er und der Rest der Schwadron vom Ort des Hinterhalts herbeigeritten waren. „Verdammt, was für eine Sauerei! Scheiße, Karl! Steig das nächste Mal gefälligst vom Pferd bevor du kotzt! Hast du noch nie ein Schlachthaus gesehen?"

„Beruhig dich, Johann", sagte Andreas, „mir fällt es selber schwer. Schick drei Soldaten zu Wassili, die sollen all das melden. Und fünf sollen die restlichen Plünderer verfolgen. Wir können die Hauptgruppe einfangen, bevor sie sich aus dem Staub machen."

Die drei Gefangenen wurden grob vor Andreas auf den Boden geschmissen. Andreas verschränkte die Arme und sah auf sie herab.

„Was du glauben?", sagte einer in einem stark akzentbehafteten Russisch, „ihr Russen nicht dasselbe mit uns macht?"

„Russische Soldaten, vielleicht. Aber meine Kosaken nicht", sagte Andreas. „ich gebe dir genau eine Chance, mir zu sagen, wer du bist und woher du kommst. Wenn du das machst, werde ich deine Wunden verbinden und dich gehen lassen. Sag das deinen Freunden."

Andreas nahm das Gewehr von seiner Schulter, langte nach einer Patrone aus dem Patronengurt und lud das Gewehr, während der Gefangene übersetzte, was Andreas gesagt hatte.

Einer der Gefangenen spuckte Andreas vor die Füße und schrie etwas in seiner Sprache. Andreas zielte langsam auf die Stirn des Mannes und drückte ab. Die Kugel riss ein rundes Loch in die Stirn des Mannes und spritze die beiden anderen Gefangen voll Blut und Gehirn, als sie den Kopf des Mannes hinten wieder verließ.

„Ich habe keine Zeit, euch ausgiebig zu befragen, so wie ihr das mit dem Priester gemacht habt", sagte er und lud ruhig eine weitere Kugel ins Gewehr. „Entweder ihr sagt mir, was ich wissen will und ich lasse euch gehen, oder nicht. Ich werde den Rest eurer Gruppe sowieso finden."

„Ich habe ihnen gesagt, dass Sie anders sind, und dass sie das nicht machen sollen. Wir sind aus Türkei", sagte der Gefangene. Sein Kamerad neben ihm sagte irgendetwas aufgeregt mit weit aufgerissenen Augen. „Unser Lager ist zehn Meilen in diese Richtung, in der Schlucht, kleiner Fluss fließt da, ein guter Lagerplatz."

„Wie viele Soldaten?", fragte Andreas.

„Zweihundert, oder vielleicht auch zweihundertfünfzig. Wir werden bald gehen nach Hause", sagte der Gefangene. „Ich sage, macht das nicht, wir haben genug, wir gehen nach Hause. Der Anführer ist geizig, hört nicht. Haben zwanzig, dreißig russische Frauen genommen, zum Verkaufen im Lager."

„Johann!", sagte Andreas auf Deutsch, „gib diesen beiden ein Pferd, das schlechteste, das wir haben; keinen Sattel, nur Zaumzeug und auch keine Waffen und dann lass sie gehen."

„Ich gebe euch vier Stunden", sagte Andreas zu den beiden Männern auf dem ungesattelten Pferd. „Wenn wir euch noch einmal erwischen, seid ihr tot."

„Du weißt schon, dass die beiden geradewegs in ihr Lager reiten werden?", sagte Johann.

„Darauf setze ich", sagte Andreas. „Verteilt das Essen, das wir eingesammelt haben, unter den Männern und dann lasst uns aufbrechen.

Der Gestank fängt an mich zu stören."

Sechs Stunden später kamen die Späher zurück und bestätigten, was die Gefangenen berichtet hatten. Allerdings seien es vierhundert Eindringlinge und nicht zweihundert.

„Tja, jetzt ist es zu spät, um irgendwas zu machen", sagte Andreas. „Schlagt hier unser Lager auf, ich möchte sie beim ersten Tageslicht angreifen. Kümmert euch alle um eure Waffen und ich werde heute Abend einen Plan machen. Wie hoch ist die Wand der Schlucht und liegt sie in ihrem Rücken?", fragte er während er seinen Sattel, die Bettrolle und die Satteltaschen von seinem Pferd herunterholte und begann, sie abzubürsten.

„Sie ist ungefähr neun Meter hoch. Sie haben oben keine Wachposten aufgestellt und es wird leicht sein, von hinten hinaufzusteigen", sagte der Späher. „Sie sind sich ihrer Sache zu sicher. Sie haben große Lagerfeuer angezündet und wir werden sie sicher schon aus vielen Kilometern Entfernung sehen können. Die Zelte stehen um die Lagerfeuer herum, die Pferde sind weit weg vom Lager angebunden und die paar Wachen, die sie haben, bleiben nahe am Feuer. Der Fluss ist nicht tief. Da können wir leicht durchwaten und er ist ungefähr dreihundert Meter vom Lager entfernt."

„Alles klar. Heute Nacht haben wir Vollmond und es ist nicht bewölkt", sagte Andreas. „Schnapp dir gegen Mitternacht fünfundsiebzig Männer und schleicht euch von hinten an. Ich möchte, dass ihr bei Tagesanbruch oben auf der Wand der Schlucht seid, aber macht bis dahin noch nichts. Verstanden?"

„Jawohl, was wirst du machen und woher wissen wir, wann es losgeht?", fragte der Späher.

„Ich werde sie zu mir locken, sodass sie für euch auf freiem Feld sind", sagte Andreas. „Schaut dass ihr was esst und etwas Schlaf bekommt, in vier Stunden geht es los."

„Hört, hört, der große Feldherr", sagte Johannes und reichte Andreas einen Blechteller mit dampfender Wurst und Kartoffeln und einen Blechbecher mit heißem Tee. „Kocht nicht, kümmert sich nicht um die Pferde und steht nicht Wache. Nein, du sitzt hier, putzt in aller Seelenruhe dein Gewehr. Ich wette, du denkst an dein Mädchen zu Hause. "

„Haha, du weißt ganz genau, dass uns Mutter nicht einmal in die Richtung eines Mädchens blicken lässt, das sie nicht für uns ausgesucht hat", sagte Andreas.

„Das gilt vielleicht für dich, werter Bruder. Du wirst das Land erben. Ich dagegen bin ein Freigeist", sagte Johannes.

„Darüber werde ich nachdenken, wenn wir nach Hause kommen, Johann. Im Moment will ich einfach nur die nächsten paar Wochen überleben."

„Er sagt, er plane fünfhundert gut bewaffnete Türken mit hundert jungen, dummen, halbausgebildeten Kosaken anzugreifen", scherzte Johann.

„Wir werden sie sehen lassen, was sie erwarten, zu sehen", sagte Andreas. „Und dann werden wir sie von hinten angreifen mit unseren Waffen, die viel akkurater sind und weiter reichen als ihre. Ich kann sie doch nicht einfach davonkommen lassen. Sie müssen für das, was sie all diesen armen Bauern angetan haben, bestraft werden. Und jetzt iss auf und schlaf ein wenig."

Andreas und Johann waren vor den anderen dreiundzwanzig Soldaten positioniert, die sich in einer einzelnen Linie am Flussufer gegenüber dem Türkenlager aufgestellt hatten.

„Toller Plan, Andy, die Scheißsonne wird uns blenden", sagte Johann.

„Weck sie auf, Hornbläser", sagte Andreas. „Die Sonne wird unsere Jungs auf der anderen Seite nicht blenden, genau wie geplant. Seht, der Wachposten hat uns endlich entdeckt. Steigt ab, bildet eine Plänklerlinie. Pferde nach hinten."

„Bei dem musst du aufpassen", sagte der ehemalige Gefangene zu seinem Befehlshaber. „Der ist nicht wie die anderen Russen und seine Gewehre schießen weiter und schneller als unsere. "

„Wir werden ein paar Mann verlieren, aber dann werden wir sie nieder machen", sagte der Befehlshaber. „Die haben nur fünfundzwanzig Mann, wir haben vierhundert. Schau, jetzt verlieren sie schon ein Viertel ihrer Männer, weil die die Pferde nach hinten führen, diese Dummköpfe. Steigt auf, wir greifen an!"

„Wartet bis sie sich zum Angreifen gesammelt haben", sagte Andreas. „Wir schießen die erste Salve, wenn sie 200 Meter entfernt sind. Wir sollten dreimal schießen können, bevor sie uns zu nahe kommen."

„Schaut sie euch an, sie könnten es uns gar nicht leichter machen", sagte Johann. „Ich muss noch nicht mal zielen, ich kann einfach mit dem Gewehr auf die Mitte der Masse halten und ein Treffer ist garantiert."

„Auf die Entfernung wirst du wahrscheinlich zwei oder drei mit einem Schuss erwischen", sagte ein anderer Soldat als sie auf ein Knie heruntergingen, die Gewehre luden und auf das Kommando von Andreas warteten.

„Gut, komm nur näher, mein Freund", sagte Andreas, schlug den Kammerstängel seines Gewehrs nach vorne und legte es an.

„Ich hoffe, die anderen sind in Position, sonst sind wir tot", dachte er.

„Alles klar, Jungs, versucht keine Tricks", sagte Andreas. „Zielt in die Mitte der Gruppe und drückt ab. Wir schießen einmal zusammen und dann schießt einfach wieder so schnell ihr könnt. Fertig, Feuer!"

Die kleine Salve räumte Reiter aus ihren Satteln und Pferde fielen nieder als die Kugeln vom Kaliber .50 das Fleisch von Tier und Mensch durschlugen und in manchen Fällen selbst noch den Soldaten dahinter trafen. Die Feinde waren nicht darauf vorbereitet aus dieser Entfernung getroffen zu werden und begannen, wild durcheinander umherzulaufen. Dann bahnten sie sich einen Weg um die gefallenen Tiere herum und bildeten wieder eine Linie, als sie von den Schützen gegenüber vor ihnen, die in der Zwischenzeit nachgeladen hatten, erneut getroffen wurden.

„Angriff!", brüllte der türkische Befehlshaber, der das nahende Unglück zu spät kommen sah.

Fünfundsiebzig Kugeln trafen sie von hinten, als die Kosaken auf dem Hügel das Feuer eröffneten, und Pferde und Männer fielen schreiend zu Boden, wo sie von ihren Kameraden niedergetrampelt wurden. Ein paar Türken brachen den Angriff ab, stiegen ab und versuchten, das Feuer mit ihren alten Musketen zu erwidern. Ohne Erfolg. Sie stifteten lediglich noch mehr Panik unter ihren Kameraden, die nun verzweifelt versuchten, zu entkommen.

„Ein Schuss, ein Toter!", brüllte Andreas als die Ziele anfingen sich zu zerstreuen, sodass die Soldaten nun auf einzelne Reiter zielen mussten. „Scheiße!", sagte er, als er nach einer neuen Patrone griff und merkte, dass die sechs Patronengurte über seiner Brust leer waren.

„Hornbläser, Munition nach vorne!" Während der Hornbläser in sein Horn blies, fummelte Andreas an der Patronentasche an seinem Gürtel herum und zog eine weitere Schachtel mit sechs Kugeln heraus. Er legte sie vor sich auf den Boden und begann, erneut zu schießen.

Später vermutete Andreas, dass die Reiter, die mit der Munition angaloppiert kamen, die Türken erschreckt hatten und dass diese wohl dachten sie würden von mehr Kavallerie angegriffen, da sie sich aufteilten und verstreuten und in alle Richtung, außer nach vorne oder hinten, davonritten, um ihr Leben zu retten. Nur wenigen gelang es, zu entkommen, da es den abgesessenen Kosaken aufgrund der weiten Reichweite ihrer Gewehre und des Terrains ein Leichtes war, die fliehenden Türken niederzuschießen.

„Das reicht", dachte Andreas als er seine letzte Kugel ins Gewehr steckte. Er nahm eine weitere Schachtel mit sechs Kugeln aus seiner Patronentasche und steckte sie in die Munitionshalter die an den Mantel seiner Uniform angenäht waren, und schlang sich das Gewehr über die Schulter.

„Möchtest du sie verfolgen?", fragte Johann, als er, wie die anderen Soldaten auch, stehen blieb und aufhörte zu schießen.

„Nein, lasst sie", sagte Andreas. „Die werden erst Halt machen, wenn sie über der Grenze sind. Nimm dir vier Soldaten und lass die Frauen, die da drüben eingepfercht sind, frei; ihr drei kommt mit mir und der Rest sammelt die reiterlosen Pferde ein. Wenn ihr etwas von seinen Schmerzen erlösen müsst, nehmt eure Lanzen und Schwerter, wir haben nicht mehr viel Munition übrig." Andreas nahm die Zügel von einem der Soldaten, die sich um die Pferde gekümmert hatten, entgegen, stieg auf Bartholomew und ritt mit seinen drei Soldaten im Schlepptau langsam zum Lager des Feindes.

„Haltet die türkischen Frauen da auf Abstand", sagte Andreas und zeigte auf die kleine Gruppe von Frauen in Hidschāb, die händewringend vor einem großen Zelt standen. Drei nackte blonde Frauen waren vor dem Zelt, auf dem Bauch liegend, mit den Gesichtern im Dreck an einen Pfahl gebunden. Sie waren schwer mitgenommen und ihre ganzen Körper waren von Blut und Blutergüssen bedeckt.

Andreas stieg ab, ließ die langen Zügel auf den Boden hängen, zog sein Schwert und schnitt die erste Frau los. Als sie aufgestanden war, zog er seinen Soldatenrock aus und legte ihn ihr über die Schultern. Er signalisierte seinen Soldaten, es ihm gleich zu tun.

Die Frau, die um die fünfundzwanzig Jahre alt war und deren Gesicht und Brüste nur aus blauen Flecken und Schnitten bestand, sagte nichts. Sie ging zu Bartholomew und riss die Lanze aus der Halterung an seiner Flanke. Als die anderen beiden Frauen dies sahen, rissen sie den Soldaten die Schwerter aus den Händen und gingen, ohne die Soldatenmäntel zu schließen, auf die türkischen Frauen los und stachen ihnen wütend immer wieder mit ihren Waffen in den Bauch, bevor die überraschten Soldaten irgendetwas tun konnten.

Kurz darauf schlossen sich den dreien auch ihre Mitgefangenen an, die die Soldaten aus ihrem Gehege befreit hatten. Sie kamen schreiend aufs Feld gestürmt und griffen sich jede Waffe, die sie finden konnten. Nach kurzer Zeit gab es auf dem Feld keinen lebenden Feind mehr.

„Um Gotteswillen!", dachte Andreas und kehrte dem Gemetzel, das die Frauen unter den verletzten und toten Türken anrichteten, den Rücken zu.

„Andy, du lässt sie das doch nicht etwa machen?", sagte Johann.

„Willst du versuchen sie aufzuhalten?", fragte Andreas. „Sag allen, sie sollen sich von ihnen fernhalten, sonst werden sie am Ende noch mit den Türken verwechselt. Stellt Wachen um das Lager herum auf, falls irgendein Narr auf die Idee kommt, zurückzukommen, und dann lasst uns die restlichen Pferde, die noch herumirren, einsammeln, wir können das Geld gut gebrauchen. Wenn sich alles wieder beruhigt hat, werden wir das Lager durchforsten."

Andreas lief in Richtung des Hauptzeltes. Er bemerkte den Türken, der mit dem Gesicht auf dem Boden lag und sein Schwert fest umklammerte, nicht und lief an ihm vorbei. Der Mann wartete, bis Andreas an ihm vorbeigelaufen war. Dann sprang er auf und schwang sein Schwert unbeholfen seitwärts. Irgendwie spürte Andreas die Gefahr und duckte sich, stolperte über eine Leiche und fiel auf den Boden. Verzweifelt riss er seinen Dolch aus dem Gürtel, als das Schwert auf sein Gesicht zukam.

Er hörte einen Wutschrei, dann riss die Hufe von Bartholomew den Kopf des Türken auf und das Schwert verfehlte sein Gesicht um Haaresbreite als Andreas seitlich wegrollte und das Schwert seine Rippen traf. „Scheiße, das war knapp", dachte er während er dem Mann mit seinem Dolch die Kehle aufschlitzte, um sicherzugehen, dass er wirklich tot war.

„Ich vermute, du willst jetzt mehr Futter von mir?", sagte Andreas, schlang seine Arme um Bartholomews Hals und umarmte ihn. Mann und Pferd standen still da.

„Mein Herr? Sie bluten, mein Herr", sagte eine Frauenstimme. „Ein Kosake und sein Pferd sind mehr als nur eine Waffe."

Andreas nahm die weiche Hand von seiner Seite und schaute auf den Schnitt in seinem Hemd. Die weiche Hand gehörte zu der Frau, der er seinen Soldatenrock gegeben hatte. Der Mantel, den sie nun zugeknöpft hatte, reichte ihr bis halb über die Oberschenkel und sie hielt ein paar Kleidungsstücke, die sie einer Leiche abgenommen hatte, fest umklammert.

„Ziehen Sie das Hemd aus, mein Herr", sagte sie. „Wenn es Ihnen genehm ist, mein Herr, lassen Sie uns nachsehen, wie viel Schaden der Türke angerichtet hat."

„Oh, meine Dame, ich bin kein Adliger", sagte Andreas. „Ich bin nur einer der jüngeren Söhne eines armen Bauern und auch nur ein einfacher Feldwebel".

Eine andere Frau kam mit einem Eimer Wasser herbei und die beiden Frauen begannen, die Wunde, die das Schwert entlang seiner Rippen geschlagen hatte, zu waschen. Innerhalb von ein paar Minuten war Andreas von Frauen umgeben, die sein Blut abwuschen und sauberes Leinen um seine Rippen wickelten. Jemand war ins große Zelt gegangen und hatte ein sauberes Hemd gefunden und die Frauen legten es ihm mit viel Aufsehen um die Schultern. Viele von ihnen kamen einfach nur herbei und berührten seine Wange oder strichen ihm mit der Hand über die Schultern; einige lächelten ihm schüchtern zu.

„Das ist ja mal wieder typisch", sagte Johann. „Die einfachen Soldaten bekommen den ganzen Scheiß ab, und die Feldwebel bekommen die Mädels."

„Wo waren Sie denn, als der Herr Feldwebel angegriffen wurde und wehrlos war?", fragte die Frau, die Andreas gerettet hatte, auf Deutsch und gab ihm seinen Soldatenrock zurück. „Sehen Sie nicht, dass er verwundet ist?"

„Oh, Scheiße!", sagte Johann. „Ist es schlimm?"

„Nein, nur eine Fleischwunde", sagte Andreas. „Ich habe mehr Glück als Verstand. Ist sonst noch wer verletzt?"

„Nicht mal ein Kratzer", sagte Johann. „Oder, nein, stimmt nicht. Kurt hat sich den Daumen mit dem Gewehrbolzen eingeklemmt, aber er wird's wohl überleben."

„Alles klar", sagte Andreas. „Sag niemanden, dass ich verletzt bin. Sei so gut und schau ob die Damen Hilfe benötigen? Sie sind Deutsche, meine Dame? Aus welchem Dorf? Wir werden dafür sorgen, dass Sie nach Hause kommen."

„Ich habe kein Zuhause mehr, mein Herr", sagte sie. „Mein Mann und mein Kinder wurden mit allen anderen aus dem Dorf umgebracht. Ich bitte Sie um Zuflucht. Ich bin jung und stark und kann immer noch viele Kinder gebären, genau wie meine Schwestern hier." Letzteres sagte sie auf Russisch.

„Wir haben von der Großzügigkeit Ihrer Truppe gehört", sagte eine andere Frau auf Russisch. „Wir alle bitten Sie um Zuflucht."

„Ich kann höchstens meinen Vorgesetzten fragen", sagte Andreas. „Ich bin nur ein Feldwebel und meine Familie gehört auch erst seit einer Generation zu den Kosaken. Johann, such' dir zwanzig Mann und begleite die Damen und die zusätzlichen Pferde zurück zu Wassili. Meine Damen, Sie werden zurück in unser Hauptlager begleitet werden. Es ist nur gerecht, dass wir Ihnen für das, was Sie erleiden mussten, jeder ein Pferd geben und ich werde in meinem Bericht empfehlen, dass wir Ihnen gestatten, sich unserer Truppe anzuschließen."

„Meine Güte, die Sonne steht gerade mal im Zenit", dachte Andreas.

„Bis zum Lager sind es nur sechs Stunden", sagte er. „Wenn Sie bald aufbrechen, können Sie es vor Sonnenuntergang erreichen. Ruf die Soldaten zum Antreten, Bläser!"

„Gute Arbeit", sagte Andreas zu seiner Truppe. „Wir haben eine große Gruppe von Feinden besiegt und die Bürger von Mütterchen Russland aus der Gefangenschaft befreit."

„Und vierhundert Pferde!", ertönte eine Stimme von weiter hinten.

„Im Namen des Vaters, des Sohnes und des Heiligen Geistes", sagte Andreas und bekreuzigte sich. Einige seiner Soldaten und die meisten Frauen machten das Kreuzzeichen auf die orthodoxe Art, umgekehrt zur römisch-katholischen.

„Unser Vater im Himmel, wir danken dir für dein Gnade und für unseren Sieg heute. Wir danken dir, dass wir keinen Schaden genommen haben und dafür, dass du unsere Schwestern hier befreit hast. Wir bitten dich darum, dass du hilfst, ihre Wunden an Leib und Seele zu heilen und bitten dich, uns zu vergeben, dass wir deinen Kindern das Leben geraubt haben, aber wir hatten keine andere Wahl. Wir bitten dich im Namen deines Sohnes Jesus Christus. Im Namen des Vaters, des Sohnes und des Heiligen Geistes, Amen."

„Gut, nun steigt auf und macht euch auf den Weg. Karl, sag Wassili, dass wir in Richtung des Grenzübergangs am Fluss unterwegs sind und ein bisschen mehr Munition gebrauchen können. Hier, nimm meinen Bericht mit."

Alle Frauen steuerten erst auf Andreas zu und küssten ihn im Vorbeireiten auf beide Wangen. Die letzte von ihnen war das blonde deutsche Mädchen, dem er seinen Mantel gegeben hatte.

„Danke, mein Herr, ich werde nie vergessen, was Sie für uns getan haben, mein Herr Bekenbaum", sagte sie.

„Gnädige Frau, ich bin wirklich kein Adliger", sagte Andreas.

„Für mich sind sie einer", sagte sie. „Gott beschütze Sie und bewahre Sie, Andreas."

„Hey, wie heißen Sie?", sagte Johann als sie davonritt.

„Irene, warum?", antwortete sie.

„Nun, Irene", sagte Johann, „ich habe vor, Sie zu finden, wenn wir nach Hause kommen; versuchen Sie nicht, sich vor mir zu verstecken."

Sie lächelte traurig und wandte sich um, gab ihrem Pferd die Sporen und trabte zu den restlichen Frauen, die anfingen sie anzustupsen und zu kichern.

„Wirklich, Bruder", sagte Andreas und bewegte Bartholomew in die entgegengesetzte Richtung.

„Hey, die ist süß", sagte Johann. „Tolle Beine und sie hat ein Pferd, was will man mehr?"

„Hm, kann sie kochen? Nur so zum Beispiel?", fragte Andreas.

„Naja, zumindest sehe ich, dass sie nähen kann", sagte er und pikste Andreas mit dem Finger in die Rippen.

„Ja, ja, danke, dass du mich daran erinnerst; das tut weh, du Idiot", sagte Andreas.

„Aua, Scheiße! Kannst du mich nächstes Mal in die andere Seite treten, das tut weh", sagte Andreas und hielt sich die Seite, als er aus seiner Bettrolle rollte. „Entschuldigung, Herr Hauptmann, ich wusste nicht, dass Sie das sind."

„Dein Bruder hat mir erzählt, dass du die ganze Nacht Wachdienst hattest, Schlafmütze", sagte Wassili. "Komm, während du deinen Schönheitsschlaf gemacht hast, habe ich ein paar Fische gefangen, die sind jetzt fertig und wir haben auch frischen Tee."

Jetzt stieg Andreas der Duft von frisch gebratenem Fisch in die Nase. Er stand auf und sah sich um. Die Sonne kam über den Baumwipfeln hervor und Soldaten mit ihren Gewehren über der Schulter waren auf dem Weg in Richtung Waldrand. Die Pferdeknechte brachten die Pferde außer Sichtweite um die nächste Wegbiegung herum.

„Die Späher sind gerade zurückgekommen", sagte Wassili. „Ein Haufen Österreicher ist auf dem Weg hierher."

Ohne sich umzudrehen, hob Andreas seinen Blechteller und seinen Becher auf und ließ sich auf einem Baumstumpf am Kochfeuer nieder.

„Du hast gute Arbeit geleistet", sagte Wassili und lud Fisch und Kartoffeln auf den Teller von Andreas. „Ich habe einen Bericht ans Hauptquartier geschickt und die Frauen, die ihr befreit habt, sind zusammen mit meinem Anteil der Beute auf dem Weg zurück in meine Heimatstadt. Wir werden sie bei uns aufnehmen, wie wir das ja immer machen. Du und deine Jungs habt dieses Jahr einiges durchgemacht. Mehr als der Rest von uns in den vergangenen fünf Jahren zusammen. Eure Waffen und Taktiken sind besser als unsere; wir leben immer noch in der Vergangenheit, in der Lanzen und Schwerter alles waren. Ihr habt die neue Wirklichkeit verstanden und kämpft mehr als Infanterie und nicht mehr so sehr als Kavallerie. Deswegen konntet ihr die ganzen Plünderer anlocken und sie beseitigen. Die erwarten das, was sie gewohnt sind, und eure Waffen schießen weiter, akkurater und schneller als die alten. Wenn meine Leute nicht mit der Zeit gehen, wird es in Zukunft schwierig für sie werden."

Das Bataillon war seit fast einem Jahr unterwegs. Der Befehl war, die westlichen Grenzen zu Polen, Österreich/Ungarn und

Moldau zu patrouillieren. Normalerweise war dies ein langweiliger Dienst. Die Soldaten ritten von Posten zu Posten und stellten sicher, dass in der kleinen Welt, die sie bewachten, alles in Ordnung war. Da momentan nirgendwo Krieg herrschte und Plünderer kaum eine Chance hatten, hatte Wassili die meisten der regulären Soldaten zurückgelassen. Sie hatten Standortdienst. Stattdessen hatte er in diesem Jahr die Neuankömmlinge in losgeschickt. Die meisten berittenen Soldaten im diesjährigen Heer waren die jüngeren Söhne von deutschen Siedlern. So auch Andreas und sein Bruder Johann.

„Wie alt bist du, fünfundzwanzig?", fragte Wassili. „Mit der Beute, die du gerade bekommen hast, kannst du ohne Probleme das Land neben dem deines Vaters kaufen. Du wirst noch nicht genug Geld haben, um schon ein Haus zu bauen, aber du hast was, vier Kühe und drei Pferde?"

„Jawohl, Herr Hauptmann", sagte Andreas. „Ich werde in Kürze fünfundzwanzig. Der Sold, den Sie uns zahlen, wäre schon genug gewesen, um das Land zu kaufen. Ich denke, mit meinem Anteil an den Pferden und der Beute kann ich sogar ein Haus bauen. Ein kleines."

„Wie ich deine Mutter kenne, hält sie schon eine Frau für dich bereit", sagte Wassili. „Ich könnte eine passende haben. Wir werden sehen."

„Wie Sie meinen, Herr Hauptmann", sagte Andreas.

„Unsere Freunde sind heute früh dran", sagte Wassili. „Es hört sich so an, als ob es viel mehr sind als sonst. Johann, reite schnell hinüber und sag den Jungs sie sollen die Österreicher so lange wie möglich zurückhalten, falls sie versuchen den Fluss zu überqueren, und dann sollen sie sich verteilen und zurück ins Lager kommen. Schick jetzt drei Reiter auf verschiedenen Wegen zurück ins Lager, sie sollen berichten, was hier passiert. Da schau an, das sind überhaupt keine Österreicher, das sieht aus wie eine Schwadron preußischer Husaren, geschniegelt und gestriegelt. Komm, Feldwebel, steig' auf, es ist an der Zeit, deinen Sold zu verdienen."

„Was ist das denn, Herr Major?", sagte der preußische Oberst. „Zwei Knaben und ein alter Mann? Die Russen wollen uns wohl beleidigen?"

„Das sind Kosaken, Herr Oberst", sagte der österreichische Major. „Höchstwahrscheinlich hocken ein paar Hundert von ihnen in den Bäumen und auf beiden Seiten des Weges."

„Kosaken?", sagte der Preuße. „Die sehen aus wie Bauern. Herr Hauptmann, schicken Sie zwei Linien Scharmützler am Flussufer entlang. Wir werden mit diesen Kosaken reden, wenn es denn Kosaken sind."

„Feldwebel, wir werden kurz vor der Hälfte des Weges anhalten", sagte Wassili. „Ich übernehme das Reden. Wenn sie rausfinden, dass du Deutscher bist, werden sie wahrscheinlich erst schießen und dann reden."

„Diese Soldaten sind gut ausgebildet", sagte Andreas. „Sehen Sie nur, wie sie sich als Infanterie in einer Linie anordnen, so machen wir das auch immer. Naja, bringen wird es ihnen nichts, mit ihren Karabinern mit den kurzen Rohren. Ich bezweifle, dass sie uns treffen können, von den Jungs, die sich in den Bäumen versteckt haben, ganz zu schweigen."

„Dieser Husar hat dieselben Uniformabzeichen, die dein Vater und seine Soldaten hatten, als sie sich uns vor zwanzig Jahren angeschlossen haben", sagte Wassili. „Aber irgendwie glaube ich nicht, dass sie sich uns anschließen wollen."

„Es sieht so aus, als ob der Rest der Schwadron da drüben ein Lager aufschlägt", sagte Andreas und deutete mit dem Kopf zum anderen Flussufer. „Ich habe den starken Verdacht, dass wir bald Gesellschaft von einer größeren Gruppe bekommen werden."

„Ich fange an, zu verstehen, warum du so viel Erfolg hast", sagte Wassili. „Schau, da biegen gerade noch ein paar Preußen mehr um die Kurve. Sehen nach Lanzenreitern aus."

„Nette, glänzende Helme", sagte Andreas. „Ich frage mich, wozu die Spitze oben drauf gut ist? Kehren sie damit den Schnee von den Zweigen?"

Wassili musste laut prusten. Beinahe verschluckte er sich wegen dieser lustigen Bemerkung. „Das sind die berühmten Ulanen, Feldwebel", sagte er. „Irgendetwas sagt mir, dass sie über deine Bemerkung über ihre Helme nicht begeistert wären."

„Oh, ich wusste nicht, dass ich nett zu ihnen sein soll", sagte Andreas. „Nun gut, hübsche Pferde haben sie."

„Guten Morgen, Herr General", sagte der Husar und salutierte vor dem neu angekommenen Offizier.

„Ist das der Empfang, den wir von diesen ungebildeten Russen erwarten können?", fragte der General. „Zwei dreckige, ungekämmte Bauern?"

„Der Herr Major hier versichert mir, dass das Kosaken sind", sagte der Husar. „Keine Bauern, Herr General, und er glaubt auch, dass noch viel mehr von ihnen ganz in der Nähe sind."

„Bah, ich weiß wie Kosaken aussehen", sagte der General. „Das da sind keine Kosaken. Kommen Sie, lassen Sie uns hören, was die Bauern zu sagen haben, falls sie überhaupt vernünftig sprechen können."

„Hauptmann Wassili Ivanovitch von den freien Reitern aus Beresan, angeschlossen an die Dritte Kaiserliche Armee, Herr General", sagte Wassili. „Wie kann ich Ihnen heute zu Diensten sein, Herr General? Schicke Soldaten haben Sie da."

„Fragen Sie diesen albernen Hauptmann, wo der Rest seiner Abordnung ist", sagte der General zum Österreicher. „Meine Güte, der stinkt vielleicht. Sehen Sie, der jüngere hat dreckige Hände und sieht aus als hätte er in seiner Uniform eine Kuh geschlachtet."

„Der Oberst möchte wissen, wo der Rest der Abordnung ist", sagte der österreichische Offizier auf Russisch.

„Soweit ich weiß", sagte Wassili, „sind wir die einzigen hier. Natürlich waren wir mehr als einen Monat lang auf Patrouille. Vielleicht sieht es jetzt anders aus. Unsere Boten sind unterwegs zurück zur Brigade; wir erwarten, schon bald von ihnen hören."

„Hm, nette Geschichte", sagte der preußische General, lenkte sein Pferd in die entgegengesetzte Richtung und machte sich zum anderen Flussufer auf. „Sagen Sie diesem inkompetenten Idioten, dass er uns mitteilen soll, wenn er von seinen Vorgesetzten hört. Diese Russen könnten noch nicht mal einen Furz bei einem Bohnenwettessen organisieren."

„Der Oberst bittet Sie höflich darum, dass Sie ihn unverzüglich informieren mögen, wenn Sie Neuigkeiten haben, Herr Hauptmann", sagte der Österreicher. „Vielen Dank für Ihr Entgegenkommen.

Ich versichere Ihnen, dass wir friedliche Absichten haben und Sie Ihre Soldaten zurückrufen können. Zu Diensten, Herr Hauptmann. Guten Tag." Daraufhin lenkte der Österreicher sein Pferd herum und hastete den Preußen hinterher.

Die beiden Kosaken sahen sich verwundert an, dann zuckten sie mit den Schultern, machten kehrt und ritten zurück an ihr Flussufer. Nachdem einer ihrer Offiziere ein Kommando gerufen hatte, verließen die Husaren, die als Scharmützler in Stellung gegangen waren, ihre Position. Einige gingen als Wachposten in Stellung, der Rest machte sich auf den Weg zurück ins Feldlager. Als sie an ihrem Flussufer ankamen, ließ

Wassili seine Soldaten wegtreten und stieg bei seinem Feuer ab. Er und Andreas reichten die Zügel ihrer Ponys einem abgestiegenen Soldaten, der sie zurück zu den andern Pferden brachte.

„Ich glaube, der Österreicher hat das, was dieser arrogant Preuße gesagt hat, beschönigt", sagte Wassili.

„Ja, das könnte man so sagen, Herr Hauptmann", erwiderte Andreas. „Er sagte irgendetwas von wegen, wir sähen nicht wie ordentliche Soldaten aus und dass die Russen schon Schwierigkeiten hätten, einen Furz nach einem Bohnenwettessen zu organisieren."

„Da hat er mit beidem Recht", sagte Wassili und lachte. „Wir können unser Lager auch ebenso gut hier aufschlagen. Ich erwarte, dass bald noch mehr Gäste von unserer Seite hier auftauchen. Da scheint was Großes im Busch zu sein."

Andreas, Johan und zehn weitere Soldaten folgten dem Pfad eine halbe Meile flussaufwärts vom Hauptlager, um für das Bataillon Wasser zum Trinken und Kochen zu holen. Sie wuschen die Zugpferde weiter unten am Fluss und suchten dann einen passenden Ort, um die Wasserfässer zu füllen, die innen auf der Ladefläche von zwei Lastkarren angebunden waren, vier pro Wagen. Sie waren noch vor dem Morgengrauen aufgebrochen, als alles noch grau war und die Luft noch kühl, aber nun war es hell genug, um zu sehen und die Sonne begann über den Baumwipfeln am Flussufer aufzugehen. Ein leichter Wind blies den Geruch von Essen und Lagerfeuern von beiden Seiten des Flusses von ihnen weg und die Ruhe wurde nur vom Rauschen des Windes in den Baumwipfeln und dem Aufschlagen der Wellen am Flussufer gestört, als sie mit ihren Wassereimern hin- und herliefen und die Fässer in den Karren füllten.

Der Rest des Regiments war am Tag nachdem die Schwadron von Andreas die Preußen getroffen hatte am Flussübergang aufgetaucht und hatte ein großes Feldlager aufgeschlagen. Es war größer als sie eigentlich für die drei Infanteriebataillone und den Rest von Wassilis Bataillon benötigten. Endlich, nachdem sie Monate lang unterbrochen unterwegs gewesen waren, wurden sie nicht weiter versetzt und hatten sich nun seit einer Woche um sich selbst, ihre Pferde und ihre Ausrüstung gekümmert. Ihnen war ein Lagerplatz weit vom Zentrum des Lagers zugeteilt worden und, um ehrlich zu sein, störte sie das überhaupt nicht.

Genau zur selben Zeit wie an jedem Morgen weckten preußische Hornbläser die Soldaten und bliesen zum Antreten und die Morgenruhe wurde von den Soldaten durchbrochen, die zum Antreten erschienen; Feldwebel und Offiziere riefen Befehle und überall war das Geräusch von Äxten, die das Holz für die Frühstücksfeuer spalteten, zu hören.

Die Russen ließen sich nicht in den Schatten stellen: Ihre Hornbläser und Flüche folgten kurze Zeit später und verwandelten den eben noch ruhigen Flussübergang in ein lebhaftes Gewirr aus Stimmen und Lärm.

Nach kurzer Zeit tauchte am gegenüberliegenden Flussufer ein Kavallerietrupp auf, der seine Pferde trinken lassen wollte.

„Was zum Teufel glaubt ihr Idioten denn, was ihr da macht?", schrie Andreas auf Deutsch zu ihnen herüber. Er und ein paar weitere Soldaten warfen Steine in den Fluss, die genau vor den Schnauzen der Pferde der anderen ins Wasser klatschten. „Wir holen da unser Trinkwasser! Jeder Depp weiß doch, dass man die Pferde flussabwärts vom Lager tränkt und nicht flussaufwärts."

„Ja, wir wissen das", rief ein Soldat mit einem starken englischen Akzent auf Deutsch zurück. „Aber ihre Herrschaften bestehen darauf, dass ihre Pferde eher Anspruch auf sauberes Wasser haben als Soldaten."

„Nun gut", erwiderte Andreas mit deutschem Akzent auf Englisch. „Dann geht wenigstens etwas flussabwärts von uns. Gott verhüte, dass diese verzogenen Vollblüter Wasser trinken müssen, nachdem es von Menschen verseucht wurde. Wenn ich ihr wäre, würde ich die Wasserfässer ihrer Herrschaften füllen, nachdem ihre Pferde getrunken haben und flussabwärts davon."

„Ich sehe, Sie sind ein Mann nach meinem Geschmack", sagte der Soldat mit den Feldwebelstreifen am Arm mit einem seltsamen, trällernden - wie Andreas später lernen sollte - irischen Akzent.

Die englischen Soldaten trugen alle einen weißen Kittel aus Segeltuch über ihren Uniformen, unter dem nur ein kleines Stück von ihren blauen Hosen hervorspitzte.

„Engländer sind so seltsam", sagte Andreas, nun wieder auf Russisch.

„Sieht so aus, als ob sie dasselbe über uns sagen", sagte Johann und sah zu, wie die Engländer ihre Pferde ein kleines Stück flussabwärts bewegten und auf die kleine Kosakengruppe am Flussufer gegenüber von ihnen zeigten.

„Gut", befahl Andreas, als das letzte Fass gefüllt war. „zurück zum Lager. Der Koch hat hoffentlich das Frühstück fertig, wenn wir ankommen."

Die zehn Soldaten sprangen in die drei Karren. Zum Spaß boxten sich gegenseitig mit Ellbogen und Händen, um die besten Plätze zu ergattern und machten übereinander Witze. Nach kurzer Zeit stimmten sie eine obszöne Version eines russischen Volksliedes an. Daraufhin lachten sie noch mehr. Die englischen Kavalleriesoldaten sahen sich nur an und schüttelten die Köpfe.

Obwohl sie aus demselben Distrikt kamen, ernteten die jungen Kosaken von ihrer eigenen Infanterie ebenfalls nur Kopfschütteln. All die Milizkompanien bestanden aus den Bauern und Stadtbewohnern aus den Ländereien der Bojaren oder reichen Landbesitzer ihres Distrikts. Im Gegensatz zu den Kosaken mussten sie jedes Jahr nur in der Zeit nach dem Pflanzen und vor Beginn der Ernte dienen. Andreas und Johann kannten viele der einfachen Soldaten und Offiziere, aber natürlich ignorierten die Offiziere, die die Söhne von Bojaren waren, sie als nicht standesgemäß und wurden wütend, wenn die jungen Kosaken sie auslachten.

„Jungs", sagte Andreas als sie das Lager ihrer Schwadron erreicht hatten. „Wenn ihr das Wasser abgeladen habt, holt ihr euch etwas zu Essen."

Er und Johann taten genau das für ihren Trupp und waren gerade dabei sich niederzulassen und ihre ersten Bissen Bohnen und Wurst zu essen.

„Na toll, da kommt ein Stoppelhopseroffizier", sagte Johannes und deutete mit dem Kopf in die Richtung eines jungen Infanterieleutnants, der energisch auf Andreas zumarschierte und vor ihm Halt machte.

Andreas und seine Soldaten standen auf und salutierten auf die schlampige Weise, die sie sich speziell für junge Infanterieoffiziere ausgedacht hatten.

„Oberfeldwebel Bekenbaum, Herr Leutnant", sagte Andreas. „Was kann ich für Sie tun?"

„Oh, ein großer, mächtiger Oberfeldwebel sind sie jetzt also, Bekenbaum", sagte der Leutnant. „Ich kann mir nicht vorstellen, wie es so ein dummer, nutzloser, spießiger Buchhalter wie Sie so weit bringen konnte. Oder nein, ich kann es mir sehr gut vorstellen. Bringen Sie mich sofort zu Wassili!"

„Wer glauben Sie eigentlich, dass Sie sind, dass Sie so mit einem meiner Leute sprechen können!", sagte Wassili, der sich unbemerkt von hinten angenähert hatte. „Auf diese Weise können Sie, wenn Sie wollen, mit Ihren eigenen Männern sprechen, aber wenn ich noch einmal höre, dass Sie so mit einem meiner Männer sprechen, werde ich meine Dienste wohl einem anderen Milizbataillon zur Verfügung stellen müssen und Sie dürfen das Ganze dann ihrem Vater erklären. Und für Sie bin ich immer noch Hauptmann Ivanovitch, Herr Leutnant."

„Jawohl, Herr Hauptmann, entschuldigen Sie. Ich habe nur mit dem Herrn Feldwebel gescherzt", sagte der Leutnant.

„Wieso nur glaube ich Ihnen das nicht?", sagte Wassili. „Was wollen Sie denn nun überhaupt?"

„Herr Hauptmann, der Major bittet um die Anwesenheit des Herrn Hauptmann, sobald es dem Herrn Hauptmann genehm ist", stammelte der Leutnant.

„Na, dann wollen wir den Herrn Major mal nicht warten lassen", sagte Wassili. „Oberfeldwebel, Sie übernehmen das Kommando". Schlagartig drehte sich Wassili um und brach in Richtung des Infanterieteils des Lagers auf. Dem Leutnant blieb nichts anderes übrig, als ihm hinterherzueilen, während die Männer von Andreas leise vor sich hin lachten.

Während sie ihr Frühstück fertig aßen, erteilte Andreas seinen Männern ihre Befehle für den Tag und ging zu dem Zelt, das ihm sowohl als Arbeits- als auch als Schlafzimmer diente. Er hatte einen Baumstumpf passender Größe zum Stuhl und einen weiteren zum Kaffeetisch umfunktioniert. Er stellte seinen mit heißem Kaffee gefüllten Blechbecher auf den Tisch und ließ sich auf seinen Stuhl nieder, während er in seiner Tasche nach Tabak und seiner Pfeife kramte. All seine Schreibarbeit war erledigt und er hatte etwas freie Zeit, was selten genug vorkam.

„Da muss irgendwas Großes los sein", dachte Andreas. Zwei Tage zuvor war eine weitere Brigade angekommen. Samt Aristokraten. Diese waren mit ihrem Gefolge und Kutschen angerückt und mit Gepäckwagen, die große Pavillons und massenhaft Möbel und Diener transportierten. Krieg konnte es nicht sein, sonst wären die beiden Armeen nicht so entspannt. Es hatte einen stetigen Strom von Boten gegeben, die den Fluss in beide Richtungen überquerten, aber keine der Botschaften schien dringend zu sein. All diese Dinge waren sowieso über der Besoldungsstufe von Andreas und er ließ seine Gedanken schweifen.

Bald würden sie aufbrechen und hoffentlich würde er mit dem Verkauf seiner zusätzlichen Rinder und Pferde genug Geld verdienen, um ein paar Samen und einen Pflug für sein Land zu kaufen. Außerdem würde er herausfinden müssen, wie man pflügt und wie viel Land man als Weide übrig lassen sollte. Sein Vater und seine älteren Brüder würden ihm dabei helfen. Jetzt, als frischgebackener Grundbesitzer, würde er wirklich unter Druck stehen, ein passendes Mädchen zu finden und zu heiraten. Seine Mutter würde alle Hebel in Bewegung setzten, um eine passende Braut für ihn zu finden. Seine älteren Geschwister hatten dasselbe Ritual durchlaufen. Bis jetzt waren alle mit der Wahl ihrer Mutter glücklich und er konnte nur hoffen, dass es bei ihm auch so sein würde.

„Darüber werde ich mir erst Gedanken machen, wenn es so weit ist", dachte er. Die Damen schienen ihn zu mögen und machten großes Aufsehen, wenn er in der Nähe war, und er hatte genug Verstand, um seine Liebschaften diskret zu handhaben. Frauen schienen von Natur aus besitzergreifend zu sein, in mancher Hinsicht sogar noch mehr als Männer. Andreas fand das lustig. Zuvor hatte er wirklich nicht viel zu bieten, aber jetzt würden die Dinge anders aussehen, denn jetzt würde er ein Grundbesitzer sein. Sowieso bevorzugte er die

Töchter der Bauern aus der Nachbarschaft vor den Schwestern seiner Freunde. Sie hatten mehr Freude am Leben und nahmen die Dinge nicht so ernst. Ihm kam es so vor, als ob die deutschen Mädchen viel Zeit und Energie darauf verschwendeten, Hackordnungen festzulegen und die Überlegenheit ihrer Klasse zum Ausdruck zu bringen. Seine Gedanken wurden von Johann unterbrochen, der auf ihn zu rannte.

„Am anderen Flussufer ist irgendetwas los", sagte Johann. „Sieht so aus, als ob noch mehr Leute ankommen, jede Menge sogar."

Andreas eilte mit Johann zu einem Aussichtspunkt und beobachtete, was am gegenüberliegenden Ufer des Flusses geschah.

Offiziere hasteten hin und her, hielten Absprache mit Unteroffizieren und untereinander und eine große Staubwolke stieg über den Bäumen auf. In diesem Moment bliesen die Hornbläser in ihre Hörner und die Preußen krochen aus ihren Zelten und traten gerade rechtzeitig in Reih und Glied an, um für die ersten Truppen bereitzustehen, die aus den Bäumen hervortraten.

Als erstes kamen die Vorreiter und trotz des Staubes, der vom Weg aufgewirbelt wurde, war es offensichtlich, dass sie erstklassige Soldaten waren. Nun erklang das Stampfen von vielen, vielen Stiefeln, die im Gleichschritt auf den Boden trafen. Als nächstes trat ein Infanteriebataillon, angeordnet als vierreihige Kolonne aus dem Wald. Auf das Kommando eines Offiziers hin, der auf einem weißen Pferd an ihrer Spitze ritt, gingen sie zum Stechschritt über, der den Boden erschütterte und den die preußischen Truppen beim formellen Exerzieren verwendeten.

Hinter dieser Gruppe kam ein Trupp Ulanen in voller Montur, mit Bruststücken und glänzenden Helmen, mit leuchtend roten

Wimpeln, die unter glänzenden Lanzenspitzen wehten, gefolgt von berittenen Offizieren mit all ihren Insignien und einer großen, teuren Kutsche.

Beim Erscheinen der Kutsche, standen die Truppen aus dem Lager still und die Hornbläser, die sich an einem Ort versammelt hatte, spielten eine Art Melodie, während die vier Feldgeschütze Salutschüsse abfeuerten.

„So viel zum Thema nette, ruhige Nachbarschaft", sagte Johann. „Jetzt kann der Spaß ja beginnen, jetzt sind wohl die hohen Tiere angekommen."

„Sind dir all die unterschiedlichen Uniformen aufgefallen?", fragte Andreas und zeigte auf die nächsten Soldatengruppen, die nun gerade ins Lager kamen. „Sieht aus, als ob da ein ganzer Haufen Froschfresser und Limeys dabei ist. Jetzt wird es interessant."

„Das war's dann wohl. Unsere Nachbarschaft ist vor die Hunde gegangen", scherzte Johann. „Ich ziehe um."

„Hey, Jungs, wisst ihr, wo ich Feldwebel Bekenbaum finden kann?", ertönte eine Stimme hinter ihnen.

Als sie sich umdrehten, sahen die zwei Brüder einen Sekretär mit den Streifen eines Hauptgefreiten auf der Uniform.

„Ja, das bin ich, Hauptgefreiter, was kann ich für dich tun?", sagte Andreas.

„Der ehrwürdige Major Halinov möchte, dass Sie sich innerhalb einer Stunde in seine Gegenwart begeben", sagte der Hauptgefreite. „In Ihrer besten Uniform. Ich weiß nicht, was Sie angestellt haben, aber da wird gerade ein riesen Aufheben gemacht. Nur, dass Sie Bescheid wissen."

„Oh, oh, jetzt steckst du in der Scheiße, Bruder", sagte Johann. „Ob es wohl zu spät ist, um meinen Familiennamen zu ändern?"

Sofort nach seiner Ankunft am Zelt des Majors, musste Andreas mit dem Major hinüber zum Kommandozelt marschieren, vor dem er dann für ungemütliche zehn Minuten warten musste. Dann trat der Major aus dem Zelt, und nachdem er ihn gesagt hatte, er solle eintreten und sich dann an die Männer, die am großen Tisch saßen wenden, bedeutete er ihm ins Zelt zu treten. Andreas nahm seine Kopfbedeckung ab und hielt seinen Rücken gerade. Er marschierte in das große Zelt und stand, nachdem er mit den Füßen auf den Boden gestampft und seine Fersen zusammengeschlagen hatte, genau drei Fuß von der Mitte des Tisches still, salutierte auf angemessen Weise uns sagte, „Oberfeldwebel Andreas Bekenbaum, melde mich wie befohlen!"

Obwohl er seinen Blick fest auf einen Punkt acht Zentimeter über dem Kopf des Offiziers gerichtet hatte, konnte er sehen, dass der Mann älter war, und dass sein Bart, sein Schnurrbart und seine Haare in einem eleganten silbergrau glänzten. Die Uniform der Kaiserlichen Armee war makellos und wurde von einer Menge goldenen Achselschnüren und Medaillen geziert. Der Offizier ließ Andreas für ungefähr dreißig Sekunden, die ihm jedoch wie Stunden vorkamen, stillstehen, dann erwiderte er den Gruß von Andreas und brummte, „Rührt euch!"

Andreas senkte seinen zum Gruß gehobenen Arm herab, bewegte seine Füße schulterweit auseinander und legte die Arme in die Beuge seines Rückens. Das war die „Rührt euch"-Stellung bei Paraden, die er, wie ihm sein Vater gelehrt hatte, in der Anwesenheit eines höheren Offiziers einnehmen sollte.

An dem geschmückten Tisch saßen auf echten Stühlen sieben Männer. Sie schienen von der Mitte des Tisches aus in absteigender Rangfolge angeordnet zu sein, wobei der Offizier ganz links eine einfache Uniform trug, auf der nur das Rangabzeichen eines Obersts angebracht war, und der Mann am rechten Ende des Tisches ein katholischer Priester zu sein schien. Sie alle waren geschniegelt und gestriegelt und in Uniform. Der Geruch von teuren Zigarren, Alkohol und Rasierwasser erfüllte das Zelt. Das war etwas ganz anderes als der selbstgebraute Wodka, der billige Tabak und der Pferdeschweiß, den Andreas sonst zu riechen bekam.

„Verdammte Kosaken", murmelte der zweite Offizier von links und hielt sich ein parfümiertes Taschentuch unter die Nase.

„Noch so ein Hofaffe", dachte Andreas, „noch nie einen Tag im Feld verbracht.

„Sie sind seit Mitte März im aktiven Dienst und die ganze Zeit im Einsatz gewesen, Feldwebel?", sagte der hochrangige Offizier.

„Jawohl", erwiderte Andreas.

„Das erklärt alles", sagte der Hofaffe.

„Sagen Sie, Feldwebel, welche Anforderungen muss ein Mann erfüllen, um ein Offizier in der Miliz zu werden?", fragte der hochrangige Offizier.

„Um für einen Offiziersposten in der Miliz in Betracht gezogen zu werden, muss der Bewerber ein Grundbesitzer sein", erwiderte Andreas.

„Wie ich gehört habe, haben Sie eine Abmachung getroffen und werden Land kaufen, wenn Sie Ihren Dienst nach einem Jahr abgeschlossen haben und dem Landbesitzer die noch ausstehenden tausend Rubel bezahlt haben?", fragte der Offizier.

„Jawohl. Aber es sind nur dreihundert Rubel", erwiderte Andreas.

„Wir wissen auch, dass Sie drei Jahre lang das Seminar in Katharinental besucht haben und eine ganze Reihe Sprachen flüssig sprechen. Deutsch, Französisch und Englisch, wenn ich mich recht entsinne? Sagen Sie uns, wie gut Sie in den einzelnen Sprachen sind. Fangen Sie mit ihrer stärksten Sprache an."

„Jawohl", sagte Andras. „Russisch, flüssig in Schrift und Sprache, Deutsch, flüssig in Schrift und Sprache, Französisch, flüssig in Schrift und Sprache, Englisch lese und schreibe ich flüssig und sprechen kann ich es souverän."

Der Hofaffe links sagte auf Deutsch: „Wahrscheinlich mit einem furchtbaren Dialekt."

„Nein", erwiderte Andreas ebenfalls auf Deutsch, „wir sprechen zu Hause Hochdeutsch und ich kann die meisten Dialekte verstehen."

„Wie sieht es mit Französisch aus?", fragte ein Offizier auf der rechten Seite auf Französisch. „Was machen Sie, um es nicht zu verlernen?"

„Ein paar von den Männern meines Vaters haben französische Frauen geheiratet. Mit denen spreche ich so oft ich kann", sagte er auf Französisch.

„Und aus welchem Grund ist Ihr Englisch nicht so gut?", fragte der Offizier in der Mitte auf Englisch.

„Ich habe Englisch nur in der Schule gelernt. Ich habe zwar ein paar englische Bücher, die ich lese, um in Übung zu bleiben, aber ich habe niemanden mit dem ich mich auf Englisch unterhalten kann", erwiderte Andreas auf Englisch.

„Sein Akzent ist besser als deiner, Michilovitch", sagte der Offizier in der Mitte zu dem Hofaffen links, der nur lächelte und seinen Kopf senkte.

Der Offizier in der Mitte deutete auf zwei Stapel Dokumente, die vor ihm aufgetürmt waren und sagte: „Lesen Sie das Dokument links und vergleichen Sie es mit dem Dokument rechts."

Das Dokument links schien ein auf Französisch, Englisch und Deutsch verfasster Text zu sein. Andreas schob die Blätter hin und her bis er sie in eine Art Reihenfolge gebracht hatte, las sie und las dann das Dokument rechts, das auf Russisch verfasst war.

„Es sieht so aus, als ob das dasselbe Dokument ist", berichtete Andreas.

„Übersetzungen?", fragte der Offizier.

„Eine der englischen Seiten scheint in einem Stil geschrieben zu sein, der mir nicht vertraut ist, aber grundsätzliche scheinen sie vom Kontext her, alle dasselbe zu sein", erwiderte Andreas.

„Hm", erwiderte der Offizier. „Nun, Oberfeldwebel, was wissen Sie über die Anforderungen für die Bewerbung auf einen Offiziersposten in der Kaiserlichen Armee?"

„Nur, dass ich sie wahrscheinlich nicht erfülle", antwortete Andreas.

„Ha, da bin ich aber froh, dass es tatsächlich etwas gibt, dass dieser Jungspund nicht weiß", bemerkte der ältere Offizier vor ihm schroff, während seine Augen unter den buschigen grauen Augenbrauen aufblitzten. „Zunächst muss der Kandidat gebürtiger Russe sein, katholisch getauft sein und freigeborene Eltern haben, was, wie mir Seine Exzellenz hier versichert, der Fall ist." Der Priester am Ende des Tisches nickte zur Zustimmung.

„Als nächstes muss der Kandidat ausreichende Kenntnisse in der russischen Sprache in Schrift und Wort aufweisen, was, hier, wie ich glaube, bewiesen worden ist. Vorzugsweise kann der Kandidat irgendeine formelle Bildung aufweisen. Seine Eminenz sagte mir, dass Sie in Ihrer Zeit am Seminar ausgezeichnete Leistungen in Grammatik, Mathematik und russischer Geschichte erbracht haben. Laut ihrer eigenen

Aussagen, und auch dies hat mir Seine Eminenz bestätigt, wurden Sie quasi von Geburt an in militärischen Angelegenheiten geschult, vor allem was den Einsatz und die Taktiken der Kavallerie angeht. Von, wenn ich mich nicht täusche, von ihrem Vater, der ein Veteran ist, der zwanzig Jahre lang als Hauptfeldwebel in einer preußischen Husarentruppe gedient hat. Darüber hinaus haben Sie im Feld gedient und sich als fähiger Anführer erwiesen. Um es mit Hauptmann Ivanovitch zu sagen: ‚Dieser verdammte Jungspund ist der beste geborene Anführer, der mir jemals untergekommen ist'." Diese Bemerkung führte zu ein paar Lachern unter den versammelten Offizieren.

„Tatsächlich scheint es mir so, Herr Feldwebel, als ob Sie besser qualifiziert sind, als die meisten Offiziere, die mir derzeit unterstehen. Kann jemand bitte einen Stuhl für den Feldwebel holen, mir tut langsam das Genick weh, weil ich immer zu ihm hochsehen muss."

Nach kurzer Zeit wurde Andreas ein Stuhl gebracht und er setzte sich auf die Kante in einer steifen, aufrechten Haltung.

„Wir stehen kurz vor äußerst delikaten Verhandlungen mit unseren Freunden am anderen Flussufer, Herr Feldwebel", sagte der hochrangige Offizier, der ihm gegenüber saß. Seine Kaiserliche Majestät möchte unbedingt, dass diese Verhandlungen erfolgreich abgeschlossen werden und wir das bestmögliche Ergebnis für unser Mütterchen Russland erreichen. Zusammen, als eine Gruppe, haben wir die Fähigkeiten, die nötig sind, um dies möglich zu machen. Aber Sie sind der einzige - vielleicht mit Ausnahme von ein paar Studenten an den Universitäten in Moskau - der alle Fähigkeiten auf einmal besitzt, und ich bin mir nicht einmal sicher, ob die Leute in Moskau so fähig sind, wie Sie.

Wir möchten, dass Sie die Übersetzung von Dokumenten beaufsichtigen und uns eine Analyse davon geben, was die

Absicht des Originaldokuments ist. Außerdem möchten wir, dass Sie bei den Verhandlungen selbst dabei sind, um uns dort ähnliche Dienste zu erweisen. Wenn Sie dem zustimmen, müssten Sie außerdem formellen und informellen Treffen beiwohnen, sich am anderen Ufer unter Ihresgleichen mischen und so viele informelle Informationen sammeln wie nötig, ohne dass Sie zu erkennen geben, dass Sie jedes Wort verstehen. Was halten Sie davon?"

„Habe ich die Erlaubnis, frei zu sprechen?", sagte Andreas.

„Ja, machen Sie nur", sagte der Offizier, „Ihre Dienstzeit ist am Ende des Monats vorbei, Sie haben große Pläne zu Hause und Sie sehen wirklich nicht, wie Sie, angesichts Ihres derzeitigen Status von Wert sein könnten. Absoluter Schwachsinn! Was Sie wirklich sagen wollen ist: ‚Was springt für mich dabei heraus? ' Und Recht haben Sie, wenn ich das so sagen darf. Wir verlangen da Einiges von Ihnen und Sie haben einmalige Fähigkeiten, die wir dringend benötigen."

„Wir haben mit Hauptmann Ivanovitch die vorzeitige Entlassung vom Dienst in seinem Regiment arrangiert. Die tausend Rubel Sold wurden an den Grundbesitzer gezahlt, von dem Sie die fünfundsechzig Hektar Land kaufen. Sie müssen nur diese Dokumente unterschreiben und die Zahlung und den Grundstückserwerb anerkennen." Andreas wurden Dokumente von einem großen Stapel, der sich vor dem Offizier auftürmte, gereicht.

Ein kurzes Überfliegen bestätigte, was der Offizier gesagt hatte, und nachdem Andreas die Dokumente unterschrieben und an den Offizier zurückgegeben hatte, legte dieser sie auf zwei unterschiedlichen Stapeln ab.

„Sie sind jetzt ein freigeborener, gewöhnlicher Landbesitzer mit allen Rechten und Pflichten, die damit einhergehen", sagte der Offizier.

„Die kaiserliche Regierung hat mir die Vollmacht erteilt, Ihnen, unabhängig vom Ergebnis der Verhandlungen, folgendes Angebot zu machen, falls Sie sich dazu bereit erklären, uns Ihre Dienste bis zum Ende der Verhandlungen bereitzustellen. Vierhundert Hektar Land über die Ihnen eine Besitzurkunde in Ihrem Namen ausgestellt wird, einschließlich Dörfern, Tieren und Bauern. Weitere vierhundert Hektar Land im Besitz der Krone, die Sie verwalten werden, wobei fünfzig Prozent des Gewinns, den Sie mit diesem Land erwirtschaften, an den Kaiser zu zahlen sind. Für Sicherheit und Verwaltung werden Sie Ihre eigenen Leute zur Verfügung stellen und ausrüsten müssen. Wir haben Ihnen einen Stabsoffizier zugeteilt, und Sie werden sich weitere zehn Soldaten mit Rang beschaffen müssen, um abgedeckt zu sein. Sold, Uniformen, Unterbringung, Ausrüstung und Vieh werden von der Krone bereitgestellt. Ansonsten erhalten Sie zusätzlich noch eine Vorauszahlung von fünftausend Rubeln für weitere Ausgaben, Belege müssen Sie keine vorlegen. Nach Abschluss der Verhandlungen, und wenn Sie bis zum Ende dieser Verhandlungen gedient haben, werden Ihnen weitere vierhundert Hektar überschrieben und weitere 800 Hektar im Besitz der Krone werden Ihnen zur Verwaltung zugeteilt werden. Ist dieses Angebot akzeptabel für Sie?"

Der Offizier reichte Andreas einen weiteren Stapel Dokumente, die dieser durchlas und nach ein paar Sekunden unterschrieb und an den Offizier zurückgab, der sie wiederum in zwei Stapel teilte.

„Achtung!", brüllte der Offizier.

Andres sprang auf und nahm eine starre Grundstellung ein, wobei seine Kopfbedeckung auf den Boden fiel.

„Dafür schulden Sie uns eine Geldstrafe von fünf Rubeln, Herr Feldwebel. Sie können sie bar bezahlen, bevor Sie diesen Raum verlassen", sagte der Offizier lachend.

„Oberfeldwebel Andreas Bekenbaum, Sie werden hiermit von Ihrem Dienst entbunden und Ihre Kaiserliche Majestät dankt Ihnen für Ihre Dienste."

Daraufhin kamen der Priester, der in Wirklichkeit ein Bischoff war, und der Offizier in der unscheinbaren Uniform vom linken Ende des Tisches auf ihn zu.

Der Bischoff holte eine Bibel hervor und bat Ihn, seine rechte Hand auf die Bibel zu legen und die linke zu erheben.

„Andreas Bekenbaum, schwören Sie mit freiem Willen, dass Sie dienen und beschützen werden, und allen rechtmäßig gegebenen Befehlen von Ihren Vorgesetzten gehorchen werden, und dass Sie Seiner Kaiserlichen Majestät, dem Zar aller Russen nach besten Kräften gehorchen werden und ihn beschützen und dienen werden?", sagte der Offizier.

„Ja, ich schwöre", sagte Andreas.

„Knien Sie nieder. Kraft meiner Befugnisse, ernenne ich, Kronprinz Nikolaus, Sie, Andreas, zum Grafen von Katharinental mit allen Rechten, Freiheiten und Pflichten, die mit diesem Titel einhergehen. Erheben Sie sich."

„Oh mein Gott, in was zum Teufel bin ich jetzt hineingeraten", dachte Andreas.

„Achtung", brüllte der Kronprinz. Die gesamte Gruppe von Offizieren sprang auf und nahm die Grundstellung ein.

„Graf Andreas Bekenbaum, Sie werden hiermit mit sofortiger Wirkung in die Ränge der Kaiserlichen Armee aufgenommen, zum Major befördert und vorübergehend der Königlichen Reitergarde zugeteilt. Herzlichen Glückwunsch, Graf Bekenbaum, ich freue mich darauf, mit Ihnen zu dienen."

„So, Herr Major, wir haben heute noch Einiges zu tun. Wenn Sie gestatten, wartet draußen ein Herr auf Sie, der Ihnen dabei helfen wird, sich einzuarbeiten. Oh, Boris, hier sind deine fünf

Rubel Strafe." Er warf dem älteren Offizier eine Münze zu. „Wegtreten, Major, treten Sie in zwei Tagen um 8 Uhr morgens wieder hier an, dann erhalten Sie weitere Anweisungen."

Andreas salutierte und, als er aus dem Zelt trat, sagte der Kronprinz: „Boris, ich werde dir wohl eine Flasche Brandy in Rechnung stellen müssen. Du hast diesen Burschen ja zu Tode erschreckt. Bezahle und dann lass uns anstoßen." Andreas stand völlig perplex vor dem Zelt und hörte zu, wie der Kronprinz, der Chef des Stabes der Kaiserlichen Armee und die Führer verschiedener Armeegruppen in brüllendes Lachen ausbrachen.

„Herzlichen Glückwunsch, Herr Graf", sagte Major Halinov, der kommandierende Offizier seiner Gruppe.

Andreas nahm schnell die Grundstellung ein und salutierte.

„Nicht doch, mein Herr, wir haben jetzt denselben Rang. Wenn einer salutieren muss, dann bin ich das. Sie sind schließlich ein Adliger und ich bin nur ein Normalsterblicher mit einem Majorsrang der Miliz", sagte er und hob die Hand zu einem schneidigen Gruß.

„Wenn ich mir die Anmerkung erlauben darf, mein Herr, gibt es keinen, der diese Ehre mehr verdient hätte als Sie. Sie und Ihre Familie haben so viel getan, um Mütterchen Russland zu helfen. Sie selbst haben mich eigenhändig vor dem Ruin bewahrt. Ich wünschte, mein Sohn wäre nur halb so ein guter Kerl wie Sie."

„Ich bin immer noch ganz geschockt", sagte Andreas. „Ich bin mir nicht sicher, ob das alles nicht nur ein Traum ist."

„Nein, nein, mein Herr, ich versichere Ihnen, dass das kein Traum ist", sagte Halinov. „Ich selbst habe an den Diskussionen teilgenommen und ein Teil des Landes, das ich für die Krone verwaltet habe, ist Teil Ihrer Investitur."

„Oh, das tut mir leid, Herr Halinov. Ich hoffe, Sie bekommen deswegen keine Probleme und auch, dass Sie mir das nicht nachtragen werden", stieß ein bestürzter Andreas hervor.

„Nein, ganz im Gegenteil, mein Herr", sagte der Major lachend, „weniger Kopfschmerzen für mich, und mit all dem, was Sie meinen Buchhalter gelehrt haben und was Ihr Vater mir und meinen Aufsehern beigebracht habe, werde ich jetzt sicherlich mehr Gewinn machen."

„Vielen Dank, Herr Major. Da wir beide in Uniform sind und denselben Rang haben, können wir gerne auf das ganze mein ‚Herr-Gedöns' verzichten, wenn wir unter uns sind. Ich heiße Andreas."

„Freut mich, Andreas. Ich heiße Michilov", sagte er und streckte seine Hand aus. „Gut Andreas, dann wollen wir dich mal ordentlich ausstaffieren, danach werde ich dir deinen neuen Adjutanten vorstellen und du kannst mit Organisieren anfangen. In Ordnung?"

„Nach dir, Michilov", sagte Andreas mit einem Grinsen.

Die erste Station war das Offiziersbad, wo Andreas, während ihm ein ganzer Zug von Bediensteten dabei half, sich zu entkleiden, von Schneidern und Schuhmachern von Kopf bis Fuß gemessen wurde. „Die möchte ich wieder haben", sagte er dem Bediensteten, der seine alte Uniform wegbrachte.

„Jawohl, mein Herr", sagte dieser mit einer Vorbeugung und ging davon.

„Einen vollen Satz Uniformen, Dienstanzug, Gesellschaftsanzug und Arbeitsunform. Aide-de-camp, Major, Königliche Reitergarde", sagte Halinov.

Die Schneider und Stiefelmacher würdigten dies mit einer Verbeugung und gingen ebenfalls.

„Wenn du dich fertig rasiert und gebadet hast, sollten sie die Arbeitsuniform fertig haben. Die anderen werden vor deinem nächsten Treffen mit der Kommandogruppe fertig sein. Gut, dann lass ich dich mal in Ruhe baden. Einer der Helfer wird mich holen, wenn du fertig bist", und, mit einer Verbeugung, verschwand auch Michilov.

Während er sein wohltemperiertes Bad genoss und der Dampf über ihm aufstieg, näherten sich ihm zwei Friseurmeister, einer mit einer Schere, der andere mit einer Rasierklinge.

„Wie hätten Sie es denn gerne, Herr Graf?", fragte der mit der Schere.

„Augen frei, über den Ohren und weg vom Kragen. Kein Bart, kein Schnurrbart, keine Koteletten", sagte Andreas.

„Ich muss Einiges organisieren", dachte Andreas. Zunächst würde er seinen Vater darum bitten müssen, das Grundstück und den Zustand seiner Besitztümer zu prüfen und auch, sich irgendeinen Verwaltungsplan auszudenken und ihm sagen, welche Art von Getreide er pflanzen sollte. Gut, eins nach dem anderen.

Zunächst würde er Wassilis Lager aufsuchen, seine Pferde einsammeln und sich zehn Soldaten für seine eigene Truppe suchen. Seiner Meinung nach dürfte das kein Problem sein. Johann würde sich als erster dafür melden und die anderen neun würden die Chance, etwas zusätzliches Geld zu verdienen, mit Freude ergreifen.

Dann würde er eine Unterkunft für sich, seine Soldaten und seine Pferde finden müssen. Wahrscheinlich könnte das sein Adjutant übernehmen. Beim Rest würde er wohl einfach der Dinge harren müssen, die da kämen.

Wie vom Major versprochen, kamen die Schneider und Stiefelmacher zurück, als das Wasser gerade begann kalt zu werden. Wahnsinn, wenn die Arbeitsuniform schon so aussah, wollt er sich lieber gar nicht vorstellen, wie die Ausgehuniform aussehen würde. Eng anliegende Kavalleriehosen mit Gürtel, ein maßgeschneidertes Hemd mit echten Knöpfen und nicht ein Hemd zum Überziehen, wie er es gewohnt war. Kavalleriestiefel aus weichem Leder, die ihm bis knapp unter die Knie reichten. Eine doppelreihige Jacke mit glänzenden Kupferknöpfen und mit den Majorsabzeichen auf den Schulterklappen. Eine Art Umhang war mithilfe einer Kette an einer der Schulterklappen der Jacke angebracht und über die linke Schulter drapiert. Ganz zu schweigen von der Kupferschnur die über seine rechte Schulter und unter der rechten Achselhöhle verlief und ihn als Aide-de-Camp ausgab. Den krönenden Abschluss bildete die schwarze Kappe aus Lammwolle, die das Markenzeichen der Königlichen Reitergarde war.

„Schwert oder Säbel", bat ein weitere Bediensteter an und hielt ihm beide zu Ansicht hin.

„Säbel", erwiderte er. Der Säbel war das, an was er gewöhnt war, woran er ausgebildet worden war, als er zur leichten Kavallerie gehörte. Er würde ihn später genauer untersuchen und mit seinem eigenen vergleichen, bevor er sich fest für diesen Säbel entscheiden würde. In der Zwischenzeit hatte der Adjutant ihm den Gürtel und das Schwert außen um den Mantel herum angelegt.

„Ihre beiden anderen Arbeitsuniformen, und ihre Dienst- und Gesellschaftsanzüge werden in zwei Tagen fertig sein, mein Herr", sagte der Schneidermeister, „und auch drei weitere Paar Schuhe. Ich entschuldige mich für die Qualität, mein Herr, aber wenn Sie möchten, werden wir diese Uniform mitnehmen und sie noch anpassen, wenn Ihre anderen Uniformen fertig sind."

„Sie müssen sich nicht entschuldigen, mein Freund", sagte Andreas, „für die kurze Zeit, die Sie zur Verfügung hatten, haben Sie wirklich gute Arbeit geleistet."

„Vielen Dank, mein Herr. Wenn Sie bitte Ihren Adjutanten zum Waffenschmied schicken könnten, damit er ihm mitteilen kann, welche Art von Sporen Sie benötigen. Ich bin mir sicher, dass er Sie in kürzester Zeit ausgestattet haben wird."

„Danke, ich werde mich darum kümmern", erwiderte Andreas.

„Wenn Sie gestatten?", fragte der Schneider.

„Ja, treten Sie weg", Andreas erwiderte den Gruß des Mannes und der ganze Trupp zog aus dem Badehaus ab.

„Wozu in aller Welt sollte ich Sporen brauchen?", dachte er. „Ich habe noch nie welche verwendet."

Er betrachtete sich in dem mannshohen Spiegel an der Wand des Badehauses und dachte, dass seine Mutter bestimmt sagen würde, dass er schneidig aussehe. Noch nie hatte er Kleidung von solcher Qualität besessen und das sollte die Alltagskleidung sein? Es würde ja schon fast die ganze Nacht dauern allein die Stiefel und das ganze Kupfer zu polieren.

„Ah, alles in Ordnung, mein Herr?", sagte Major Halinov als er das Badehaus betrat. Im Schlepptau hatte er einen Leutnant, der dieselbe Arbeitsuniform trug wie Andreas.

„Mein Gott, Herr Major, wann soll ich denn nur das ganze Kupfer polieren und das alles waschen?", platzte Andreas heraus.

„Wieso, mein Herr, dafür hat man doch persönliche Diener", sagte Major Halinov lachend. „Wissen Sie was, Sie können zwei von meinen anheuern bis Sie wieder nach Hause kommen. Ich brauche sie nicht, da ich morgen früh mit Wassili nach Hause zurückkehren werde."

„Vielen Dank, Herr Major, das würde ich wirklich zu schätzen wissen."

„Darf ich Ihnen Leutnant Ivan Michilovitch Halinov, ihren neuen Adjutanten, vorstellen, mein Herr?"

Der Leutnant nahm die Achtung-Stellung ein und salutierte elegant.

„Entschuldigen Sie meine Manieren, Herr Leutnant", sagte Andreas, erwiderte den Gruß und streckte ihm dann seine rechte Hand zum Gruß hin.

„Willkommen in unserer fröhlichen Gruppe."

„Es ist keine Entschuldigung nötig, Herr Major, es ist mir eine Ehre, zu dienen", erwiderte der Leutnant und schüttelte Andreas die Hand.

„Ach, herrje!", sagte der ältere, Halinov. „So geht das nicht. Ein echter Kavallerieoffizier Ihres Ranges würde sich nie im Leben ohne seine Sporen blicken lassen. Sie haben Glück, ich habe an alles gedacht. Ich verwende die Scheißdinger sowieso nie, deswegen können Sie sie haben. Ich bin mir sicher, dass der Herr Leutnant hier, sobald er kann, ein Paar für Sie auftreiben wird."

Auf diese Worte hin reichte der junge Leutnant Andreas ein Paar Sporen.

„Gut, dann ist das ja geklärt", sagte Andreas, nachdem er die Sporen angeschnallt hatte. „Lassen Sie uns von hier verschwinden, bevor ich schmelze."

„Die erste Amtshandlung, Herr Leutnant, ist es, noch zwei weitere Pferde für Sie zu besorgen. Die alte Mähre, die Ihr Vater Ihnen vermacht hat, mag zwar für die Infanterie gut genug sein, aber jetzt sind Sie in der Kavallerie und dazu reicht sie einfach nicht. Ich werde mich darum kümmern", sagte Andreas.

„Nur zur Information, der Mann, der mir das Pferd verkauft hat, hat mir versichert, dass es von höchster Qualität ist und ein gut trainiertes Kavallerieross", sagte der Major mit vorgetäuschter Empörung.

„Tja, das mag vielleicht so gewesen sein, als ich das Pferd an Sie verkauft habe, aber ich glaube, es hat wahrscheinlich vergessen, was ein Kavalleriepferd ist, nachdem es die ganze Zeit mit euch Stoppelhopsern unterwegs war", sagte Andreas lachend.

„Na, Sie haben ja Nerven, grade mal seit drei Stunden ein Graf und schon machen Sie sich über uns lustig, was?", lachte Michilov.

„So, erster Tagesordnungspunkt, Herr Leutnant, unsere lustige kleine Gruppe wird größer werden. Wir bekommen noch einen Feldwebel, drei Hauptgefreite und sechs einfache Soldaten. Wir brauchen Unterkünfte für sie und sechsunddreißig Pferde. Wir müssen uns um eine Kantine und um Verpflegung kümmern. Wenn Sie das alles organisiert haben, kommen Sie und holen mich. Ich werde drüben im Lager von Wassili sein", befahl Andreas.

„Jawohl, Herr Major", sagte der Leutnant und ging davon, nachdem er gegrüßt hatte.

„Wassili, da kommen zwei Kupferheinis", sagte Johann, „einer davon schaut aus wie ein richtig hohes Tier."

„Tatsächlich. Du hast die Augen eines Adlers, Johann, verdünnisier dich", sagte Wassili.

„Frag mal, ob die irgendwas von Andreas gehört haben, ja?", rief Johann über seine Schulter zurück, während er in Richtung seines Zelts ging.

„Da schau einer an, was die Katze angeschleppt hat", sagte Wassili zum Gruß. „Du hast ja mehr Klimbim an deiner Uniform als eine Tänzerin in St. Petersburg am Freitagabend."

„Na, na, na, begrüßt man so einen vorgesetzten Offizier, Hauptmann Ivanovitch?" sagte Andreas.

„Herr Major, entschuldigen Sie." Wassili sprang auf und nahm eine übertriebene Grundstellung ein, den Bauch herausgestreckt, die Hand zitternd zum Gruß gehoben und die Knie schlotternd.

Als Andreas loslachte, gab ihm Wassili eine feste Umarmung, wobei er ihn sogar hoch hob. „Meine Güte", sagt er, „Mütterchen Russland muss wirklich verzweifelt sein. Das hast du dir wirklich verdient, Andreas, dein Paps wird stolz auf dich sein."

„Ach, als nächstes wirst du noch mit mir ausgehen wollen, Wassili, du verweichlichst ja noch ganz, " sagte Andreas lachend. „Du weißt also über alles Bescheid?"

„Oh ja, wir sind seit Tagen am verhandeln", antwortete Wassili.

„Eigentlich sind es schon Wochen, Wassili", sagte Michilov. „Die sind vor ungefähr einem Monat im Hauptlager aufgetaucht", sagte er, „wegen irgendwelchen Vertragsverhandlungen. Alles war in Ordnung, doch dann haben sie rausgefunden, dass auch Engländer und Franzosen kommen, und da wussten sie dann erstmal nicht weiter. Sie haben überall nach jemandem gesucht, der sowohl Englisch als auch Französisch spricht und haben keinen gefunden. Dann hat sich Seine Eminenz an dich erinnert. Noch aus deiner Zeit im Seminar, und hat mich gefragt, ob ich dich kennen würde und ob du immer noch in Katharinental seist. Ich hab ihm gesagt, dass ich dich kenne und dass du nicht in Katharinental bist, sondern mit Wassili auf Patrouille. Sie standen schon in den Startlöchern und wollten dich suchen, dann haben sie erfahren, dass du gar kein Offizier bist. Da ging es dann richtig hoch her, mit Anwälten, Protokoll, und Leuten, die überall hin und her rannten. Zum Schluss, haben sie dann diese Lösung gefunden, ja, und jetzt sind wir hier."

„Ich bin mir nicht sicher, ob sie dir damit einen Gefallen getan haben, Andreas. Du bist der jüngste unter den Stabsoffizieren und hast den niedrigsten Dienstgrad, und ein Graf ist auf der Adelsleiter die unterste Stufe", fuhr Halinov fort. „Das Land, das sie dir gegeben haben ist nicht gerade das Beste und die Dörfer sind die ärmsten in der ganzen Provinz."

Wassili nickte zustimmend. „Ja, die haben dir einen Haufen Pferdemist gegeben, das steht fest", sagte er.

„Ja, aber andererseits", sagte Andreas, „bin ich jetzt besser dran als vorher und hocharbeiten kann man sich nur von unten."

„Andreas, der ewige Optimist", lachte Halinov. „Ich muss los. Unsere Brigade wird genau wie Wassili morgen früh nach Hause aufbrechen. Wir sollten es schaffen, rechtzeitig zur Ernte daheim zu sein. Ich werde deinem Vater, wenn wir daheim sind, alles erzählen, Andreas", sagte er, und nach einem letzten Handschlag ging er davon.

„Ach, beinahe hätte ich es vergessen, Wassili, ich habe eine Adjutanten, der ein paar Pferde braucht. Hast du ein paar Ersatzpferde, dich ich kaufen kann?"

„Das ist alles schon geregelt, Michilov hat sie heute Morgen bezahlt", sagte Wassili. „Viel Glück mit deinem Adjutanten, Andreas, ich weiß nicht so recht, was ich von ihm halten soll. Der steht zu sehr unter dem Einfluss seiner Mutter, glaube ich."

„Wir werden einen Kavalleriemann aus ihm machen", sagte Andreas. „Der wird für eine Weile von seinem Papi weg sein und das wird wahrscheinlich einiges ausmachen."

„Ja, vielleicht", sagte Wassili. „Wenn man vom Teufel spricht", sagte er und deutete mit seinem Kopf über seine Schulter.

„Herr Major, wenn Sie gestatten, alles was Sie angeordnet haben, ist organisiert", meldete der junge Leutnant.

„Danke, Herr Leutnant, rührt euch", befahl Andreas. „So, Herr Hauptmann, jetzt stehen wir hier schon seit Stunden rum, und Sie haben uns noch nicht einmal einen Stuhl oder etwas zu trinken angeboten. Langsam glaube ich, dass all die Sachen, die die Leute über euch unzivilisierte Kosaken sagen, wahr sind."

„So was darf es natürlich nicht geben, nicht wahr, sehr verehrter Herr Major?", sagte Wassili, verschwand in seinem Zelt und kam mit drei Zinnbechern und einer Flasche Wodka wieder heraus.

Er schenkte in jeden Becher einen Fingerbreit Wodka ein und verteilte sie. „Auf das Wohl des werten Grafen Bekenbaum."

„Danke, Herr Hauptmann, die Ehre der Kosaken ist gewahrt", sagte Andreas, „und nun sollten wir wahrscheinlich zum Dienstlichen übergehen, nicht wahr, Herr Hauptmann? Es wird schon spät. Trommelst du bitte die Jungs zusammen."

„Antreten, antreten!", bellte Wassili. „Kommt, kommt, ihr Schlafmützen, ihr lasst einen Aide-de-Camp des Chef des Stabes warten!"

Es brach ein organisiertes Chaos aus, als Männer aus ihren Zelten stürmten, ihre aufeinandergestapelten Waffen nahmen und in zwei Linien vor dem Zelt antraten die Grundstellung einnahmen.

„Ich melde, alle vollständig angetreten, Herr Major. Sie gehören Ihnen, Herr Major", sagte Wassili mit einem Gruß.

Andreas erwiderte den Gruß, und marschierte mit dem Hauptmann und dem Leutnant im Schlepptau direkt vor die angetretenen Männer.

„Mein Name ist Major Andreas Bekenbaum von der Königlichen Reitergarde. Ich habe den Befehl, zehn von Ihnen als meine persönliche Wache auszuwählen. Ich würde Freiwillige bevorzugen. Wenn Sie sich freiwillig für diesen Dienst melden möchten, treten Sie jetzt nach vorne."

Nach einem kurzen Zögern traten alle neunundneunzig Männer geschlossen einen Schritt nach vorne.

„Nun gut, rührt euch", und begleitet von stampfenden Stiefeln und krachenden Gewehren befahl er: „Feldwebel Johann Bekenbaum, treten Sie nach vorne und in die Mitte."

Johann marschierte bis auf einen Meter Abstand von ihm nach vorne, blieb stehen, präsentierte zum Gruß das Gewehr und rief: „Herr Major!"

„Feldwebel Bekenbaum, Sie werden diesen Sack unter den Männern herumgehen lassen."

„Herr Major", war die Antwort; er nahm den Sack, der ihm hingehalten wurde, und marschierte zurück zu den zwei Linien von Männern. Jeder Mann langte in den Sack und zog einen Stein heraus.

„Vielen Dank, Herr Feldwebel, Sie werden jetzt den Leutnant zu Ihrem neuen Lagerplatz begleiten, dann werden Sie wieder hierher zurückkommen, einpacken und alles am neuen Platz wieder aufbauen."

Als der frischgebackene Feldwebel und der Leutnant gegangen waren, fuhr Andreas fort: „Für den Rest von Ihnen: Im Sack waren neun farbige Steine. Diejenigen, die die farbigen Steine gezogen haben, sind meine Freiwilligen. Sie werden sich die Steine nicht ansehen, bevor ich mich nicht entfernt habe. Die Freiwilligen werden dann Ihre Ausrüstung einsammeln und sich zusammen mit Feldwebel Bekenbaum, wenn er wiederkommt, zu ihrem neuen Lagerplatz begeben."

„Herr Hauptmann, Sie können Ihre Soldaten wegtreten lassen."

„Kompanie! Achtung! Wegtreten!", bellte Wassili.

„Vielen Dank, Herr Hauptmann", sagte Andreas, bitte richten Sie Ihrer Familie schöne Grüße aus, wenn Sie nach Hause kommen."

„Werde ich machen, Andreas, und deiner Mama und deinem Paps auch", sagte Wassili. „Viel Glück, Andreas, du wirst es brauchen können."

Sie salutierten beide, und Andreas ging zurück zum Hauptlager, etwas traurig, dass er nun nicht mehr zu dieser Truppe gehörte. Er wanderte ziellos durchs Lager, die Fäuste hinter dem Rücken geballt, bis er zurück zum Flussübergang kam, wo die ganze Sache vor ein paar Wochen begonnen hatte. „Hier haben sie mich gefunden", dachte er und schaute zum Lager am anderen Flussufer hinüber. Jemand packte ihn grob an der Schulter und drehte ihn herum.

„Was zum Teufel ist hier los, Andreas?", fragte Johann.

Er sah sich seinem Bruder und Ivan, dem jungen Leutnant, gegenüber, die ihn beide besorgt ansahen.

„Die am anderen Flussufer und die in den Kommandozelten auf unserer Seite führen irgendetwas Großes im Schilde", sagte Andreas. „Die auf unserer Seite haben beschlossen, dass ich für sie von Nutzen sein kann und dass ich, wenn sie mir, was - für sie zumindest - ein paar Kleinigkeiten sind, unter die Nase halten, loyal sein werde und sie mich nach Belieben ausnutzen können. Wir sind an einem gefährlichen Ort, unter mächtigen und gefährlichen Männern, die vor nichts Halt machen, wenn es darum geht, ihre Ziele zu erreichen." Er dachte für ein paar Sekunden nach und fuhr dann fort: „Wenn es auch nur für eine Minute zu ihrem Vorteil wäre, würde unsere Seite uns ohne zu zögern der anderen Seite ausliefern."

„Wie können Sie nur so etwas denken?", stieß der junge Ivan hervor. „Sie und wir, wir werden alle respektiert. Der Zar würde solch ein Verhalten niemals tolerieren."

„Ivan, Ihre Mutter hat Ihren Kopf mit romantischen Vorstellungen von den ritterlichen Tugenden und der Ehre der Adligen gefüllt", sagte Andreas. „Das mag vielleicht für die Oberschichten unserer Gesellschaft gelten, aber für uns, am unteren Ende eher nicht. Der Zar weiß wahrscheinlich noch nicht einmal, dass es Katharinental gibt, geschweige denn, dass er die Menschen kennt, die dort wohnen. Was wissen Sie von den Leuten Ihres Vaters, Ivan?"

„Soweit ich weiß, gab es irgendwelche Streitigkeiten mit seiner Familie. Aber er redet nie darüber. Und auch nicht mit seiner Familie", sagte Ivan. „Warum fragen Sie?"

„Ihr Vater und mein Vater sind zusammen aufgewachsen. In einer Stadt namens Köln in Preußen. Ihr Großvater hat dort eine Eisengießerei und eine Fabrik. Ihr Großvater hatte geplant, dass Ihr Vater, als einer der jüngeren Söhne, eine Fabrik für die Familie in Westphalen aufmachen sollte. Das ist ein Staat südwestlich von Preußen. Sie sind ein paar Mal zusammen dorthin gereist, um mit Verhandlungen zu beginnen. Und dann hat Napoleon beschlossen, dass er ein paar Soldaten braucht und der Kaiser hat zugestimmt. Ihr Vater dachte, er würde ein paar wertvolle Erfahrungen sammeln können und Kontakte für seine Familie knüpfen können. Ihr Großvater sah das genauso und kaufte einen Offizierstitel bei den preußischen Husaren für Ihren Vater."

Andreas fuhr fort und erzählte, dass sein Vater, der ebenfalls ein jüngerer Sohn gewesen sei, dachte, dass es eine gute Idee sei, demselben Regiment beizutreten, dass sich jedoch dessen Vater geweigert habe, ihm die Erlaubnis dafür zu erteilen. „Und so ist Vater davon gelaufen, hat seinen Namen geändert und hat sich als Freiwilliger zum Soldatendienst gemeldet. Deswegen hat ihn mein Großvater enterbt."

Er berichtete weiter, dass ihren Vätern das Armeeleben zugesagt habe und sie sich beständig nach oben gearbeitet hätten, wobei

Ivans Vater, zum Leid seiner Familie, beschlossen habe, das Soldatensein zu seinem Beruf zu machen. Schließlich seien sie in derselben Kompanie gelandet und, als der Kaiser beschlossen habe, die Engländern im Kampf gegen Napoleon zu unterstützen, hätten sie an mehreren großen Feldzügen teilgenommen. Auf seinem Weg an die Spitze der Rangordnung, habe sich Ivans Vater mit der finanziellen Unterstützung seines Vaters bis zum Rang eines Obersts in einem Husarenbataillon hochgearbeitet. „Und er hat meinen Vater mitgenommen. Mein Vater hatte es mittlerweile auf den Rang eines Offiziersstellvertreter gebracht und war der hochrangigste Unteroffizier des Bataillons."

Da sie, wenn sie Standortdienst hatten, meistens in ländlichen Gegenden stationiert gewesen seien, sei den beiden Freunden aufgefallen, dass die Bauern, die in den Feldern arbeiteten, viel weniger freie Zeit gehabt hätten als das, was sie selber, als Bürger eines freien Stadtstaates gewohnt, gewesen seien. Die Bauern seien geradezu Sklaven der Landbesitzer gewesen, die mit den Bauern machen konnten, was sie wollten. Als in den meisten Teilen Europas eine große Hungersnot ausbrach, sei alles noch schlimmer geworden.

Die Preußen hätten begonnen ihre militärische und wirtschaftliche Überlegenheit den anderen deutschen Staaten gegenüber geltend zu machen und hätten mit allen Mitteln versucht, alle deutschsprachigen Staaten zu einem einzigen Land zu vereinigen. Dies habe zu Volksaufständen in einigen kleineren Staaten geführt, da diese mit dem Anschluss an den Deutschen Bund, der von den Preußen beherrscht wurde, ihre Freiheiten verloren hätten. Der Höhepunkt dieser Aufstände sei ein bewaffneter Massenaufstand in Heidelberg gewesen. Die Preußen hätten sich zum Eingreifen gezwungen gesehen und schickten das Bataillon, um zusammen mit dem bekannteren

Ulanen-, oder Lanzierer-, Kavalleriebataillon und zwei preußischen Infanteriebataillons die Revolte zu ersticken.

Als Ivans Vater den Befehl erhalten habe, nicht in die Stadt einzurücken und den bewaffneten Aufstand zu beenden, sondern stattdessen die Nachbardörfer, Bauernhöfe und Felder zu zerstören und jeden, der sich ihm in den Weg stellte, zu töten, habe Michilov gegenüber dem befehlshabenden General Protest eingelegt, der jedoch vehement abgelehnt worden sei, und sei aus Protest sofort von seinem Offiziersamt zurückgetreten. Als Michilov von einem ihm wohlgesinnten Infanterieoffizier aus dem Stab erfahren habe, dass die Befehlshaber überlegten, ihn wegen Verletzung seiner Dienstpflicht festzunehmen, habe Michilov die Gegend sofort verlassen.

„Der Rest der verheirateten Offiziere ist ihm gefolgt", fuhr Andreas fort. „Die jüngeren und unverheirateten Offiziere sind zurückgeblieben, und, nachdem sie sich versichert hatten, dass ihre Familien ihnen folgen würden, liefen auch die einfachen Soldaten davon und überquerten schließlich die Grenze an genau dieser Stelle. Ihr Vater und die anderen Offiziere hatten bereits Kontakt zu Wassili aufgenommen und eine Schwadron von seinen Soldaten wartete an diesem Flussübergang, um den Rest des Bataillons zu ihren neuen Ländereien und ihren Familien zu begleiten. Ihr Vater hat seinen Namen geändert, mit dem Geld aus Deutschland seine Ländereien gekauft und jetzt sind wir hier.

Die Siedlung nutzte ihre Kontakte in Deutschland, um an die Schusswaffen, die wir jetzt verwenden, heranzukommen. So haben wir am Anfang sichergestellt, dass die Kosaken auf unsere Seite bleiben, und wir haben Waffen für Vieh und Samen eingetauscht. Jetzt verkauft mein Vater Pferde an die Deutschen, Weizen an die Russen und über den Markt in Odessa auch an andere, genau wie Ihr Vater."

„Und deshalb sind Sie ein Kosake und wir nicht?", sagte Ivan.

„Ja, am Anfang wurde der Rest des Regiments zu Kosaken und breitete sich in Familiengruppen von ungefähr dreißig Mann im Beresan-Distrikt aus. Dann begannen die Russen, weitere deutsche Familien herzubringen. Wir haben uns, weil wir mussten, an die örtliche Kultur angepasst, aber die haben es nicht. Sie halten sich immer noch für Deutsche und schauen auf uns herab, fast so wie ihr Bojaren.

Wir nutzen dies zu unserem Vorteil, Ivan. Wir haben einen gewissen Ruf und etwas Geheimnisvolles und wir setzen auch alles daran, dass es so bleibt. In Wirklichkeit werden Sie feststellen, dass sich hinter der Nach-mir-die-Sintflut-Einstellung ein hohes Maß an Professionalität verbirgt und dass wir die Dinge sehr ernst nehmen. Ach, und eine Sache noch: Ihr Vater und mein Vater sind Brüder. Wir sind Cousins."

Zweites Kapitel

Als die Sonne ihren Zenit erreichte, wurde Andreas endlich ins Kommandozelt geleitet. „Schon lustig, was die unter ‚gleich am Morgen' verstehen", dachte er. Diesmal wurde ihm gleich ein Stuhl angeboten und nachdem die Formalitäten der Meldung erledigt waren, ging der Marschall gleich zum Wesentlichen über. Hinter dem Tisch saßen diesmal nur der Marschall und der Hofaffe aus dem vorherigen Treffen. Auf dem Tisch lagen zwei Stapel von Dokumenten.

„Herr Major", begann der Marschall, „Seine Hoheit bedauert es, dass er nicht hier sein kann, aber leider muss er sich um eine noch dringendere Angelegenheit kümmern. Wenn Sie möchten, können Sie in Ihrer Freizeit die Dokumente im linken Stapel durchlesen. Über Änderungen zu diesen Dokumenten wird nicht mehr diskutiert, die bleiben so, wie sie sind. Sie wurden von Rechtsexperten der beteiligten Regierungen erstellt und wir wissen nicht warum Seine Hoheit anderer Meinung war."

Nach kurzem Schweigen fuhr der Marschall fort: „Gestern haben wir eine Nachricht aus Moskau erhalten: Eine weitere Delegation wird zu uns stoßen, um über ein separates Abkommen zu verhandeln. Die Dokumente dafür sind im rechten Stapel. Ihre Aufgabe ist es, diese Dokumente zu prüfen und, falls sie Grammatikfehler oder so finden, werden Sie Änderungen vorschlagen und sie General Andropov hier vorlegen. Sie werden den General zu seinem Quartier begleiten, wo er Sie einweisen wird. Wegtreten.”

Daraufhin legten Andreas und der General, gefolgt von ihren jeweiligen Begleitern, die kurze Strecke zum Zelt des Generals zurück.

„Herr Major, geben Sie diese Dokumente dem Hauptgefreiten hier, der kann sie in ihr Quartier bringen und dann hier auf Sie warten”, befahl der General. Eine der Wachen, die vor dem Zelt des Generals positioniert waren, schlug die Zeltklappe auf. Der General trat ins Zelt ein und bedeutete Andreas, ihm zu folgen.

„Setzen Sie sich, Herr Major, sagte der General als er seine Kopfbedeckung und seinen Schwertgürtel ablegte und sie auf eine in der Nähe stehende Truhe warf. Während er seine Jacke aufknöpfte, lief er zu einer Reihe von Flaschen, die auf einem Tisch, der neben seinem Feldschreibtisch und Stuhl stand, aufgereiht waren. Er wählte eine Flasche aus, nahm zwei Tassen und begab sich zurück zum Schreibtisch, wo er großzügig aus der Flasche einschenkte und Andreas eine der Tassen reichte. „Zum Wohl”, sagte er, und leerte das Glas.

„So, Herr Major, wenn wir unter uns sind, werde ich Sie Bekenbaum nennen und Sie können ‚Herr General’ zu mir sagen, sagte er mit einem Grinsen.

Seine Hoheit hat gehört, dass es hier ganz in der Nähe einen See mit fantastischer Aussicht gib, die er sich nicht entgehen lassen kann. Das ist die dringende Angelegenheit. Der Kronprinz hat hin und wieder diese visionären Ideen, die wir, sein Hof, dann umsetzen müssen. Sie waren eine seiner genialen Einfälle. Und jetzt sitzen wir hier und dürfen etwas für Sie zu tun finden. Keine Bange, Sie sind ein Graf. Auch wenn Sie natürlich ein unbedeutender Graf aus einer unbekannten Grafschaft, weit entfernt vom Zentrum der Macht sind. Wir mussten jemanden finden, der dumm genug sein würde, das Angebot anzunehmen und ich bezweifle, dass irgendjemand aus dem inneren Kreis in Moskau etwas dagegen hat, dass ein Niemand eine Grafschaft im Nirgendwo übernimmt ohne auf einen großartigen Gewinn zu hoffen oder auf ein gemütliches Leben im Luxus. Die Arbeit, die wir für Sie geschaffen haben, reicht, damit Sie einen Gewinn machen und genug Geld verdienen, um die von der kaiserlichen Regierung geforderten Truppen ins Feld zu schicken. Der Zar wird außerdem in Kürze bekannt geben, dass allen Bauern die Freiheit geschenkt werden muss, Sie werden also Ihre Bauern für ihre Arbeit bezahlen müssen.

Andreas, für die alteingesessene Elite, werden Sie außerdem ein sozialer Außenseiter sein. Sie können weder russische noch wohlhabende Vorfahren aufweisen. Und wenn Sie es sich mit den falschen Leuten verscherzen, können Sie große Probleme bekommen.”

„Herr General, ich glaube nicht, dass dies ein Problem sein wird. Ich habe nicht die Absicht, mir irgendwelche Vorteile zu erschleichen oder mein Ansehen zu steigern. Ich habe jetzt schon mehr als genug.”

„Die Naivheit der Jugend”, sagte Andropov. „Ach, und übrigens: Ich bin der für den Beresan-Distrikt zuständige Offizier, deswegen werden Sie sowohl zu Hause als auch im Feld meinem Kommando unterstehen. So, dann wollen wir mal.”

Andropov erklärte Andreas, dass es das ursprüngliche Ziel der Mission gewesen sei, einen Ehevertrag für den Kronprinzen abzuschließen, der Stabilität in ganz Europa und für Mütterchen Russland garantiert hätte. Während der Verhandlungen, hätten die Engländer nicht gerade subtil zu verstehen gegeben, dass sie Mütterchen Russland einen Gefallen schulden würden, wenn Mütterchen Russland eine anderweitige Verwendung für ihre Gebiete in Nordamerika finden würde.

Sie seien sogar so weit gegangen, dass sie Zugeständnisse in Asien vorgeschlagen hätten oder sogar sich nicht gegen eine Erweiterung der russischen Marine zu stellen.

Der Zar sei zu dem Schluss gekommen, dass sie am besten damit fahren würden, das Land an die Amerikaner zu verkaufen. Die hätten ihnen mehr Geld angeboten als die Engländer. Geld, das der Zar zum Aufbau und Unterhalt seiner neuen Marine benötigen würde. Die Engländer könnten sich nicht wirklich beschweren, schließlich sei der Zar ja einer Bitte der Engländer nachgekommen. Und was habe Alaska überhaupt zu bieten: ein paar Fichten, Bäume, Lachs, Eis und Schnee? Mütterchen Russland habe ja sowieso schon einen Haufen Fichten und Bäume und Unmengen an Eis und Schnee, also, warum nicht?

„Und da kommen Sie ins Spiel, Andreas", sagte der General. „Die Amerikaner sind ungehobelte Nichtadelige, mit denen sich kein Aristokrat, der auch nur das Geringste auf sich hält, sehen lassen würde. Sie sind gerade erst in den Adelsstand erhoben worden. Das wird die Amerikaner beeindrucken und sie werden denken, dass Russland mehr mit Amerika gemein hat als mit den anderen europäischen Nationen. Ihre familiären Verbindungen zu Handel und Gewerbe, womit sich ein anständiger Adliger nicht die Finger schmutzig macht, werden Sie bei den Amerikanern ebenfalls in ein gutes Licht stellen. Sie werden also der Verbindungsmann zu den Amerikanern sein und Sie werden alles berichten, was Sie bei den Amerikanern aufschnappen und was das Abkommen beeinflussen könnte. Dabei werden Sie die Tatsache, dass Sie Englisch sprechen, geheim halten.

Die Amerikaner werden Unterkünfte in der Nähe Ihrer Unterkunft erhalten und Sie werden die Amerikaner zu jeder

Zeit freundlich grüßen. Gut, jetzt habe ich genug Zeit mit Ihnen verschwendet, nehmen Sie diese Papiere mit und machen Sie sich an die Arbeit.”

„Ich mag diesen jungen Mann”, dachte Andropov, als er zusah, wie ein verwirrter Andreas sich seine drei Soldaten schnappte und sich auf den Weg zurück in sein Lager machte. „Wir brauchen mehr Führer wie ihn und weniger Führer, die so sind, wie all die Deppen, die unseren Thronfolger umgeben.”

„Zum Glück ist Mütterchen Russland so groß und hat so viel Bewohner”, dachte Andreas auf dem Weg zurück ins Lager. „Wenn die anderen europäischen Nationen wüssten, wie rückständig und schlecht regiert sie ist, würden sie sich zusammenschließen und sie zerstören.”

Als Andreas sein Zelt erreichte, warteten dort ein Hauptmann und ein Gefreiter in dem bisschen Schatten auf ihn, den das kleine Vorzelt vor dem Eingang bot. Beide trugen Uniformen und Abzeichen von der Verwaltungsabteilung eines Infanteriebataillons. Am Boden lagen auf jeder Seite des Gefreiten zwei mittelgroße Taschen mit Griffen.

„Major Bekenbaum?”, fragte der Hauptmann mit zum Gruß gehobener Hand. „Bitte unterschreiben Sie hier die Empfangsbestätigung.” Und er drückte ihm ein Bündel Papiere in die Hand.

Andreas, der nun feststellte, dass die Taschen versiegelt waren, schaute sich die Papiere an und sah, dass er den Empfang von fünftausend Rubeln bestätigte, minus eintausend Rubel für Uniformen und Ausrüstung, die ihm und seinen Männern ausgehändigt worden waren, Verpflegungskosten für die Männer und ihn und die Futterkosten für seine Pferde.

„Das ist mal wieder typisch”, dachte er, unterschrieb die Papiere und gab sie dem Hauptmann zurück, welcher grüßte und dann kurzum mit seinem Gefreiten im Schlepptau davonging. Andreas sah ihnen kopfschüttelnd nach und bedeutete seinen zwei Dienern die Taschen aufzusammeln und neben seinem kleinen Schreibtisch abzulegen, auf dem sich, wie er feststellte, in der Zwischenzeit mehrere kleine Stapel Papier aufgetürmt hatten. Zwei davon waren die beiden Abkommen, die er durchsehen sollte, die aber nicht so wichtig waren, die anderen Stapel waren Materiallisten für die Ausrüstung.

Er besaß nun zweihundert Gewehre, vierhundert Patronen für die Gewehre und zweihundert Bajonette und Reinigungssets für die Gewehre. Zweihundert Lanzen, zweihundert Mal Feldgeschirr und Futtersäcke für die Pferde, genug Getreide für zweihundert Pferde und drei Wagen, um die ganzen Vorräte zu transportieren. Mit anderen Worten: Genug um eine ganze Kompanie zu versorgen. Eine Kompanie, die nun rechtskräftig unter seinem Kommando stand. Die gesamte Ausrüstung lag beim Quartiermeister zur Abholung bereit. Da alles entweder bereits bezahlt war oder von der Regierung ausgehändigt wurde, dachte Andreas nicht, dass es ein Problem sein würde, die Ausrüstung zu bekommen, obwohl er momentan nur zwölf Mann hatte. Er unterschrieb alle Formulare und legte sie zur Seite.

Er schaute zu seinen beiden Dienern herüber, die am Eingang zu seinem Zelt standen und erinnerte sich traurig daran, warum sie hier waren und dass er sie nun seit mehreren Tagen vernachlässigt hatte, was er sofort wieder gut machen würde. Er setzte sich auf sein Feldbett und bedeutete ihnen, sich auf dem Klappstuhl hinter seinem Schreibtisch, den er gerade frei gemacht hatte, und einen zweiten Klappstuhl am Zelteingang niederzulassen. „Nehmen Sie Platz", sagte er ihnen von der Kante seines Feldbetts aus.

Beide setzten sich, obwohl es beiden offensichtlich unangenehm war, in der Gegenwart eines Offiziers zu sitzen.

Beide trugen Infanterieuniformen, die ihren früheren Status zeigten: einer war ein Gefreiter, der andere ein Obergefreiter.

„Sagen Sie", sagte Andreas, „sind Sie verheiratet, haben Sie Kinder? Wie alt sind Sie?"

„Ich bin fünfundzwanzig Jahre, Herr Hauptmann", sagte der Obergefreite. „Mein Kamerad ist einundzwanzig. Wir sind beide verheiratet und ich habe zwei Kinder. Wenn wir nicht auf Feldzug sind, sind wir Diener im Dienst von unserem Herrn, Herrn Halinov. Wir sind Russen und unsere Eltern sind Feldarbeiter von unserem Herren."

„Das heißt also, dass Sie beide mindestens fünfundzwanzig Jahre Militärdienst absolvieren müssen, bevor Sie darauf hoffen können, Land zu besitzen", sagte Andreas. „Wie sieht es mit Ihrer Ausbildung aus?"

„Wir können beide lesen und schreiben, Herr Major", sagte der Obergefreite. „Wir sind beide ausreichend gut in Mathematik, haben eine Grundausbildung an der Waffe erhalten und etwas Reittraining. Wir können ein Pferdegespann und Wagen lenken, Herr Major."

Nun, da Andreas dem Adel angehörte, konnte er mit Leibeigenen machen, was er wollte und nach kurzem Überlegen hatte er entschieden, was er machen wollte.

„Ich würde Sie gerne beide dauerhaft in meinen Dienst nehmen", sagte er. „Wäre das für Sie ein Problem?"

Beide Männer warfen sich kurz einen Blick zu, bevor sie wieder auf den Boden schauten.

„Wie Sie wünschen, mein Herr", sagte der ältere der beiden ausdruckslos.

Nachdem er sein ganzes Leben lang beobachtet hatte, wie die Landbesitzer und Aristokraten ihre Leibeigenen behandelten, wusste Andreas, dass die beiden aus Angst davor, ihm zu missfallen, keine Emotionen zeigen würden.

„Sobald wir wieder nach Hause kommen", sagte Andreas, „werde ich ein vollständiges Kavalleriebataillon rekrutieren. Ich werde Hilfe bei der Verwaltung brauchen. Das Bataillon wird schnell wachsen und mir wäre es lieber, wenn ich für die wichtigsten Aufgaben in meinem neuen Bataillon Männer hätte, die mich kennen und wissen, wie ich arbeite. Als neuen Grafen wurden mir ein paar Ländereien zugeteilt, die ich nach eigenem Ermessen verwalten kann und mit denen ich dem Zaren Gewinn erwirtschaften soll. Da ich Bedienstete brauchen werde, werde ich auch Vorgesetzte für diese Bediensteten brauchen. Deswegen werde ich sie beide in den Dienstgrad eines Feldwebels erheben, wenn Sie ein paar Bedingungen zustimmen. Erstens, müssen Sie zumindest die grundlegenden Kavalleriefähigkeiten, die von einem Kosakensoldaten erwartet werde, erwerben. Ich kann in meinem Bataillon keine Männer gebrauchen, die nicht kämpfen können. Zweitens, werden Sie beide jeweils hundert Hektar Land in Besitz nehmen und sich darum kümmern, dass das Land vor unserem Einsatz im nächsten Frühjahr ertragsfähig ist. Und drittens werden Sie dem Zaren, Mütterchen Russland, der Heiligen Kirche, Ihrem Bataillon, Ihren Kameraden und sich selbst treu ergeben sein.

„Sie können jetzt gehen. Denken Sie darüber nach und lassen Sie mich wissen, wie Sie sich entschieden haben. Und nur um es ganz klar zu stellen, das ist Ihre Entscheidung, nicht meine. Ich möchte Sie zu nichts zwingen. Wenn Sie, wenn wir nach Hause kommen, lieber nicht meinem Trupp beitreten wollen, werde ich Sie wieder in das Kommando von Major Halinov übergeben und wir werden kein Wort mehr zu diesem Thema verlieren. Ich möchte nur Männer, die wirklich bei mir sein möchten, und keine, die sich dazu gezwungen fühlen. Der Dienst wird lang, hart und ab und zu etwas langweilig sein.

Manchmal wird er auch viel furchteinflößender sein, als Sie es sich jemals vorgestellt hätten.

Ich werde hart, aber gerecht sein. Denken Sie gründlich über mein Angebot nach, bevor Sie mir Ihre Antwort mitteilen. Wir werden an Orte geschickt werden, die weit weg von zu Hause sind und gefährlich. Damit muss dieses neue Kosaken-Bataillon rechnen, bis wir uns bewiesen haben. Gehen Sie und schicken Sie Feldwebel Bekenbaum zu mir, wenn er von der Ausbildung zurück ist."

Nachdem sie gegangen waren, nahm Andreas den ersten Stapel Dokumente, der im Grunde genommen ein Heiratsvertrag zwischen dem Kronprinzen und der Tochter eines adligen Hauses in Österreich war. Er war langweilig und bestand eigentlich nur aus uninteressantem, bürokratischem Jargon, der beiden Häusern genug Spielraum lies. Das andere Dokument war genauso langweilig formuliert, enthielt jedoch einige interessante Elemente, die Andreas denken ließen, dass es ihm gefallen werden würde, die Amerikaner zu treffen und sie kennenzulernen. Er wurde in seinen Gedanken unterbrochen, als sich sein Bruder selbst vor dem Zelt ankündigte.

„Feldwebel Bekenbaum, melde mich wie befohlen", meldete er, nachdem ihm die Erlaubnis einzutreten erteilt worden war.

Nachdem er die Fragen von Andreas zum Fortschritt bei der Ausbildung der Männer beantwortet hatte, skizzierte Andreas seinen Plan, um die ihnen zugeteilten Vorräte und das Material abzuholen und trug Johann auf, die Umsetzung des Plans mit dem Leutnant abzustimmen.

„Apropos Leutnant", sagte Andreas, „wie schlägt er sich denn? Der ist an die lockere Art und Weise, auf die wir miteinander umgehen, nicht gewöhnt."

„Der Leutnant macht ebenfalls Fortschritte, so wie man das von einem Infanterieoffizier erwarten kann, Herr Major", sagte

Johann. „Seine Schwertfähigkeiten sind angemessen, seine Reitkünste sind grenzwertig, mit der Lanze ist er kaum passabel, mit dem Gewehr hoffnungslos und seine Fähigkeiten mit der Peitsche sind nicht existent. Der Leutnant widmet sich voller Elan der Ausbildung und zeigt die Bereitschaft und den Willen zu lernen. Anleitungen und Vorschläge nimmt er gut auf, Herr Major."

„Danke, Herr Feldwebel. Halten Sie mich auf dem Laufenden. Setz dich, Johann, hast du etwas Tabak? Ich habe vergessen, meinen zu holen, bevor ich das Quartier gewechselt habe", fragte er.

„Aber natürlich", erwiderte Johann, „ich gebe dir etwas, wenn ich dafür einen Schluck von dem wunderbaren Wodka bekomme, den ihr feinen Offiziere immer da habt."

Mit einer Pfeife voller Tabak und einem Becker Wodka erklärte Andreas kurz seinen Plan hinsichtlich seiner zwei potenziellen Rekruten und fragte seinen Bruder, was er davon hielt. Der hielt dies für eine gute Idee und dachte, dass die beiden Männer die Gelegenheit wahrscheinlich beim Schopfe ergreifen würden. Andreas skizzierte auf, was er in nächster Zeit für seine kleine Gruppe geplant hatte. Johann dachte kurz nach und stimmte dann auch diesen Plänen zu.

„Gut", sagte Andreas. „Dann ruf die Jungs nach dem Essen zusammen, damit wir mit ihnen reden können. Ich werde dem Leutnant und seinem Helfer dasselbe Angebot machen. Und auf etwas persönlicherer Ebene, frage ich dich hiermit offiziell, ob du meiner kleinen feinen Gruppe beitreten möchtest. Möchtest du?"

Johann zog ein paar Mal ein seiner Pfeife, schwenkte den Wodka in seinem Becher für einen Moment hin und her, hob den Becher, leerte den Wodka und hielt Andreas den Becher zum Nachfüllen hin.

„Bruder", sagte er, „du weißt, dass ich im selben Boot sitze, wie du. Kein Land, kein nennenswertes Erbe. Ich bin auf mich selbst gestellt. Ich möchte Irene heiraten und die hundertzwanzig Hektar Land, die du mir abtreten wirst, werden mir dabei helfen, sie zu überreden meinen Antrag anzunehmen. Die Jungs haben nichts dagegen, dass ich Oberfeldwebel werde. Sprich, auf gut Deutsch, ich bin dabei."

„Oh, ihr hinterhältigen Bekenbaums", lachte Andreas. „Du weißt ganz genau, dass dir als Oberfeldwebel nur achtzig Hektar zustehen. Du ringst mir zusätzliche vierzig Hektar ab, nur weil du weißt, dass ich auf deinen reichen Erfahrungsschatz angewiesen bin. Also gut, hundertzwanzig Hektar Land aus dem Besitz der Krone und vierzig Hektar von meinem Land, aber keinen Hektar mehr."

„Ich hatte den besten Lehrmeister beim Feilschen, mein Herr, meinen älteren Bruder Andreas."

„Warte nur, bis wir nach Hause kommen, dann werde ich diesem Andreas beibringen, dass man mit einem Major der Leibgarde keine Spielchen spielt." Andreas streckte seine Hand aus, Johann schlug ein, sie stießen mit ihren Blechbechern an, kippten das feurige Gesöff herunter und die Abmachung war besiegelt.

„Gut, dann zurück an die Arbeit", sagte Andreas. „Schick den Leutnant und seinen Mann in meine ehrwürdige Gegenwart, und dann schicke jemanden zu seiner Eminenz und lass fragen, ob er uns die Ehre machen würde, die Einführungszeremonie heute Abend zu leiten."

„Oh, und bevor ich es vergesse: Wie sieht es mit deinem Englisch aus?", fragte er auf Englisch.

„Ah, ich sprechen nicht so gut, vielleicht ich kann verstehen. Besser zuhören. Warum ich mich wundere", erwiderte Johann.

„Es werden bald ein paar Amerikaner zu uns stoßen", sagte Andreas, immer noch auf Englisch. „Ich habe den Verdacht, dass sie für eine ganze Weile bei uns bleiben werden. Bestimmt haben sie auch ein paar Soldaten dabei. Sei freundlich zu ihnen, gib nicht zu viele Informationen preis, aber beantworte ihre Fragen. Ich möchte nicht, dass du Englisch mit ihnen sprichst, hör nur zu, wenn sie sich untereinander unterhalten. Vielleicht können wir so etwas Wertvolles von ihnen erfahren, wenn sie nicht vorsichtig sind, weil sie glauben, dass wir ihre Sprache nicht sprechen. Ich werde dasselbe bei den Offizieren machen."

Johann willigte ein, bat um die Erlaubnis, wegzutreten und schlenderte aus dem Zelt. Andreas bemerkte, dass seine zwei Diener vor dem Zelt warteten und rief sie herein. Sie kamen herein, und stellten sich vor ihm in die Grundstellung. Im Gegensatz zu ihm und seinen Leuten, hielten sie die Augen beim Meldung machen gesenkt, anstatt den Blick stolz auf einen Punkt zehn Zentimeter über seinen Kopf zu richten.

„Sagt, wie ihr euch entschieden habt", befahl Andreas. „Die beiden müssen noch viel lernen", dachte er bei sich.

„Mein Herr", sagte der ältere der beiden Männer, „wenn Sie gestatten, würden wir gerne die Positionen, die Sie uns angeboten haben, annehmen."

„Gut, dann sind Sie beide mit sofortiger Wirkung offiziell befördert. Ihnen stehen außerdem vierzig Hektar Land der Krone zu. Ich werde die Unterlagen für Ihren Eintritt in die Leibgarde als Feldwebel in meinem Verwaltungsstab fertig machen und Sie werden sich sofort die entsprechenden Uniformen besorgen und diese tragen. Wo sich Ihre Ländereien befinden, kann ich Ihnen erst bei unserer Rückkehr sagen, weil ich das selber noch nicht weiß. Aber ich gebe Ihnen mein Wort, dass Sie sie bekommen werden. Ist das akzeptabel?"

„Jawohl, Herr Major!", bellten sie.

„Kümmern Sie sich drum. Eine Stunde nach Sonnenuntergang werden Sie hier bei mir in Uniform Meldung machen. Bis dahin möchte ich Sie nicht sehen. Wegtreten."

Andreas folgte ihnen, als sie seine Unterkunft verließen. Er wollte kurz etwas frische Luft schnappen, als er sah, dass ein allen Anschein nach aufgebrachter Leutnant und sein Diener ungeduldig draußen warteten. Seufzend ging er zurück ins Zelt und winkte die beiden Männer zu sich hinein. „Ich habe ja schon darauf gewartet, dass das passieren wird", dachte er. Er ging zurück an seinen Schreibtisch und griff die Peitsche von oben, ungefähr auf halber Länge mit seiner rechten Hand.

„Sie haben kein Recht, diese Männer aus dem Dienst meines Vaters zu entwenden!", brüllte Ivan, als er ins Zelt trat.

„ACHTUNG!", bellte Andreas in seiner besten Paradeplatz-Befehlsstimme. Er drehte sich herum, und schwang fachmännisch die Peitsche, sodass sie zwei Zentimeter vor dem rechten Ohr des Leutnants mit einem pistolenähnlichen Knall aufklatschte.

Der Leutnant sprang sofort in die Grundstellung, während der einfache Soldat, der diese schon längst eingenommen hatte, sichtbar vor Angst zitterte.

Andreas lief um die beiden Männer herum, und wickelte, als er hinter ihnen angekommen war, seine Peitsche wieder auf und klopfte mit dem Ende gegen seinen Oberschenkel. Er streckte seinen Kopf aus dem Zelt und bedeutete seiner Wachmannschaft, die schon dabei war, einzuschreiten - der Unteroffizier hatte sein Schwert gezogen und die zwei Soldaten hatten ihre Gewehre im Anschlag - sich zurückzuziehen.

Andreas stellte sich zwischen die beiden und sagte, „Gefreiter, können Sie den Leutnant und mich einen Moment alleine lassen? Warten Sie bitte dort drüben vor dem Zelt, bis ich Sie rufe", sagte er leise.

„Herr Leutnant", fuhr er fort, und blieb hinter seinem jungen Cousin stehen, „Ungehorsam gegenüber einem höherrangigen Offizier ist im Einsatz ein Fall für das Militärgericht. Ungehorsam gegenüber Ihrem Lehnsherrn ist zu jeder Zeit ein Kapitalverbrechen, das je nachdem was der Lehnsherr entscheidet, durchaus sofortiger Hinrichtung bestraft werden kann. Da Ihr Diener dank Ihnen Ihre Taktlosigkeit mit angehört hat, ist auch er des Ungehorsams schuldig und kann somit ebenfalls unverzüglich erschossen werden."

Andreas blieb weiterhin hinter dem jungen Leutnant stehen und während er mit der Peitsche leicht gegen sein rechtes Bein schlug überlegte er, wie die Angelegenheit handhaben sollte. Üblicherweise erteilten russische Aristokraten in solch einem Fall dem schuldigen Offizier eine strenge Maßregelung, verlangten eine saftige Geldstrafe von ihm und ließen ihn seinen Diener vor den anderen Männern erschießen. Ein Kosakenoffizier, der so etwas wegen eines kleinen Vergehens wie in diesem Fall tat, würde - bestenfalls - am nächsten Morgen ohne einen Großteil seiner Männer aufwachen und im schlimmsten Fall überhaupt nicht.

Andreas drehte sich herum, ging vor das Zelt und sprach den wachhabenden Hauptgefreiten an, der sich vor dem Vordereingang des Zeltes positioniert hatte, und bat ihn, den Gefreiten zu ihm zu bringen. Dann begab er sich zurück an seinen Schreibtisch, warf die Peitsche darauf, drehte sich um und sah den zwei Männern, die mittlerweile beide sichtbar vor Angst zitterten, ins Gesicht.

„Rührt euch, Gefreiter", sagte Andreas, „bitte entschuldigen Sie es, dass ich Sie in diese Angelegenheit einbeziehen muss. Sie trifft keine Schuld und Sie haben nichts falsch gemacht. Leutnant, der Feldwebel wird Sie jetzt zurück zu Ihrem Quartier begleiten, dort werden Sie auf weitere Befehle warten. Gefreiter, Sie bleiben hier."

Nachdem der Leutnant den Befehl zur Kenntnis genommen hatte, seinen Gesichtsausdruck unter Kontrolle gebracht hatte und aus dem Kommandozelt marschiert war, ging Andreas zum Schreibtisch und ließ sich auf dem Feldstuhl nieder. „Der eigentliche Grund für dieses Treffen, Gefreiter, war, dass ich Sie fragen wollte, ob Sie sich unserem Regiment anschließen möchten. Dieses Angebot steht nach wie vor, wenn Sie möchten. Sie haben die Erlaubnis, frei zu sprechen."

„Sie möchten, dass ich Ihrem Regiment beitrete, Herr Major, und ein Kosake werde, wie die anderen?", platzte der Gefreite voller Überraschung heraus.

„Ja, Gefreiter, das ist die Idee. Haben Sie ein Problem damit?", antwortete Andreas.

„Nein, mein Herr, ich habe schon immer davon geträumt, ein Kosake zu sein. Ja, wenn Sie es gestatten, würde ich jede Position annehmen, die Sie mir anbieten, Herr Major."

„Gut, Herr Feldwebel, dann schließen Sie sich bitte meinen beiden neuen Feldwebeln an, holen Ihre neuen Uniformen ab und treten eine Stunde nach Sonnenuntergang zusammen mit den beiden anderen wieder hier an."

Als der frischgebackene Feldwebel das Zelt beinahe rennend verlassen hatte, wurde der Plan von Andreas, ein paar Minuten zum Nachdenken zu genießen, von dem Mann zunichte gemacht, der aus dem Schatten des Zelteingangs trat.

„Das haben Sie gut gehandhabt, Herr Major", sagte General Andropov.

„Verzeihen, Herr General, ich habe Sie nicht gesehen", rief Andreas und sprang in die Grundstellung.

„Entspanne Sie sich, Andreas", sagte der General, schob die Stiefelspitze unter einen Feldstuhl und zog ihn herbei. Der General setzte sich, zog eine Zigarre aus der Innentasche seines

Mantels und zündete sie an. „Könnte ich wohl einen Schluck von dem berühmten Wodka haben, den Ihre Leute immer da haben?"

Hastig griff Andreas nach der Flasche und schenkte sich selbst und dem General einen Schluck ein. „Entschuldigen Sie, Herr General, ich habe nur diese Blechbecher", sagte Andreas.

„Oh, die Erniedrigungen, die ich erleiden muss, wenn ich mich mit Ungebildeten abgebe", lachte der General. „Ich war auf dem Weg hierher, um zu sehen, ob Sie ein gutes Tröpfchen dahaben, als ich den aufgebrachten Leutnant in Richtung Ihres Zeltes marschieren sah", sagte der General. „Es war mir klar, dass da eine Konfrontation bevorstand. Als der Gefreite das Zelt verließ, habe ich mich hereingeschlichen, als Sie mit dem Rücken zu mir standen."

Andreas dachte für einen Moment nach, während er seine Pfeife ausleerte und sie mit Tabak füllte. Er zündete die Pfeife mit der Zigarre, die der General ihm hinhielt an und gab dem General die Zigarre zurück.

„Herr General, ich bin im selben Dorf aufgewachsen wie der Leutnant", sagte Andreas. „Der Vater des Leutnants hat ihn auf den diesjährigen Feldzug mitgenommen, weil er hoffte, dass der Leutnant danach weniger verwöhnt sein würde. Leider war der Feldzug in diesem Jahr eher politischer als kriegerischer Natur und der Leutnant hat sich den anderen verhätschelten, privilegierten jungen Offizieren angeschlossen und ist nur noch arroganter geworden. Sein Vater hat mich darum gebeten, ihn als meinen Adjutanten in meinen Dienst zu nehmen, und hofft, dass ich ihn zu einem richtigen Offizier und Gentleman mache. Ich hatte erwartet, dass es zu einer Konfrontation mit ihm kommen würde, hatte aber gehofft, dass sie sich im Privaten abspielen würde und nicht, wie gerade eben, in aller Öffentlichkeit. Wenn es eine private Angelegenheit gewesen wäre, hätte ich die Sache eindämmen können. Ich hätte dem

Leutnant eine Abmahnung erteilen können und damit wäre die Sache erledigt gewesen. Aber jetzt muss ich mir irgendeine öffentliche Strafe ausdenken, ansonsten verlieren meine anderen Soldaten den Respekt vor mir."

„Verstehe", sagte der General, „mein Vater hat für mich etwas Ähnliches arrangiert, als ich so alt war. Hat mir viel gebracht. Darf ich einen Vorschlag machen? Ein ernstes Gespräch mit mir und Seiner Eminenz könnte doch eine gute Lösung sein? Natürlich würde ich trotzdem erwarten, dass Sie ihm für die Soldaten sichtbar noch irgendeine kleinere Strafe erteilen. Nun zum eigentlichen Grund meiner Anwesenheit: Ich möchte Sie zu einem Staatsempfang zur Feier des Abschlusses der Verlobungsvereinbarung für den Kronprinzen einladen. Das Fest soll heute Abend stattfinden und ich denke, es ist in Ihrem besten Interesse, wenn Sie nicht daran teilnehmen. Je früher der Kronprinz Sie vergisst, desto besser ist es für Sie, Andreas. Sobald sich der Kronprinz nicht mehr für Sie interessiert, werden die Speichellecker um ihn herum Sie nicht mehr als Bedrohung ansehen und werden aufhören, einen Weg zu finden, um Sie in Verruf zu bringen und Sie ständig anzugreifen. Diese kleine Disziplinarangelegenheit ist eine gute Ausrede."

„Ich hätte auf jeden Fall versucht, eine Ausrede zu finden, Herr General", sagte Andreas. „Ich beabsichtige in keiner Weise, mich in die Hofpolitik einzumischen. Heute Abend werden wir auch sowieso mit einer kleinen Zeremonie die neuen Mitglieder in unser neues Regiment einführen. Sie sind natürlich herzlich zur Zeremonie eingeladen, schließlich sind Sie unser Befehlshaber."

„Vielen Dank für die Einladung, Andreas. Leider kann ich sie nicht annehmen. Da ich kein ‚Kosakenblut' habe, darf ich an der Zeremonie selbst überhaupt nicht teilnehmen. Ich werde aber versuchen, zur anschließenden Feier zu kommen. Wenn ich es denn schaffe, mich von der Feier des Kronprinzen loszueisen. Der zweite Grund, weshalb ich hier bin, ist, dass die Amerikaner Interesse daran bekundet haben, zu sehen, wie die Kosaken funktionieren und sie fragen sich, ob es in Ordnung sei, Ihnen bei der Ausbildung zuzusehen."

„Wir üben jeden Morgen, Herr General", sagte Andreas. „Wir haben in der Lichtung ungefähr fünf Meilen östlich von hier einen Übungsplatz eingerichtet. Er liegt ungefähr zweihundert Meter abseits des Hauptpfades und Sie müssten den neuen Pfad sehen können, den wir geschlagen haben, um zur Lichtung zu kommen. Die Amerikaner können jederzeit kommen und uns zusehen. Morgen werden wir für die neuen Leute die Ausbildung bei null anfangen. Oder warten Sie, es ist vielleicht besser, wenn sie erst in ein paar Tagen kommen. Nach dem Fest heute Abend, wird morgen wahrscheinlich niemand in der Lage sein, zu üben."

„Geht in Ordnung", sagte der General, „ich werde es so weitergeben. Nächstes Frühjahr werde ich tausend Soldaten von Ihnen benötigen. Ist das ein Problem?"

Nach kurzem Überlegen, erwiderte Andreas: „Ich kann Ihnen fünfhundert Männer garantieren, Herr General. Ich glaube, für mehr Männer benötige ich die Erlaubnis des Ataman."

„Irgendwie habe ich das Gefühl, dass das kein Problem sein wird, Andreas. Je mehr Soldaten Sie bekommen können, desto besser. Im Rahmen der neugebildeten Allianz hat der Zar gemeinsamen Expeditionsstreitkräften zugestimmt, die nächstes Jahr losgeschickt werden sollen. Sie werden Teil davon sein. Andreas, Sie haben wirklich keine Ahnung was Sie nicht nur in Ihrer eigenen Brigade in Bewegung gesetzt haben, sondern auch in den anderen Kosakenkontingenten hier. Wassili hat Sie in den höchsten Tönen gelobt und Ihre Männer haben keine Gelegenheit ausgelassen, um mit Ihnen zu prahlen. Sie hätten schon vor langer Zeit zum Offizier ernannt werden sollen. Der einzige Grund, weshalb dies nicht geschehen ist, scheint Ihre Herkunft zu sein. Jetzt müssen Sie Ihre Chance nutzen, um daraus nicht nur für sich selbst, sondern für Ihre gesamte Gemeinschaft, Vorteile zu erzielen. Die Zeremonie heute Abend, wird der Anfang davon sein." Mit diesen Worten verabschiedete sich der General. Er sagte, er werde den Leutnant zu einem ernsten Gespräch abholen und ihn danach wieder zurückgeben.

„Darf ich kurz stören, Herr Major?", tönte es kurz nachdem der General gegangen war vom Zelteingang.

„Komm rein, Johann", erwiderte Andreas.

„Dieser dumme Bengel hätte sich keinen schlechteren Zeitpunkt aussuchen können", sagte Johann. „Ich habe versucht ihn zu warnen und ihm gesagt, dass der General im Anmarsch ist, aber er hat nicht auf mich gehört."

„Es ist alles unter Kontrolle, Johann", sagte Andreas.

„Ich habe dem General die Lage geschildert und wenn der Leutnant von seinem Gespräch mit dem General zurückkommt, werde ich ihm eine strenge Abmahnung erteilen und damit ist die Sache dann hoffentlich erledigt."

Er bat Johann, zwei von den drei Pferden von Andreas als Geschenk für die zwei neuen Rekruten zurechtzumachen. Er erklärte, dass er als ihr Bürge, dazu verpflichtet sei, ihnen ihre ersten Pferde zur Verfügung zu stellen. Er glaubte, dass es eine angemessene Strafe sei, Ivan eines seiner Pferde abzunehmen, und es seinem neuen Feldwebel als erforderliches Pferd zur Verfügung zu stellen. Außerdem müsste Andreas auf diese Weise kein Geld ausgeben, um ihm ein Pferd zu kaufen. Johann stimmte zu und nachdem Andreas bestätigt hatte, dass er im Moment nichts weiter brauchte, ließ er Andreas wieder seinen Gedanken nachhängen.

Nach einer, wie Andreas dachte, recht kurzen Zeit informierte Ihn der wachhabende Obergefreite, dass der Leutnant um eine Audienz bäte. Nachdem er sich kurz gesammelt hatte, seine Uniformjacke zugeknöpft hatte und sich mit den Fingern durchs Haar gefahren war, erteilte Andreas dem Leutnant die Erlaubnis, einzutreten.

„Leutnant Halinov meldet mich wie befohlen zu Bestrafung, Herr Major!", sagte Ivan ganz formal.

„Rührt euch, Herr Leutnant", sagte Andreas, „haben Sie etwas zu Ihrer Entschuldigung vorzubringen, bevor ich Ihnen Ihre Strafe erteile?"

„Es gibt keine Ausreden, Herr Major. Ich möchte mich bei dem Herrn Major für mein Verhalten entschuldigen und bitte um die Vergebung meines Herren."

„Angesichts Ihrer Unerfahrenheit und Ihrer mangelnden militärischen Ausbildung bin ich gewillt, ein Auge zuzudrücken. Allerdings kann ich nicht darüber hinwegsehen, dass Sie einen der Männer, für die Sie verantwortlich sind, in Ihr indiskretes Verhalten involviert haben.

Achtung! Wegen Ungehorsam gegenüber einem rechtmäßig ernannten vorgesetzten Offizier erteile ich Ihnen hiermit eine Geldstrafe in Höhe eines Monatssoldes. Wegen Ungehorsam gegenüber Ihrem rechtmäßig ernannten Lehnsherrn informiere ich Sie hiermit darüber, dass Sie Ihren Anspruch auf ein geschenktes Pferd verwirkt haben. Dafür, dass Sie einen Unterstellten in Ihr Fehlverhalten involviert haben, werden Sie diesem Unterstellten ein Pferd zur Verfügung stellen, das wir bereits ausgewählt haben und Sie werden sich vor der Einführungszeremonie heute Abend öffentlich bei diesem Unterstellten entschuldigen. Verstehen Sie diese Strafe und sind Sie bereit, sie anzunehmen?"

„Jawohl, Herr Major!"

„Rührt euch. Möchten Sie nach wie vor unser Adjutant sein, oder möchten Sie jemand anderem zugeteilt werden?"

Voller Überraschung fragte Ivan: „Sie würden weiter mit mir arbeiten?"

„Offiziere im Feld haben nicht die Angewohnheit, schlecht durchdachte Entscheidungen zu treffen, Herr Leutnant, und sie sagen normalerweise auch nicht alles zweimal."

„Ja, Herr Major, ich würde gerne weiterhin Ihr Adjutant sein, mein Herr!"

„Gut, dann setzen Sie sich, Ivan", sagte Andreas und beendete damit den formellen Teil des Gesprächs.

Nachdem er sich ebenfalls gesetzt hatte, fuhr Andreas fort: „Cousin, welche Pläne hat dein Vater für deine Zukunft? Würde er darüber aufgebracht sein, wenn du die militärische Laufbahn einschlagen würdest und, vor allem, käme das für dich in Frage?"

„Herr Major, mein Vater und ich haben über die Möglichkeit gesprochen, dass ich für eine Weile in der Armee bleiben könnte", sagte Ivan. „Wir beide sind der Meinung, dass es angesichts der düsteren Verhältnisse zu Hause in meinem besten Interesse wäre, wenn ich mindestens fünf Jahre in der Armee bleiben würde. Also, nein, mein Vater würde nicht aufgebracht sein."

„Mir wurde gerade mitgeteilt, dass ich die mir unterstellte Truppe in naher Zukunft beträchtlich aufstocken muss", sagte Andreas. „Ich werde sowohl gute Offiziere als auch gute Männer benötigen. Das heißt, ja, ich habe eine Verwendung für dich.

Die Sache hat allerdings einen Haken. Du kannst als Verwaltungsoffizier für mich arbeiten, aber ich kann dir keine Schwadron Soldaten unterstellen, da alle Soldaten Kosaken sein werden, und du nicht. Würdest du dich uns trotzdem anschließen wollen?"

„Ich bin mir dessen bewusst", sagte Ivan. „Aber ich weiß nicht, ob ich mich einer Truppe Kosaken anschließen darf."

„Nun, zuerst musst du fragen", sagte Andreas, „und dann musst du einen Bürgen finden. Anschließend muss die Truppe darüber abstimmen, ob sie dich aufnehmen will, und dann musst du in die Truppe eingeführt werden. Aber selbst dann, kann es sein, dass du kein Offizier wirst. Kosakenoffiziere werden von den Mitgliedern der Truppe gewählt und werden nicht von einem Lehnsherrn eingesetzt."

„Herr Major, wo frage ich und wie finde ich einen Bürgen?", fragte Ivan.

„Gehe ich recht in der Annahme, dass du dich uns anschließen möchtest?", fragte Andreas.

Nachdem Ivan zur Antwort genickt hatte, fuhr Andreas fort: „Nun, du hast gefragt, du hast deinen Bürgen gefunden, die Jungs haben gestern beschlossen, dich aufzunehmen, und du wirst in Uniform ohne Rangabzeichen und Waffen zur Einführungszeremonie heute Abend antreten. Natürlich musst du dein eigenes Pferd zur Zeremonie mitbringen, da du das Geschenk von mir als Bürgen mit deiner Strafe verwirkt hast, aber mach dir darüber keine Gedanken, wir haben schon alles arrangiert. Und jetzt fort mit dir, kleiner Cousin, jemand wird vorbeikommen und dich abholen."

„Oh, diese Kopfschmerzen", dachte Andreas, als er sich mühsam auf seiner Pritsche aufrichtete. Das einzige, was noch schlimmer war als eine Kosakeneinführung war eine Kosakenhochzeit. Hochzeiten bedeuteten drei Tage wildes Feiern, nicht nur zwei, wie bei der Einführungszeremonie. Andreas hatte sich am zweiten Tag eine Stunde nach Sonnenuntergang davongeschlichen. Wahrscheinlich hätte ihn sowieso keiner vermisst. Alle waren bereits an dem Punkt angelangt, an dem sie nicht einmal mehr wussten, wie sie selber hießen.

Vorsichtig blickte er sich um und sah, dass seine Uniform und sein Rasierzeug bereits für ihn bereitlagen, eine Schüssel Wasser war ebenfalls vorbereitet worden und auf dem Schreibtisch lag ein Handtuch. Er quälte sich von seiner Pritsche herab, schlurfte zum Schreibtisch und schaufelte sich ein paar Ladungen Wasser über den Kopf und ins Gesicht. Noch während er sich rasierte, trat ein hellwacher und enthusiastischer frischgebackener Feldwebel geschäftig ins Zelt.

„Einen wunderschönen guten Morgen, mein Herr", grüßte er ihn fröhlich. „Möchten Sie einen Schluck gegen den Kater, Herr Major?", fragte er und bot ihm einen Becher und eine Flasche an.

„Bloß nicht!", sagte Andreas. „Etwas heißer Tee wäre jetzt genau das richtige."

Der Mann lachte und half Andreas beim Anlegen seiner Uniform. „Wie zum Teufel können Sie nur so verdammt fröhlich sein?"

„Tja, mein Herr", sagte der Feldwebel, „niemand hat uns nach den ersten zwei, drei Stunden großartig Beachtung geschenkt. Deswegen konnten wir uns am ersten Abend schon kurz nach Mitternacht aus dem Staub machen. Ich bin beeindruckt, dass Sie, mein Herr, es überhaupt geschafft haben, sich davonzumachen."

„Ah, kein Respekt, überhaupt kein Respekt. Ein guter Feldwebel hätte die Bestrafung anstelle seines Vorgesetzten angetreten. Sind meine Wachen wenigstens halbwegs nüchtern geblieben?", fragte er.

„Jawohl, Herr Major. Die, die jetzt Dienst haben, haben kaum an der Feier teilgenommen", antwortete er.

„Hauptgefreiter, bewegen Sie Ihren Hintern ins Zelt", bellte Andreas.

„Herr Major, wie kann ich meinem verkaterten Herrn von Diensten sein?", fragte der Hauptgefreite.

„Ach, nicht Sie auch noch. Was muss man denn machen, um hier etwas Respekt zu bekommen? Meine eigene verdammte Wache!", sagte der mitgenommene Major und schlug seinem Hauptgefreiten gutmütig auf den Rücken. „So, die Feier ist vorbei. Wecken Sie die faulen Ärsche, Hauptgefreiter", befahl Andreas.

Der Hauptgefreite marschierte nach draußen, schnappte sich einen Topf und eine Kelle, die er gegen den Topf schlug, und schrie: „ANTRETEN! ANTRETEN!"

Die sieben Männer wankten alle mehr oder weniger bekleidet aus ihren Zelten und formierten sich zu einer unordentlichen Linie. Diejenigen, die überhaupt ein Hemd anhatten, hatten die Knöpfe falsch zugeknöpft. Bei manchen steckte ein Hosenbein im Stiefel und das andere nicht. Alle schwankten etwas als sie vor dem Major standen, der von seinen zwei voll uniformierten Feldwebeln umrahmt wurde. Mit Verspätung wurde Leutnant Ivan von seinem Helfer herangescheucht. Er schloss sich der Gruppe auf einem Bein hüpfend an, während er den Stiefel auf der anderen Seite anzog. Ein Hosenträger hing lose über seine Schulter und er trug weder eine Jacke noch eine Kopfbedeckung.

„Melde Truppe vollständig angetreten, Herr Major", meldete der Hauptgefreite.

Andreas lief mit angewidertem Gesichtsausdruck die Linie entlang und inspizierte die schäbige Truppe. Er marschierte zurück in die Mitte der Gruppe, schaute sie für dreißig Sekunden an und schlug dabei mit seiner aufgerollten Peitsche gegen seinen rechten Oberschenkel. „Wenigstens haben sie ihre Waffen dabei", dachte er.

„Wenn Sie wie Kosaken feiern wollen, müssen Sie verdammt noch mal am nächsten Morgen auch wie Kosaken arbeiten! Alle, mit Ausnahme meiner Wache, machen zwei Runden im Laufschritt um das Lager. Das gilt auch für Sie, Leutnant, und auch für die beiden Feldwebel", sagte er mit strengem Blick auf seine beiden Helfer. „LOS!", befahl er und schlug mit der Peitsche in die Luft.

Als die Männer sich in einem Tempo, das man mit viel guten Willen als Laufschritt bezeichnen konnte, davon machten, wandte sich Andreas an seine drei Wachsoldaten. „Wenn ich mich nicht irre, gibt es vor meinem Zelt ein paar gute Eier und Würste. Möchten die Herren sich mir anschließen?"

Als sie sich niedergelassen hatten und sich ihr Frühstück schmecken ließen, fragte Andreas nach, ob die drei Männer dafür gesorgt hatten, die Pferde fertig zu machen und an einen ausreichenden Wasservorrat für die verkaterten Männer gedacht hatten. Die würden äußerst dehydriert sein, nicht nur von ihrem Lauf, sondern auch von den Unmengen an Wodka, die sie in sich hineingeschüttet hatten.

Nach dem Essen, erklärte Andreas dem Hauptgefreiten kurz, wie die Ausbildung an diesem Morgen aussehen sollte und ging dann zu den aufgereihten Pferde, wo er Bartholomew sattelte, das einzige Pferd, das ihm geblieben war, und ihn zurück zu seinem Zelt führte. Andreas band das Pferd am dafür vorgesehenen Pfosten vor dem Zelt an, ging ins Zelt, nahm seinen Patronengurt, öffnete die daran befestigte Munitionsschachtel und wählte sechs Kugeln aus, die er in die dafür vorbereiteten Schlaufen an seiner Jacke steckte. Dann nahm er sein von der Regierung bereitgestelltes Dreyse-Gewehr, untersuchte den Abzugsmechanismus und das Rohr, und hängte sich das Gewehr so über die rechte Schulter, dass es ihm quer über den Rücken hing.

Er stieg wieder auf und ritt auf Bartholomew zu dem Gestell mit den Lanzen der Schwadron, wählte eine aus und steckte sie in die Halterung hinter seinem rechten Bein. Nachdem er sichergestellt hatte, dass die Lanze fest saß, lenkte er sein Pferd in Richtung Übungsplatz und ritt aus dem Lager heraus.

Andreas bemerkte Anzeichen dafür, dass es Bartholomew an Übung fehlte und schlug, sobald sie das Lager hinter sich gelassen hatten, einen leichten Galopp ein und ließ ihn gewähren, als er losgaloppierte. Er ließ ihn für ein paar Minuten galoppieren, bevor er ihn in den Trab und dann in den Schritt herabbremste. Es tat gut, das Lager endlich zu verlassen. Die Sonne stand mittlerweile hoch am Himmel und die Kälte, die die klare Bergmorgenluft mit sich brachte, begann zu verschwinden. Andreas konnte den Wind in den Baumgipfeln hören und die Vögel und Eichhörnchen, die ihre Artgenossen über seine Ankunft informierten. Der Geruch der Bäume mischte sich mit dem Geruch seines Pferdes, als er den Pfad entlangritt.

Bald darauf erreichte Andreas den Übungsplatz, den sie für sich eingerichtet hatten. Als eine mehr oder weniger eigenständige Schwadron mussten sie sich selber um ihre Übungsmöglichkeiten kümmern. Er und sein Bruder hatten diesen Platz entdeckt, als sie noch zu Wassilis Brigade gehörten. Er befand sich knapp acht Kilometer stromaufwärts vom Hauptlager. Der Platz war eine große Lichtung, ungefähr fünfhundertmal dreihundert Meter, die an den Fluss grenzte. Er war wie geschaffen für die Kavallerieausbildung.

Andreas stieg ab, band Bartholomew an und suchte sich einen Platz unter einem Baum, an dem er sich niederließ. Während er den Bäumen und dem Geplätscher des Flusses lauschte, schweiften seine Gedanken zu den Ereignissen der letzten Tage. Er hatte gewusst, dass sich noch mehr Kosaken im Lager befanden, die den diversen Würdenträgern der Gruppe als Wache oder Leibwache dienten. Nie im Leben hätt er jedoch damit gerechnet, dass mehr als fünfhundert von ihnen bei der Zeremonie auftauchen würden. Es kam nicht oft vor, dass es ihnen gestattet wurde sich zu treffen und zusammen zu feiern. Unter ihnen waren nicht nur Mitglieder der Leibwache, sondern auch Mitglieder der persönlichen Garde des Zaren. Diese Männer waren fester Bestandteil ihrer Regimenter und hatten nur selten die Gelegenheit, nach Hause zurückzukehren oder mit Männern außerhalb ihrer Regimenter in Kontakt zu kommen.

Die Zeremonie selbst war kurz gewesen und fand im Rahmen einer Messe statt, die vom Bischof mithilfe von vier weiteren Priestern aus den vier verschiedenen Kosakengruppen im Lager gehalten wurde. Nach der Messe hatten sie Andreas überrascht. Der Bischof hatte alle fünfzehn von ihnen vor die versammelten Männer gerufen und sie gefragt, ob sie einen Führer für ihre neue Truppe gewählt hätten. Andreas stand kurz davor, die Frage zu verneinen. Dies war das erste Mal, dass Andreas hörte, dass sie eine eigenständige Kosakeneinheit sein sollten. Er wurde von allen seinen Männern unterbrochen, die die Frage gemeinsam bejahten. Als der Bischof sie gefragt hatte, wen sie zu ihrem Ataman ernennen wollten, hatten sie alle gemeinsam seinen Namen gerufen.

Andreas konnte das alles immer noch nicht glauben. Es war wie ein Traum, oder ein schlechter Scherz. Als er es endlich geschafft hatte, unter vier Augen mit dem Bischof zu sprechen, hatte er ihm genau das gesagt.

Der Bischof hatte gelächelt und beinahe dasselbe gesagt, was der General am selben Tag auch schon zu ihm gesagt hatte: „Sie haben wirklich keine Ahnung, was Sie bei allen um Sie herum in Bewegung gesetzt haben, oder?

Das zeichnet einen echten Führer aus. Das hat unseren Herrn Jesus ausgezeichnet. All dies ist Realität, mein Sohn. All diese Männer, Ihre und die anderen, sind hier um Ihnen die Ehre zu erweisen. Bei allem was Sie sind, bei allem was Sie sein werden, nehmen Sie die Kosakennation mit sich."

„Wie ist das möglich, Vater?", erwiderte Andreas. „Ich habe keine großen Schlachten gewonnen, keine Fahnen errungen oder berühmte Geiseln genommen. Ich habe nur diese einzige kurze Feldzugsaison und habe nur an ein oder zwei kleineren Kämpfen teilgenommen."

„Drei Schlachten, in denen Ihnen der Gegner zahlenmäßig zwei oder drei zu eins überlegen war; Gegner, mit denen sich Veteranen auf beiden Seiten der Grenze, von denen einige heute Abend hier anwesend sind, jahrelang herumgeschlagen haben. Sie haben diese Gegner nicht nur beim ersten Mal, an dem Sie mit Ihnen in Berührung kamen, geschlagen, Andreas, sondern die paar, denen es gelungen ist zu fliehen, werden ihren Kameraden zu Hause auch alles berichten und sie werden uns mehrere Jahre lang keine Probleme mehr machen. Aber damit nicht genug, Andreas, Sie haben das alles geschafft, ohne einen Mann oder auch nur ein Pferd zu verlieren, ja, es gab noch nicht einmal schwer Verwundete.

Wassili hat zusammen mit vielen dieser Männer auf der Krim gegen die englische und französische Koalition gekämpft. Er und sein Bataillon haben dadurch von den anderen großen Respekt bekommen. Es kommt selten vor, dass Wassili einen seiner Männer lobt, und Sie preist er nahezu ununterbrochen bei jedem an, der gewillt ist, zuzuhören. Sie haben all das verdient, Andreas. Und jetzt gehen Sie und genießen Sie die Feier."

Andreas wurden wieder aus seinen Gedanken, zurück in die Gegenwart, gerissen, als Bartholomew warnend wieherte. Und als Andreas aufstand, und den Staub von seiner Uniform bürstete, wurde die Stille der Lichtung von Hufschlägen und dem Geklirr von Zaumzeug durchbrochen, als seine kleine Truppe die Lichtung erreichte. Er sah, dass sie vom General begleitet wurde, sowie von zwei Zivilisten, die englisch aussehende Kleidung trugen, und von drei Soldaten in blauen Uniformen. Alle ritten auf russischen Kavalleriepferden und waren, abgesehen von den Schwertern der Offiziere, unbewaffnet.

Entlang der Hosenbeine von zwei der Offizieren verliefen gelbe Streifen und auf einer Seite des Kragens ihrer Jacke hatten sie ein US-Abzeichen und auf der anderen Seite ein Abzeichen mit zwei gekreuzten Schwertern. Beide trugen eine runde Kopfbedeckung, die an eine Pillendose erinnerte, in deren Mitte wiederum das Abzeichen mit den gekreuzten Schwertern angebracht war. Die Uniform des dritten Offiziers war von einem dunkleren Blau, rote Streifen verliefen entlang der Hosenbeine und die Jacke und der Saum der Ärmel waren rot bestickt. Er trug eine weiße Kopfbedeckung mit schwarzem Rand und, anstatt des Abzeichens mit den gekreuzten Schwertern, trug er ein Abzeichen, das einen mit einer Kette umwickelten Anker zeigte.

„Oh Gott, das hat mir grade noch gefehlt", dachte Andreas als er seine Soldaten ansah. „Wenigstens haben sie sich etwas zurecht gemacht", dachte er.

Er nahm eine aufrechte Haltung an, stellte sich in die Grundstellung und grüßte sie, als sie vor ihm stehen blieben. Der General grüßte ihn zur Antwort und sagte ihm, er solle sich entspannen. „Wie bereits erwähnt", sagte er, „sind diese Gentlemen Vertreter der Vereinigten Staaten von Amerika. Sie sind gekommen, um den Kosaken bei der Ausbildung zuzusehen."

„Wenn ich vorstellen darf: Mr. Johnson vom Außenministerium, Colonel Olynick und Major Rostov von der First Cavalry, Major Asmanov vom United States Marine Corps, und Mr. Remington von der Zeitung New York Times. Meine Herren, Major Andreas Bekenbaum, Graf von Katharinental und Ataman der Andreas-Truppe".

Andreas gab den Zivilisten die Hand. Die Soldaten grüßte er erst und gab ihnen dann die Hand.

„Andreas, wären Sie so nett, den Gentlemen die Übungen zu erklären, die Sie gleich durchführen werden?"

Sein Wachtrupp war gerade dabei sich auf einen Pfad, der zu einem großen Hügel führte, zu entfernen. Insgesamt hatten sie acht Lanzen bei sich. Die anderen Mitglieder der Truppe stellten Flaschen auf drei Reihen mit sechs Pfosten auf, und befestigten eine Stofffigur an einem weiteren Pfosten. Dieser stand dreißig Meter vor den anderen Posten. Schließlich stellten sie noch drei Gewehrziele weitere dreißig Meter rechts von der Linie, die die anderen Ziele bildeten auf.

„Normalerweise führen wir diese Übung in Dreiergruppen durch", begann Andreas zu erklären, „aber aus Sicherheitsgründen werden wir sie heute, wegen der jüngsten Ereignisse, einzeln durchlaufen."

„Ja, diese jüngsten Ereignisse, die Sie da gerade erwähnt haben, sind uns allen zu Ohren gekommen. Fünfhundert betrunkene Kosaken, die ihren Spaß haben, sind kaum zu überhören", scherzte der General, woraufhin die gesamte Gruppe in Gelächter ausbrach. „Fahren Sie fort, Herr Major."

„Die Männer werden einer nach dem anderen auf ihren Pferden über diesen Hügel und wieder zurück reiten, das ist eine Distanz von ungefähr zwei Kilometern. Dann werden sie die Feindesattrappe mit der Lanze aufspießen, eine der sechs Flaschen mit ihrem Schwert köpfen oder zerbrechen und zum Schluss ein Ziel mit einem Schuss treffen. Damit simulieren wir die Konditionen, die uns auf dem Schlachtfeld erwarten können."

„Warum bringen diese drei Männer die ganzen Lanzen über den Hügel?", fragte Major Olynick.

„Wie Sie bestimmt schon gehört haben, Major, nutzen wir Kosaken gerne jeden Vorteil aus, den wir kriegen können", sagte Andreas mit einem Lächeln. „Normalerweise ist das ein Wettkampf zwischen den Männern. Wir werden die Lanzen auf der anderen Seite des Hügels, fünfhundert Meter vom Hügel entfernt, in den Boden stecken. Damit stellen wir sicher, dass sie die ganzen fünfhundert Meter zurücklegen, Major."

„Unsere Soldaten sind genauso, Graf Bekenbaum." Daraufhin lachten sie alle.

„Die drei Soldaten, die die Lanzen aufstellen, werden heute nicht an der Übung teilnehmen. Sie hatten letzte Nacht Wachdienst und sind nicht wie der Rest verkatert. Sie hätten einen unfairen Vorteil." Dies erzielte weitere Lacher. „Stattdessen werden sie unseren neuen Rekruten beibringen, wie man eine Lanze und ein Kavallerieschwert handhabt. Die neuen Rekruten werden erst an den Übungen zu Pferde teilnehmen, wenn sie grundlegende Fähigkeiten erworben haben."

Und damit begann die Übung. Im Abstand von einer Minute machten sich die Soldaten auf. Leutnant Halinov bildete das Schlusslicht. Der General warf Andreas einen bedeutsamen Blick zu, als er dies sah.

„Herr General", sagte Andreas, „Leutnant Halinov hat gerade erst mit den Übungen zu Pferde begonnen. Er würde den anderen nur in die Quere kommen und sie aufhalten.

Deswegen bildet er das Schlusslicht."

Einer nach dem anderen durchliefen die Soldaten den Parcours und bald schon lag auf dem Boden ein Haufen zerbrochenes Glas, die Attrappe war von einer Reihe Lanzen durchbohrt und vom Schießplatz ertönten Schüsse.

„Sehr beeindruckend, Graf Bekenbaum", sagte der Herr vom Außenministerium. „Sie sagten, dass Sie die Übung normalerweise in Dreiergruppen absolvieren?"

„Ja", erwiderte Andreas, „wir machen daraus einen Wettbewerb. Die Sieger der einzelnen Gruppen treten so lange gegeneinander an, bis nur noch einer übrig ist."

Gerade als der Leutnant über den Hügel geritten kam und der letzte Soldat auf sein Gewehrziel geschossen hatte, kamen fünf Reiter auf die Lichtung geritten. Zwei preußische Ulanen, zwei englische Pferdegarden und ein Mitglied von His Majesty's German Cavalry, die, obwohl sie aus Deutschen bestand, ebenfalls eine englische Einheit war.

Sie kamen in dem Moment an, in dem der Leutnant mit der Lanze auf die Attrappe zuritt. Er wackelte beim Zustechen, sodass die Lanze die Attrappe lediglich streifte und er gezwungen war, sie fallenzulassen, bevor er sein Schwert ziehen konnte. Er zerbrach die dritte Flasche, die er angegriffen hatte, und fiel, als er zum Schießen absteigen wollte, beinahe aus dem Sattel. Er ließ sich Zeit und schaffte es das Ziel beim ersten Versuch zu treffen, wobei er weit nach unten schoss und die Mitte des Ziels verfehlte.

„Wenn das die vielgepriesenen Kosaken sein sollen, ist es kein Wunder, dass ihr sie auf der Krim besiegt habt", sagte der ältere

Ulan auf Deutsch zu den anderen beiden, „und das ist ein Offizier. Schaut euch den anderen da drüben an. Die haben ihm zwar eine Kosakenuniform angezogen, aber der ist doch ganz offensichtlich ein Verwaltungstyp. Und von welchem Mistwagen hat er wohl dieses Pferd gestohlen? Wir Preußen würden mit denen den Boden polieren." Alle von ihnen, außer dem Deutschen, der nur höflich lächelte, lachten lautstark, als sie zum General herüberritten.

Mit einem Gruß sagte der vorlauter Preuße auf Russisch: „Guten Morgen, Herr General, was für ein schöner Tag für einen Ausritt."

„Ja, in der Tat, Herr Major. Haben Sie unsere kleine Vorstellung gesehen?"

„Interessante Übung", sagte der Preuße. „Wenn ich es richtig sehe, hat der Leutnant saubere Arbeit geleistet."

„Nette Pferde", sagte Andreas, „Vollblüter?"

„Aber natürlich, nur aus den besten Gestüten", antwortete der Preuße hochmütig.

„Sollen wir einen kleinen Wettbewerb unter Verbündeten austragen?", fragte Andreas. „Ich und mein Pferd gegen jeweils einen von unseren neuen Verbündeten. Dieselbe Übung?"

Die anderen sahen sich erst gegenseitig an und dann den General. Dann wandte sich der vorlaute Preuße an den General: „Herr General, wir wollen nicht respektlos sein, aber das ist ja kaum ein fairer Wettbewerb. Vielleicht kann ein anderer Offizier von einem anderen Regiment teilnehmen?"

„Wieso?", sagte Andreas. „Wie wäre es, wenn ich jedem, der mich schlägt, zweihundert Rubel anbiete? Wäre das für Angehörige von solch berühmten Regimentern Anreiz genug, um mitzumachen?"

Diese Worte, schienen das Interesse des Engländers zu wecken.

„Natürlich könnten sie dann auch damit prahlen, dass sie einen Kosaken in seinem eigenen Spiel geschlagen haben", fügte der General hinzu. „Wie wir ja alle wissen, haben sich die Kosaken ihren Ruf wohlverdient. War es nicht sogar Napoleon, der gesagt hat, dass sie die beste leichte Kavallerie der Welt sind?"

Darauf sprang der Preuße an. „Ich biete Ihnen das Doppelte, wenn Ihr Mann mich schlägt", sagte er mit vor Stolz geschwellter Brust. Einer der Engländer folgte seinem Beispiel.

„Angebissen", dachte Andreas. „Hauptgefreiter, bitte stellen Sie drei Lanzen auf", befahl er. „Die anderen stellen den Parcours wieder her."

„Wie ich sehe, haben Sie Ihre Karabiner dabei", sagte er und zeigte auf die Gewehre an ihren Sätteln. „Möchten Sie die verwenden oder wollen Sie sich lieber von uns ein Gewehr leihen?"

Beide Männer gaben zu verstehen, dass sie ihre eigenen Waffen verwenden würden.

„Herr General, wenn Sie so freundlich wären, die Regeln zu erklären?", fragte Andreas, ritt zu der Stelle, wo er sein Gewehr abgelegt hatte und stieg ab.

Johann wartete auf ihn und nahm die Zügel entgegen. „War das schlau, sie so zu ködern?"

„Ich bin nicht derjenige, der gesagt hat, dass ich ein Emporkömmling bin und ein Verwaltungsoffizier, der sein Pferd von einem Mistwagen gestohlen hat. Ich habe es vor, es diesem preußischen Klugscheißer so richtig zu zeigen." Andreas entfernte seine Jacke, schnallte sich den Schwertgürtel so um, dass der Schwertgriff hoch an seinem Rücken, über seiner linken Schulter positioniert war, dann legte er seinen Patronengurt ab und schwang sich das Gewehr über die rechte Schulter. Er stellte sicher, dass der Sattelgurt festgezurrt war und dass die Steigbügel die richtige Länge hatten. Als er wieder aufstieg, achtete er darauf, dass sein Schwert nirgends feststeckte und er fest im Sattel saß.

„Genau wie ich gedacht habe", ertönte hinter ihm eine Stimme.

Andreas drehte sein Pferd herum und sah die grüne Uniform der King's German Legion.

„Sie sind der, von dem mir Wassili erzählt hat, ja?", sagte der Mann auf Deutsch.

„Ja, der bin ich", erwiderte Andreas ebenfalls auf Deutsch und bemerkte, dass der Mann ungefähr so alt war wie sein Vater.

„Das habe ich mir gedacht. Er und ich haben vor langer Zeit einmal gemeinsam gedient. Damals war ich mit dem Regiment Ihres Vaters unterwegs. Nehmen Sie sich vor dem vorlauten Preußen in Acht. Sein Vater war es, der das Regiment Ihres Vaters übernommen hat, als Ihr Onkel seine Offiziersuniform an den Nagel gehängt hat."

„Noch ein Grund, um ihn in den Boden zu stampfen", sagte Andreas und lenkte sein Pferd zur Gruppe zurück.

Als Andreas seinen Platz in der Reihe einnahm, hörte er, wie der Deutsche zu den Amerikanern sagte: „Gleich werden Sie sehen, warum Napoleon gesagt hat, was er gesagt hat, Gentlemen. Dieser Mann ist der geborene Krieger. Er wurde schon von Geburt an dazu erzogen nur eines zu sein: Ein Kosake!"

„Sind Sie bereit, meine Herren?", fragte der General.

Die Pferde der beiden anderen Offiziere tänzelten voller Anspannung nervös herum und die beiden Männer schwitzten bereits. Ganz im Gegensatz zu Andreas und seinem Pferd, die sich ruhig bereithielten.

„Los", rief der General.

„Tally ho!", rief der Engländer, als beide Männer ihre Pferde zum Galopp antrieben.

Andreas grüßte den General und gab seinem Pferd die Sporen und ritt im leichten Galopp den anderen beiden Pferden hinterher.

Die beiden anderen Männer waren gerade an der Hügelspitze angelangt, als er den Fuß des Hügels erreichte. Als er oben angekommen war und auf der anderen Seite herunterritt, hatten die beiden anderen Männer die Lanzen erreicht. Der Preuße hielt sein Pferd an, zog mit etwas Mühe die Lanze aus dem Boden, drehte sein Pferd und galoppierte den Hügel wieder hinauf. Als Andreas an ihm vorbeiritt, fiel ihm auf, dass das Pferd des Mannes begonnen hatte, zu schäumen, und dass der Mann die Lanze umständlich unter seinen rechten Arm geklemmt hatte.

Der Engländer hatte die erste Lanze fallen lassen und war gerade dabei, wegzureiten, als Andreas ankam. Andreas nahm sein linkes Bein aus dem Steigbügel, beugte sich hinunter, hob die Lanze vom Boden auf, schwang sich wieder in den Sattel und platzierte die Lanze in der Halterung hinter seinem rechten Bein, ohne das Tempo seine Pferdes zu verlangsamen.

Auf halber Höhe überholte er den überraschten Engländer, dessen Pferd immer langsamer wurde, während Andreas Pferd noch nicht einmal ins Schwitzen gekommen war. Am Fuß des Hügels trieb Andreas sein Pferd zum Galopp an. Zu diesem Zeitpunkt spießte der Preuße die Attrappe umständlich auf. Dann zog er sein Schwert, zerbrach die zweite Flasche und trabte zum Schussplatz. Er stieg ab, zog seinen Karabiner aus dem Holster und begab sich zu den Zielen.

Andreas war ihm nun dicht auf den Fersen. Er zog die Lanze und senkte sie gerade rechtzeitig um die Attrappe genau in der Mitte zu durchbohren, wodurch die Lanze aus seiner Hand gezogen wurde. Mit einer flüssigen Bewegung zog er sein Schwert, zerbrach die erste Flasche in seiner Reihe und ließ das Schwert vom Riemen an seinem Sattel hängen. Dann zog er das Gewehr hinter seinem Rücken hervor, nahm eine Kugel aus dem Patronengurt, lud das Gewehr, stellte sich in den Steigbügeln auf und legte das Gewehr an der linken Schulter an. Während er sich drehte, visierte er das Ziel an und drückte ab. Er verlor keine Zeit damit, nachzusehen, ob er das Ziel getroffen hatte, sondern schlang das Gewehr wieder auf seinen Rücken, drehte sein Pferd herum und galoppierte zurück zu den Flaschen. Dort zog er die Peitsche aus seinem Gürtel und zerbrach alle Flaschen, die noch auf den Posten standen. Und all das, bevor der Preuße seinen ersten Schuss abgegeben hatte. Andreas bremste sein Pferd und trabte zur Gruppe der Zuschauer zurück.

„Mein Gott", rief der Deutsche. Und wieder auf Russisch sagte er: „Wassili hat mir gesagt, dass Sie der Beste sind, der ihm je unter gekommen ist. Ich habe ihm nicht geglaubt. Stimmt das mit den Muslimen dann auch?"

Andreas ritt ohne etwas zu sagen zu den Bäumen zurück, wo er seine Jacke gelassen hatte.

Er stieg ab und überreichte die Zügel seinem Bruder, nahm das Gewehr und den Patronengurt ab und zog seine Uniformjacke wieder an.

„Du bist etwas schludrig geworden, Bruder. Du hast das Ziel fünf Zentimeter rechts von der Mitte getroffen", sagte sein Bruder.

„Kater", sagte Andreas grinsend.

„Faulheit", lachte sein Bruder. „Wie viel schulden sie dir?", fragte er.

„Viertausend Rubel. Beide."

„Achttausend Rubel! Du gibst heute Abend einen aus, Bruder."

„Mein Großvater und mein Vater haben mir von euch Kosaken erzählt. Ich habe ihnen nie geglaubt. Jetzt, wo ich es mit eigenen Augen gesehen habe, muss ich sagen, das was sie erzählt haben, kommt überhaupt nicht an das heran, was ich gerade gesehen habe. Dieses Pferd! Was für ein herrliches Tier. Wo haben Sie ihn nur bekommen?", sagte der Soldat der Pferdegarde und stieg von seinem erschöpften Tier ab.

„Er ist fünf Jahre alt und kommt aus meinem eigenen Stall", sagte Andreas. „Ich habe ihn mitgenommen, damit er etwas Erfahrung sammeln kann. Er macht sich ganz gut.

Wissen Sie, Sie hatten einen entscheidenden Nachteil. Sie haben mir einen Gewichtsvorteil von dreißig Kilo gegeben, mit Ihrem Brustpanzer, Helm und der Pferderüstung."

„Ja, ja und das Pferd war in den letzten Wochen nicht oft in Verwendung, und an die Höhe ist er auch nicht gewöhnt", sagte der Engländer. „Aber immerhin hab ich jetzt etwas zu erzählen. Ich habe es mit den beiden besten leichten Kavallerieregimentern der Welt aufgenommen! Ich war aber immerhin der Bestgekleidete, nicht?"

Sie klopften sich gegenseitig auf den Rücken und beide Männer grinsten von einem Ohr zum anderen.

„Maria, Jesus und Joseph! Haben Sie diesen Schuss gesehen? Fünfundsiebzig Meter vom Pferd im vollen Galopp und das Ziel fünf Zentimeter von der Mitte getroffen!" Diese Worte kamen vom Preußen, als er sein Pferd zu Fuß zu ihnen herüberführte. „Dieses Pferd, mein Gott, schaut ihn euch nur an, der schwitzt kaum und atmet ganz normal."

Andreas wechselte ins Deutsche und sagte: „Nicht schlecht für einen Gaul, den ich von einem Mistwagen gestohlen habe, was meinen Sie?"

Lachend sagte der Preuße: „Das haben Sie also gehört? Ich hatte darauf gehofft, herauszufinden, was ich gegen euch Kerle machen kann und dachte, wenn ich Sie genug provozieren würde, würden Sie sich vielleicht genug ablenken lassen, um mir eine kleine Chance zu geben. Aber, ganz im Ernst, ich habe wirklich geglaubt, dass Sie ein Verwaltungsoffizier sind. Tja, heute haben Sie mich geschlagen. Als Sie die Reihe erreicht haben, wusste ich, dass ich in Schwierigkeiten war. Nehmen Sie meine Entschuldigung an?"

Mit einer leichten Verbeugung reichte Andreas dem Preußen die Hand, der diese gerne schüttelte. „Wissen Sie", sagte er, „ich habe Sie unterschätzt. Ich wusste, dass mein Gewehr besser sein würde als Ihr Karabiner, aber Ihr Pferd war besser als ich erwartet hatte. Ich habe es bei diesem Schuss darauf ankommen lassen. Am meisten wollte ich Sie damit ablenken."

„Na, na, na, Herr Major, nur keine falsche Bescheidenheit. Vielen Dank für das Kompliment, aber wie ich gehört habe, sind sie normalerweise besser. Muss wohl am Kater liegen, was?", sagte der Preuße. „Das Pferd? Ja, das war meine Geheimwaffe. Meine Familie kauft all ihre Pferde von den von Bekenbaums in Köln, die, wenn ich mich nicht irre, die Pferde von einer Kosakenfamilie mit ähnlichem Namen beziehen."

Andreas blickte kurz zu seinem Bruder hinüber und schüttelte den Kopf. „Bei uns gibt es viele mit deutschen Nachnamen", sagte er. „Oberfeldwebel, kümmern Sie sich bitte um die Pferde unserer Gäste. Reiben Sie sie ordentlich ab und lassen Sie sie sich abkühlen."

Johann schickte zwei Soldaten, die sich um die Pferde der Verbündeten kümmern sollten, er selbst kümmerte sich um das Pferd seines Bruders. Andreas und die beiden anderen Offiziere liefen zum Rest der Gruppe hinüber.

„Major von Hoaedle hier hat uns gerade erzählt, dass Ihre Kompanie in diesem Jahr schon tausend türkische Eindringlinge niedergeschmettert hat", sagte Mr. Remington, der Mann von der Zeitung. „Möchten Sie uns mehr darüber sagen?"

Andreas schaute den deutschen Kavallerieoffizier an und schüttelte leicht den Kopf. Dann sagte er: „Das waren bestimmt keine tausend, Mr. Remington. Sie wissen doch, wie bei solchen Geschichten immer übertrieben wird. Wenn ich nach Hause komme, sind es bestimmt schon vier- oder fünftausend und acht oder zehn Artilleriewaffen. In Wirklichkeit waren es vierhundert Türken und wir haben sie überrascht."

„Major Bekenbaum ist viel zu bescheiden", sagte General Asmanov. „Mir liegt der vollständige Bericht vor. Sie können vorbeikommen und ihn lesen. Eine faszinierende Lektüre."

Andreas verbrachte eine lange Zeit damit, die Fragen der Amerikaner zu beantworten, die die Lanzen, Gewehre und Schwerter sehen wollten, die er und seine Leute verwendet hatten. Mit Ausnahme der von der Regierung bereitgestellten Gewehre wurden alle Waffen ausschließlich von den Kosaken verwendet und hergestellt. Mr. Johnson, der Mann vom Ministerium, fragte Andreas, ob seine Soldaten ihm einige der amerikanischen Waffen vorführen dürften, die für ihn eventuell interessant sein könnten. Andreas, der sich immer für Waffen interessierte, die er noch nicht kannte, nahm das Angebot an und setzte ein Treffen für den nächsten Morgen an. Nach ein paar weiteren Kommentaren und nachdem die Übergabe seines Preisgeldes arrangiert war, machten sich alle Besucher wieder auf den Weg und ließen Andreas und seine kleine Einheit wieder in Ruhe.

„Lass sie alle weiter üben, Johann", sagte er seinem Feldwebel. „Im Anschluss kommst du mit Ivan wieder hierher zurück."

„Und? Von wem war das Pferd?", fragte Andreas.

„Sah aus wie eines von Papa", antwortete Johann. „Wir werden weiter nachfragen, wenn wir nach Hause kommen, nicht wahr?"

„Hm, ja. Ivan, weißt du, ob wir Pferde an die Preußen verkaufen?"

„Ich weiß, dass mein Vater von Ihrem Vater welche kauft und sie dann irgendwo eintauscht, um Eisen und Stahl für unsere Schmiede zu bekommen", sagte Ivan.

„Das würde es erklären. Übrigens, ohne dich hätte ich bei der Wette nie so viel Geld gewonnen. Betrachte deine Strafe als abgesessen", sagte Andreas.

Daraufhin fragte ihn Ivan nach der Auseinandersetzung mit den Stammesangehörigen Anfang des Jahres. Um nicht antworten zu müssen, sagte Andreas, er müsse zurück ins Lager, um Papierkram zu erledigen. Er sammelte sein Drei-Soldaten-Geleit um sich, befahl Johann mit der Waffenausbildung fortzufahren, stieg auf und ritt in einem viel langsameren Tempo als am Morgen zurück ins Lager. Bartholomew hatte heute hart gearbeitet und verdiente es, gemütlich zurück zu laufen.

Als die Amerikaner am nächsten Morgen den Übungsplatz erreichten, sahen sie, wie die Männer sich gegenseitig voller Eifer mit dicken, schwertartigen Stecken attackierten. Pferde bäumten sich auf, schlugen mit den Hufen in die Luft und bissen einander. Die Luft war voller Staub und überall ertönten die Schreie von Männern und Pferden, die, je nachdem, wie sie sich in den Zweikämpfen schlugen, entweder vor Freude oder vor Schmerz aufschrien.

Auf der einen Seite, hackten die vier neuen Männer, die die Grundlagen des Schwertkampfes lernten, ohne Pferde aufeinander ein. Es bedurfte jede Woche viele Stunden Übung, um nicht nur den Umgang mit dem Schwert zu lernen, sondern auch die Ausdauer der Arme und des ganzen Körpers zu bekommen, die man benötigte, um einen Feind zu bezwingen. Die Stecken, die sie verwendeten, hatten dieselbe Größe wie echte Schwerter, waren jedoch schwerer und obwohl Verletzungen wie gebrochene Knochen oder Rippen nicht auszuschließen waren, beschränkten sich Verletzungen normalerweise auf blaue Flecken und Muskelkater.

Andreas bemerkte, dass bei den amerikanischen Soldaten heute Gewehrkolben aus den Gewehrhalterungen an ihren Satteln herausragten und sie alle schienen eine Art Pistole in einem geschlossenen Holster, das an einem um ihre Handgelenke gewickelten Gurt befestigt war, zu tragen. Diese Gurte hielten auch zwei Munitionsbehälter. Der Mann von der Zeitung hatte denselben Gurt, hatte darin jedoch Patronen, die, mit der glänzenden Seite nach oben, offen in am Gurt befestigten Schlaufen steckten, ähnlich wie es die Kosaken mit ihren schussbereiten Gewehrkugeln taten.

Sie ritten zu dem Baum hinüber, unter dem sich Andreas niedergelassen hatte, um seinen Männern bei der Ausbildung zuzusehen. Er hatte seinen Rücken gegen den Baum gelehnt und paffte gemütlich an seiner Pfeife. Als die Männer abstiegen, entfernten die Offiziere ihre Schusswaffen aus den Halterungen und reichten dem Zeitungsmann die Zügel ihrer Pferde, damit dieser sie anbinden konnte, und schlenderten zu Andreas.

„Guten Morgen, Graf Bekenbaum", sagte Major Olynick während alle drei grüßten.

„Sind Sie gekommen, um ein paar Zielscheiben abzuschießen?", fragte Andreas und erwiderte den Gruß mit einer Handbewegung in die grobe Richtung seiner Stirn. „Machen Sie sich wegen mir keine Umstände. Ich bin heute nicht in Stimmung für diese blödsinnigen Formalitäten. Abgesehen davon haben wir alle denselben Rang. Sind das amerikanische Waffen? So etwas habe ich noch nie gesehen."

Der Major von den Marines erklärte, dass die Waffen alle in Amerika hergestellt würden. Seine Waffe sei eine Sharps-Infanteriegewehr im Kaliber .44. Einer der Kavallerieoffiziere habe ein Karabinermodel derselben Marke, der andere einen Winchester Modell 73-Karabiner, ebenfalls Kaliber .44. Er sagte, dass die Sharps einschüssige Hinterlader-Gewehre, mit denen Patronen verschossen würden. Das Gewehr habe eine Reichweite von 900 Metern und sei bis auf eine Entfernung von 300 Metern akkurat. Die Reichweite des Karabiners sei etwas geringer, aufgrund seines kürzeren Laufes. Für die Winchester würden Zentralfeuerpatronen mit Kupferhülse verwendet und man würde diese Art von Gewehr als ‚Repetierer? bezeichnen.

Die Sharps seien Standardmilitärwaffen, wohingegen die Winchester nicht weit verbreitet sei. Dann fragte er Andreas, ob sie die Waffen vorführen dürften.

Andreas, der immer an Waffen interessiert war, die ihm das Leben leichter machen könnten, stimmte zu, stand auf und begleitete die vier zum Schießplatz.

Während die beiden Kavallerieoffiziere die Schießbahn herab liefen, um die Ziele aufzustellen - eines bei dreihundert Metern, das andere bei zweihundert - nahm der Major der Marines fünf Kugeln aus seiner Munitionsschachtel und reihte sie auf dem Baumstumpf auf, den die Kosaken ebenfalls zu diesem Zwecke verwendet hatten. Er reichte Andreas eine zum Betrachten. Die Kugeln verfügten über ein Papierknöllchen und das Pulver befand sich in einem Kupferzylinder, in der Mitte dessen unteren Endes sich eine runde, silberfarbene Scheibe befand. Dies, erklärte der Marine, sei das Zündhütchen. Dann hob er das Gewehr auf und öffnete einen Deckel über dem Abzug, wodurch die Kammer freigelegt wurde. Er zeigte Andreas, dass durch das Anheben des Deckels der Bolzen zum Schießen vorbereitet wurde und zeigte Andreas den Schlagbolzen. Sobald die Patrone in die Kammer eingelegt worden war, wurde der Verschluss geschlossen, geschossen und, durch das anschließende Öffnen des Deckels wurde die verbrauchte Hülse ausgeworfen, wodurch das Gewehr wieder schussbereit gemacht wurde.

Das Verschlussstück war so ausgestaltet, dass es sich selbst abdichtete. Gummidichtungen, wie sie Andreas und seine Männer für ihre Gewehre benötigten, wurden nicht gebraucht. Außerdem war der Schlagbolzen viel robuster als die Bolzen der russischen Schusswaffen.

Als die anderen beiden Offiziere zurückkamen, wickelte sich der Major den Trageriemen des Gewehrs um den linken Vorderarm, ließ sich auf ein Knie nieder, stütze seinen linken Ellbogen auf dem linken Knie ab und gab schnell fünf Schüsse ab. Splitter, die von dem Feuerholz, das als Ziel verwendet wurde, davon sprangen, zeigten, dass er es mit allen fünf Schüssen getroffen hatte.

Als nächstes war der Kavallerieoffizier mit dem Karabinermodel an der Reihe. Auch er schoss von einer knienden Position aus. Da er jedoch keinen Trageriemen hatte, stützte er lediglich seinen Ellbogen auf das Knie. Obwohl sein Ziel hundert Meter näher stand, gelangen ihm nur drei Treffer.

„Hab dir ja gesagt, dass du üben musst", sagte der Marine auf Englisch zu ihm.

„Ach, sei doch ruhig, Asmanov, nicht jeder von uns geht mit seinen Waffen ins Bett", sagte der Kavallerieoffizier ebenfalls auf Englisch.

„Nicht jeder von uns wurde mit einem Gewehr in der Hand geboren oder hat die Karriereleiter so schnell erklommen wie er", stimmte der andere Kavalleriemajor zu. „Als ich in Point war, hab ich lieber Mädels gejagt, als mit dem Gewehr zu spielen."

„Ja, ja, ihr schmachtenden Collegeknaben", lachte der Marine.

„Semper Fi, mein Freund", lachten die beiden anderen schallend.

„Möchten Sie eine ausprobieren?", fragte der Offizier von den Marines Andreas, nun wieder auf Russisch.

„Wenn ich darf. Ich würde gerne den Karabiner ausprobieren. Der kurze Lauf ist für meine Zwecke besser geeignet", antwortete Andreas.

Der Kavallerieoffizier reichte ihm den Karabiner, erklärte, wie der Verschluss und das Visier funktionierten, und reichte Andreas fünf Patronen, die Andreas in die momentan leeren Munitionsschlaufen an seiner Uniformjacke steckte. Er legte sich zum Schießen auf den Boden und feuerte seinen ersten Schuss ab. Die Kugel traf das zweihundert Meter entfernte Ziel etwas hoch und auf der rechten Seite. Er passte sein Ziel an und schoss schnell aufeinanderfolgend die restlichen vier Kugeln ab, die alle mehr oder weniger die Mitte des Ziels trafen.

„Ist die Waffe für zweihundert Meter einvisiert?", fragte er.

Nachdem die Frage bejaht worden war, bat er um weitere fünf Patronen. Er hob den Karabiner, sodass die Zielvorrichtung sechs Zentimeter über das dreihundert Meter entfernte Ziel zielte, und schoss. Er traf den Boden vor dem Ziel. Er zielte sechs Zentimeter höher und schoss die nächsten vier Patronen, die das Feuerholz trafen.

„Gut genug, um einen Mann zu töten", sagte er. „Was ist mit dem anderen Karabiner? Winchester, wenn ich mich nicht irre?"

Der zweite Kavalleriemajor kam herbei und drückte Patronen mit der Spitze voran vorne in einen Schlitz am Verschluss der

Waffe. Rein optisch war sein Gewehr ansprechender. Es hatte einen Kupferverschluss und einen lustig aussehenden großen Abzugsbügel. Des Weiteren war der hexagonale Lauf mit zwei Kupferbändern am Schaft befestigt.

Nachdem er zehn Patronen in den Schlitz eingelegt hatte, kniete sich der Major ebenfalls hin. „Das muss wohl die offizielle Schussposition sein, die ihnen beigebracht wird", dachte Andreas. Der Major hebelte langsam den großen Abzugsbügel nach unten, zog ihn vom Schaft weg und dann zurück nach oben, zielte und schoss. Dies tat er zehnmal hintereinander. Er traf das Ziel in weniger als dreißig Sekunden sieben Mal.

Das Klirren der Schwerter war verstummt und Andreas zwang sich dazu, seinen vor Überraschung offenstehenden Mund wieder zu schließen.

„Das ist, was wir einen Repetierer nennen", sagte der Major. „Das Magazin kann zehn Patronen aufnehmen. Eine Feder drückt die Kugeln in die Kammer, wenn Sie den Hebel nach unten ziehen. Dadurch wird auch der Hahn gespannt. Wenn man den Griff wieder nach oben hebt, wird die Kugel in den Verschluss bewegt und verschließt ihn. Wenn man den Abzug betätigt, wird das Schlagstück losgelassen und feuert die Kugel ab. Wenn man den Hebel nach unten zieht, wird die verbrauchte Kugel ausgeworfen und alles beginnt von vorne. Das Kriegsministerium mag diese Waffe nicht sehr gerne, und viele von uns auch nicht. Das schnelle Schießen ist kein Ausgleich für den Verlust an Zielgenauigkeit und wir glauben, dass die Soldaten damit zu viel Munition verschwenden", sagte er.

„Hm, ja, ich verstehe, dass das ein Problem sein könnte", sagte Andreas. „Wenn die Soldaten schlecht ausgebildet sind", dachte er bei sich. „Darf ich mal versuchen?", fragte er.

Der Major zeigte ihm, wie alles funktionierte und Andreas lud die Waffe. Er legte sich zum Schießen wieder auf den Bauch, schoss die erste Kugel, passte sein Ziel an und schoss noch einmal. Dann gab er drei Schuss hintereinander ab, wobei die Abstände zwischen den Schüssen nur solange waren, wie er nach dem Nachladen brauchte, um das Ziel wieder anzuvisieren. Er zielte nun auf das weiter entfernt liegende Ziel. Diesmal visierte er, wegen dem kürzeren, zweiundzwanzig Inch langen Rohr einen Punkt sechzehn Zentimeter über dem Ziel an, schoss und traf das Ziel zwei Zentimeter unterhalb der Mitte und leicht rechts. Er schoss die letzten vier Kugeln schnell, eine nach der anderen ab und traf das Ziel alle vier Mal, jedoch waren die Einschläge weit verstreut.

„Ich verstehe, warum sie sich lieber hinknien", dachte er. „Das macht das Nachladen leichter. Ich werde diese Technik auch einmal ausprobieren."

„Ja, ich verstehe, was Sie mit Munitionsverschwendung meinen. Ein Schuss, ein Toter, was?", sagte er.

„Richtig", stimmte der Marine zu, „das ist unser Motto. Sollen wir mal nachsehen?"

Alle drei Ziele hatten große Austrittslöcher, die, wie Andreas wusste, für einen Menschen tödliche Verletzungen wären. „Sehr beeindruckend", sagte er. „Besser als unsere Waffen", dachte er.

Die zwei Kavallerieoffiziere fanden drei weitere Stück Feuerholz und stellten sie auf. Sie liefen fünfundzwanzig Meter zurück und blieben stehen.

„Wenn Sie nichts dagegen haben, würden wir Ihnen gerne unsere Pistolen vorführen."

„Pistolen? Diese Dinger sind doch nur zur Dekoration des Büros eines vornehmen, sesselpupsenden Bürokraten gut. Ein

Schuss und dann kann man sie nur noch als Knüppel verwenden", erwiderte Andreas arrogant.

Die Männer sahen sich an, lächelten, dann klappten sie alle die Klappen an ihrem Holster hoch und holten seltsam aussehenden Pistolen hervor. Sie drehten sich seitlich zum Ziel, streckten den Arm mit der Pistole zum Zielen aus und sobald sie die Pistolen nach einem Schuss wieder in Position gebracht hatten, schossen sie erneut. Fünfmal, ohne Nachladen. Der Schlechteste von ihnen traf das Ziel dreimal. Die Stille, die danach auf der Lichtung herrschte, war nicht nur der Tatsache zuzuschreiben, dass nicht mehr geschossen wurde. Keiner der Kosaken hatte je eine Waffe gesehen, mit der Schüsse so schnell aufeinanderfolgend abgegeben werden konnten.

„Möchten Sie sie testen?", fragte der Major der Marines.

Der Major spannte die Waffe halb, dann betätigte er eine Druckstange, die am Lauf befestigt war, drückte die verbrauchten Hülsen aus dem Zylinder, und lud die Pistole erneut.

„Ich habe nicht viel Erfahrung mit Pistolen", erwiderte Andreas. „Erzählen Sie mir etwas mehr über diese Waffe."

Ihm wurde gezeigt, dass durch das Zurückziehen des Hammers die Waffe nicht nur gespannt wurde, sondern dass dadurch auch der Zylinder, der die Patronen hielt, gedreht wurde, sodass der Abzug beim Betätigen auf eine frische Patrone traf.

Durch das erneute Spannen wurde die verbrauchte Patrone aus dem Weg geräumt und wiederum eine frische Patrone zum Schießen in Position gebracht. Er nahm die Waffe entgegen und stellte fest, dass ihr Gewicht gut verteilt war und sie gut in der Hand lag. Er drehte sich seitwärts zum Ziel, spannte die Waffe, streckte seinen rechten Arm aus, zielte und drückte ab. Die Kugel flog nicht mal in die Nähe des Ziels.

„Wie ich Ihnen gesagt habe", sagte er. „Welches Kaliber Munition wird dafür verwendet?"

„Dasselbe wie bei der Winchester", wurde ihm gesagt.

„Interessant. Gehe ich richtig in der Annahme, dass Sie uns diese Waffen eventuell verkaufen möchten?"

„Nun, die Regierung der Vereinigten Staaten versucht stets, unsere Produkte zu fördern, und wir glauben, dass diese Waffen besser sind, als alles alle anderen auf der Welt", erwiderte Olynick.

Andreas dachte einen Moment lang nach, dann sagte er zum Major, dass er, wenn er für jede Waffe hundert Schuss bekommen könnte, auf der Stelle einen Feldtest durchführen würde. Der Major der Marines lächelte, pfiff, um die Aufmerksamkeit eines Soldaten, der gerade in der Nähe war, zu gewinnen und winkte diesen heran. Der Mann trug eine Uniform, die so ähnlich aussah wie die der Majore, und eine Reihe von bunten Streifen zierte seine Uniformjacke. Er wog vielleicht achtzig Kilo und war knapp einen Meter achtzig groß. Die Art und Weise, wie er sich bewegte und beim Gehen umsah, ließ vermuten, dass er ein Veteran war, ein Mann, der schon vieles erlebt und gesehen hatte.

Der Major erwiderte den perfekten Gruß des Mannes und erklärte dann auf Russisch, dass der Feldwebel Andreas bei den Feldtests der drei Waffen helfen solle. In der Zwischenzeit winkte Andreas Johann herüber.

„Oberfeldwebel Bekenbaum, wählen Sie zwei Soldaten aus", sagte Andreas. „Sie werden die Gentlemen begleiten, die Sie in die Bedienung dieser Waffen einweisen werden. Dann werden Sie hundert Schuss von jeder dieser feinen Waffen abgeben und von einem unserer Gewehre. Anschließend werden Sie mir Bericht erstatten und Ihre Eindrücke mitteilen und was Ihnen aufgefallen ist. Den Rest Ihrer Aufgaben delegieren Sie für heute an einen Hauptgefreiten. Verstanden?"

„Herr Major!", rief Johann mit einem zackigen Gruß.

„Gentlemen, ich sehe keinen Grund für uns, hier zu bleiben und unsere Ohren noch mehr Lärm auszusetzen. Was halten Sie davon, wenn wir uns morgen ungefähr zur selben Zeit in meinen Quartier treffen und weitere Details besprechen?", sagte Andreas zu den anderen Offizieren, als Johann sich entfernte, um seine Befehle auszuführen.

Auf dem Rückweg ins Lager machte Andreas den drei Männern ein Kompliment für ihr gutes Russisch und fragte, ob sie denn vielleicht Russen seien. Daraufhin lachten alle drei. Nein, sie seien alle in Amerika geboren, aber ihre Eltern seien Russen, die nach Amerika ausgewandert seien und sie alle sprächen zu Hause Russisch. Der einzige in ihrer Gruppe, der tatsächlich aus Mütterchen Russland käme sei der Gunnery Sergeant, der den Männern von Andreas gerade die Waffen vorführte. Er sei, als er noch recht jung gewesen sei, mit seiner Familie nach Amerika gekommen.

Dann erfuhr Andreas von den drei Männern, dass sie aus unterschiedlichen Teilen des Landes stammten und sich, bevor sie für diese diplomatische Mission ausgewählt worden seien, noch nie gesehen hätten.

„So ganz stimmt das nicht", sagte Major Asmanov, „der Oberst und ich sind schon einmal kurz aufeinandergestoßen. An einem Ort namens Gettysburg, auf unterschiedlichen Seiten."

Der Oberst lachte. „Ja, stimmt, das hatte ich ganz vergessen. Und wir haben Ihnen eine ganz schöne Niederlage beschert." Dann sah er Andreas verwirrten Gesichtsausdruck und erklärte: „Der gute Herr Major hat damals für die andere Seite gekämpft. Das war während des Bürgerkriegs. Ich gehörte zu den Regierungstruppen und der Major kämpfte für die Konföderierten.”

„Bürgerkrieg, ja, das ist immer eine unerfreuliche Mission. Bis jetzt hatte ich noch nie mit so etwas zu tun, obwohl meine Regierung manchmal Kosaken einsetzt, um diese Art Auseinandersetzung gleich im Keim zu ersticken”, erwiderte Andreas.

Den Rest des Rückwegs zum Lager legten sie schweigend in einem gemütlichen Tempo zurück. Die drei Amerikaner dachten zurück an ihre Zeit im Bürgerkrieg und Andreas überlegte, wie er an diese fantastischen Waffen, die die Amerikaner verkaufen wollten, herankommen könnte. Er dachte, dass er vielleicht den Ansatz einer Idee habe, als sie ihren Bereich des Lagers erreichten und getrennte Wege gingen. Andreas begab sich zu seinem Quartier, wo er sein Pferd an den Soldaten, der draußen positioniert war, übergab.

Er machte sich in den Hauptteil des Lagers auf und fragte den Soldaten, den er vor dem Quartier des Quartiermeisters vorfand, ob der Quartiermeister zu sprechen sei. Bald darauf wurde er hineingebeten. Der Quartiermeister saß hinter einem großen Haufen Dokumenten. Er war ungefähr vierzig Jahre alt und sah so aus, als ob er in letzter Zeit nicht allzu viele Mahlzeiten verpasst hatte. Seine Uniformjacke und sein Hemdkragen waren aufgeknöpft und er machte einen gequälten Eindruck.

„Was kann ich heute für Sie tun, mein Herr?”, fragte er.

„Vielen Dank, dass ich Sie so kurzfristig sprechen kann. Ich habe nur schnell eine Frage”, erwiderte Andreas.

Nachdem der Quartiermeister ihm mit einer ungeduldigen Geste bedeutet hatte fortzufahren, sagte Andreas: „Man hat mir aufgetragen, ein Regiment von fünfzehnhundert Mann für nächstes Jahr aufzubauen und ich benötige Gewehre und

Munition für diese Männer. Können Sie mir sagen, wie ich an die Sachen herankomme?"

„Normalerweise würden Sie einen Antrag für das benötigte Material an ihren Lehnsherrn stellen, der dann die Bezahlung und die Lieferung arrangieren würde. In Ihrem Fall ist es etwas anderes. Füllen Sie die Formulare aus, ich werde Ihnen sagen, wie viel es kosten wird, Sie zahlen für das Material und die Lieferung und wir liefern", antwortete der Quartiermeister.

Als er nach dem Preis fragte, wurde Andreas gesagt, dass tausendfünfhundert Gewehre, Bajonette, Gewehrriemen, Reinigungssets sowie hundert Schuss Sommermunition und Wintermunition pro Gewehr sechstausend Rubel kosten würden. Plus weitere tausend für die Lieferung. Nein, es spiele keine Rolle, dass keine Bajonette benötigt würden. Offiziell vorgeschrieben sei ein Bajonett pro Gewehr. Wenn Andreas einen anderen Lieferanten finden würde, sei das auch egal.

Andreas sammelte die benötigten Formulare ein, dankte dem Mann für seine Zeit und begab sich in Gedanken vertieft zurück zu seinem Quartier. Als er sein Zelt erreichte, fand er dort den Offizier der King's German Legion im Schatten, den das Vorzelt bot. Der Offizier nahm die Grundstellung ein und grüßte Andreas. Andreas fiel auf, dass der Mann ungefähr so alt sein musste wie sein Vater. Er hatte einen Schnurrbart und lange Kotletten, die beide ergraut waren, war jedoch ansonsten glatt rasiert. Seine Uniform war zwar ordentlich und sauber, war aber sehr schlicht gehalten und wurde nur von den geforderten Abzeichen und Rangabzeichen geziert. Der Säbel, den er an seiner linken Seite trug, war nicht geschmückt und der Knauf zeigte deutliche Gebrauchsspuren. Alles an dem Mann deutete darauf hin, dass er ein erfahrener Krieger war.

„Ich glaube, wir sind uns noch nicht ordentlich vorgestellt worden", sagte der Mann. „Ich bin Rudy von Hoaedle, Major, King's German Legion, Kavallerieregiment."

„Andreas Bekenbaum, Major, Befehlshaber einer kleinen Kosakentruppe, deren Zugehörigkeit noch nicht feststeht", sagte Andreas und streckte mit einem Grinsen seine Hand aus. „Was kann ich heute für Sie tun, Herr Major?"

„Oh, ich glaube nicht, dass Sie noch lange im Dunkeln tappen müssen, Herr Major. Es scheint als ob sie große Pläne für Sie haben." Er deutete auf zwei Taschen zu seinen Füßen, die, als er sie mit einem Zeh berührte, ein klirrendes Geräusch machten. „Ich bringe Ihnen Ihren Gewinn. Ich hoffe, es macht Ihnen nichts aus, dass es in Pfund Sterling bezahlt wird, die beiden hatten Schwierigkeiten, Rubel zu finden."

Als Andreas sich darüber überrascht zeigte, teilte von Hoaedle Andreas mit, dass die Umrechnung ordnungsgemäß durchgeführt worden und der Betrag korrekt sei, und dass es für Andreas leichter sein würde, das englische Geld gegen ausländische Güter umzutauschen, als russisches Geld. Andreas sagte ihm, dass er äußerst überrascht sei, dass solche Geldsummen so schnell verfügbar seien.

Von Hoaedle schüttelte traurig den Kopf. „Das Leben für die Mitglieder dieser Klasse ist ein anderes", sagte er. „Ich habe schon gesehen, wie die beiden mehr als das bei einem einzigen nächtlichen Gelage ausgegeben haben."

Beide Männer seien die ältesten Söhne von sehr hoch platzierten Mitgliedern der Aristokratie ihres jeweiligen Landes. Militärdienst sei eine reine Formalität und sie würden über genug Geld und Ansehen verfügen, um sich Offiziersposten in nur den besten Regimentern leisten zu können. Tatsächlich stünde der Engländer kurz davor, sich den Rang des Oberst zu kaufen. Das Geld, das er alleine dafür ausgeben würde, sei genug, um ein Jahr den Sold für ein halbes Bataillon zu zahlen. Keiner der beiden Offiziere würde jemals Zeit im Einsatz verbringen und Truppen kommandieren. Selbst wenn Krieg ausbrechen sollte, würden beide als Stabsoffiziere weit weg von der Front stationiert sein.

„Es sind Männer wie Sie und ich, die die Drecksarbeit machen dürfen", sagte von Hoaedle. „Diese beiden kommandieren Ihre Soldaten als ob sie Spielzeugsoldaten wären. Es ist ihnen völlig egal, ob sie leben oder sterben. Ob ihre Befehle zu einem Gemetzel führen oder nicht. Wenn ja, sind wir schuld. Wenn es Ihnen irgendwie gelingt zu siegen, heimsen sie die Lorbeeren ein. Das ist das große Spiel, das hier gespielt wird. Sie fürchten uns, sie bewundern uns und deswegen verachten sie uns. Sie wissen, dass sie trotz all ihres Reichtums und all ihrer Macht niemals dazu in der Lage sein werden, das zu tun, was wir tun. Sie sichern sich Loyalität mit Geld und Drohungen. Wir holen sie uns durch Respekt vor dem, was wir sind. Die Tage der glorreichen Kavallerieangriffe und der riesigen Frontalangriffe sind vorüber. Die und ihresgleichen auf hoher Kommandoebene weigern sich, das zu sehen oder zu glauben."

Er fuhr fort und berichtete, dass er nach Amerika geschickt worden wäre, um dort den Bürgerkrieg zu beobachten. Er erzählte, wie die modernen weitreichenden Infanterie- und Artilleriewaffen die Formationen auseinandergerissen hätten. An einem Ort namens Gettysburg seien an einem einzigen Tag mehr als hundertfünfzigtausend Soldaten gefallen. Die amerikanische Kavallerie sei als Späher und berittene Infanterie eingesetzt worden. Die modernen Waffen hätten die Kavallerie aus weiter Entfernung auseinandergerissen und ihren Vorteil zunichte gemacht.

„Ich befürchte, dass wir alle große Probleme bekommen werden, wenn der alte Zar einmal nicht mehr ist", sagte von Hoaedle. „Er und der alte englische König sind die einzigen, die im Moment alle im Zaum halten. Die, die nach ihnen kommen, haben keine Ahnung, was richtiger Krieg ist. Und dieser Minifeldzug, den der neue Kaiser gegen die Franzosen geführt hat, hat ihn nur noch arroganter gemacht. Euer Kronprinz ist, wie ich befürchte, sogar noch schlimmer. Er möchte nur sein Leben genießen und delegiert alle Entscheidungen an seine Lakaien, die auch nur an sich selber denken. Ich wette mit Ihnen, dass es noch zu Ihren Lebenszeiten zum größten Krieg kommen wird, den Europa je gesehen hat." Mit diesen Worten verabschiedete er sich. Andreas dachte noch lange über diesen seltsamen und mysteriösen Mann nach.

Später am Nachmittag wurde die verhältnismäßige Stille, die im Lager herrschte, von seiner kleinen Truppe gestört, die von der Ausbildung zurückkam. Andreas ging vor das Zelt und schaute seinen Männern zu, wie sie sich niederließen, sauber machten und ihre Abendmahlzeit vorbereiteten. Sie waren gut gelaunt, lachten und scherzten. Gutmütig wurde sich über den jungen Leutnant und die beiden neuen Gruppenmitglieder lustig gemacht, die von ihrem Schwerttraining eine Reihe blauer Flecken davongetragen hatten. Er stellte Blickkontakt mit seinem Bruder her und bedeutete ihm, ihm ins Zelt zu folgen.

„Wie ist es gelaufen?", fragte Andreas.

„Wir haben fünfzig Schuss abgegeben. Haben einen Schusswechsel simuliert", sagte Johann. „Unsere Waffen haben die erwartete Leistung gezeigt. Wir haben die Dichtung der Kammer nach ungefähr dreißig Schuss verloren. Nach zehn Schüssen gab es mit den Sharps Probleme, weil sie geklemmt haben. Die Patronenhülsen aus Kupfer sind zu weich. Wenn sich die Kammer erhitzt, reißt der Auszieher einfach nur das Kupfer herunter. Ich musste ein Messer verwenden, um die Patrone herauszubekommen. Außerdem könnte es bei Regen oder ein Schnee ein Problem sein, dass von oben geladen wird. Mit der Winchester gab es keine Probleme. Der Lauf war weniger verschmutzt als erwartet. Der Verlust an Zielgenauigkeit war minimal."

„Hast du nachgefragt, wie es mit der Leistungsfähigkeit bei kalten Temperaturen aussieht?", sagte Andreas.

„Der Feldwebel meinte, dass beide gut funktionieren würden. Da, wo er herkommt, ist das Wetter so ähnlich wie bei uns. Das Laden der Winchester dauert nur einen kleinen Moment. Ich mag sie lieber als die Sharps und ich bevorzuge beide gegenüber unseren Gewehren."

„Alles klar. Sonst noch was?", fragte Andreas.

„Ich habe gehört, wie sich dieser Mr. Remington und der Feldwebel unterhalten haben. Die Amerikaner möchten die Winchester loswerden. Das Militär will sie nicht und sie haben jede Menge aus dem Krieg übrig. Ich vermute, dass du sie wahrscheinlich für einen guten Preis bekommen kannst", sagte Johann.

Andreas berichtete ihm, was von Hoaedle gesagt hatte und dass er ihm zustimme. Möglicherweise sei es an der Zeit, die Art und Weise wie sie Dinge angingen zu ändern. Vielleicht sollten sie bei der Ausbildung der neuen Männer mit Feuerwaffen, Pistolen und Gewehren beginnen und die Schwert- und Lanzenausbildung einstellen. Anstelle der Schwertausbildung könnten sie ihnen das Ringen beibringen und wie man mit einem Messer umgeht. Tarnung und die Nutzung des Geländers, um Bewegungen zu verdecken. Kurz gesagt: Die alten Traditionen aufgeben und neue starten.

„Wir haben schon damit begonnen", sagte Johann. „Unsere Siege über die diese Stammesangehörigen sind der Beweis dafür."

Bevor Andreas antworten konnte, betrat sein Stabsfeldwebel das Zelt und überreichte ihm eine Nachricht vom General, der ihn sprechen wollte. Kopfschüttelnd schnallte Andreas sein Schwert um, setzte seine Kappe auf und machte sich auf den Weg zum Quartier des Generals.

Als er in die Gegenwart des Generals trat, fiel ihm auf, dass der General noch gequälter aussah als sonst. Er murmelte etwas von wegen Narren, die sich überall einmischten und einen vielversprechenden guten Offizier ruinierten und überreichte Andreas einen Stapel Papiere.

„Ihre Dienste als Dolmetscher werden nicht mehr benötigt", sagte der General. „Das hohe Kommando hat beschlossen, dass Ihre Dienste besser zu den Befehlen in diesem Paket passen. Spätestens am ersten Februar haben Sie sich mit eintausend kampfbereiten Kavalleriesoldaten nebst Unterstützungspersonal am Kaiserlichen Marinehafen in Odessa zu melden für einen längeren Einsatz, der maximal ein Jahr dauern soll. Dort wird ein Mitglied der His Majesty King George of Britain's Army mit Ihnen in Kontakt treten und Sie ins Einsatzgebiet einweisen, wo Sie das dortige Infanterieregiment unterstützen werden. Die Geduld und Nachsicht, die Sie bei Ihren jetzigen Aufgaben gezeigt haben, wurden weder zur Kenntnis genommen noch gewürdigt. Nach dem heutigen Abend können Sie sich jeder Zeit auf den Heimweg machen. Heute Abend werden Sie an einem Empfang hier in meinen Quartieren teilnehmen. Jetzt können Sie wegtreten."

Andreas grüßte und begab sich zurück in sein Quartier. Dabei dachte er über die abrupte Natur des Treffens nach und darüber, dass das sonst überhaupt nicht die Art des Generals war. Als er in seinem Quartier ankam, schickte er nach seinem Leutnant. Dann ließ er sich an seinem Schreibtisch nieder, stütze seinen Kopf in die Hände und versuchte, die ganzen Ereignisse der letzten Wochen zu verstehen. Jetzt schickte man ihn also an einen Ort, um zu kämpfen und vielleicht zu sterben. Nicht um seine Familie oder sein Land zu verteidigen, sondern nur um nach der Laune eines Thronfolgers, dem alles egal war und der nach Lust und Laune handelte, zu dienen. Man hatte ihn an eine fremde Macht ausgehändigt, im Tausch gegen irgendeinen kleinen Gefallen oder wegen irgendeiner Ehrensache.

„Leutnant, wir werden hier nicht mehr gebraucht", teilte er Ivan mit, als dieser eintrat. „Bereiten Sie die Truppe vor, wir werden uns in zwei Tagen auf den Nachhauseweg machen. Sie können den Soldaten sagen, was Sache ist. Wegtreten."

Später saß er auf einer langen Bank. Neben ihm und gegenüber von ihm saßen junge englische Aristokraten, die den Regimentern angehörten, die gerade in Mode waren. Anstelle von militärischen Angelegenheiten besprachen sie ihre letzten Liebesabenteuer und Investitionsmöglichkeiten. Ein junger Mann erzählte, dass sein Vater alle Mieter in einem seiner Dörfer auf die Straße setzte, um die Gebäude und das Land an einen Textilhersteller zu vermieten. Auf diese Weise könne er schließlich mehr Gewinn machen als beim Eintreiben von Miete von respektlosen und faulen Dorfbewohnern.

Nach zwei Gläsern eines feurigen Getränks namens Brandy begannen die jungen Offiziere mit ihrer militärischen Stärke anzugeben und prahlten, dass ihre Regimenter alle, die sich ihnen in den Weg stellen würden, in glorreichen Kavallerieangriffen besiegen würden.

Gerade als Andreas dabei war, zu überlegen, wie er sich aus dieser ihm äußerst unangenehmen Situation befreien könnte, näherte sich ihnen ein beleibter Russe mittleren Alters, der eine Uniform der Verwaltungseinheit trug, die auf den Schultern von den Rangabzeichen eines Obersts geziert wurde.

„Na, na, na, Major Bekenbaum", sagte er, „Sie müssen die Ehre von Mütterchen Russland verteidigen.

Erzählen Sie doch diesen feinen Offizieren einmal, wie Sie die muslimischen Eindringlinge glorreich besiegt haben. Berichten Sie ihnen von der großen Stärke der russischen Kavallerie!"

Jetzt gab es keinen Ausweg mehr. All die jungen Offiziere um ihn herum baten ihn darum, Details zu berichten.

„Es war gar keine so große Sache", erwiderte er. „Wir haben sie überrascht."

„Haben sie überrascht. Das will ich wohl hoffen", sagte der russische Oberst. „Hundert tapfere Russen haben für die Ehre von Mütterchen Russland und des Zaren vierhundert Feinde getötet."

Andreas stand auf und wollte sich eigentlich verabschieden, aber die andauernde Prahlerei des Obersts und die bewundernden Blicke, die ihm die jungen Offiziere zuwarfen, ließen ihn innehalten.

„Wissen Sie, wie diese tapferen Eindringlinge vorgehen?", fragte er mit ruhiger, gleichmäßiger Stimme. „Ihre bevorzugte Taktik ist es, sich in ein Dorf zu schleichen, während die Dorfbewohner zur Morgenmesse in der Kirche sind. Dann verbarrikadieren sie die Kirche und zünden sie an. Alle, denen es gelingt, aus der Kirche zu entkommen, werden eingefangen. Alle Männer und Knaben werden umgebracht, egal wie alt sie sind. Sie vergewaltigen alle Frauen und bringen sie um, nur die hübschesten lassen sie am Leben. Dann bringen sie alles um, was sich noch bewegt, und brennen das Dorf nieder. Sobald es bewaffneten Widerstand gegen sie gibt, fliehen sie.

Wir haben dieser Gruppe eine Woche lang nachgestellt. Sind dem Pfad von verbrannten Dörfern und Bauernhöfen gefolgt. Eines Abends kamen unsere Späher zurück und berichteten, dass sie sich in einer Schlucht nicht weit von uns entfernt niedergelassen hatten. Die Schlucht hatte drei steile Hänge und an der vierten Seite floss ein Bach. Sie hatten ihr Lager in der Schlucht aufgeschlagen, ungefähr 140 Meter vom Bach entfernt. Ich habe auf jedem der drei Hänge der Schlucht jeweils fünfundzwanzig Mann positioniert. Wir übrigen fünfundzwanzig haben uns in einer Schützenlinie am andere Ufer des Baches angeordnet. Ich habe gewartet, bis sie sich schön ordentlich zum Morgengebet aufgereiht hatten und dann haben wir sie, während sie knieten, niedergeschossen. Sie hatten keine Chance. Ein paar haben versucht, an Waffen zu kommen oder davonzulaufen. Ohne Erfolg. Wir fanden ihren Priester, der sich leicht verwundet unter einem Zelt versteckt hatte. Ich hatte vor, seine Wunden zu versorgen und ihn dann nach Hause zu schicken, als Warnung an die anderen, die es sich dann in Zukunft vielleicht zweimal überlegen würden, uns zu plündern.

Als wir ins Lager kamen fanden wir vierzig Frauen. Zehn von ihnen waren von Kopf bis Fuß in schwarze Gewänder gehüllt, sodass man nur ihre Augen sehen konnte. Fünf waren spärlich bekleidet. Fünf waren bäuchlings mit ausgestreckten Gliedern an Pfählen angebunden. Die erste Frau, die wir befreiten, kam zu mir, schnappte sich die Lanze an meinem Sattel, ging zum Priester und stach ihn damit in den Bauch. Alle anderen Frauen taten es ihr gleich. Sie nahmen unsere Lanzen und Schwerter, stachen erst den Priester in den Bauch und dann die schwarz gekleideten Frauen. Anschließend sind sie zu den Gefallenen und haben sichergestellt, dass sie auch alle wirklich tot waren. Es gab keinen glorreichen Angriff, nur ein Abschlachten und Tod. Diese Monster haben nichts Besseres verdient. Als wir abgezogen sind, haben wir sie einfach liegen lassen."

Als er aufhörte zu reden, war er darüber überrascht, wie still es im Raum war. Alle Unterhaltungen waren verstummt. Alle hatten seinem Märchen zugehört. Bevor er irgendetwas machen konnte, stand von Hoaedle, der am obersten Tisch saß, auf und begann sein Glas im Rhythmus auf den Tisch zu klopfen. Ein grauhaariger alter Kosake schloss sich ihm sofort an. Nach kürzester Zeit taten die Kosaken und alle kampferfahrenen Veteranen unter den Offizieren dasselbe. Sie hörten beinahe gleichzeitig auf, erhoben ihre Gläser und prosteten Andreas zu, kippten den Alkohol herunter, und donnerten die leeren Gläser auf den Tisch. Dann setzten sie sich wieder und nahmen die Unterhaltung wieder auf.

Andreas, der deutlich gerührt war, nickte seinen ihn mit Ehrfurcht anblickenden Tischkameraden zu und begab sich zum Ausgang. Als er vor dem Zelt stand, seine Kopfbedeckung zurechtrückte und seine Pfeife anzündete, fühlte er eine sanfte Hand auf seiner Schulter.

„Manchmal ist es schwer, Gottes Werke zu verrichten, mein Sohn", sagte der Bischof, der ihm nach draußen gefolgt war.

„Pater Rosenbaum, an diesem Tag wurde bestimmt nicht Gottes Werk verrichtet. Eine der gefangenen Frauen hat uns erzählt, dass der Priester der allerschlimmste des Packs war. Er selbst hat Säuglinge mit dem Kopf gegen Wände geschlagen, um sicherzustellen, dass sie tot waren. Ein paar der Dörfer, die sie geplündert haben, waren muslimische Dörfer. Das waren keine heiligen Männer auf einem religiösen Feldzug. Das waren gierige Männer, blutrünstig, die nur aufs Plündern aus waren. Sie waren Ungeziefer der schlimmsten Sorte und so haben wir sie wie Ungeziefer getötet. Ich bereue nicht, was ich getan habe, aber es wäre falsch, es zu verherrlichen."

„Was ist mit den gefangenen Frauen, mein Sohn? Was ist mit denen passiert?", fragte der Bischof.

„Wir haben ihnen alle Kleidung gegeben, die wir entbehren konnten und haben sie zurück ins Lager gebracht. Wassili hat sie mit Geleit zurück zu sich nach Hause geschickt. Er wird sie in seinen Klan aufnehmen und Ehemänner für sie finden. Kinder, die aus der Zeit ihrer Gefangenschaft stammen, werden in einem anderen unserer Klans großgezogen. Das ist bei uns so. Die Muslime hatten vor, sie nach der Rückkehr in ihr Heimatland auf dem Sklavenmarkt zu verkaufen. Die anderen

Frauen, die wir gerettet haben, haben uns erzählt, dass blonde Frauen auf den Märkten hohe Preise erzielen.

Machen Sie sich wegen meiner Seele keine Sorgen, Vater. Ich habe getan, was zu tun war. Wenn ich es nicht getan hätte, hätten sie weitergemacht und wären nächstes Jahr mit noch mehr Männern zurückgekehrt. Das ist genau so, wie wenn ich den Wolf oder den Bären töte, die unser Vieh umbringen, um zu überleben. Ich töte sie, aber es macht mir keine Freude."

„Nein, mein Sohn, um deine Seele mache ich mir keine Gedanken", sagte der Bischof. „Ich war eher um deinen Verstand besorgt. Manchmal finden Männer Gefallen am Töten und werden so wie die, die sie zerstören. Manchmal verursacht das ganze Töten einem Mann so große Qualen, dass er allen Lebenswillen verliert. Du hast mir bewiesen, dass Ersteres bei dir kaum passieren wird, und ich bete, dass du auch der zweite Fall bei dir nicht eintreten wird." Damit gab er Andreas seinen Segen und verabschiedete sich.

Am nächsten Morgen, als Andreas vor seinem Zelt saß und nach dem Frühstück eine Tasse Tee und eine Pfeife genoss, kamen drei Amerikaner zu ihm. An diesem Tag wurde der Oberst der First Cavalry von dem Vertreter des Außenministeriums und von Remington, dem Mann von der Zeitung, begleitet.

„Guten Morgen, Graf Bekenbaum", sagte der Mann aus dem Außenministerium, der eine abgenutzte Lederbrieftasche bei sich hatte. „Ist dies ein schlechter Zeitpunkt, um mit Ihnen über Geschäftliches zu sprechen?", fragte er.

Andreas bedeutete seinem Gehilfen, Sitzmöglichkeiten und Tee für die drei Amerikaner zu bringen und sagte: „Nein, keines Wegs, Mr. Johnson, deswegen habe ich Sie ja für heute Morgen eingeladen."

Johnson zog zwei Zigarren aus der Brusttasche seines Jacketts und bot Andreas eine davon an. Er zündete seine Zigarre an, trank einen Schluck von seinem Tee und fuhr dann fort: „Wie hat Ihnen die Waffenvorführung gefallen? War etwas dabei, das Sie interessieren könnte?"

Andreas zog ein paar Mal an seiner Zigarre und meinte dann: „Ja, ich denke, wir sind daran interessiert ein paar von Ihren Winchester-Repetiergewehren zu kaufen und ein paar von den Colt-Pistolen. Vorausgesetzt der Preis ist vernünftig."

„Nun, ich denke, dass unsere Preise im Vergleich zu denen Ihrer Lieferanten sehr wettbewerbsfähig sind", sagte der Amerikaner. „Wie viele würden Sie denn benötigen?"

„Eintausend Winchester-Gewehre, keine Karabiner, eintausend Colt-Pistolen mit Holstern einschließlich Gürteln, eintausend Patronen für die Gewehre, Reinigungsstäbe für die Gewehre und Pistolen, Ersatzfedern und Ersatzschlagbolzen."

Johnson nahm ein Stück Papier aus seiner Brieftasche und rechnete für einen Moment.

Nach kurzem Überlegen sagte er: „Sechstausend fünfhundert Rubel."

„Tja, wir können den ganzen Tag hier sitzen und um den Preis und die Details feilschen", erwiderte Andreas, „oder wir können ein Geschäft abschließen und den Rest des Tages ausruhen. Ich persönlich bevorzuge die zweite Option. Viertausend Rubel in Pfund Sterling. Die Hälfte jetzt, die andere Hälfte, wenn Sie die Waffen liefern und die Waffen die Inspektion bestehen. Das ist mein letztes Angebot. Wenn Sie Zeit benötigen, um über das Angebot nachzudenken, kein Problem, ich bin hier, bis wir morgen früh nach Hause aufbrechen."

Johnson stand auf und bedeutete dem Oberst mitzukommen. Die beiden zogen sich außer Hörweite zurück und begannen zu diskutieren. Andreas paffte an seiner Zigarre, und hielt seinem bereitstehenden Gehilfen den Becher hin, den dieser daraufhin mit frischem Tee füllte. Andreas nickte zum Dank und zwinkerte dem Gehilfen mit den rechten Auge zu, um ihn wissen zu lassen, dass alles in Ordnung sei. Er bemerkte, dass Remington immer noch auf seinem Hocker saß und anscheinend etwas in sein Notizblock zeichnete. Nach ein paar Minuten, fiel ihm auf, dass er mit Andreas alleine war. Er sprang von seinem Hocker auf und eilte zu den beiden Amerikanern hinüber. Remington hörte der Diskussion zu und sagte nach Kurzem etwas, was die beiden anderen Männer innehalten ließ. Dann beendete Johnson mit einem Kopfschütteln die Unterhaltung, lief zurück und ließ sich wieder neben Andreas nieder.

Er wartete, bis die beiden anderen Männer zurückgelaufen waren und sagte dann: „Wir kommen ins Geschäft. Unter einer Bedingung."

Andreas kniff die Augen leicht zusammen und bedeutete dem Mann, fortzufahren.

„Ich bis Ende von Winter ihr Zuhause komme", sagte Remington mühselig auf Russisch. „Sie zahlen für Essen, Haus, Pferd."

Andreas musterte den Mann und versuchte ihn einzuschätzen.

Dann, gerade als Remington etwas sagen wollte, stand Andreas auf, streckte seine Hand aus und sagte: „Deal. Herr Feldwebel, eine Runde Wodka."

Die drei Amerikaner sprangen auf und schüttelten der Reihe nach kräftig seine Hand. Sein Gehilfe kam schnell mit einem Tablett mit drei Gläsern Wodka und einer offenen Flasche zurück. Sie prosteten einander zu und kippten den Alkohol auf einmal hinunter. Andreas deutete auf die Flasche und hob die

Augenbrauen fragend an. Alle Amerikaner winkten ab und stellten ihre leeren Gläser auf das Tablett.

„Ja, es ist noch etwas zu früh dafür", lachte Andreas.

„Wann und wohin sollen wir die Waffen liefern?", fragte der Oberst.

„Bevor alles gefriert wäre am besten. Meine Siedlung liegt auf dem Flussweg dreißig von euren Meilen flussaufwärts von Odessa am westlichen Flussufer, auf dem Landweg sind es sechzig Meilen. Ist das machbar?"

„Oh, nein, das ist überhaupt kein Problem", sagte der Oberst. „Im Moment liegen sie in einem Lager in Odessa. Wenn Sie die Anzahlung bei sich haben, kann ich Ihnen die Unterlagen sofort bringen lassen."

Andreas nickte seinem Feldwebel zu, der einen schweren, klirrenden Sack hielt. „Warum tun sie das nicht, Herr Oberst, während Mr. Johnson das Geld zählt?"

Eine halbe Stunde später kam der Oberst mit dem Feldwebel von den Marines zurück. Sie fuhren auf einem Wagen auf den hinten zwei Kisten geladen waren. Der Oberst sprang vom Wagen, überreichte Johnson zwei Blätter Papier, die dieser unterschrieb und dann an Andreas weitergab.

Andreas überflog die beiden Dokumente. Eines war auf Englisch, das andere auf Russisch. Er stellte fest, dass beide dasselbe zum Ausdruck brachten, dieselbe Absicht hatten und genau das Geschäft beschrieben, dass sie gerade ausgehandelt hatten. Andreas unterschrieb beide Kopien und datierte sie. Dann gab er Johnson die englische Fassung zurück.

„Zum Ausdruck unseres Dankes, bitten wir Sie, diese zwanzig Winchester-Gewehre und zehn Colt-Pistolen anzunehmen. Völlig inoffiziell, natürlich. Sie werden nicht bei ihrer

Bestellung abgerechnet werden. Aber nur, wenn Sie uns helfen, sie vom Wagen zu laden."

Andreas lachte, pfiff und winkte seine Soldaten herbei, um beim Abladen zu helfen. Jede der beiden Kisten enthielt zehn Gewehre, fünf Pistolen und genug verpackte Munition. Zehn Kugeln pro Box, hundert Patronen pro Gewehr.

Er bedeute seinen Männern, dass jeder von ihnen ein Gewehr, eine Pistole und zehn Schachteln Munition an sich nehmen solle und widmete seine Aufmerksamkeit wieder den Amerikanern. Noch einmal fragte er sie, ob ihnen einen Wodka, oder vielleicht einen Tee, anbieten dürfe.

„Hm, ich würde einen Tee nehmen", sagte Johnson, „aber nur, wenn ich Ihnen noch eine von meinen Zigarren anbieten darf."

All sie es sich alle gemütlich gemacht hatten, ihren Tee tranken und glücklich an ihren Zigarren pafften, sah Andreas Remington an und sagte in einem perfekten Englisch: „Wissen Sie, Mr. Remington, wenn Ihr Russisch nicht besser wird, werden Sie bei unseren Mädels überhaupt kein Glück haben."

„Donnerwetter!", rief Johnson. „Und auch noch mit britischem Akzent! Im eigenen Spiel geschlagen. Wir wurden getäuscht, aber wie! Man hatte uns gewarnt, dass Sie clever seien."

„In der Liebe und im Krieg ist alles erlaubt. Und beim Geschäfte machen, Mr. Johnson", lachte Andreas. „Ich hoffe, dass Sie als kleine Wiedergutmachung diese bescheidenen Geschenke annehmen."

Sein Gehilfe eilte mit verschiedenen Objekten herbei, während Andreas aufstand, seine Lanze von ihrem Platz am Zelteingang entfernte und sie Johnson überreichte. Anschließend entledigte er sich seines zeremoniellen Schwerts und überreichte es dem Oberst. Er winkte seinen Gehilfen herbei, ließ sich zwei Kosakenschwerter geben, reichte sie ebenfalls dem Oberst und bat ihn darum, sie den beiden Majoren in seiner Gruppe zu geben.

„Ich frage mich, ob Sie ihren Feldwebel wohl für ein paar Monate entbehren könnten?", fragte Andreas. „Ich bin mir sicher, dass sich Mr. Remington etwas wohler fühlen würde, wenn er noch jemanden aus seinem eigenen Land dabei hätte. Er könnte ihm gleichzeitig als Leibwächter zur Verfügung stehen."

„Das sollte kein Problem sein", sagte der Oberst und winkte den Feldwebel herbei.

„Herr Feldwebel, Sie sind hiermit von Ihren aktuellen Pflichten entbunden. Sie werden nun vorrübergehend Mr. Remington begleiten und ihm als Leibwache zur Verfügung stehen. Sie werden sich dem Kommando von Graf Bekenbaum unterstellen, solange ihre Aufgaben nicht die Sicherheit von Mr. Remington beeinträchtigen oder Sie in einen Interessenskonflikt mit den Interessen der Vereinigten Staaten von Amerika bringen."

„Aye, aye, Sir!", sagte der Feldwebel.

Andreas hielt eine Peitsche und ein Schwert hoch und fragte: „Wissen Sie, was das ist?" Der Soldat nickte. „Können Sie damit umgehen?"

„Aye, aye, Sir, mein Vater hat es mir gezeigt, Sir", sagte der Feldwebel.

„Feldwebel, bitte geben Sie dem Oberfeldwebel meine alten Dienstuniformen, ich glaube, wir haben dieselbe Größe", befahl Andreas auf Russisch und warf ihm die Peitsche und das Schwert zu.

„Wir werden morgen bei Tagesanbruch aufbrechen, Herr Feldwebel", sagte er wieder auf Englisch, „sehen Sie zu, dass Sie sich dann in der richtigen Uniform präsentieren und dass Mr.

Remington startklar ist. Mr. Remington, wir werden schnell und mit leichtem Gepäck reisen, packen Sie dementsprechend."

Die beiden Männer baten darum, wegtreten zu dürfen und machten sich auf, um ihre Vorbereitungen zu treffen.

„Ich wollte Sie schon selbst fast darum bitten", sagte der Oberst. „Er hat zwar nie etwas gesagt, aber ich wusste, dass er gerne gesehen hätte, wo sein Vater herkommt. Vielen Dank."

„Sein Klan ist von weiter nördlich", sagte Andreas. „Aber wir leben alle ähnlich. Das Vergnügen ist ganz auf meiner Seite, Colonel."

„Ja, es wird ihm viel bedeuten", sagte Johnson. „Er ist ein guter Mann. Bitte achten Sie darauf, dass er nicht in Schwierigkeiten gerät, mein Herr."

„Nun, die Steppe ist nie ganz sicher, Mr. Johnson, aber bei uns sollte er gut aufgehoben sein."

„Und mehr kann ich auch gar nicht verlangen. Vielen Dank, noch mal, Graf Bekenbaum. Ich kann immer noch nicht glauben, wie Sie uns alle so hinters Licht führen konnten." Sie lachten, gaben sich zum Abschied noch einmal die Hand und dann gingen die Amerikaner.

Johann trat unmittelbar nachdem Andreas das Zelt betreten hatte ins Zelt. „Wie viel hat dich das gekostet, Bruder?"

„Viertausend Rubel. Halb so viel wie dieser Gauner von Quartiermeister für unsere alten Gewehre wollte, ohne Pistolen. Ich hatte den Eindruck, dass sie diese Gewehrvariante loswerden wollten. Mit den zusätzlichen zwei Zoll ist sie aber immer noch vier Zoll kürzer als unsere Gewehre, es sollte also kein Problem sein. Haben sie Riemenbügel?"

„Ja", sagte Johann. „Es wird kein Problem sein, unsere Riemen für sie umzurüsten. Was machen wir mit unseren alten Gewehren?"

„Ach, das wird überhaupt kein Problem sein", sagte Andreas. „Diese Engländer und Preußen sind nach allem was von uns Kosaken kommt verrückt. Sie haben sich gegenseitig überboten und ich bekomme zweitausend Rubel in Pfund Sterling für sie."

„Bruder, erinnere mich daran, nie mit dir Geschäfte zu machen!"

„Nächste Woche um diese Zeit möchte ich zu Hause sein", sagte Andreas. „Bist du für morgen früh fertig?"

„Kein Problem für uns. Wie sieht es mit den Neuen und den Amerikanern aus?" Andreas zuckte mit den Schultern.

Wie aus einem Munde sagten sie: „Was dich nicht umbringt macht dich stärker."

Und Andreas fügte lachend hinzu: „Nach dem ersten Tag oder so werden sie sich wahrscheinlich wünschen tot zu seien. Hab ein Auge auf den Marine. Der war zu lange auf dem Schiff, und nachdem er Kosakenblut in sich hat, kann es sein, dass er sich einbildet, etwas beweisen zu müssen."

„Mein Herr, wo sind die Wagen? Ich muss Ihre Sachen aufladen", sagte der ältere seiner Gehilfen.

„Johann"; sagte Andreas, „schicke ein paar von den Jungs, um ihnen zu zeigen, wie wir packen und was wir nicht einpacken. Ach, ja, und schick noch zwei zum Leutnant, damit sie ihn auch einweisen. Sie sollen ihm sagen, dass sie auf meinen Befehl handeln, damit er keine Diskussionen anfängt. Ich gehe jetzt eine Runde spazieren. Viel Spaß!"

„Vielen Dank, dass Sie sich Zeit für mich nehmen, Herr General", sagte Andreas, der nun gegenüber von General Andropov in dessen Privatunterkunft saß. „Ich möchte Ihnen für all die Hilfe und die Ratschläge, die Sie mir in den vergangenen Wochen gegeben haben, bedanken. Ich konnte von den Amerikanern ein paar Sachen erfahren, die möglicherweise hilfreich für Sie sind."

Nachdem ihm die Erlaubnis erteilt worden war, fortzufahren, fügte Andreas hinzu: „Ich habe den Eindruck, dass die Amerikaner sehr darum bemüht sind, internationalen Handel aufzubauen und, wenn man von der Qualität ihrer Waffen ausgehen kann, dann sind sie sehr gute Ingenieure und auch sehr gut bei der Herstellung. Vielleicht sogar besser als die Deutschen. Einer der Männer in ihrer Gruppe arbeitet für eine Zeitung und er wird den Winter bei uns verbringen. Ein anderer ist gebürtiger Kosake, jedoch in Amerika auf die Welt gekommen. Auch er wird den Winter bei uns verbringen. Während dieses Besuches werden wir mehr darüber erfahren, was sie vorhaben."

„Sie haben wirklich gute Arbeit für uns geleistet, Andreas", sagte der General. „Ihre kleine Vorstellung bei Ihrem Wettkampf und Ihre Bemerkungen beim Empfang gestern Abend haben unsere neuen Verbündeten ganz schön beeindruckt. Wir hatten gehofft, dass jemanden genau das gelingen würde, und Sie sind dieser jemand. Sie haben sie nicht nur beeindruckt, sondern sogar noch etwas Geld dabei verdient. Ich werde Sie im Auge behalten müssen, sonst werden Sie als nächstes womöglich noch versuchen, sich meinen Posten zu ergattern."

„Gewiss nicht, Herr General!", sagte Andreas. „Ich habe jetzt ja schon alle Hände voll zu tun. Zehn Männer anzuführen ist eine Sache, ein ganzes Bataillon eine andere, ganz zu schweigen von einer ganzen Heeresgruppe. Und darüber, wie ich das Land und Gut, für das ich jetzt verantwortlich bin, verwalten soll, während ich gleichzeitig ein neues Bataillon ausbilde, habe ich mir noch gar keine Gedanken gemacht."

„Das ist genau das, wovon ich spreche", sagte der General. Die meisten Offiziere in Ihrem Alter sind nur daran interessiert,

Geld auszugeben, Mädchen nachzustellen und sich zu betrinken. Sie betrachten diese Art von Dienst als harten Dienst. Sie tun das Nötigste, stellen Patrouillen zusammen, begleiten, wenn es denn sein muss, ein paar davon, und stellen sicher, dass ihre Berichte voller Blödsinn darüber sind, wie tapfer und gewissenhaft sie ihre Pflichten erfüllt haben. Sie dagegen sind tatsächlich losgezogen und haben die Arbeit verrichtet. Wir hatten diese Gruppe, die Sie als Banditen bezeichnen, drei Jahre lang gejagt. Immer wieder hörten wir wunderbare Geschichten von einem Angriff, bei dem der Feind große Verluste hinnehmen musste. Sie haben uns immer einiges gekostet: Wir haben gute Männer verloren und junge Subalternoffiziere. Stabsoffiziere waren, wenn überhaupt, nur selten unter den Opfern. Nichtsdestotrotz kam der Feind jedes Jahre, trotz seiner großen Verluste, wieder zurück, brachte unsere Bauern um, brannte die Bauernhöfe nieder und verursachte an manchen Orten eine Nahrungsmittelknappheit. In Ihrem ersten Jahr im Feld haben Sie den Feind aufgespürt und es hat nicht viele Verluste gegeben und Sie haben keinen glorreichen Kavallerieangriff gestartet, der Sie die Hälfte Ihrer Männer gekostet hätte. Nein, Sie haben sechshundert exzellent ausgebildete Kavalleriesoldaten des Feindes getötet. Sie haben sie komplett vernichtet und dabei weder Männer noch Pferde verloren. Der Beweis dafür war die Zahl der Pferde, die Sie wieder zurückgebracht haben und die Beute, die mir Wassili gezeigt hat.

Das ist der Grund, warum wir die Kosaken geholt haben. Wenn es um Kavallerietaktik geht, sind Sie besser ausgebildet als unsere regulären Einheiten. Aber das, was Sie geleistet haben, war neu und unerwartet. Sie haben Infanterietaktik verwendet und die Kavallerie als Unterstützung genutzt. Glauben Sie mir, wenn Sie auf eine herkömmliche Kavallerietaktik gesetzt hätten, hätte das Ergebnis anders ausgesehen. Aufgrund Ihrer besseren Ausbildung, hätten Sie bei der ersten

Gruppe vielleicht noch Erfolg gehabt, aber die zweite hätten Sie nicht überlebt. Die Soldaten, denen Sie gegenüberstanden, sind in den klassische Kavallerietaktiken mit Schwert und Lanze gut ausgebildet. Und sie waren Veteranen. Natürlich war das, was sie der Zivilbevölkerung angetan haben schrecklich und übel, aber das ändert nichts an der Tatsache, dass sie ausgezeichnete Soldaten waren und sich im Kampf als sehr tapfer erwiesen hatten.

Sie überlegen, wie Sie Ihre Männer, Ihre Taktiken und Ihre Waffen am besten einsetzen können. Sie versuchen, unsere Taktiken zu verbessern und an die Situation anzupassen. Sie kümmern sich so gut es geht um Ihre Männer. Sie bemühen sich, die besten Waffen zu finden. Sie denken darüber nach, wie Sie Ihrer Verantwortung als Landbesitzer so wahrnehmen können, dass die Bauern, die Regierung und Sie selbst am meisten davon haben. Dies sind nicht die Gedanken eines herkömmlichen Aristokraten. Die überlassen das anderen und übernehmen für die Entscheidungen, die diese anderen treffen, keine Verantwortung und lassen sich nicht dafür zu Rechnung ziehen.

Wenn Sie die nächsten paar Jahre überleben, bin ich davon überzeugt, dass Sie es weit bringen werden und dass Mütterchen Russland mit Ihnen nicht nur einen guten Befehlshaber sondern auch einen guten Aristokraten mit produktiven Ländern und Leuten gewonnen hat." Der General erhob sich, gab einem ungeduldig wartenden Adjutanten ein Zeichen, gab Andreas noch einmal die Hand und damit war das Gespräch beendet.

Bei Tagesanbruch waren sie bereit gewesen: Das Lager war abgebaut, die Zelte sorgfältig zusammengefaltet und aufeinandergestapelt, sodass es ein Leichtes sein würde, sie einzusammeln. Sie hatten die Zelte nur geliehen und für ihre Lagerung und ihren Transport waren andere verantwortlich.

Seine Gehilfen und der Gehilfe des Leutnants hatten Packpferde bereitgestellt, die die Ausrüstung tragen sollten, die nicht auf sein und Ivans Pferd passte. Ivan würde ein Packpferd hinter sich herziehen, das mit den übrigen Waffen und der übrigen Munition der Gruppe beladen war. Andreas selbst würde ein Packpferd mit dem Geld und den Dokumenten der kleinen Kompanie führen.

Neben dem Sattel und den Waffen, trugen die Pferde seiner Männer jeweils einen dicken Mantel, der am Knauf befestigt war, eine Decke sowie zwei Satteltaschen, die am Sattelknopf befestigt waren. Jeder Mann hatte zwei Munitionsschachteln an seinem Gewehrgurt befestigt, die jeweils zehn Schuss enthielten. Weitere sechzig Patronen transportierten sie in geölten und geschützten Paketen in ihren Satteltaschen. Des Weiteren enthielten diese genug Trockenfleisch und Brot für zehn Tage sowie zwei Behälter mit Wasser. Die blauen Uniformen der Männer waren zusammengerollt und ebenfalls in den Satteltaschen verstaut. Sie trugen das, was, zumindest für sie, ihre normale Garderobe war: Weite, robuste Hosen, die an der Beininnenseite und zwischen den Beinen mit Leder verstärkt waren. Lederstiefel die, die Wade halb hinaufreichten, in die die Hosenbeine hineingesteckt wurden, und weite, schwere Leinenhemden, die über der Hose getragen und nicht in die Hose gesteckt wurden. Pistolengürtel wurden über dem Hemd über der Hüfte getragen. Die Erfahrung hatte sie gelehrt, die Holster an ihren Beinen festzubinden, damit sie beim Reiten nicht auf und ab hüpften. Einige trugen sie an ihrer rechten Seite, weil sie Rechtshänder waren, Andreas trug seines links, sodass er die Pistole mit der rechten Hand quer über seinen Körper ziehen konnte. Bis auf einen, hatten alle Soldaten wieder ihre traditionellen Kopfbedeckungen aus Lammwolle auf. Andreas hatte seine Offizierskappe aufbehalten, sie war das einzige Merkmal, das ihn als Offizier kennzeichnete.

Sie standen schon seit zwei Stunden in den Startlöchern, aber der Bischof hatte darauf bestanden, sie zu segnen, bevor sie aufbrachen. Leider mussten sie nun warten, bis dieser die Morgenmesse beendet hatte, der an diesem Tage auch der Thronfolger beiwohnte, was bedeutete, das auch der ganze Hof anwesend sein würde, was wiederum hieß, dass die Messe doppelt so lange dauern würde.

Die Soldaten hatten ihre Sattelgurte gelockert und die Gewehre von ihren Schultern genommen und waren nun dabei, sich so gut es ging zu entspannen.

Andreas, der einen Fuß auf den Zaun der Koppel gestützt hatte, blickte auf die Pferde und dachte nach, als die Amerikaner auftauchten. Beide Männer saßen auf Vollblütern und führten jeweils ein Maultier, das das Gepäck trug, hinter sich her.

Andreas begrüßte die beiden Männer und deutete auf ihre Tiere. „Ich bin mir nicht sicher, ob die mithalten werden können", sagte er auf Englisch. „Wir werden schnell unterwegs sein und nur wenige Pausen machen."

„Die Maultiere sind stärker als sie aussehen", sagte Remington.

„Er nicht gesprochen hat von Maultieren. Pferde hier sollten bleiben", sagte Johann, der ebenfalls herbeigekommen war. „Hübsche Pferde schnell gehen für kurze Zeit. Diese besser, gehen ganzen Tag", sagte er und deutete mit dem Kopf in Richtung Koppel.

„Sprechen Sie alle Englisch?", fragte der Feldwebel. „Was gibt es sonst noch, was wir nicht von euch wissen?"

Andreas zuckte mit den Schultern. „Nicht alle sprechen Englisch. Es wäre besser für Sie, wenn wir und auch Sie untereinander so viel Russisch wie möglich sprechen. Auf diese Weise werden Sie es schneller lernen. Er hat recht, diese Vollblüter werden schnell müde werden. Wir werden heute sechzig Meilen zurücklegen und in den nächsten Tagen jeweils achtzig. Wählen Sie zwei Araber aus der Koppel aus, wir werden die Pferde jeden Tag auswechseln und wir haben jede Menge."

Sie alle hatten durch den Zusammenstoß mit den Plünderern vier Pferde erhalten. Drei Pferde hatten sie jeweils mitgebracht, sodass sich nun sechzig freie Pferde in der Koppel befanden. Nachdem der Mann abgelehnt hatte, lachte Andreas in sich hinein. „Noch einer, der nur auf die Schönheit und nicht auf die Substanz achtet", dachte er.

Andreas wollte sich nicht in ein Gespräch über Pferdestammbäume und -zucht verwickeln lassen und fuhr fort: „Wir haben versucht, sie so gut wie möglich in Übung zu halten, aber viele dieser Pferde sind nun schon seit Wochen in dieser Koppel. Wir sind sechzehn Mann. Drei Reiter werde ich als Späher voraus schicken. Damit bleiben dreizehn übrig, um sechzig Pferde zu leiten, die es, wie Sie sehen können, nicht erwarten können, aufzubrechen. Wenn wir sie da rauslassen, werden sie galoppieren wollen, und wir werden sie nicht aufhalten. Sie sind gut trainiert und werden höchstwahrscheinlich zusammenbleiben. Um sicherzustellen, dass sie das wirklich tun, werden wir an jeder Flanke und hinten Reiter positionieren, und zwei Soldaten auf unseren besten Rennpferden werden vorneweg reiten. Sie beide werden an der rechten Flanke positioniert sein. Versuchen Sie, so gut wie möglich Schritt zu halten, aber bringen Sie Ihre Pferde nicht um. Sie können uns später wieder einholen. Tatsächlich würde ich es zu schätzen wissen, wenn Sie etwas auf den Leutnant und die drei Gehilfen achten könnten. So wie es aussieht, werden wir heute nicht weit kommen, aber wir werden sehen."

„Ah, hört sich so an, als ob uns Hochwürden bald mit seiner Gegenwart beehren wird." Und auf Russisch befahl er, „Johann, da kommen sie; lass sie die Sattelgurte festzurren und mach sie zur Inspektion bereit!" Vom Hauptlager her ertönte Gesang, der langsam lauter wurde, als sich die Prozession näherte.

Die Soldaten zogen mit geübter Hand rasch die Sattelgurte fest und stellten sicher, dass Gepäck und Ausrüstung so sicher wie möglich verstaut waren. Sie zogen ihre Soldatenröcke glatt und rückten ihre Kopfbedeckung zurecht. Andreas und Ivan reichten die Zügel ihrer Packpferde bereitstehenden Soldaten, die sich in zwei gleichlangen Linien im Abstand von zwei Metern aufstellten. Andreas und Ivan führten ihre Pferde in die Mitte der vorderen Linie und dann zwei Meter vor diese, wobei Ivan sich neben Andreas stellte. Die zehn übrigen Kosaken, die dieses Ritual schon öfter vollzogen hatten, stiegen wieder auf, und reihten sich ebenfalls in zwei lockeren Linien auf und sogar die Araber hörten auf umhertänzeln. Der Gesang wurde lauter und die Priester bogen ums Eck und befanden sich nun auf dem Weg, der zur Koppel führte. Der mittlere der drei Priester hielt ein russisches Kreuz hoch. Der Priester zu seiner Linken hielt eine dampfende Urne mit Weihrauch, der Priester zu seiner rechten eine Flasche mit Weihwasser. Ihnen folgte der Bischof in voller Montur. Er trug eine Bibel, deren vorderer Buchdeckel nach vorne zeigte, vor sich her und wurde von zwei Priestern in ihren formellen Gewändern umrahmt. Die Priester sangen mit einer herzzerreißenden Stimme, die nur von russischen Männern bei der Messe hervorgebracht werden konnte.

Bischof Rosenbaum sang ein Solo, auf das eine Antwort gesungen werden musste. Doch anstatt der fünf erwartenden Stimmen ertönte . . .

„Scheiße", dachte Andreas, und aus den Rängen ertönte sofort ein gemurmeltes „Gott im Himmel und „Mein Gott" und ein sehr lautes „Scheiße" von Johann.

„Ruhe!", brüllte Andreas. Er zog sein Schwert, präsentierte sein Schwert, salutierte und rief: „SOLDATEN, ACHTUNG, KÖNIGLICHER SALUT, WAFFEN PRÄSENTIEREN!"

Fünfzehn Paar Stiefel krachten gleichzeitig auf den Boden, als der Thronfolger in seiner Ausgehuniform neben dem Chef des Stabes um die Ecke bog, gefolgt vom Rest des militärischen Stabes, den Angehörigen des Hofes, die sich im Lager aufhielten, ihren Dienern und Personal und allen ausländischen Botschaftern nebst Personal. Alle trugen ihre besten und glänzendsten Uniformen.

Die Priester zogen quer vor ihrer Formation vorbei und blieben links der Formation stehen. Der Kronprinz blieb gegenüber von Andreas stehen, an seiner Seite standen zum einen der Chef des Stabes, zum anderen General Andropov. Der Rest der Gruppe reihte sich dahinter, gegenüber der kleinen Kosakenformation auf.

Nachdem die versammelte Messgemeinde zum letzten Mal auf den Gesang des Bischofs geantwortet hatte, standen alle Versammelten still und Andreas Männer standen still und gerade in der Grundstellung.

„Kompanie zur Inspektion bereit, Eure Hoheit!", bellte Andreas.

Der Thronfolger erwiderte den Gruß von Andreas und gemeinsam liefen sie beide Linien entlang. Der Großherzog blieb hier und da stehen, um ein paar Worte mit den Soldaten zu wechseln. Als sie das Ende der zweiten Linie erreicht hatten, lief er wieder nach vorne, blieb aber neben Johann stehen.

„Gut zu sehen, dass wenigstens einer die Kosakentradition aufrecht erhält", sagte er.

Anstatt seine Kopfbedeckung gerade auf dem Kopf zu tragen, hatte Johann seine keck schief aufgesetzt, wie es normalerweise bei den Kosaken üblich war. Johann schlug die Fersen zusammen, verbeugte sich kurz und nahm dann wieder die starre Grundstellung ein, hatte jedoch ein Lächeln auf den Lippen.

Als nächstes segnete der Bischof jeden einzelnen Mann und sein Pferd mit dem Kreuzeszeichen und begab sich anschließend an die Koppel, um die Tiere dort zu segnen. Nun stand der letzte Akt der Vorstellung bevor.

Der Großherzog trat zwei Schritte nach vorne, blickte von Mann zu Mann und begann: „Soldaten, in Ihrer ersten Kampfsaison haben Sie der Welt die Macht von Mütterchen Russland gezeigt. Sie haben allen gezeigt, dass, wenn sie uns angreifen und Schaden zufügen, wir sie zur Strecke bringen und auslöschen werden. Wir sind großzügig unseren Freunden gegenüber, aber unseren Feinden bringen wir den Tod. Sie haben die Traditionen ihrer Vorgänger aufrechterhalten und übertroffen. Wir sind stolz auf Sie, die Heilige Kirche ist stolz auf Sie; Ihre Familien sind stolz auf Sie. Halten Sie sich bereit. Auch in Zukunft werden wir Sie brauchen, um unsere Ehre zu verteidigen.

Gehen Sie nun. Kehren Sie in den Schoß ihrer Familien und Freunde zurück. Unsere Dankbarkeit und Gebete werden Sie begleiten. Gott schütze Mütterchen Russland, Gott schütze den Zaren!"

„Woah!", brüllte die versammelte Kompanie.

Andreas salutierte in Richtung des Großherzogs, gab Ivan ein Zeichen und beide stiegen wieder auf ihre Pferde.

„Kompanie, zum Aufsitzen bereit machen!", rief er, wartete bis alle Männer bereit waren und gab dann den Befehl: „Aufsitzen!"

Als sowohl die Männer als auch die Pferde zur Ruhe gekommen waren, wandte sich Andreas wieder dem Großerzog zu und hob das Schwert zum Gruß. „Bitte um Erlaubnis, das Feld zu verlassen!"

Der Großherzog erwiderte den Gruß und nickte.

Andreas grüßte erneut und steckte das Schwert wieder in die Scheide. Dann lenkte er sein Pferd wieder herum in Richtung seiner Männer.

Jetzt konnte ihr Teil der Vorstellung beginnen und sie konnten aufbrechen. Die Pferde in der Koppel spürten die Aufbruchsstimmung, die Ersatzpferde der Kosaken bewegten sich in Richtung Koppelausgang und die Araber begannen herumzulaufen, hielten sich jedoch von den anderen Pferden fern.

„Späher! Zum Abmarsch bereit machen! Abmarsch!"

Die drei Soldaten, die für diesen Tag als Späher eingeteilt waren, ritten ein paar Meter vorwärts, drehten sich gen Westen und standen Seite an Seite in einer Linie, gaben den Pferden leicht die Sporen und nach drei Schritten wechselten sie in den Galopp. Andreas bedeutete Ivan, zu übernehmen und drehte Bartholomew, um ans hintere Ende der Koppel zu reiten. Johann tat dasselbe auf der gegenüberliegenden Seite.

Der Leutnant gab dem Rest der Gruppe den Befehl zum Abmarsch und sie nahmen die Formation ein, in der sie den Rest des Tages reiten würden. Drei erfahrene Reiter ritten in die Mitte des Pfades, die anderen verteilten sich gleichmäßig entlang beider Seiten des Pfades.

Andreas nahm seine Kappe ab, zog am Kinnriemen der Kappe und, nachdem er die Kappe wieder aufgesetzt hatte, zog erden Riemen fest, sodass die Kappe nicht von seinem Kopf rutschen konnte. Sie war immer noch zu neu und hatte sich noch nicht an seinen Kopf angepasst. Er zog die Peitsche aus seinem Gürtel, rollte sie auf und schaute zu Johann hinüber, der auf seiner Seite der Koppel wartete, die Peitsche faul in den Staub gelegt hatte und ein breites Grinsen im Gesicht hatte. Die Kosakenpferde hatten sich am Gatter aufgereiht und begannen, die Köpfe zurückzuwerfen, während die Araber langsam näherkamen.

Andreas stellte sicher, dass die Soldaten in gleichmäßigen Abständen entlang des Pfades verteilt waren, nickte Johann zu und sie begannen, langsam die Peitschen über ihren Köpfen kreisen zu lassen. Immer schneller kreisten die Peitschen. Andreas nickte den zwei Kavalleriesoldaten zu, die sie sich von einem anderen Regiment geliehen hatten und die begannen, das Seil aufzuheben, das am Koppelgatter befestigt war, um es zu öffnen. Dabei stellten sie sicher, dass sie Platz zum davon laufen hatten. Die Pferde waren nun voller Erwartung, sie wieherten und warfen die Köpfe hin und her. Die Kosakenpferde blockierten weiterhin den Ausgang und sorgten bei den Arabern mithilfe von Tritten für Disziplin.

Die Peitschen kreisten weiter und zischten wenn sie ihre Bogen schlugen. Dann ...

Knall! Knall! Knall! So laut wie Pistolenschüsse knallten beide Peitschen in der Luft über den Köpfen der Pferde.

„Jaiiiii! Jaiiiii!", schrien beide Männer und der Boden erbebte als sechzig Pferde in vollem Galopp aus der Koppel heraus den Pfad entlang stürmten. Alle der anderen Vorreiter gaben ihren Pferden die Sporen und mit knallenden Peitschen und mit Geschrei galoppierte die gesamte Kompanie den Pfad hinab.

Als sie an der versammelten Menge vorbeikamen, sah Andreas, dass alle auf- und absprangen, brüllte und schrien und ihre Kappen in der Luft schwenkten. Allen voraus der Großherzog selbst, der seine Kappe in die Luft warf und voller Begeisterung mit wedelnden Armen auf- und absprang.

Das Einzige, was besser war, als einer Herde galoppierender Pferde, deren Mähnen und Schwänze im Wind wehten und deren Hufen den Boden zum Beben brachten, zuzusehen, war selbst ein Teil davon zu sein. Den Wind im Gesicht, die starken Muskeln zwischen den Beinen spüren und, wenn man den eigenen Kopf an den des Pferdes legte, die Wärme und das Geräusch des aufgeregten Atems des Tieres zu fühlen. Mann und Pferd wurden Eines.

Andreas sammelte seine Peitsche fachmännisch wieder ein, packte sie zusammen und sah zu seinem Bruder, der sie hoch über seinem Kopf schwang. „Jippieeeeeeh!", schrie er voller Begeisterung.

Frei, für den Moment, frei. Frei von Verantwortung, frei davon, Entscheidungen zu treffen, frei von Lehnsherren. Frei, zu laufen. „Jippieeeeeeh!"

Nach zwei Meilen sah es so aus, als ob die Pferde langsamer wurden und es wurde in den Trab gewechselt. Sie würden eine Stunde lang traben und dann eine halbe Stunde lang in den Schritt wechseln, dann wieder traben. Dies würde jeden Tag, bis sie nach Hause kamen, für acht Stunden ihr Rhythmus sein. Die Vorreiter waren nur dazu dagewesen, die Herde am Anfang zusammenzuhalten. Sobald sich die Pferde daran gewöhnt hätten, mit ihnen zusammenzuarbeiten, würden sie von selbst beisammen bleiben.

Ungefähr zwei Stunden vor Sonnenuntergang erreichten sie den Ort, den die Späher für sie als Nachtlager ausgewählt hatten. Ein kleiner Bach lieferte ihnen frisches Wasser und es gab ausreichend Platz, um die Pferde grasen zu lassen. Ausruhen konnte sich noch keiner. Erst mussten die reiterlosen Pferde getränkt werden, um sicherzustellen, dass sie zur Ruhe kommen und nicht weiterlaufen wollen würden. Sie ließen drei Männer bei den Tieren, um auf diese aufzupassen, dann stiegen die Soldaten ab, entfernten die Sättel und das Gepäck von ihren Pferden, rieben sie ab und ließen sie mit den anderen Pferden grasen.

Andreas war aufgefallen, dass die drei Späher sofort den drei neuen Männern zu Hilfe geeilt waren, die nicht daran gewöhnt waren, so lange im Sattel zu sitzen und deren Beine ihnen tatsächlich den Dienst versagt hatten, als sie abstiegen. Obwohl sich die drei Männer einige Witze auf ihre Kosten gefallen lassen mussten, wusste Andreas, dass dies bedeutete, dass der Rest der Männer sie als ihresgleichen akzeptiert hatte. Ansonsten wären sie sich selbst überlassen geblieben. Wie die Amerikaner.

Die zwei Amerikaner waren seinem Rat gefolgt und hatten ihre Pferde gegen Araber ausgetauscht. Die Art und Weise, wie sie sich bewegten und mit ihren Pferden und dem Gepäck umgingen zeigte, dass sie daran gewöhnt waren auf dem Pferderücken zu reisen und Andreas war zuversichtlich, dass es nicht lange dauern würde, bis sie sich an die Vorgehensweise der Truppe gewöhnen würden.

Da er sah, dass seine Männer alles im Griff hatten, konnte sich Andreas nun seiner eigenen Ausrüstung zuwenden. Schnell rollte er seine Bettrolle aus und breitete seine Reitausrüstung zum Auslüften aus. Ivan hatte seine Ausrüstung neben die von Andreas gebracht und beide suchten nun in ihren Satteltaschen nach ihrem Beitrag zur Abendmahlzeit.

Johann kam von der Stelle herüber, an der er seine Ausrüstung niedergelegt hatte, und setzte sich im Schneidersitz neben sie auf den Boden. „Ha, Cousin, die Bauern hier werden sich heute Nacht wegen dir keine Sorgen um ihre Töchter machen müssen, glaube ich", sagte er mit einem Lachen.

„Ich will gar nicht daran denken, an welchen Stellen ich jetzt Hornhaut bekommen werde", erwiderte Ivan stöhnend. „Wenigstens bin ich es gewöhnt, zu reiten, nicht wie die drei armen Rekruten."

„Die Jungs werden sich um sie kümmern", sagte Johann. „Die ersten paar Tage wird es hart für sie sein, aber sie werden sich daran gewöhnen. Die ersten paar Mal ging es uns allen so. Ha, ich erinnere mich noch gut daran, dass unser glorreicher Anführer hier die Angewohnheit hatte, vom Pferd zu fallen, als er von der feinen Schule zurückkam, wo er all diese großartigen und wichtigen Dinge gelernt hatte."

„Das ist genau das, wovor ich Sie gewarnt habe, Leutnant"; sagte Andreas. „Wenn Sie sich zu gut mit Ihren Männern verstehen, verlieren sie den Respekt vor Ihnen."

Alle drei Männer lachten. „Nun, das Essen ist fertig, wenn die Herren Offiziere kommen möchten, ansonsten müssen Sie wohl hungern."

Es war lange nach Sonnenuntergang als Andreas endlich unter seine Decken kriechen konnte. Als sein Kopf den Sattel berührte, den er als Kissen verwendete, war er schon so gut wie eingeschlafen.

Zwei Abende später, als alle ihre Abendmahlzeit beendet hatten, nahm Andreas seine Tasse Tee und lief zu der Stelle, an der die Amerikaner ihr Nachtlager aufgeschlagen hatten hinüber. Die beiden Männer blieben tagsüber unter sich und auch nachts schlugen sie ihr Lager getrennt von der Gruppe auf.

„Darf ich mich zu Ihnen gesellen?", fragte Andreas auf Englisch.

Die beiden Männer deuteten auf einen Platz an ihrem Feuer und er ließ sich nieder.

„Haben wir Sie irgendwie beleidigt?", fragte Andreas.

„Was, nein, mein Herr, wieso glauben Sie, dass wir beleidigt sind?", fragte Remington.

Andreas zeigte auf die Hauptgruppe der Männer und dann, mit offener Hand, auf das kleine Lager der beiden Männer und zuckte mit den Schultern.

„Nein, nein", sagte der Feldwebel auf Russisch, „wir möchten uns gerne bei Ihnen entschuldigen, mein Herr, falls wir Sie irgendwie beleidigt haben. Wir wollten gewiss nicht respektlos sein."

„Ah", sagte Andreas nach einem kurzen Moment auf English, „das ist ein Fall von, ach, wie sagt man doch gleich? Ja, so ein Fall von ‚kulturellen Unterschieden', vor denen man mich gewarnt hat."

„Johann, du undankbarer Schuft!", brüllte Andreas auf Russisch. „Unsere Gäste haben Durst und du hortest den ganzen Wodka. Wir kommen jetzt rüber und ich kann nur für dich hoffen, dass noch was übrig ist, sonst tret' ich dir in den Hintern."

„Da musst du dich hinten anstellen, Bruder, da warten noch ganz andere darauf, diesen Hintern zu treten", rief Johann zurück.

„Ich möchte mich noch einmal entschuldigen, Gentlemen, wenn wir Sie einladen, uns auf unserer Reise zu begleiten, sind sie auch dazu eingeladen, das Lager mit uns zu teilen. Ich habe nicht daran gedacht, Ihnen das zu sagen. Gunnery Sergeant, ich bin mir sicher, dass Sie einen Namen haben, nicht wahr? Dieses ganze ‚mein Herr' und ‚Herr Major' ist doch recht umständlich. Wir wissen hier alle wer wer ist und es gibt keine Grund für die ganzen Formalitäten. Ich heiße Andreas."

„Peter Chimalovich, Herr Major", sagte der Schießfeldwebel. „Vielen Dank, dass Sie mich eingeladen haben, Herr Major, mein Vater hat so viel von seinem Leben hier erzählt und ich freue mich über die Chance, jetzt selber zu sehen, wie meine Vorfahren gelebt haben."

„Fredrik Remington, mein Herr, ich meine, Andreas. Ich habe bemerkt, dass Sie untereinander Deutsch sprechen. Ich dachte, alle Kosaken seien Russen?"

„Im Prinzip hast du Recht, Fredrik", sagte Andreas. „Kosaken sind Kosaken, eine Nation in einer Nation, wenn man so sagen will. Alle unsere Familien kommen aus Köln. Die Kosaken haben uns zwar in ihre Gemeinschaft aufgenommen, aber wir sind keine gebürtigen Kosaken. Wir sind alle in Russland geboren worden und als Kosaken aufgewachsen und erzogen worden und unser Bataillon wurde von einem Kosaken geführt, aber wir sind nur die Aushilfskosaken. Die fünfzehn Männer unserer kleinen Gruppe hier sind die ersten, die zu Kosaken ernannt wurden."

Ab da mischten sich die Amerikaner frei unter die Soldaten, unterhielten sich mit ihnen und als sie vom Wald in die Steppe kamen, wurde die Reise einfacher und die Männer entspannter. An den Abenden war Remington immer damit beschäftigt in kleine Notizblöcke zu zeichnen, die er überall verstaut hatte, oder in andere zu schreiben. Meistens war frisches Wild da und sie hatten bislang noch nicht auf das getrocknete Fleisch in ihren Satteltaschen zurückgreifen müssen. Bald sah man in der weiten leeren Steppe vereinzelte Bauernhöfe und kleine Dörfer. Zunächst einige Kuhherden, dann immer größer werdende Getreidefelder. Es war offensichtlich, dass sie nun in besiedelte Gegenden kamen.

Obwohl die langen Tage und die Geschwindigkeit der Reise anfingen, ihren Tribut von den Männern zu fordern, hob sich ihre Stimmung, da sie wussten, dass sie bald zu Hause sein würden. Andreas wollte auch nach Hause, aber hatte er nun überhaupt ein Zuhause? Als er aufgebrochen war, hatten Johann und er sich eines der kleinen Außengebäude auf dem Gehöft seines Vaters geteilt. Jetzt würde er nicht nur für sich selbst sondern auch für seine zwei Gehilfen einen Platz zum Wohnen finden müssen. Hoffentlich gäbe es einen geeigneten Platz auf dem Land, für das er nun verantwortlich war, um ein Haus zu errichten und hoffentlich würde er es noch vor Wintereinbruch bauen und ausstatten können.

Diese Nacht würde die letzte sein, in der sie in der Steppe ihr Lager aufschlugen. In der Nacht darauf würden sie schon kurz vor ihrem Zuhause sein. Die Soldaten wollten mit viel Aufsehen in ihr Dorf einmarschieren, deswegen würden sie es so einrichten, dass sie nach der Sonntagsmesse ankommen würden. An diesem Abend sprachen die Soldaten aufgeregt von zu Hause und über ihre Pläne und darüber, was in der Zeit ihrer Abwesenheit wohl alles passiert sei. Andreas verbrachte die meiste Zeit getrennt von der Gruppe. Er musste sich über so viele Dinge Gedanken machen.

Schon vor Tagesanbruch war Andreas auf den Beinen und sattelte Bartholomew. Das Pferd hatte seinen Pfiff in der Dunkelheit gehört, er hatte ihn nicht unter all den dunklen Pferdegestalten im schwachen Licht des Morgengrauens finden müssen. Als er sein Gewehr über die linke Schulter schwenkte, näherte ihm sich eine der Pferdewachen.

„Brauchen Sie Hilfe, Herr Major?", fragte die Wache.

„Alles unter Kontrolle, Gefreiter", sagte Andreas. „Bitte sagen Sie dem Leutnant, dass er heute die Führung hat und lassen Sie den Oberfeldwebel mein Gepäck für heute übernehmen. Ich treffe Sie am nächsten Lagerplatz."

Andreas ritt langsam aus dem Lager und wartete, bis er einiges an Entfernung zurückgelegt hatte, bevor er in den Trab wechselte. Während er ritt, schmiedete er einen Plan für seine Zukunft. Es war ihm klar, dass die, die das Sagen hatten, ihn so lange ausnutzen würden, bis er entweder zur Bedrohung für sie würde oder nicht mehr nützlich für sie sein würde. Dieses Muster hatte man seit Generationen bei seinen Leuten angewandt. Wenn die Gruppen zu mächtig wurden, spalteten die Russen sie auf, wenn nötig mit Gewalt. Wenn sie rebellierten, wurden sie gnadenlos niedergemacht. Nach dem, was er gehört hatte, war es im Rest von Europa dasselbe. Ein Mensch hatte, was seine Zukunft anging, kaum etwas zu sagen. Man tat, was einem die Regierung befahl zu tun. Es sei denn, man war ein Aristokrat oder hatte unglaubliches Glück.

Amerika war anders. Ja, die Reichen hatten viel Macht, aber jeder, der hart arbeitete und schlau war, konnte gut leben, wenn nicht sogar reich werden.

Und man konnte jedes beliebige Ziel verfolgen, nicht nur das, was die Regierung von einem wollte. Der westliche Teil des Landes stand Siedlern offen und es gab massenhaft billiges Land.

Schweigend ritt er weiter. In der Zwischenzeit war die Sonne aufgegangen und wärmte ihm den Rücken Er stieg ab, zog seinen dicken Mantel aus, rollte ihn fest zusammen und band ihn am Sattelknopf fest. Er war schneller geritten als der Rest der Gruppe reiten würde und bald würde er das kleine Tal am Bach erreichen, wo sie ihre letzte Nacht verbringen würden. Es war gut sechzehn Kilometer von zu Hause entfernt.

Als er wieder aufgestiegen war und langsam den kleinen Hügel hinaufritt, hinter dem das kleine Tal verborgen war, huschte ein Lächeln über sein Gesicht. Er dachte an das freudige Wiedersehen, die Feiern und das richtige Bett, in dem er am nächsten Tag schlafen würde.

Er war gerade auf halber Höhe angekommen, als die Ruhe des Tages von einem Lärm gestört wurde, der sich anhörte, als ob es auf der anderen Seite des Hügels zu einer gewaltsamen Auseinandersetzung gekommen wäre. Hauptsächlich aus Vorsicht nahm Andreas das Gewehr von seiner Schulter und trabte weiter, bis er die Spitze des Hügels beinahe erreicht hatte. Dann durchschnitt das Kreischen einer Frau gefolgt vom Schmerzensschrei eines Mannes die Luft.

Die Szene, die sich ihm darbot, als er die Spitze des Hügels erreichte, war grausam und zum Verzweifeln. Zwei Männer, eine Frau und ein Junge lagen in Blutlachen unten im Tal. Einer der Männer wand sich vor Schmerzen und hielt seine Gedärme in den Händen. Rechts von ihm hatte ein Mann ein Mädchen, das wohl um die fünfzehn Jahre alt sein durfte, hochgehoben und hielt ein Messer an seine Kehle. Direkt vor ihm stand ein zweirädriger Pferdewagen, der mit den Habseligkeiten einer Familie beladen war, und vier gesattelte Pferde, die am Boden angebunden waren.

Ein Wutschrei ließ Andreas nach links blicken. Dort sah er, wie eine Frau Anfang zwanzig auf ihrem Rücken liegend von zwei Männern an den Haaren zu einem Baumstamm, der nicht weit von ihnen entfernt auf dem Boden lag, gezerrt wurde. Ihnen folgte ein beleibter Mann mittleren Alters. Die beiden Männer zwangen die Frau sich kopfüber über den Baumstamm zu legen und als Andreas klar wurde, was als nächstes geschehen würde, schoss er mit der Winchester dem dicken Mann vor die Füße.

Ruhig ritt er hinab ins Tal, in dem nun Stille herrschte, und stieg neben dem verwundeten Mann ab. Der andere Mann, die Frau und der Junge waren tot. Man hatte ihnen die Kehle durchtrennt. Für den verwundeten Mann kam jede Rettung zu spät. Andreas schoss ihn in den Kopf und erlöste ihn von seinen Qualen.

„Verzieh dich, Kosake, das hier geht dich nichts an", befahl der beleibte Mann, der ganz klar der Anführer der Gruppe war. „Was ich mit meinem Besitz mache, entscheide ich, nicht du."

„Besitz?", fragte Andreas. „Ach, Sie meinen die Damen? Sind sie Ihre Töchter oder Ihre Ehefrauen?"

„Nein, sie sind Leibeigene, die davongelaufen sind", sagte der Mann. „Ich werde ihnen eine Lektion erteilen und dann werde ich sie wieder zurückbringen, damit die andren Leibeigenen sehen, was passiert, wenn sie glauben sie seien frei."

„Sie sind mit dem, was der Zar über das Freilassen von Leibeigenen gesagt hat, nicht einverstanden?", fragte Andreas.

„Der Zar lässt sich hier draußen nie blicken. Ich kann machen was ich will", sagte er.

Auf eine Geste des Mannes hin ließen die beiden Männer, die die Frau auf dem Boden hielten, die Frau gehen, standen auf und zogen lange Messer aus ihren Gürteln. Der beleibte Mann hatte ein kleines Schwert in der Hand, mit dem er in Richtung von Andreas gestikulierte.

„Und was willst du dagegen tun, Kosake? Du bist alleine, dein Gewehr ist leer. Wenn du uns angreifst, schneidet mein Mann da drüben dem Mädchen die Kehle durch und dann holt er dich. Wenn du ihn angreifst, holen wir dich. Du kannst nicht gewinnen. Steig auf dein Pferd und reite davon. Das sind nur Leibeigene. Die sind es nicht wert, für sie zu sterben."

Andreas schaute zu dem Mann hinüber, der dem Mädchen das Messer an die Kehle hielt und sah das Grinsen auf seinem Gesicht. Er zielte mit der Winchester auf ihn und schoss ihm ins linke Auge. Die Kugel im Kaliber .40 riss ihn einige Meter nach hinten, bevor er auf den Boden sackte. Er ließ eine weitere Kugel in die Kammer wandern, drehte sich herum und schoss dem Mann rechts in die Brust, und als der Mann links auf ihn zugestürmt kam, schoss er diesem ebenfalls in die Brust. Er hebelte eine weitere Kugel in die Kammer und richtete das Gewehr auf den beleibten Grundbesitzer.

„Wer kann hier nicht gewinnen?", fragte Andreas. Der Mann war deutlich erschüttert, da Urin die Vorderseite seiner Hosen zierte und auf seine Stiefel herabtropfte.

„Steigen Sie auf Ihr Pferd und verschwinden Sie, bevor ich meine Meinung ändere", befahl Andreas.

Der Mann ließ sein Schwert fallen und schnappte sich das nächstbeste Pferd. Im Davongaloppieren rief er zurück: „Das hier ist noch nicht vorbei, du dreckiger Kosake. Morgen kommt der neue Graf."

„Darauf habe ich gesetzt", murmelte Andreas.

Andreas hörte Hufschläge die sich von hinten näherten, sprang auf, ging auf ein Knie und sah durch das Zielfernrohr seines Gewehrs zwei Reiter den Hügel herabstürmen. Er erkannte, dass es zwei der Soldaten waren, die für diesen Tag als Späher eingeteilt waren, stellte sein Gewehr auf sicher, stand auf und schaute zum Hügel hinauf. Der letzte Späher und Chimalovich knieten auf einem Knie und hatten die Gewehre ins Tal gerichtet, während Remington, noch auf dem Pferd, eifrig mit Stift und Notizblock hantierte.

Er gab ihnen ein Zeichen, dass alles in Ordnung sei und bedeutete den Männern auf dem Hügel, zu ihm hinabzukommen. Dann drehte er sich um, um sich um die Überlebenden des Angriffs zu kümmern. Die ältere der beiden Frauen hatte die jüngere an ihre Brust gedrückt und streichelte ihr sanft mit einer blutverschmierten Hand über die Haare. Die Vorderseite ihrer Bluse und ihres Rocks waren blutverschmiert, ebenso ihr Gesicht. Erschrocken fragte Andreas sie, ob sie verletzt sei. Sie hob den Kopf vom Kopf ihrer schluchzenden Schwester und schaute ihn mit entschlossenem und trotzigem Blick an.

„Sie haben diesen fetten Bastard davonkommen lassen", sagte sie. Sie spuckte in Richtung des Mannes mit den hervorquellenden Gedärmen und fuhr fort: „Diese Blut ist seines und ich hätte dasselbe mit dem Mann gemacht, den Sie gehen haben lassen. Er hat meine Eltern und meinen Bruder getötet."

„Für den habe ich schon einen Plan", sagte Andreas. „Sein Schicksal ist besiegelt."

„Sie Narr", sagte sie voller Verachtung. „Dieser Mann ist ein mächtiger Grundbesitzer mit immensen Einfluss. Glauben Sie vielleicht, dass der neue Graf auf Sie oder auf mich hören wird? Im Vergleich zu dem sind wir nichts. Es wäre besser gewesen, wenn Sie ihn uns hätten umbringen lassen."

„Gesetz ist Gesetz, verehrte Dame", sagte Andreas. „Warum bringen Sie Ihre Schwester nicht hinab an den Bach und waschen das Blut weg, während wir uns um Ihre Familie kümmern?"

Sie schnaubte und warf ihm einen Blick zu, der ihn sofort getötet hätte, wenn sie kein Mensch gewesen wäre, dann führte sie ihre Schwester sanft zum Bach hinunter.

Während sich die anderen Männer um ihn scharten, beurteilte Andreas die Lage und begann Befehle zu erteilen.

„Einer von Ihnen reitet zurück zur Truppe und berichtet den anderen, was hier passiert ist und dass wir durchreiten, damit wir heute Abend nach Hause kommen. Ich möchte, dass ein Späher nach Hause reitet und ihnen mitteilt, dass wir kommen. Er soll am Haus meiner Mutter halt machen und ihr sagen, dass zwei Frauen Hilfe brauchen werden."

Die Späher verteilten die Aufgaben und ritten dann im vollen Galopp davon, um seinen Befehlen Folge zu leisten.

„Schaut nach, ob im Wagen Decken sind", sagte Andreas. „Wir werden die Leichen der Eltern und des Jungen bedecken und mitnehmen. Wir werden die vier Pferde hier an den Wagen spannen und die Leichname auf den Wagen laden, dann können wir sie bei uns daheim begraben. Diese anderen vier Hurensöhne können hier liegen bleiben. Die können die Krähen holen."

„Kommen Sie, meine Fräulein, wir sind startklar", sagte Andreas leise zu den zwei Frauen, die am Bachufer saßen.

Als sie den Wagen erreichten, hob Andreas die jüngere Schwester hoch und setzte sie auf den Wagensitz. Die aufsässige ältere Schwester schlug seine Hand weg und stieg selbst auf den Sitz. Bevor Andreas einem seiner Männer befehlen konnte, den Wagen zu lenken, nahm die ältere Schwester die Zügel selbst in die Hand, schlug die Zügel auf den Rücken der Pferde und begann den Pfad hinab in Richtung des Heimatdorfs von Andreas zu fahren.

Vier Stunden später zog die ernste kleine Prozession langsam die Hauptstraße von Katharinental entlang in Richtung Kirche, die am Ende der Straße im Zentrum der Stadt stand. Die Stadt, in der normalerweise am Markttag ein buntes Treiben herrschte, war still. Die Bewohner standen an beiden Rändern der Straße, die zur Kircher führte, und bekreuzigten sich, wenn sie vorbeizogen. Pater Litzanburger, der sein Messgewand trug, wartete vor der Kirchentür auf sie und begann zu beten, als sie vor ihm anhielten. Eine Gruppe junger Männer kümmerte sich um die drei Leichname und trugen sie in Begleitung des Priestersund seinen Messdienern sanft in die Kirche. Eine Gruppe Frauen kümmerte sich um die beiden Schwestern, den Wagen und die vier Pferde mit den Besitztümern der Schwestern und machten sich mit ihnen in Richtung des Bekenbaumschen Stadtdomizils auf.

Andreas entdeckte den aufgebrachten Grundbesitzer, der wild gestikulierend mit einer Gruppe von Ältesten der Stadt sprach. Die Gruppe schien sich auf etwas geeinigt zu haben. Die Männer nickten mit den Köpfen und als sie in auf Andreas zukamen, sah der Grundbesitzer Andreas mit einem fiesen Grinsen im Gesicht an und ging dann davon.

Die Gruppe von Ältesten, allen voran Ivans Vater, blieb vor dem Pferd von Andreas stehen. „Ich hätte mir ein angenehmeres Ergebnis für deine Heimkehr gewünscht", sagte er. „Der Mann macht schwere Anschuldigung gegen dich geltend, Andreas. Er besteht darauf, dass sobald der neue Graf eintrifft, ein vollständiger Prozess abgehalten wird."

„Mir soll es recht sein", sagte Andreas. „Ruft den Rat zusammen. Der Rest der Truppe kommt gleich; wir versammeln uns zwei Stunden nach ihrer Ankunft. Schickt jemanden, der meiner Mutter Bescheid gibt und seht zu, dass die beiden Schwestern beim Treffen anwesend sind, damit sie ihre Zeugenaussagen machen können. Außerdem möchte ich, dass dieser Esel von Grundbesitzer unter Schutzhaft gestellt wird, damit er keine Zeugen finden kann, die schwören, dass seine Lügengeschichten wahr sind."

Die Gruppe teilte sich auf, um den Wünschen von Andreas nachzukommen, nur sein Onkel blieb da.

„Du erinnerst dich an Mr. Remington, Onkel?", sagte Andreas. „Er wird bis zum Frühjahr unser Gast sein und ich habe überlegt, ob du nicht eine Unterkunft für ihn und den guten Feldwebel hier arrangieren könntest? Ich befürchte, dass ich heute anderweitig beschäftigt sein werde."

Nachdem er zum Gehöft seines Vaters geritten war, das eine Meile außerhalb der Stadt lag, band Andreas sein Pferd am Balken vor der bescheidenen Hütte, die er mit seinem Bruder teilte, fest und trat, nachdem er seine Satteltaschen abgenommen hatte, in die Hütte. Er warf die Satteltaschen auf sein Bett, nahm zwei Eimer, die neben dem Herd standen, und füllte beide an der Wasserpumpe. Einen stellte er für die Pferde auf den Boden, den anderen stellte er auf die grobe Bank zwischen den beiden Betten in der Hütte. Er nahm seinen Rasierbeutel aus den Taschen, zog sein Hemd aus und rasierte seinen Ein-Wochen-Bart ab. Dann machte er eine kurze Katzenwäsche bevor er wieder nach draußen ging und sich den restlichen Inhalt des Eimers über den Kopf schüttete.

Die komplette Ausgehuniform, die er mit dem Bataillon voraus geschickt hatte, hing gewaschen und gebügelt in dem Kleiderschrank, den er und Johann selbst gebaut hatten. Seine Stiefel - mit Silbersporen - standen frisch poliert darunter. Er ließ sich Zeit und zog sich mit viel Sorgfalt an und vergewisserte sich, dass alle seine Abzeichen ordentlich angebracht und alle Knöpfe zugeknöpft waren. Er nahm sechs Patronen aus seiner Munitionstasche und steckte sie in den Gewehrgurt. Er polierte noch schnell die Messinghüllen und schob sie dann einzeln mit großer Sorgfalt in die dekorativen leuchtend roten Schlaufen, die an der Uniformjacke angebracht waren, drei auf jeder Seite.

Er schnallte sich seinen Schwert- und Pistolengürtel über die Jacke, schwang sich auf sein Pferd und ritt zurück in die Stadt. Vor dem Rathaus hielt er an, reichte die Zügel einem Diener, stieg die wenigen Stufen zum Gebäude hinauf und trat ein. Er wurde in ein Wartezimmer gebeten, dass sich neben dem Hauptraum befand und wartete mit einem Aufseher darauf, hereingerufen zu werden.

Gegenüber von ihm saßen nervös die beiden Schwestern mit einem ihnen zugeordneten Aufseher. Beide trugen frische Kleider, ihre langen blonden Haare hatten sie in einem Zopf, in den sie Blumen gesteckt hatten, um den Kopf gebunden. Die ältere Schwester musterte ihn einen Augenblick, dann weiteten sich ihre Augen und sie wollte gerade etwas sagen, als Andreas seinen Finger an die Lippen legte und zwinkerte.

„Kennen Sie die Geschichte von dem Mann, der sich aus Angst vor Bestrafung nicht traute, die Wahrheit in einem Prozess zu sagen?", sagte Andreas laut zu seinem Aufseher. „Er bat unseren Herrn Jesus Christus um Führung und der sagte ihm das: ‚Sprich immer die Wahrheit und die Wahrheit wird dich frei machen.'"

In diesem Moment ging die Tür zum Ratszimmer auf und der Aufseher an der Tür bedeutete den beiden Schwestern, ihm zu folgen. Sie standen auf und strichen ihre Kleider glatt. Die ältere Schwester blickte Andreas fragend an und machte einen kleinen Knicks. Andreas schenkte ihr im Gegenzug ein breites Grinsen, legte seine linke Hand auf die Taille, und verbeugte sich, während er gleichzeitig mit seiner rechten Hand seine Kopfbedeckung mit einer ausladenden Geste vom Kopf nahm. Die ältere Schwester richtete sich auf, hob den Kopf und marschierte stolz mit der jüngeren Schwester im Schlepptau in den Hauptraum.

Nachdem sich die Türe wieder geschlossen hatte, fragte der Aufseher, dem Andreas die Geschichte erzählt hatte: „Was ist passiert? Hat der Mann die Wahrheit gesagt?"

„Was passiert ist? Sie haben ihn gehängt, was sonst? Schließlich war er ein Mörder."

Bevor der Aufseher etwas erwidern konnte, dröhnte eine laute Stimme durch die Tür.

„Sie lügen. Sie werden doch wohl nicht diesen Unsinn glauben, den diese Leibeigenen ausspucken. Außerdem ist das alles hier bedeutungslos. Der Graf ist nicht da und nichts hier ist offiziell."

In der Kammer brach eine allgemeine Unruhe aus und nach mehreren Sekunden lauten Klopfens wurde es ruhiger und nach einem kurzen Moment wurde die Türe wieder geöffnet. Auf beiden Seiten stand ein Aufseher.

„Wären Sie so gut, mein Herr?", fragte der Mann leise und deutete in den Raum Andreas trat zur offenen Tür, nahm seine Kopfbedeckung ab und klemmte sie unter seinen linken Arm. Er stricht seinen Soldatenrock glatt und marschierte dann mit forschem Schritt durch das vollbesetzte Ratszimmer nach vorne, wobei bei jedem Schritt die Sporen klirrten. Als er Pater Litzanburger erreichte, stellte er sich schlau so hin, dass er nicht nur dem Ältestenrat zugewandt war, der hinter einem langen Tisch saß, sondern auch dem Ratszimmer, in dem es ansonsten nur Stehplätze gab.

Der Priester hielt Andreas ein Kruzifix hin und fragte: „Schwören Sie bei Gott und dieser Versammlung, dass Sie nichts als die Wahrheit sagen werden?"

Andreas bekreuzigte sich und küsste das Kruzifix, dass der Priester ihm hinhielt, und bejahte die Frage.

„Nenne Sie Ihren vollständigen Namen und Ihre Position", befahl der betagteste der Ältesten.

Andreas sah dem klagenden Grundbesitzer in die Augen und sagte: „Andreas Hanrayovitch Bekenbaum, Ataman der Andreas-Truppe, Graf des Bezirks Katharinental."

„Mein Herr, wenn Sie nun bitte diesem Rat Ihre Beobachtungen und Handlungen hinsichtlich des unglücklichen Vorfalls an diesem Morgen schildern würden?"

Als Andreas den Hergang der Handlungen und Ereignisse schilderte, wandelte sich die Miene des klagenden Grundbesitzers von aufgeblähter Überzeugung zu leichter Panik, als ihm bewusst wurde, was und wer Andreas war.

„Warum, mein Herr, wurde der Herr hier dann nicht zusammen mit den anderen Straftätern hingerichtet?", wurde Andreas gefragt.

„Wir dachten, dass, da uns dieser Herr nicht persönlich physisch angegriffen hatte, ein Prozess vor Seinesgleichen für eine Person seines Status angemessener sei."

„Warum haben Sie dann nicht den Vorsitz bei dieser Untersuchung, mein Herr?"

„Wir dachten, dass unsere Anwesenheit im Rat die Unparteilichkeit des Verfahrens unangemessen beeinflussen würde."

„Gibt es noch weitere Fragen an Graf Bekenbaum? Vielen Dank für Ihre Geduld, mein Herr, Sie können nun gehen, wenn Sie möchten."

Anstatt einer Verbeugung, nickte Andreas dem Rat steif zu und marschierte dann leise schnurstracks aus dem Gebäude und ritt zurück nach Hause, wo er Leutnant Ivan auf seiner Veranda vorfand.

„Nervige Angelegenheit", sagte Andreas, stieg ab und band sein Pferd an. „Vielleicht hätte ich den Mann einfach erschießen sollen."

Andreas trat in sein spartanisches Zuhause, zog seine Ausgehuniform aus, hängte sie vorsichtig wieder in den Schrank und nahm die bequeme Arbeitskleidung heraus, die er, seit er im Frühjahr aufgebrochen war, nicht mehr verwendet hatte. Er zog seine alten, abgenutzten, bequemen Arbeitsstiefel an, wühlte in seinen Satteltaschen, fand die Bürsten zum Striegeln seines Pferdes und ging wieder nach draußen. Im schwachen Licht der Verandalampe, die Ivan angezündet hatte, nahm Andreas das Zaumzeug ab und begann, Bartholomew zu striegeln.

„Verzwickte Angelegenheit, mein Freund", erzählte Andreas seinem Pferd. „Du kannst von Glück reden, dass du nur mich glücklich machen musst, um so viel zu Fressen zu kriegen, wie du willst."

„Sein Name ist Olag Zaboe, er ist Ungar", sagte Ivan. „Er hat es mit Bestechung und anderen Mitteln geschafft, jede Menge Reichtum und Macht anzusammeln." Er behandelt seine Leibeigenen schlecht und hat den Befehl des Zaren, die Leibeigenen zu befreien, ignoriert."

„Wenn ich von dem ausgehe, was ich gesehen habe, waren die Leute, die er misshandelt hat, freie Leute, keine Leibeigenen", sagte Andreas. „Aber selbst wenn sie Leibeigene gewesen wären, wären sie nicht seine Leibeigenen gewesen und sie befanden sich auch nicht auf seinem Land. Er hatte kein Recht dazu, zu tun, was er getan hat. Ein Mitglied der Armee des Zaren anzugreifen ist, unabhängig von dessen Rang, ein schweres Verbrechen. Der Mann hatte zu viel Vertrauen in seine vermeintliche Macht."

„Nicht die Heimkehr, die wir erwartet haben", stimmte Ivan zu. „Wenn man so was im Feld sieht, ist das eine Sache, aber hier bei uns zu Hause . . . . Als mein Vater zu Hause war, konnte er diesen Zaboe im Zaum halten, aber als er das Regiment während des Einsatzes führte, hatte der Rest des Rates Angst davor, sich Zaboe entgegenzustellen. Zaboe hat sich wahrscheinlich gedacht, dass du ein typischer russischer Aristokrat bist, der nur für ein paar Tage hier ist und dann wieder nach Moskau verschwindet. Die ganze Angelegenheit wäre unter den Teppich gekehrt worden."

Andreas war mit Striegeln fertig und führte Bartholomew hinüber zur Koppel, wo er ihn freiließ. In typischer Pferdemanier rollte Bartholomew sofort auf seinen Rücken, rollte im Staub hin- und her und machte die Arbeit von Andreas wieder zunichte.

„Manchmal frage ich mich, warum wir uns überhaupt die Mühe machen", sagte Andreas kopfschüttelnd. „Sind alle Soldaten wieder bei sich zu Hause?"

„Ja, alle außer Johann", sagte Ivan. „Er übernachtet heute bei Olynick, damit du die Bude für dich hast. Deine Gehilfen sind fürs Erste in den Dienstbotenquartieren von meinen Eltern untergebracht. Sag Bescheid, wenn ich sie zu dir schicken soll."

„Wir alle brauchen eine kleine Pause, Ivan. Du auch", sagte Andreas. „Lass sie alle in drei Tagen hier antreten, nach dem Mittagessen. Ich denke, du solltest vielleicht schon zum Frühstück kommen, wir müssen ein paar Sachen organisieren. Wohnst du bei deinem Vater? Gut, dann schau, dass du etwas Schlaf bekommst und dann hab Spaß. Ich werde hier sein. Ich habe den Verdacht, dass es in meiner Zukunft viele Treffen geben wird. Keine Pause für mich. Ich hatte einen langen, anstrengenden Tag, also, wenn ich dich bitten dürfte?"

Mit einem Schlag war Andreas wach. Er griff nach seiner Pistole. Erst da wurde ihm bewusst, dass er sicher bei sich daheim, in seinem eigenen Bett lag. Allerdings vollbekleidet und auf seiner Decke. Er stand auf, reckte und streckte sich, und lief dann auf die Veranda hinaus und sah zu, wie die Feldarbeiter und ihre Familien, die alle ihre beste Sonntagskleidung trugen und gerade von der Sonntagsmesse zurückkamen, von den Wagen oder Pferden stiegen.

„Da siehst du es, Heinrich, grade mal seit einem Monat ist er ein Offizier und Adliger und schon denkt er, dass er sich nicht mehr mit Bauern abgeben muss und nicht mehr in die Kirche zu gehen braucht."

„Papa!", rief Andreas, drehte sich herum und gab seinem Vater eine Umarmung. Dieser sanfte Ausdruck der Zuneigung dauerte nur einen kurzen Moment an, dann versuchten beide Männer vergeblich, den jeweils anderen hochzuheben.

Sie ließen sich los und lachten beide. Der ältere Mann schlug Andreas auf beide Schultern.

„Du hast zugenommen, du Masthuhn. Ich werde deiner Mutter sagen, dass sie dich nicht zu gut füttern soll."

Andreas wurde unsanft in den Rücken gestoßen. Er drehte sich um und umarmte seinen älteren Bruder.

„So viele Fragen, wo sollen wir anfangen?", fragte sein Bruder.

„Wassili und Michilov haben uns das meiste von dem, was passiert ist, schon erzählt, aber es gibt noch viele Lücken. Aber wir haben ja den ganzen Winter Zeit", sagte sein Vater.

„Der ganzen Familie geht es gut? Ich habe den ganzen Sommer über nichts von euch gehört", sagte Andreas.

„Mama geht es gut", sagte sein Vater. „Sie wird jetzt alle Hebel in Bewegung setzen, um einen anständigen Mann aus dir zu machen. Du bist wieder Onkel geworden; Ingrid hat im Juli einen Jungen zur Welt gebracht. Heidi hat diesen Hassman-Burschen geheiratet. Er ist nach Odessa gezogen und hat dort sein Radgeschäft aufgemacht. Das Letzte was ich von ihr gehört habe, ist, dass sie im Januar ihr erstes Kind erwartet. Heinrich hier kann seine Frau nicht alleine lassen. Im Oktober kommt Nummer sechs. Eine Reihe Burschen hängen am Rockzipfel unserer kleinen Marie, also werden bald nur noch du und Johann übrig sein."

„Oh, Johann ist ganz verrückt nach Irene Klieshoff. Ich glaube nicht, dass er es bis nach der Ernte aushält", sagte Andreas.

„Ich hoffe, er hat genug Geld, um einen Hof zu kaufen", erwiderte sein Vater.

„Ach, das wird kein Problem sein. Er hat vierzig Hektar Land und genug Geld, um ein Haus zu bauen und eine Herde zu starten", sagte Andreas. „Apropos?"

„Du hast vier vielversprechende Fohlen und sechs Kälber in diesem Jahr", sagte der ältere Bekenbaum. „Ein paar Nachbarn möchten mit dir sprechen. Sie möchten deinen Hengst zu Zucht verwenden und einer hat angeboten, dass du dafür die Dienste seines Preisbullen für ein paar deiner Kühe in Anspruch nehmen könntest."

„Ich glaube, es ist wirklich an der Zeit, dass ich ein Haus finde oder baue", sagte Andreas. „Ich habe jetzt zwei Dienstboten, um die ich mich kümmern muss und außerdem muss ich jede Menge Treffen und Planungssitzungen abhalten."

„Dafür ist bestimmt Zeit genug", sagte sein Vater. „Michilov wird bald vorbeikommen und dich wissen lassen, welche Entscheidung sie gestern Abend wegen diesem Zaboe getroffen haben. Lass uns lieber mal was Essen, bevor er kommt und dir den Appetit verdirbt."

Andreas hatte das Haus kaum betreten, als er schon bedrängt wurde. „Onkel Andy, Onkel Andy!"

„Hilfe, Hilfe, schickt nach der Wache, ich bin umzingelt", sagte Andras und hob seine Hände in die Luft. Lachend umarmte er seine Nichte und seine zwei Neffen und küsste sie. Er ließ die beiden älteren los und hob sich den jüngsten auf die Hüfte, und bevor er einen weiteren Schritt machen konnte, kam seine jüngste Schwester Marie herbeigeeilt.

„Oh, mein tapferer Andy, ich bin so froh, dass du wohlbehalten nachhause gekommen bist", rief sie und küsste ihn auf die Wangen.

Er ging in die Küche, wo er seinen kleinen Neffen seiner Schwester übergab und seine Schwägerin begrüßte und ihr über ihren Babybauch strich.

„Rosvite, ich werde dir einen großen Stock besorgen, damit du meinen Bruder im Zaum halten kannst", sagte er lachend.

„Nein, nein, wenn, dann brauch ich den Stock", lachte sein Bruder, der von seiner Frau, die rot angelaufen war, in den Arm geboxt wurde.

„Lasst meinen Sohn seine Mutter mal begrüßen, wie es ein anständiger Sohn tun sollte", verlangte seine Mutter.

„Ah, Mama, genauso hübsch wie an dem Tag, als ich gegangen bin", sagte er, als er sich endlich aus ihrer engen Umarmung lösen konnte.

„Oh, Andreas, warum trägst du diese alten Klamotten? Du hast doch so eine schöne Uniform!" Tränen der Freude und des Stolzes liefen ihr die Wange herab.

„Oh, Mama, ich hoffe, du bleibst für immer so, wie du bist", sagte er und drückte sie fest.

Die gesamte Unterhaltung hatte, wie immer wenn sie unter sich waren, auf Deutsch stattgefunden. Als er gerade noch eine freche Bemerkung von sich geben wollte, fiel der Blick von Andreas an das Ende des Tisches und er verstummte. Dort standen in strahlend weißen Kleidern die beiden Schwestern, die er gerettet hatte. Die Kleider waren rot bestickt und sie trugen rote Schürzen, die mit grünen und gelben Blumen bestickt waren. Ihre langen blonden Haare waren um ihren Kopf herum geflochten und rote und gelbe Schleifen, die bis zu ihren Hüften reichten, zierten die Zöpfe; auf jeder Seite eine.

„Entschuldigen Sie meine Manieren, meine Damen", sagte er auf Russisch und ließ seine Mutter los. Dann stand er da und bestaunte die Schönheit der beiden Schwestern.

„Oh, wir haben dich noch gar nicht richtig vorgestellt", fuhr seine Mutter auf Deutsch fort. „Andreas, das sind Elizabeth und Katia Halenczuk, unsere Gäste; Elizabeth und Katia, mein Sohn Andreas."

„Schön, Sie kennen zu lernen, mein Herr", sagte Elizabeth in perfektem Deutsch.

„Das Vergnügen liegt ganz auf meiner Seite, Fräulein Halenczuk, und ich bin mir sicher, dass meine Mutter Ihnen sagen wird, dass der einzige Herr an diesem Tisch der Herr Jesus ist", sagte Andreas und neigte seinen Kopf.

„Ganz richtig. So, jetzt zu Tisch, das Essen wird sonst noch kalt", befahl seine Mutter.

Andreas aß schweigend den Schinken, die Eier und die Kartoffeln auf seinem Teller. Während er aß, blickte er in die Runde und es wurde ihm bewusst, wie sehr er all dies vermisst hatte. Das Gerede über die Nachbarschaft, wer krank war, wer gesund war, wie die Ernte sich entwickelte und welche Pläne man für den Tag und die Zukunft hatte. Seine Augen wurden aber auch wie magisch vom Ende des Tisches angezogen, an dem Elizabeth saß und elegant ihre Mahlzeit aß und sich leise mit Marie und Katia unterhielt. Einmal, als er hinüber blickte, sah Marie ihn, lehnte sich zu Elizabeth hinüber und flüsterte ihr etwas ins Ohr. Ihr Blick traf den seinen, bevor sie ihn rasch auf ihren Teller senkte, und leicht rot anlief. Marie und Katia kicherten wie zwei pubertierende Mädchen, die Geheimnisse haben, was dazu führte, dass Elizabeth noch röter wurde, bevor sie beiden Mädchen einen bösen Blick zuwarf.

Während des Rests der Mahlzeit, versuchte Andreas, es zu vermeiden, ans Tischende zu kucken. Aber einmal, als er nicht widerstehen konnte und einen kurzen Blick hinüber warf, ertappte er Elizabeth dabei, wie sie ihn schüchtern beobachtete. Er war darüber erstaunt, wie sehr sich die junge Frau verändert hatte. Der Hitzkopf vom Vortag, der immer kurz davor war, gewaltvoll auszuschlagen, war einer ruhigen, reizenden und höflichen jungen Dame mit perfekten Manieren gewichen. „Frauen", dachte er „Oder, wie sein Vater immer zu sagen pflegte: ‚Man kann nicht mit ihnen leben und man kann nicht ohne sie leben. Versuche nicht, sie zu verstehen, das ist ein hoffnungsloses Unterfangen.'"

Nach dem Essen und einer Tasse Kaffee - der eine Rarität war - wurde die Tasse von Andreas noch einmal gefüllt, dann wurde er aus dem Haus verbannt. Seine Mutter verbot ihm strikt, beim Abwasch zu helfen und sagte, es zieme sich nicht für einen Mann in seiner Position, derart niedere Arbeit zu verrichten. Er nahm seine Tasse und lief hinüber zur Koppel. Er stellte die Tasse auf einem Zaunpfosten ab und stopfte seine Pfeife.

Er stand mit einem Fuß auf der unteren Zaunlatte und sah den Pferden auf der Koppel zu, während er seine Pfeife rauchte und seinen Kaffee trank. Er wurde von Bartholomew aus seinen Gedanken gerissen, der ihn mit dem Kopf an die Schulter stupste und seinen Kopf dann auf- und abrieb. Andreas stellte die kostbare Kaffeetasse seiner Mutter zur Sicherheit auf den Boden, dann nahm er den Kopf des Pferdes zwischen die Hände, rieb die Ohren des Tieres und lehnte seinen Kopf an dessen Hals.

„Es ist traurig", sagte er, „wenn der einzige Freund eines Mannes sein Pferd ist. Der einzige Freund, dem man sich anvertrauen kann und dem man seine Ideen und Träume mitteilen kann."

Es war nicht das erste Mal, dass Andreas das Gefühl hatte, in seinem Leben fehle etwas.

„Wie machst du?", sagte eine sanfte Frauenstimme hinter ihm.

Andreas drehte sich herum und sah Elizabeth, die hinter ihm stand und auf die Koppel blickte. Sie hatte sich umgezogen und trug nun statt ihrer Sonntagskleidung die normale Kleidung, die sie alle trugen. Sie hatte keine Schleifen mehr im Haar, aber die Haare immer noch um ihren Kopf herum geflochten, mit dem sie Andreas knapp über die Schulter reichte. Anders als die kräftigen Mädchen, die Andreas sonst kannte, hatte sie eine sportliche Figur. Sie war schlank aber nicht dürr und ihre Arme, soweit er diese sehen konnte, verrieten, dass sie bestimmt nicht verwöhnt war.

„Wie mache ich was?", fragte er.

Sie drehte sich und sah ihn mit durchdringenden grünen Augen an, in denen Tränen glitzernden, die sie tapfer zurückhielt.

„Wie kannst du heute einen Mann töten und morgen so weiter machen, als ob nichts passiert ist?", fragte sie. „Ich habe dieses Messer genommen und in den Mann gestochen. Ich habe ihn getötet.

Eine Frau soll doch Leben geben und pflegen, nicht Leben nehmen."

Als die Tränen begannen, über ihre Wangen zu laufen, nahm Andreas sie in seine Arme und strich ihr sanft über das Haar, während sie ihren Kopf in seiner Brust vergrub und vor lauter Schluchzen bebte. Er legte seine Wange an ihre und schaute zurück zum Haus. Seine Schwägerin führte ihre protestierenden Kinder zurück ins Haus, während Marie einer besorgt aussehenden Katia ihren rechten Arm um die Schulte gelegt hatte und sie beruhigte.

„Mein Gott", dachte er, „ich bin völlig abgestumpft. Ich bin zu einem dieser Veteranen geworden, die keinen Respekt vor dem menschlichen Leben oder Leiden haben." Obwohl, bedeutete nicht alleine die Tatsache, dass er sich diese Gedanken machte, dass das nicht stimmte?

Als Elizabeth langsam aufhörte zu zittern und begann, sich zu beruhigen, schob der Hengst mit einem leisen Schnauben seinen Kopf zwischen sie und rieb ihn an Elizabeths Schulter.

„Jetzt mach aber mal halblang, Bartholomew, du glaubst wohl, du brauchst die ganze Aufmerksamkeit", sagte Andreas und rieb das Pferd zwischen seinen Augen. „Da, schau was du angestellt hast: Du hast deinen stinkigen Haare überall auf dem schönen Kleid der Dame verteilt." Tief in seinem Inneren wusste Andreas, dass sein Pferd selten anderen als ihm selbst seine Zuneigung zeigte.

Elizabeth löste sich aus seiner Umarmung, lächelte schüchtern und strich unbewusst über die Vorderseite ihres Kleides. Dann griff sie nach den Ohren des Pferdes und schüttelte sie.

„Typisch Mann", sagte sie, „du willst die ganze Aufmerksamkeit für dich selbst. Oh, mein Gott", sagte sie. „Das tut mir so leid, mein Herr, ich wollte Sie nicht belasten und sehen Sie nur, was ich mit Ihrem Hemd gemacht habe."

„Erstens, wenn wir unter uns sind, können Sie mich Andreas nenne, dieses Recht haben Sie sich, bei dem, was wir zusammen durchgemacht haben, verdient. Und zweitens, zu Ihrer Frage", er zuckte mit den Schultern. „Ich würde oft gerne das tun, was Sie gerade getan haben. Bartholomew hier hat es schon satt, sich immer mein Gejammer anhören zu müssen. Das Leben muss weitergehen, mein Fräulein. Es gibt hungrige Mäuler, die gestopft werden müssen, und Tiere und Menschen, die auf mich angewiesen sind, damit sie sich sicher fühlen. Wir haben hier ein Sprichwort, dass uns dabei hilft, uns auf die wichtigen Dinge zu konzentrieren, mein Fräulein."

„Elizabeth, nicht ‚Fräulein', Andreas. Ja, ich weiß: ‚Was uns nicht umbringt macht uns stark'."

„Ah, Sie haben gelauscht, Elizabeth, Sie böses Mädchen", sagte Andreas mit einem Lächeln. „Mein Vater hat genau die richtige Medizin dafür. Papa, hör auf, dich hinter der Ecke zu verstecken und bring den Weinbrand her. Elizabeth und Andreas lachten, als die Anspannung sie verließ und der Vater von Andreas verlegen herbeikam. Die Augen hatte er gesenkt, jedoch blitzten sie.

„Diese verdammten Offiziere sind doch alle gleich", sagte er übermütig. „Die schönen Mädchen und den guten Schnaps behalten sie immer selbst."

„Das ist auch recht so, Herr Hauptfeldwebel", sagte Andreas mit gespieltem Ernst. „Einfache Soldaten wie Sie wissen hübsche Mädchen und einen guten Tropfen ja auch nicht zu schätzen."

„Na warte," sagte sein Vater, hob die rechte Faust und schüttelte sie mit gespieltem Ärger in Richtung des Paares, während die beiden jungen Leute in Lachen ausbrachen.

Bevor sie noch etwas sagen konnten, kündigten das Stampfen von Hufen, das Klirren von Zaumzeug und Wagenräder die Ankunft von Besuchern an. Ein schicker Wagen, der von zwei Pferden gezogen und von Ivan auf einem Pferd begleitet wurde, kam den Weg zum Bauernhof entlang gefahren. Er wurde von seinem Onkel Michilov gelenkt, neben dem Pater Litzanburger saß. Und hinten saß Tante Wilhelmina.

„Bitte entschuldigen Sie, dass ich Sie an einem Sonntag zuhause störe, mein Herr", sagte Michilov. „Der Rat hat eine Entscheidung getroffen und ich habe den Rat gebeten, sie dir mitteilen zu dürfen und auf deine Anweisungen in der Angelegenheit zu warten."

Als Elizabeth Anstalten machte, zu gehen, legte Andreas sanft seien linke Hand auf ihre linke Schulter und hielt sie davon ab. „Sprechen Sie frei, Herr Vorsitzender", sagte Andreas. „Fräulein Halenczuk hat ein Recht darauf, die Entscheidung zu hören.

Andreas fühlte wie ein kleiner elektrischer Schlag seinen Arm hinaufwanderte und vor seinem Herzen Halt machte, als seine Hand ihre Schulter berührte. Er fühlte, wie ihr Atem stockte und ihre Schulter kurz zitterte, als sein Onkel zu berichten begann.

„Wie Sie wünschen, mein Herr", begann sein Onkel. „Der Rat hat Olag Zaboe schuldig befunden, den Tod von drei Bürgern angeordnet zu haben und bei ihrer Hinrichtung mitgewirkt zu haben. Wir haben ihn in zwei Fällen der unrechtmäßigen Freiheitsberaubung und Körperverletzung schuldig befunden und wir haben ihn schuldig befunden, den Tod seines Lehnsherren befohlen zu haben."

Als Andreas spürte, dass Elizabeth schwach wurde, legte er den Arm um ihre Hüfte, um sie aufzufangen, für den Fall, dass sie in Ohnmacht fallen sollte.

„Des Weiteren haben wir keinen Beweis für irgendwelche Verfehlungen der Bürgerin Elizabeth Halenczuk und ihrer Schwester Katia gefunden. Und der Rat ist der Meinung, dass Ihre Handlungen an diesem Tag, mein Herr, vollkommen gerechtfertigt waren."

„Welche Empfehlungen hat der Rat hinsichtlich der Bestrafung?"

„In Anbetracht der Schwere des Verbrechens empfiehlt der Rat, Olag Zaboe und seiner Familie alle Titel, Rechte, Privilegien und Bürgerrechte zu entziehen. Außerdem schlägt er vor, ihre Besitztümer, ihr Vermögen, ihre Ländereien und ihre Eigentümer zur anderweitigen Verteilung an die Krone zu übergeben und sie sofort ins russische Exil zu verbannen. Und zum Schluss empfehlen wir mit der Erlaubnis der Kirche, Olag Zaboe, wenn Sie es so wünschen, mein Herr, für seine Verbrechen hinzurichten."

„Wir stimmen den Entscheidungen und Empfehlungen des Rates zu", sagte Andreas, wobei er den Pluralis Majestatis verwendete. „Wir befehlen dem Rat, sofort die Wachtmeister loszuschicken, um die Familie Zaboe festzunehmen und an die ungarische Grenze zu begleiten. Die Familie soll nichts als die Kleidung an ihrem Leibe mitnehmen. Außerdem befehlen wir,

Olag Zaboe festzunehmen und bis zu seiner Hinrichtung einzusperren. Besucher sind nicht erlaubt. Und dann befehlen wir, dass Olag Zaboe sobald wie möglich gehängt wird. Er soll nicht in geweihtem Boden begraben werden und sein Grab soll nicht gekennzeichnet werden."

Während er diese letzten Anordnungen gab, lies Andreas seinen Blick nicht von den Augen des Priesters weichen, konnte von ihnen jedoch nicht ablesen, dass der Priester seinen Befehlen nicht zustimmte.

„Was ist mit der Beerdigung für die Familie Halenczuk, mein Herr?", fragte der Priester.

Andreas sah zu Elizabeth herab, die sich, während sie eine Hand über die Hand von Andreas auf ihrer Hüfte legte, aufrecht hinstellte und mit klarer Stimme sagte: „Meine Eltern und mein Bruder werden nicht begraben, solange dieses Monster noch auf der Welt ist."

„Sie hören, was die Dame gesagt hat", sagte Andreas. „So soll es geschehen. Die Hinrichtung soll morgen Mittag stattfinden; die Beerdigung nach der Morgenmesse am Dienstag. Leutnant Halinov, Sie werden in die Stadt zurückkehren, dem Rat unsere Entscheidungen mitteilen und dafür sorgen, dass sie sofort ausgeführt werden. Dann kommen Sie bitte hierher zurück und erstatten Bericht."

„Mein Herr", sagte Ivan, lenkte sein Pferd herum, gab ihm die Sporen und galoppierte zurück in die Stadt.

„Hauptfeldwebel", fragte Andras. „Wir befürchten, dass wir Ihre Gastfreundschaft noch einmal in Anspruch nehmen müssen. Könnten Sie bitte Ihrer guten Ehefrau ausrichten, dass wir wünschen, unsere Gäste zum Tee einzuladen?"

„Natürlich, mein Herr, kein Problem, mein Herr", sagte der alte Bekenbaum. „Pater, Herr Vorsitzender und gnädige Frau, kommen Sie bitte."

Während seine Tante und sein Onkel dem Vater von Andreas ins Haus folgten, kam Pater Litzanburger auf ihn zu.

„Mein Herr, wenn Sie möchten, kann ich Ihnen die Beichte abnehmen."

Als der Arm, den Andreas immer noch um Elizabeths Hüfte gelegt hatte, sich unabsichtlich anspannte, fühlte er, wie ihr Daumen sanft über seine Hand strich.

„Pater, ich habe diese Männer erschossen wie Tiere, weil sie Tiere waren." Als er die Stimme erhob, spürte er die Wut in sich aufsteigen und zwang sich, sich zu beruhigen.

„Ich stimme Ihnen zu, jedoch würde mein Herr und Retter eine solche Tat nicht gut heißen."

Andreas fuhr fort: „In meinem Herzen bin ich mit Gott versöhnt. Ich bereue nichts und ich würde es wieder tun. Und jetzt lassen Sie uns bitte nicht mehr davon sprechen. Wir wollen stattdessen das Festmahl genießen, das meine Mutter höchstwahrscheinlich für uns vorbereiten wird."

„Mein Herr", sagte der Priester, nickte ihm zu und ging ins Haus.

Erst da bemerkte Andreas, dass er den Arm immer noch um Elizabeths Taille gelegt hatte und zog ihn verlege zurück, wobei er „Entschuldigung" murmelte. Er stützte beide Hände auf die obere Zaunlatte, legte seine Stirn gegen eine Hand und während er alles um sich herum vergaß, versuchte er, die Wut, die in ihm aufstieg, und die Tränen, die ihn zu überwältigen drohten, zu unterdrücken.

Auf einmal fühlte er einen Arm um seine Taille und einen sanften Kuss auf seinem Hals hinter seinem linken Ohr.

„Danke, Andreas", flüsterte sie in sein Ohr und er konnte die acht Monate des Schreckens und des Leids, der Entbehrungen und Erniedrigungen nicht mehr zurückhalten.

Als er so da stand, den Kopf auf die Arme gestützt, und seine Tränen auf den Boden tropften, während er sich leise läuterte, fühlte er den warmen Trost, den ihr Arm spendete, als sie ihm mit der Hand langsam über die Seite strich, und ihr weiches Haar, als sie ihren Kopf an seine Schulter lehnte. Er holte tief Luft, hielt für einen Moment den Atem an und atmete dann aus. Dann stand er auf, legte den linken Arm wieder um sie herum, lehnte seinen Kopf an ihren und sagte: „Wo bist du nur mein ganzes Leben über gewesen?"

„Hier und da", sagte sie sanft.

Der Bann wurde von seiner kleinen Nichte gebrochen, die lautstark protestierte: „Aber Oma, Onkel Andy und Lizbet brauchen ihren Tee."

Er blickte sich um und sah, wie seine Mutter, das lauthals protestierende Mädchen zurück ins Haus scheuchte.

Beide lösten verlegen ihre Umarmung und richteten sich gerade auf.

Er drehte sich zu ihr, strich ihr das Haar aus den Augen und strich sein Hemd glatt.

„Was für ein trauriger Anblick du doch bist, dein Hemd ist ganz nass und zerknittert", sagte sie lächelnd. „Was für ein Graf du doch bist, wenn du so ein schlechtes Vorbild bist."

„Entschuldigen Sie, mein Fräulein, es wird nicht wieder vorkommen", sagte er mit einer gespielten Verbeugung.

„Das will ich nur hoffen. Und jetzt gehen Sie, und nächstes Mal, wenn ich Sie zu Gesicht bekomme, sehen Sie hoffentlich etwas anständiger aus", sagte sie mit gespieltem Ernst. Mit rauschenden Röcken marschierte sie in Richtung Haus und schwang, als sie sich zu ihm umsah, kurz ihre Hüften und warf ihren Kopf zurück, bevor sie von seiner und ihrer Schwester umarmt wurde.

„Oh, Gott", dachte Andreas, „spätestens jetzt hat sie mich um den Finger gewickelt."

Nachdem er sich ein frisches Hemd angezogen hatte, wurde Andreas ins vordere Zimmer geführt, in das die Männer immer verbannt wurden, wenn die Frauen wichtige Angelegenheiten besprechen mussten. Er schenkte sich vom Krug auf dem Tisch ein Glas Bier ein und nahm einen großen Schluck, bevor er nachschenkte und seinen Platz in der Gruppe der versammelten Männer einnahm.

„Könnte schlimmer sein", sagte sein Onkel.

„Ja, sie hat gute Hüften und sieht so aus, als ob sie weiß, was sie will", sagte sein Vater.

„Er denkt nicht an ihre Hüften - bam bam bam", lachte sein Bruder und bewegte seine Arme in einer Geste, die jeder Mann kannte.

„Ha, schaut ihn euch nur an, den hat es voll erwischt." Alle Männer lachten, als sein Bruder mit seinem rechten Arm herumfuchtelte und Peitschengeräusche machte. „Bei Fuß, mein Junge, bei Fuß."

„Na, du musst es ja wissen. Du springst ja jedes Mal, wenn Rosvite mit den Augen klimpert", konterte Andreas und alle brachen in Gelächter aus.

„Wir kennen das alle, was, Heini", sagte sein Onkel.

„Frauen", sagte der Vater von Andreas.

„Man kann nicht mit ihnen leben, man kann nicht ohne sie leben!", lachten sie alle und erhoben ihre Bierkrüge.

„Das ist ja mal wieder typisch. Während der loyale Leutnant unterwegs ist und gewissenhaft seine Befehle ausführt, sind die anderen Offiziere faul, lassen sich volllaufen und reden über Frauen", sagte Ivan, der in den Raum getreten war, als sie anstießen.

„Wen nennst du denn einen Offizier, du Küken", sagten die beiden Heinriche. „Das einzige, was besser ist als ein frischgebackener Leutnant ...".."

„... ist gar keine Leutnant!", brüllten sie alle lachend und hoben ihre Krüge erneut. „Irgendwer ist in Schwierigkeiten", sagt Ivan, als sie ihr Lachen so lange unterbrachen, dass er zu Wort kam. „Die ganzen Frauen, sogar die zwei neuen, hocken zusammen und schmieden irgendwelche Pläne."

„Ach du Scheiße", sagte Andreas.

Die drei älteren Männer und auch der Priester sahen sich an, dann schwangen sie mit den Armen und machten Peitschengeräusche in Richtung von Andreas.

„Hüh, Junge, hüh", brüllten sie. Dann spielten sie abwechselnd mit vielen Ausschmückungen und großen Gesten alles nach, was sie Andreas und Elizabeth hatten tun sehen, um Ivan auf den neuesten Stand zu bringen.

„Du Armer. Das war's dann für dich, Cousin", sagte Ivan und hob seinen Krug zu einem scherzhaften Gruß.

„Keinen Respekt", sagte Andreas.

„Überhaupt keinen Respekt", beendeten die anderen Männer den Satz für ihn und wieder wurde der Raum von ihrem Lachen erfüllt.

Als die Männer sich endlich beruhigt hatten, wandte sich sein Onkel an ihn. „Ich glaube, wir haben eine Lösung für dein Unterkunfts- und Hauptquartierproblem gefunden", sagte er. „Zaboe, dieser Narr, hat eine sehr nette Villa mitten in den

Ländereien, die man dir übergeben hat. Die steht jetzt leer. Als Herr dieser Provinz, steht es dir frei, sie zu übernehmen."

„Nach der Beerdigung werde ich hinausreiten und sie mir ansehen", erwiderte Andreas. „Wenn das passen würde, wären viele meiner dringendsten Probleme gelöst. Ivan, es tut mir leid, aber ich muss dich zurück in die Stadt schicken, damit du die Truppe zusammentrommeln kannst. Ich möchte, dass es morgen keine Probleme gibt. Lass sie hier bei Tagesanbruch in voller Uniform und vollbewaffnet antreten."

„Schon geschehen", erwiderte Ivan. „Johann sollte bald hier sein. Er bringt die Pakete und die übrigen Waffen mit."

„Gut gemacht, Ivan, wenn ich nicht aufpasse, wirst du am Ende doch noch ein nützlicher Offizier."

„Mama hat mich geschickt, ich soll schauen, ob ihr noch Bier braucht. Es ist zu still", sagte Marie von der Küchentür aus.

„Später vielleicht, Marie, danke", antwortete Andreas.

Sie nickte und schloss die Tür hinter sich. Ein paar Minuten später brachen die Frauen in der Küche in Gelächter aus.

„Gut zu wissen, dass die da drinnen ihren Spaß haben", lachte Michilov.

„Onkel, Vater, ich brauche einmal euren Rat", sagte Andreas. „Ich habe den Befehl erhalten, ab April ein Bataillon für einen ganzjährigen Einsatz bereitzustellen. Im Moment besteht mein Bataillon aus zehn Soldaten, drei Verwaltungssoldaten, einen Offiziersneuling und mir, einem emporgekommenen Feldwebel ohne jegliche Erfahrung."

„Das stimmt doch nicht, Andreas", sagte sein Onkel. „Innerhalb eines Jahres hast du mit unerfahrenen Soldaten in zwei beachtlichen Auseinandersetzungen gekämpft. Du warst in der Unterzahl und hast nicht nur überlebt, sondern nicht einmal Verluste gehabt. Du hast überlegene Taktiken angewendet und das Gelände zu deinem Vorteil genutzt und den Nachteil, den du durch schlechtere Waffen hattest, wettgemacht. In nur einem Jahr hast du mehr getan als die meisten Offiziere in ihrem ganzen Leben. Dein Vater und ich haben an einer Reihe großer und berühmter Schlachten teilgenommen, aber wir standen nie mehr als vielleicht hundert erfahrenen Soldaten gegenüber und wir haben immer Männer verloren. Manchmal viele Männer.

Die Männer respektieren dich, Andreas, sie wollen etwas für dich tun. Das ist etwas, dass man niemandem beibringen kann. Wir können dir mit der Taktik und der Logistik für große Einheiten helfen, aber wenn überhaupt, sind wir es, die etwas lernen können. Selbst zu unserer Zeit schon wurden die Feuerwaffen so gut, dass es beinahe Selbstmord war, uns in einer Linie zu formieren und einen Massenangriff zu starten. Du hast die Taktik an die neue Realität angepasst und mit deinen neuen Waffen hast du uns einen Vorteil verschafft. Es wird einige Zeit dauern, bis irgendjemand uns einholt. Wir werden dir, wo wir können, Ratschläge geben, aber der Rest liegt bei dir."

Das Geräusch von kleinen Füßen, die hin- und herrannten, und eine allgemeine Unruhe in der Küche kündigten die Ankunft von Johann an, der ein paar Minuten später gefolgt von Peter Chimalovich ins Vorderzimmer trat. Beide Männer trugen einen Krug Bier und Johann trat die Türe hinter sich zu.

„Hallo miteinander", rief er, „habt ihr den Augenschmaus im Nachbarzimmer gesehen? Wenn ich nicht mit Irene liiert wäre . . . ."

Die vier Männer im Raum begannen wieder die Peitschenbewegung zu machen und zeigten auf Andreas.

„Oh, Bruder, da lasse ich dich zwei Tage lang alleine und jetzt haben wir den Salat", sagte Johann kopfschüttelnd. „Schau nur, in was für Schwierigkeiten du dich gebracht hast."

Als im Zimmer wieder Gelächter ausbrach, sah Andreas Peter, der mit einem verwirrten Lächeln auf den Lippen dastand.

Andreas wechselte ins Russische und sagte: „Peter, willkommen, der ältere Mann da in der Ecke ist mein Vater Heinrich, der neben ihm ist mein Bruder Heinrich der Jüngere; Vater, Bruder, das ist Gunnery Sergeant Peter Chimalovich vom Marine Corps der Vereinigten Staaten von Amerika. Sein Vater ist ein Kosake, der nun in Amerika lebt, und ich habe ihn zu uns eingeladen, damit er sehen kann, wo seine Vorfahren gelebt haben."

Die älteren Bekenbaums standen auf und schüttelten Peter die Hand. „Willkommen in meinem Heim", sagte sein Vater in einem akzentbehafteten Englisch. „Gott sei Dank, ein weiterer normaler Soldat, die ganzen Offiziere hier waren ja schon in der Überzahl."

„So, wer ist nun dieses Mädchen? Sehr hübsch, die jüngere übrigens auch", fuhr Johann fort.

„Das sind die zwei die Andreas vor Zaboe, diesem Ungeziefer, gerettet hat", sagte sein Vater.

„Wow", sagte Peter, „ich dachte doch, dass sie mir bekannt vorkommen. Sie waren unter all dem Blut und Dreck schwer zu erkennen."

„Sicher, sicher, der galante US-Marine und der tapfere russische Held eilen zur Rettung. Jetzt wissen wir ja, warum", scherzte der jüngere Heinrich.

Als sie wussten, dass Peter Russisch sprach, wechselten sie alle ins Russische und die Unterhaltung drehte sich nun um alltägliche Angelegenheiten bis sie zum Abendessen gerufen wurden. Nachdem die Männer nach dem Essen ihre Aufgaben erledigt und die Frauen die Küche aufgeräumt hatten, brach die Familie zu ihrer traditionellen Sonntagabendrunde um das Gehöft auf. Die Nichten und Neffen berichteten Andreas und Johann aufgeregt von dieser und jener Kuh und davon, wessen Hühner mehr Eier legten.

Bald fand Andreas sich neben Elizabeth wieder und es kam ihm so vor, als ob sie eine Insel in all dem Getümmel bildeten. Er lief mit auf dem Rücken verschränkten Händen und sie hielt ihren linken Arm mit ihrer rechten Hand. Hin und wieder zeigte Andreas ihr etwas auf dem Gehöft und sie fragte ihn, wie sie die Dinge machten und warum. Als sie so vor sich hinliefen, fühlte Andreas Dinge, die er noch nie zuvor gefühlt hatte. Oft wusste er gar nicht, was er sagen sollte, oder verhedderte sich. Er hatte ein sonderbares Gefühl in der Magengrube und manchmal konnte er kaum atmen. Er hoffte, dass er nicht krank werden würde. Dazu hatte er viel zu viel zu tun.

Bald kamen sie wieder vor dem Haupthaus an und verabschiedeten sich von den Halinovs sowie von Pater Litzanburger und Ivan. Die Familie verzog sich in ihre Betten, nur Andreas und seine Eltern standen noch auf der Veranda. Sein Vater zündete die Lampe an und Marie brachte ihnen drei Humpen und gab ihnen allen einen Gute-Nacht-Kuss.

„Setz dich, Andreas", befahl seine Mutter. „Du scheinst es Elizabeth wirklich angetan zu haben. Was hältst du von ihr?"

„Mama, bitte", sagte Andreas. „Sie hat einfach etwas Traumatisches erlebt und ich war zufällig vor Ort. Ich würde es nie wagen, mir Hoffnungen zu machen und die Situation auszunutzen. Ganz abgesehen davon habe ich weder ein Haus noch ein eigenes Zuhause. Und nächstes Jahr - versuch gar nicht, es zu verleugnen, Papa - werde ich für ein Jahr auf eine gefährliche Mission geschickt, von der ich vielleicht nicht zurückkehren werde. Sie scheint ein nettes Mädchen zu sein, aber ich weiß nichts über sie oder ihre Familie und sie ist ein bisschen zu alt, um noch unverheiratet zu sein."

„Ihr Großvater war einer der Feldwebel deines Vaters und ihre Mutter ist mit Heini zur Schule gegangen", sagte seine Mutter. „Sie hat in jungem Alter einen von Wassilis Offizieren geheiratet und Elizabeth ist ihr erstes Kind. Elizabeth ist jetzt die Herrin über ihre Ländereien und somit kaum arm. Und sie hat einen guten Stammbaum. Und du brauchst einen Erben."

„Mutter", sagte sein Vater sanft, „ich muss Andreas da zustimmen. Ja, all das, was du sagst stimmt. Und das wäre eine gute Partie für beide Familien. Andreas, ob es dir passt oder nicht, du bist jetzt ein Graf und damit ist eine gewisse Verantwortung verbunden. Für manche Aufgaben brauchst du eine Frau. Du brauchst auch einen Erben. Sonst nimmt dir am Ende so ein Gauner wie Zaboe alles weg. Aber Mutter, er hat Recht. Es ist noch zu früh. Sie hat zu viel durchgemacht und ihre Familie ist noch nicht mal begraben. Gib ihr etwas Zeit, um wieder Boden unter den Füßen zu gewinnen und dann sprechen wir noch einmal darüber."

„Hmmm", sagte seine Mutter, stand abrupt auf, stapfte ins Haus und schloss leise die Türe hinter sich.

„Du hast Glück gehabt, Papa, wenn sie sauer wäre, hätte sie die Türe zugeknallt", sagte Andreas.

„Ja, sie versteht das", stimmte sein Vater zu. „Sie war einem anderen Mann versprochen, bevor ich daherkam, und sie wusste es noch nicht einmal. Der einzige Grund, weshalb du nicht einen Metzger zum Vater hast, sind meine Abstammung und der Einfluss und das Geld deines Onkels. Aber jetzt mal ganz ehrlich, von Mann zu Mann, was hältst du von Elizabeth?"

„Ich weiß es nicht. Ich komme mir in ihrer Gegenwart wie ein Narr vor", sagte Andreas nach kurzem Nachdenken. „Ich kann nicht Atmen, und es fällt mir schwer, nicht über meine eigenen Worte zu stolpern. Ich habe Gänsehaut auf den Armen und wenn wir uns berühren, fühlt es sich an, als ob mich eine Million Nadeln gleichzeitig piksen. Mein Gott, du hättest sie mal sehen sollen.

Die haben sie auf dem Rücken an ihren Haaren gezogen, als ich ankam, und sie hat immer noch versucht, sich zu wehren. Einen von ihnen hatte sie schon ausgeweidet und als ich diesen Narren habe gehen lassen, war sie so zornig, dass ich Angst hatte, sie würde mich töten. Du hast vollkommen Recht, sie ist eine gute Partie und ich möchte sie zur Frau nehmen. Aber nur, wenn sie möchte und erst, wenn sie genug Zeit zum Trauern hatte.”

Die nächsten zwei Wochen rauschten nur so an Andreas vorbei. Die Hinrichtung und die Beerdigung waren nach Plan verlaufen und er hatte die jetzt leerstehende Villa als Zuhause und Hauptquartier übernommen. Man hatte seine kargen Besitztümer, seine Tiere, die übrigen Gewehre und Munition sowie sein Geld in die Villa gebracht. Und auch seine beiden Helfer. Dies hatten sich mit allen Dienstboden und Knechten in der Villa getroffen und diejenigen, die nicht geeignet waren, fortgeschickt. Er hatte sich mit allen Mitgliedern der gewählten und der hierarchischen Führung des Distrikts getroffen und ihnen seine Pläne und seinen Bedarf hinsichtlich der achthundert Soldaten und dreihundert Versorgungs- und Unterstützungssoldaten dargelegt.

Johann und Peter waren gute Freunde geworden und Peter lernte im Eiltempo Deutsch. Während Peter alles über Russland lernte, lernte Andreas genauso viel über Amerika und je mehr er von Amerika hörte, desto mehr wollte er das Land besuchen.

Als er endlich einmal Zeit hatte, für ein Sonntagsessen im Kreis der Familie nach Hause zu kommen, freute es ihn, zu sehen, dass Elizabeth und Katia immer noch dort wohnten. Johann verkündete, dass er und die Liebe seines Lebens, Irene, im Frühjahr heiraten würden und dass er auf dem Land, das er aufgrund der Abmachung, die er, als er sich ursprünglich zum Dienst verpflichtet hatte, mit Andreas getroffen hatte, erhalten hatte, ein Haus bauen würde.

Während des Spaziergangs nach dem Abendessen waren Andreas und Elizabeth auf einmal vollkommen alleine. Er blieb stehen und Elizabeth drehte sich zu ihm um.

„Mein Gott, ist sie schön", dachte er.

„Wann planst du nach Hause zurückzukehren?", platzte es aus ihm heraus.

„Oh, da besteht keine Eile", antwortete sie. „Wir sollten wirklich vor Wintereinbruch zurückkehren, aber deine Familie ist so freundlich zu uns und ich würde gerne bis zur Hochzeit deines Bruders bleiben."

„Aber was ist mit den Ländereien deines Vaters?", fragte Andreas. „Wer kümmert sich um die Ernte und die Tiere? Ich kann einen meiner Leute schicken oder selbst gehen, um nach dem Rechten zu sehen."

„Der gute Andreas, immer denkt er an die anderen", sagte Elizabeth lächelnd. „Nein, da gibt es keine Probleme. Mein Schwiegervater kümmert sich für mich um all diese Dinge."

„Ah, dein Schwiegervater." All seine Hoffnung war durch dieses eine Wort zerstört worden und eine Welt brach für ihn zusammen.

„Ja, er ist einer der engsten Freunde von Wassili", sagte sie. „Ich zweifle nicht im Geringsten daran, dass alles schon erledigt ist."

„Gut, dann werde ich mich nicht mehr darum kümmern. Wir sollten wirklich zurück zum Haus gehen", sagte er und machte sich auf den Weg.

„Warte!", sagte sie, hielt ihn am Arm fest und drehte ihn zu sich herum. Sie sah ihn mit feurigem Blick an.

„Nur weil ich verheiratet war und keine Jungfrau mehr bin, bin ich nicht mehr gut genug für den tollen Andreas, den Helden von Mütterchen Russland?"

Dann sah sie, dass er keinen Widerstand leistete. Er ließ die Schultern hängen und er sah so niedergeschlagen aus, wie sie ihn noch nie zuvor gesehen hatte. Sie lockerte ihren Griff, mit dem sie ihm vorher fast den Arm zerquetscht hatte, und hob mit ihrer rechten Hand sein Kinn an, sodass seine mit Tränen gefüllten Augen direkt in ihre sahen und nicht auf den Boden.

„Du wusstest das nicht?", sagte sie sanft. „Er war achtzehn, ich sechzehn", fuhr sie fort. „Mein Vater hatte die Heirat zwei Jahre im Voraus arrangiert und ich habe ihn eine Woche vor der Hochzeit getroffen. Drei Tage nach der Hochzeit brach er auf, um seinen sommerlichen Militärdienst zu leisten. Er kam nie zurück. Er wurde bei einem der glorreichen Kavallerieangriffe getötet, die du, wie dein Vater sagt, vermeidest. Sein Vater hat mir gestattet, seine Ländereien zu behalten und er und mein Vater wollten darum bitten, dass eine neue Ehe für mich arrangiert wird. Deswegen waren wir auf dem Weg hierher."

Er legte seine linke Hand auf ihre rechte und neigte den Kopf bis seine Stirn die ihre berührte.

„Ich dachte, meine Welt habe aufgehört sich zu drehen", sagte er sanft. „Hier liegt Andreas, Held von Russland, hätte auf dem Stein gestanden. Unbesiegt im Krieg, gestorben an einem gebrochenen Herzen."

„Wirklich?", fragte sie und ihr Herz schlug so laut, dass sie dachte, es würde ihr aus der Brust springen.

„Wirklich", sagte er.

Und so fanden eine besorgte Mutter, ein Vater und zwei Schwestern sie vor. Stirn an Stirn, eine Hand hatten sie an die Wang des anderen gelegt und mit der anderen Hand hielten sie sich an den Handgelenken fest.

„Andreas Heinrich, ich habe dich besser erzogen! Lass dieses arme Mädchen sofort los!", verlangte seine empörte Mutter.

Er drehte sich um, sodass er sie ansah, legte seinen Arm um Elizabeths Schulter und sie legte ihren um seine.

„Auf frischer Tat ertappt", sagte Andreas. „Tja, da gibt es jetzt keinen Ausweg mehr. Um die Ehre dieses armen Mädchens zu schützen, werde ich sie wohl heiraten müssen."

Elizabeths Beine gaben nach und nur sein Arm hielt sie vom Umfallen ab.

„Sie ist ein Waisenkind und eine Witwe und ich, als Graf, muss sicherstellen, dass sie gut versorgt ist und natürlich, dass sich um ihre Ländereien gekümmert wird. Sie sieht ziemlich gut aus, Vater, oder nicht?"

Er drehte sie herum, legte ihr beide Arme auf die Schultern und sah ihr in die Augen: „Vor Gott und diesen Zeugen frage ich, Andreas, dich, Elizabeth, ob du meine Frau werden möchtest."

Sie legte ihre Arme über seine und ihre Hände auf seine Schultern und sagte: „Vor Gott und diesen Zeugen sage ich, Elizabeth, ja, und wenn mein Schwiegervater nichts dagegen hat, werde ich deine Frau werden."

„Und ich, Wassili, werde nur zustimmen, wenn ich nicht einen Penny mehr für ihre Mitgift zahlen muss, als ihr Gauner sowieso schon bekommt."

Andreas schaute in Wassilis strahlendes Gesicht und dann zurück zu Elizabeth. Er nahm seinen Arm von ihrer Schulter und streckte Wassili die Hand hin, der sie kräftig schüttelte. Er legte ihr beide Arme um die Oberschenkel, zog sie zu sich heran und hob sie dann hoch, bis ihre Augen auf gleicher Höhe waren.

„Was für ein Narr, ich hätte ihm alles gegeben", flüsterte Andreas ihr zu.

„Er weiß es", erwiderte sie. „Ich habe es ihm erzählt. Ich habe ihm aber auch gesagt, dass du, wenn er dich nicht akzeptiert, sein Herz ausreißen wirst und wenn du es nicht tun würdest, dass ich es dann machen würde."

„Schön und tödlich", sagte Andreas.

„Genau wie mein Ehemann", erwiderte sie, schlang ihre Arme um ihn und küsste ihn.

„Seit wann hattet ihr Gauner das schon geplant?", fragte Andreas seine beiden alten Freunde, als es den dreien endlich gelungen war, zum Rauchen auf die Veranda zu verschwinden.

„Als ich von deiner Beförderung berichtet habe", sagte Wassili, „ist deine Mutter in Panik ausgebrochen, weil sie dachte, sie müsste das richtige Mädchen für dich finden. Ich hab mir nichts weiter dabei gedacht, bis ich bei Elizabeth vorbeigeschaut habe, um zu sehen, wie es ihr den Sommer über ergangen ist. Ich dachte mir, dass sie schrecklich einsam sein müsste. Mein Sohn und sie hatten noch nicht einmal Zeit gehabt, sich wirklich kennen zu lernen, bevor der Narr ausgezogen ist und sich umbringen hat lassen. Und da habe ich mir gedacht: ‚Elizabeth wäre perfekt für Andreas.' Ich bin an deine Eltern herangetreten und, als reine Formalität, habe ich es auch ihrem Vater erzählt, der darauf bestanden hat, sie persönlich hierher zu bringen, um dich zu treffen. Ja, und dann ist der ganze Mist auf der Lichtung passiert und den Rest habt ihr ja selber geregelt.

Andreas, sie ist für mich die Tochter geworden, die ich nie hatte. Seit meine Olga gestorben ist, war es Elizabeth, die immer danach gesehen hat, dass ich mich um mich selber kümmere und nicht in allzu große Schwierigkeiten gerate. Du bist wie ein Sohn für mich. Und, selbstsüchtig wie ich alter Mann nun einmal bin, hatte ich gehofft, dass ihr beiden zueinander finden würdet. Es hätte gar nicht besser kommen können."

„Anfangs war sie gar nicht begeistert von der Idee, dich zu treffen", sagte sein Vater. „Damit, dass du den Gauner hast gehen lassen, hast du dich nicht gerade beliebt bei ihr gemacht. Dann meinte sie, dass du ihr beim Prozess Mut gemacht hättest auszusagen. Mama hat erzählt, dass Elizabeth zu ihr gesagt hat, dass ihr Herz von dem Moment an dir gehörte, in dem du am ersten Tag hereinkamst und die Kinder und Marie über dich hergefallen sind. Während der Wochen, die sie hier mit uns verbracht hat, sind wir ihr alle ans Herz gewachsen. Rosvite sagt, dass die Kinder sie vergöttern und Mutter und sie sind unzertrennlich. Mutter verhält sich wie eine Frau, die halb so alt ist. Andreas, wenn du tief im Inneren glaubst, dass ihr nicht zusammenpasst, wenn du das alles nur aus Mitleid machst, dann denke noch einmal darüber nach. Mach nichts, was sie und dich verletzten wird."

„Kennst du das Gefühl, wenn du seit einiger Zeit unterwegs gewesen bist?", fragte Andreas. „Das, das sich zwischen Pferd und Reiter entwickelt? Genauso fühle ich mich, wenn ich mit Elizabeth zusammen bin, nur noch zehnmal mehr. Als wir am ersten Tag an der Koppel standen, wollte ich ihr nur eine Schulter, an der sie sich ausweinen konnte, geben; sie hatte so viel durch gemacht. Und dann hat sie mit zwei Worten all den Schmerz und all die Angst, dich ich während all dieser Wochen gefühlt habe, aus mir herausgezogen. Ich wusste, dass ich sie irgendwie zu meiner Frau machen musste. Sie hat mein Leben komplett gemacht und ich wusste, dass ich ohne sie für den Rest meines Lebens ein Nichts sein würde."

Als Andreas aufblickte, sah er, wie beide Männer, diese starken, tapferen Krieger, in die Ferne sahen und dass Träne über ihre Wangen strömten.

Zwei Tage später wurde Andreas ins Haus seines Vater gerufen. Jede Möglichkeit, Zeit mit Elizabeth zu verbringen, war Ausrede und Grund genug, die Organisation des Vermögens und des bevorstehenden Feldzugs zu unterbrechen. Als er den Hof betrat, bemerkte er, dass mehr Pferde als sonst auf der Koppel standen und dass überall ein reges Treiben herrschte. Knechte sammelten Zaumzeug ein und eine Reihe von Bündeln lag am Koppelzaun.

Nach der Begrüßung und einer Tasse Tee stand Andreas dem gegenüber, was er den Kriegsrat nannte. Seine Mutter, Rosvite, Marie, Katia und, schüchtern, am anderen Ende des Tisches, Elizabeth.

„Es ist entschieden", kündigte seine Mutter feierlich an. „Das Aufgebot ist bestellt, eure Hochzeit wird in drei Wochen stattfinden. Typisch Mann, du hast uns sehr wenig Zeit zum Planen gelassen, aber wir werden es geradeso schaffen. Rosvite und Katia werden alles an Wassilis Ende organisieren. Ich und Maria werden deine Villa, die sicher aussieht wie ein Schweinestall, soweit es geht in einen respektablen Zustand versetzen. Die Hochzeit selbst wird bei Wassili stattfinden. An dem Freitag, wie es Tradition ist. Und der Hauptempfang wird dann am Samstag in deiner Villa sein. Die Gästeliste steht fest und Einladungen sind verschickt. Fragen? Gut, dann können du und Elizabeth jetzt gehen, wir haben zu tun."

Andreas schlug die Fersen zusammen, nahm die Grundstellung ein, salutierte und brüllte: „Jawohl, mein Kommandeur, sofort mein Kommandeur, dieser Soldat bittet wegtreten zu dürfen, mein Kommandeur."

Andreas zog Elizabeth am Arm hinter sich her und rannte los. Sie hatten es fast bis zur Tür geschafft, als Andreas ein nasser Spüllappen auf den Hinterkopf klatschte. Als sie auf der Veranda ankamen, zog er sie an sich heran, hob sie in die Luft und schwenkte sie hin und her, bevor sie seinen Kopf in die Hände nahm und ihn leidenschaftlich küsste.

„Jetzt lass mich runter, bevor du noch was kaputt machst", quietschte sie. „Komm, setz dich, wir haben nicht viel Zeit. Wir werden bald aufbrechen und ich muss mich reisefertig machen. Und nein, du kannst nicht mitkommen. Deine Mutter besteht darauf, die Tradition zu wahren."

„Lizbet", sagte er und nahm ihre Hände in seine, „bist du dir ganz sicher? Wir können es immer noch abblasen."

„Bekommst du kalte Füße?", fragte sie. „Ich weiß, dass ich nicht jung bin und eine Vergangenheit habe."

„Nein, nein. Das ist es nicht", begann Andreas. „Die Sache ist die: Im Frühjahr schicken sie mich los und du weißt ja, dass sie uns immer dahin schicken, wo es am gefährlichsten ist. Es ist nicht gerade unwahrscheinlich, dass ich getötet werde, und ich weiß nicht, ob ich dir das noch einmal antun möchte."

„Andy, schau, das was in den letzten Wochen passiert ist, hat doch ganz klar gezeigt, dass das Leben nie sicher ist"; sagte sie. „Du könntest vom Pferd fallen und dir das Genick brechen. Ich könnte hohes Fieber bekommen und sterben. Wir könnten beide in einem Schneesturm stecken bleiben und erfrieren. Gott nimmt uns zu sich, wo und wann er will. Wir werden den ganzen Winter zusammen haben und das Leben so nehmen, wie es kommt. Und jetzt will ich nichts mehr davon hören."

Er zog sie an sich heran und küsste sie. Als Katia nach, wie es ihnen vorkam, nur ein paar Minuten auf die Veranda kam, fand sie sie auf der Bank vor. Elizabeth hatte die Füße hochgezogen und ihren Kopf an die Schulter von Andreas gelegt, und er hielt ihre Hand und hatte einen Arm um ihre Schulter gelegt.

„Liz, es ist Zeit zu gehen", sagte Katia leise. „Du musst dich fertig machen, wenn wir vor Anbruch der Dunkelheit zu Hause ankommen wollen."

Elizabeth holte tief Luft, atmete langsam aus, küsste Andreas leicht auf die Lippen und löste sich dann zögernd aus seiner Umarmung und ging ins Haus.

„Herr Andreas?", fragte Katia, die sich durch nichts dazu bewegen lies, ihn nicht mehr so zu nennen. „Ich habe meine Schwester noch nie so glücklich gesehen. Du wirst sie nicht schlagen, wie Papa es mit Mama und ihr gemacht hat, oder?"

Sie hatte die Hände so fest ineinander gepresst, dass sie ganz weiß geworden waren und ihr Gesicht sah so verzweifelt aus, dass Andreas nicht anders konnte: Er nahm sie in die Arme und strich ihr sanft übers Haar.

„Um Himmelswillen, nein", flüsterte er. „Ich schwöre bei der Seele meiner Mutter, dass ich das nie tun werde."

Er hielt sie immer noch und wog sie sanft hin und her, als Elizabeth zurück auf die Veranda kam. Katia löste sich von ihm, rannte zu ihrer Schwester, drückte sie feste und rannte dann von der Veranda herunter und schwang sich auf ihr Pferd.

Wie ihre Schwester trug Elizabeth weite, lange Hosen, die in Reiterstiefeletten gesteckt waren. Ihr Reitermantel hing über ihre Hosen bis zu ihren Oberschenkeln und wurde von einem Gürtel um ihre Taille zusammengehalten. Die Ärmel hatte sie bis knapp unterhalb der Ellbogen hochgekrempelt. Ihr langes blondes Haar war zu einem Pferdschwanz gebunden, der ihren Rücken halb hinunterreichte. Sie hob eine ihrer herrlichen Augenbrauen und näherte sich ihm mit einer Hand auf der

Hüfte, mit der anderen wischte sie über die Tränenflecken auf seinem Hemd.

„Ich werde dir mehr Hemden nähen müssen, wenn du das mit jeder Frau machst, die du triffst", sagte sie.

„Entschuldige", sagte Andreas, „aber da wirst du wenig Glück haben. Sie ist nicht mein Typ. Aber ich habe gehört, dass sie eine gutaussehende ältere Schwester hat, die gerne ihre Figur mit engen Gürteln zur Schau stellt."

„Alles zu seiner Zeit, Soldat, alles zu seiner Zeit", sagte sie und gab ihm einen leichten Klaps.

Arm in Arm gingen sie zu ihrem Pferd, wo sie stehen blieben und zögerten, weil sie nicht wollten, dass ihre gemeinsame Zeit schon zu Ende war.

„Glaubst du, ihr habt genug Begleitung?", fragte Andreas. „Ich könnte die Soldaten meines Vaters rufen, wenn diese zehn tapferen Krieger nicht genug sind, meine Dame."

„Reißen Sie sich zusammen, mein Herr", erwiderte Elizabeth. „Das sind meine eigenen Männer. Sie fühlen sich schrecklich wegen dem, was passiert ist, auch wenn es überhaupt nicht ihre Schuld war. Mein Vater hatte sie nach Hause geschickt und ihnen verboten uns zu begleiten. Komm, du bist ihr Befehlshaber, du solltest sie begrüßen."

Andreas ließ sie bei den Pferden zurück und begab sich zu den wartenden Soldaten hinüber, die sofort nach ihren Gewehren griffen, die sie gegen den Koppelzaun gelehnt hatten, sich in einer Linie aufstellten und die Grundstellung einnahmen. Ihr Führer, der am linken Ende der Formation stand, salutierte zackig, was von Andreas mit einem ebenso zackigem Gruß erwidert wurde.

„Mein Herr, der Escort ist vollständig angetreten. Bereit zur Inspektion, Herr Major."

Andreas lief die Linie entlang und musterte jeden Mann von oben bis unten und sah jedem einzelnen in die Augen. Alle Männer waren Ende dreißig, ihre Ausrüstung war abgenutzt, aber immer noch funktionsfähig. Diese Männer waren erfahrene Veteranen, hart wie Nägel und geschmeidig wie Schuhleder.

„Sehr gut, Herr Feldwebel, halten Sie die Truppe startklar. Es geht los, sobald die Dame es befiehlt."

„Haben Sie kurz, mein Herr?", fragte der Feldwebel.

„Schießen Sie los, Herr Feldwebel."

„Mein Herr, ich schwöre bei Gott, dass ihr Vater uns befohlen hat, nachhause zurückzukehren, Herr Major. Wir hätten nie ..." .."

„Genug, Herr Feldwebel", sagte Andreas. „Die Dame hat sich für Sie verbürgt. Seit wann stehen Sie schon bei ihr im Dienst?"

„Seit neun Jahren, Herr Major, wir sind alles, was von der Truppe ihres Ehemannes übrig geblieben ist, Herr Major. Für uns ist sie wie eine Nichte. Wir würden alle eher sterben, als zuzulassen, dass jemand ihr Schaden zufügt, Herr Major."

„Gut, gut, Herr Feldwebel, ich vertraue sie Ihrer Obhut an. Ich hoffe nur, dass ich eines Tages Ihr Vertrauen gewinnen kann, so wie es meine zukünftige Frau Gemahlin getan hat. Vielen Dank, Herr Feldwebel."

„Erst einen Lehnsherren als neuen Schwiegervater", sagte Andreas. „Und jetzt noch zehn kriegserfahrene Veteranen als Paten. Ich befürchte, wenn das so weiter geht, werde ich niemals in den Genuss kommen, mit meiner werten Dame alleine zu sein."

„Keine Bange, mein Herr", sagte Elizabeth. „Und jetzt hilf mir aufsteigen, bevor ich noch etwas tue, was sich für eine Dame nicht ziemt. Zum Beispiel dir die Kleider vom Leib reißen und hier und jetzt über dich herfallen.”

„Um Himmelswillen!”, sagte Andreas voller gespielter Empörung. „In diesem Fall könnten nicht einmal diese zehn tapferen Krieger meine Mutter davon abhalten, dich in der Luft zu zerreißen.” Erst als er ihr einen Kuss auf die Lippen presste, hörte sie auf zu lachen.

Zwei Stunden später trabte er in den Hof der Villa. Als er Abstieg und seine Zügel einem Pferdeknecht überreichte, sah er zwei Wagen, die jeweils mit fünf langen Kisten beladen waren, die neben der Scheune für die Wagen abgestellt worden waren.

Er stampfte den Staub von seinen Stiefeln und rief auf Russisch: „Feldwebel Malenkov, Sie Faulpelz, Ihr Herr und Meister ist aus dem Krieg zurückgekehrt und hat Durst.”

Der Feldwebel trat mit einem überlaufenden Humpen auf die Veranda.

Andreas trank schnell zwei große Schluck von dem hellen Bier und fuhr dann fort: „Sehr gut, Herr Feldwebel, dann werde ich Sie doch noch nicht vierteilen müssen.”

„Wie war die Schlacht, Herr Major?”, fragte der Feldwebel.

„Ich befürchte, nicht gut”, sagte Andreas und schüttelte den Kopf. „Uns steht eine Invasion bevor und wir können sie nicht aufhalten. Die einzige Möglichkeit, die uns noch bleibt, ist es, uns bedingungslos zu ergeben. Die Frau des Hauptfeldwebels und ihre Helfer werden in zwei Tagen hier sein und das Haupthaus besetzen. Es wäre gut, wenn wir alle unsere Spuren bis dahin beseitigt hätten.”

„Natürlich, Herr Major, schon dabei”, antwortete der Feldwebel. „Der vorherige Bewohner hat eine Lagerhalle umgebaut, die sollte sich gut für uns eignen.

So wie Sie sich ins Zeug legen, werde ich Sie früher befördern müssen als gedacht", sagte Andreas. „Was ist in den Kisten auf den Wagen im Hof?"

„Diesbezüglich lasse ich glaube ich lieber den Gästen den Vortritt", sagte der Feldwebel.

„Gäste? Sie haben Gäste alleine im Haus zurückgelassen?", sagte Andreas mit gespielter Empörung. „Was wenn sie unser Besteck stehlen? Die Frau des Hauptfeldwebels wäre mehr als beleidigt. Äußerst beleidigt. Es kann sein, dass ich Sie nun nicht davor bewahren kann, geviertelt zu werden."

„Meine Herren", sagte Andreas und lief mit ausgestreckter Hand zum amerikanischen Major. „Wie schön Sie wieder zu sehen. Ich sehe, der gute Feldwebel hat für Erfrischung gesorgt; leider ist es nur Bier."

„Vielen Dank, dass Sie uns empfangen, mein Herr", sagte der Major von den Marines.

Andreas schaute voller Panik von Seite zu Seite und sagte: „Feldwebel, haben Sie etwa auch einen Adligen hier herein gelassen? Der Gauner stiehlt bestimmt gerade das ganze Porzellan."

„Entschuldigen Sie, Andreas", sagte der Major, „alte Gewohnheit. Das Bier schmeckt sehr gut."

„Was ist in den Kisten?", fragte Andreas.

„Das sind die ersten hundert von deiner Lieferung. Der Rest wird auf zwei Wagen pro Tag verteilt eintreffen."

„Ach, ja, das hatte ich ganz vergessen", sagte Andreas. „Ich habe zurzeit sehr viel zu tun. Ich werde meinen Bruder und Ihren Feldwebel damit beauftragen, sie zu katalogisieren und zu lagern. Kommen Sie, lassen Sie uns draußen auf der Veranda sitzen, da ist es nicht so bedrückend, wie hier drinnen. Ich habe diesen Ort von einem sehr schlechten Mann übernommen, der ihn nicht mehr braucht. Die Einrichtung ist nicht nach meinem Geschmack, aber ich bin mir sicher, dass die Frau des Hauptfeldwebels das in kürzester Zeit richten wird. Nehmen Sie Platz, meine Herren."

„Ach, das war die schlimme Angelegenheit von der Remington allen in Odessa erzählt hat?", fragte Major Olynick. „Das war sehr tapfer von Ihnen, Andreas."

„Unsinn", erwiderte Andreas, „jeder von Ihnen hätte genau dasselbe getan. Ich war in der Überzahl, drei harte Jungs mit Messern und ein übergewichtiger Narr gegen mich, eine Winchester und mein Pferd. Keine Chance."

„Da erzählt Remington aber etwas anderes, und er sagt, er habe es alles genau gesehen", beharrte Olynick.

„Er war auf einem Hügel dreihundert Meter entfernt", sagte Andreas.

Andreas sah zwei Männer in den Hof reiten, zog die Aufmerksamkeit des Feldwebels auf sich und nickte zu den beiden Männern, die gerade abstiegen. Auf Englisch rief er: „Hey, Sie, Soldaten, schwingen Sie Ihre faulen Hintern hierher!"

„Hey! Wer nennt hier wen faul? Sieht so aus, als ob mein Bruder den ganzen Tag Bier getrunken und seiner Freundin nachgejagt hat, während der Rest von uns . . .",sagte Johann. Beide Männer stellten sich in die Grundstellung und Peter salutierte.

„Rührt Euch, Gunnery Sergeant, Sie sind nicht in Uniform und haben frei", befahl Andreas. „Sie dagegen, Herr Oberfeldwebel, werde ich aufschreiben lassen, wegen Aufmüpfigkeit gegenüber eines älteren Bruders. Für Sie gibt es heute keinen Nachtisch. Die Majore hier haben uns hundert von unseren neuen Spielsachen mitgebracht. Nach deinem

Bier, möchte ich, dass du sie bitte einlagerst. Hol dir ein paar von den Knechte, die sollen dir helfen."

„So, die Majore haben keine Manieren und sind hier in Uniform aufgekreuzt", fuhr Andreas fort. „Sieh nach, ob du ein paar normale Klamotten für sie finden kannst, damit wir uns nicht mit diesem ganzen ‚Herr Major' und Gegrüße herumschlagen müssen. In der Zwischenzeit, werde ich hier sitzen und die Trauer über meinen Verlust im Bier ertränken und, vor allem, die drohende Ankunft der Frau des Hauptfeldwebels."

Die beiden Amerikaner hatten ihre eigene zivile Kleidung mitgebracht und noch bevor Andreas sein zweites Bier getrunken hatte, waren sie zurück, die beiden Feldwebel im Schlepptau.

„So, jetzt erzählen Sie aber mal, was haben Sie verloren und wer ist diese Frau des Hauptfeldwebels? Können wir Ihnen irgendwie helfen?", fragte der Major von den Marines.

Johann wischte sich das Bier vom Kinn, das er verschüttet hatte, als er wegen der Frage des Majors losprusten musste.

Dann antwortete er: „Ha, der Narr hat sein Herz verloren und die Frau des Hauptfeldwebels ist natürlich unsere Mutter. Die Hochzeit ist in drei Wochen. Hier."

„Herzlichen Glückwunsch, kennen wir die glückliche Dame?"

„Tja, der feine Graf hier hat die Dame in Not nicht nur gerettet - und sie ist wirklich eine Schönheit"; sagte Johann, „nein, er sorgt auch noch dafür, dass sie sich in ihn verliebt, sodass er an ihre Ländereien und ihr Geld kommt."

„Aber natürlich ist sie nur ein armes Waisenkind und eine Witwe und er hat nur seine Pflicht als Graf des Distrikts erfüllt, der sich um das Wohlbefinden des Mädchens kümmert", sagte Peter.

„Ja, so ist das. Und ich bleibe dabei", sagte Andreas. „Was soll das heißen, die Hochzeit wird hier stattfinden? Hier sollte doch nur der Empfang sein."

„Oh, nein, mein Bruder", sagte Johann. „Die Geschichte hat ihre Runde bis nach Odessa gemacht und der Herzog und der Bischof bestehen darauf, bei der Hochzeit des Helden von Mütterchen Russland anwesend zu sein, deswegen hat sich der Veranstaltungsort geändert. Das heißt, dass in zwei Tagen alle Bekenbaum-Frauen hier aufkreuzen werden und uns in den nächsten zwei Wochen das Leben zur Hölle machen werden."

„Okay, das war's dann", sagte Andreas. „Feldwebel, holen Sie das ganze verdammte Fass her. Wenn ich mich schon bedingungslos ergeben muss, dann doch wenigstens mit einem Kater."

Im Gegensatz zu dem, was er angekündigt hatte, saß Andreas dann aber da und trank sein Bier langsam, während er die Amerikaner über ihr Heimatland ausfragte. Die Sonne war untergegangen, aber die Nacht war noch warm und so saßen sie im schwachen Licht der Laterne, die an der Veranda befestigt war, und unterhielten sich und scherzten.

„Gunnery Sergeant, Ihre Dienstzeit endet Ende des Monats", sagte der Major von den Marines. „Wenn Sie ins Konsulat gehen, können Sie dort verlängern."

„Wissen Sie, Herr Major, ich werde meinen Dienstvertrag glaube ich einfach auslaufen lassen", sagte Feldwebel Chimalovich.

„In diesem Fall sollten Sie zum Konsulat gehen. Da kriegen Sie eine Fahrkarte für das Dampfschiff und der Formalkram zu Ihrem Ausscheiden wird erledigt, wenn Sie an den Hafen kommen", antwortete der Major.

„Ich würde gerne eine Weile hier bleiben, wenn das geht, Herr Major."

„In diesem Fall, müssen Sie zum Konsulat gehen, dann werden Ihre Papiere dort bearbeitet, Sie erhalten Ihre Auszahlung und den Betrag für eine Fahrkarte für das Dampfschiff und dann können Sie gehen. Wen Sie kontaktieren müssen, um hier zu bleiben, weiß ich nicht. Andreas?", sagte der Major und sah Andreas fragend an.

„Normalerweise müsstest du einen Einwanderungsoffizier kontaktieren und erklären, warum du hier bleiben willst, wo du wohnen wirst und für wie lange", antwortete Andreas. „Aber ich denke, ich kann das für dich übernehmen. Hast du vor, Arbeit zu finden? Damit kann ich dir auch helfen. Zufällig habe ich von einer militärischen Hilfseinheit gehört, die gerade nach qualifizierten, erfahrenen Offizieren sucht. Wenn du Interesse hast, kann ich dir wahrscheinlich einen Posten als Hauptmann vermitteln."

„Wie sieht die Bezahlung aus?", fragte der amerikanische Feldwebel.

„Dreißig US-Dollar pro Monat ist der übliche Sold", antwortete Andreas. Er wollte gerade das Thema wechseln, da er keine Antwort erhalten hatte, als der Kavalleriemajor das Schweigen brach.

„Wirklich?", fragte er. „Oder sagen Sie das nur, weil Sie den Gunnery Sergeant gut leiden können?"

„Nein, das ist der übliche Sold", antwortete Andreas. „Ich weiß, es ist nicht viel Geld, aber für die meisten von uns ist das nur eine Arbeit, der sie für einen Teil des Jahres nachgehen, und die meisten Offiziere haben Ländereien, mit denen sie ihr Einkommen erwirtschaften. Für sie ist das Geld, das sie als Soldat verdienen, nur ein Bonus."

„Braucht diese Einheit zufällig noch ein paar mehr erfahrene Offiziere?", fragte der andere Kavalleriemajor.

„Ja, ich denke schon. Sie sind eine neue Einheit mit neuen Rekruten und mit noch sehr wenigen Offizieren", erwiderte Andreas. „Haben Sie ebenfalls Interesse? Ich dachte, Sie beide hätten sich verpflichtet."

„Nach fünf Jahren Dienst können Offiziere den Dienst jederzeit quittieren. Unsere Verträge werden nicht um fünf Jahre verlängert wie bei den anderen Soldaten. Wen müssen wir kontaktieren, um uns Ihrer Truppe anzuschließen, und was müssen wir tun?"

„Normalerweise ist das eine komplizierte Angelegenheit", sagte Andreas ernst. „Charakterprüfung durch Ihre Regierung und solche Sachen. Dem Oberfeldwebel hier kann ich, weil er hier geboren wurde, einfach sagen, dass er morgen als Hauptmann hier antreten soll. Ihnen dreien, als Ausländern, würde ich vorschlagen, dass Sie zunächst Ihrer Regierung mitteilen, dass Sie zum Ende des Monats Ihren Dienst quittieren und dann treten Sie am nächsten Tag an und machen bei Ihren neuen Kommandeur Meldung. Oder vielleicht noch einen Tag später. Am letzten Tag des Monats werden Sie auf der Hochzeit Ihres neuen Kommandeurs sein, da werden Sie am Tag darauf nicht in der Lage sein, anzutreten. Jetzt wo ich darüber nachdenke, fällt mir auch ein, dass der neue Kommandeur möglicherweise für ein paar Tage abgetaucht sein wird. Herzlich Willkommen an Bord, Gentlemen."

Nach ein paar weiteren Bieren hatte Peter die beiden Offiziere in ihre Unterkunft gebracht und die beiden Brüder waren alleine.

„War das ein Witz, von wegen ich als Hauptmann, Andreas?", fragte Johann.

„Nein, ab jetzt bis du ein Hauptmann", erwiderte Andreas. „Wir brauchen Offiziere; ich werde Ivan dasselbe Angebot machen. Lass die anderen neun Soldaten wissen, dass ich Sie gerne zu Leutnanten ernennen würde, wenn sie möchten. Ihr werdet jede Menge von diesen beiden Amerikaner lernen können. Sie haben die Taktik, die wir gerade angefangen haben, hier zu verwenden, schon eingesetzt."

„Danke, Bruder, ich kann das Geld wirklich gut gebrauchen. Ich werde ein Haus für Irene bauen können. Sogar schon bevor wir aufbrechen müssen", sagte Johann.

„Eine Bedingung, sag niemanden etwas davon bis nach meiner Hochzeit", sagte Andreas.

„Um Himmelswillen, nein, auf keinen Fall. Mama bekommt sich ja jetzt schon nicht mehr ein", sagte Johann. „Wenn sie hört, dass sie jetzt zwei Offiziere in der Familie hat, wird sie nicht mehr zum Aushalten sein."

Drittes Kapitel

Am nächsten Tag brachte Andreas seine Uniformen, seine Kleidung und seine Ausrüstung in das leerstehende Haus des Großknechts. Und die Soldaten, die nach ihren freien Tagen antraten, übernahmen eines der Holzhäuser als Offiziersunterkunft. Es wurde damit begonnen, eine der Lagerhallen in ein Verwaltungsgebäude zu verwandeln und ein weiteres Gebäude wurde als Kaserne und Kantine für die Soldaten ausgewählt. Zwei weitere Wagen mit neuen Waffen waren angekommen. Sie wurden verzeichnet und zur Aufbewahrung wieder in ihre Kisten gepackt.

Die Mutter von Andreas war zusammen mit Marie und Rosvite aufgetaucht und hatte - wie erwartet - das Kommando komplett an sich gerissen. Möbel wurden verrutscht, Wände und Fenster geputzt und Ausflüge in die Stadt gemacht, um Farbe zu kaufen. Die Knechte und Hausdienstboten waren mit Putzen und Reparaturen ständig beschäftigt. Die Gästehäuser wurden gelüftet und geputzt, in der Scheune, die als Veranstaltungsort für die Feier ausgewählt worden war, wurden die Ställe entfernt, um eine offene Fläche zum Tanzen zu schaffen und Tische und Bänke, die für die Gäste gezimmert wurden, wurden an der Außenwand gestapelt.

Das Vieh wurde von den weiter entfernt liegenden Feldern zurückgeholt und eingepfercht, während neben dem Küchenkomplex Wagenladungen von Gemüse gelagert wurden.

Eine kleine Armee von Metzgern, Köchen und Bäckern traf aus dem Umland ein und die Luft im ganzen Dorf war vom Duft von frischgebackenem Brot, kochendem Kohl und bratendem Fleisch gefüllt. Hölzernen Bierfässer und Kisten mit Wodka wurden hinter der behelfsmäßig aufgebauten Bar in der Scheune gelagert, während der Wein von seiner Mutter beschlagnahmt wurde, die ihn, von ihr beschützt, im Haupthaus unterbrachte.

Der erste Gast war General Andropov, der am Donnerstag vor dem Mittagessen mit seinem Geleit und seinen Dienstboten eintraf. Nachdem er den General begrüßt hatte und seinen Dienstboten gezeigt hatte, wo der General und sie untergebracht sein würden, führte Andreas den General zum Haupthaus und stellte ihn seiner Mutter und seinen Schwestern vor. Dann beschlossen die beiden Männer, lieber diskret als tapfer zu sein und zogen sich in das Hauptquartier von Andreas zurück.

„Traurig ist das, wenn ein Mann nicht einmal in seinem eigenen Haus schlafen kann", sagte Andreas. „Ich wurde aus meinem eigenen Schlafzimmer verbannt. Wobei, wer weiß, ob es überhaupt noch ein Schlafzimmer ist."

„Frauen und Hochzeiten", sagte der General. „Wenigstens treibt Sie nur eine Mutter in den Wahnsinn. Bei meiner Hochzeit haben sich die Mütter ständig in den Haaren gehabt."

„Der Herzogin geht es gut, mein Herr?", fragte Andreas.

„Oh ja, und all den kleinen Andropovs auch. Sie freut sich schon darauf, den Helden von Russland und seine Frau Gemahlin kennenzulernen. Leider war es ihr aufgrund der Geschwindigkeit, mit der Sie die Dinge mal wieder angegangen sind, nicht möglich, rechtzeitig von Moskau aus hier einzutreffen. Es wird Ihnen hiermit befohlen, sobald sie ankommt, ein ganzes Wochenende in meiner Residenz zu verbringen.

Aber jetzt zum Geschäftlichen", fuhr der Graf fort, „so lange wir etwas Zeit für uns haben. Diese große Kiste, die da drüben an der Wand steht, enthält die Uniformen, die Sie damals in der Wildnis bestellt haben. Lassen Sie Ihre Leute die Aide-de-Camp-Insignien entfernen und die neuen Abzeichen der Einheit annähen und die Abzeichen, die in einer Schachtel in der Kiste sind. Sehen Sie zu, dass Sie für die Hochzeit die richtigen Abzeichen fertig haben.

Die große Schachtel auf Ihrem Schreibtisch enthält die Befehle für Ihren Bezirk für den Einsatz im nächsten Jahr. Die wichtigen Befehle liegen gleich oben und sind nur für Sie. Die restlichen können an die Führer der einzelnen Einheiten verteilt werden, darum können die sich kümmern.

Um Ihre speziellen Befehle zusammenzufassen: Am oder um den ersten März herum, werden Sie eintausend Kavalleriesoldaten antreten lassen, mit Pferden, Ersatzpferden und Unterstützungssoldaten für einen verlängerten Auslandseinsatz. Dann werdet ihr euch zum Hafen von Odessa begeben und an Bord eines Transportschiffes gehen. Das wird als gefährlicher Dienst eingestuft und die Besoldungsstufen werden entsprechend angepasst. Ihr werdet unter britischem Kommando stehen, aber innerhalb eurer Einheit behaltet ihr eure Autonomie. Verpflegung, Verpflegungstransport und Verbindungsleute werden von den Briten bereitgestellt. Laut schriftlichem Befehl des Zaren sind Sie dazu berechtigt und angehalten, Befehle, die offensichtlich zu katastrophalen Verlusten führen würden, zu ignorieren. Das heißt, falls diese dummen englischen Kavalleriemänner möchten, dass ihr riesige Infanteriemengen angreift oder Kanonen, wie sie es in Balaklawa gemacht haben, könnt ihr ihnen sagen, wo sie euch mal können. Das bedeutet nicht, dass der Kontakt mit dem

Feind ganz vermieden werden kann, dass wäre Feigheit und würde entsprechend bestraft werden. Fragen?"

„Gibt es irgendwelche Information darüber, wo sie uns hinschicken werden?" fragte Andreas.

„Keine sicheren", erwiderte der Herzog. „Die Briten haben Probleme mit ein paar fanatischen religiösen Gruppen in Nordindien und in Afghanistan. Ich vermute, dass ihr in Iran von Bord gehen werdet und sie euch dann auf dem Landweg in die Grenzregion zwischen Indien und Afghanistan bringen werden. Handelsrouten aus allen drei Ländern treffen in diesem Gebiet aufeinander. Ich denke, sie haben vor, ihre Hauptstreitkräfte von Indien hochzubringen und euch als Puffer zu verwenden. Es ist ein raues Land", sagte er, „aber nicht viel schlimmer als das, was ihr gewohnt seid. Werdet ihr bereit dafür sein?"

„Wir haben Mitteilungen an die Bezirksleiter geschickt. Kandidaten werden aufgefordert, eine Woche nach der Hochzeit hier anzutreten", sagte Andreas. „Wir werden die auswählen, die am besten qualifiziert sind, und den Rest wieder nach Hause schicken. Nach dem Auswahlverfahren werden wir mit der taktischen Ausbildung und mit der intensiven Ausbildung an der Waffe beginnen. Wir werden weit entfernt von jeglicher Unterstützung sein, deswegen werden wir dafür sorgen, dass unsere Soldaten die besten sind."

„Das hört sich gut an", sagte der Herzog. „So, und wo versteckt ihr Gauner nun die Getränke? Ich habe gehört, dass hier jemand bestes deutsches Bier vor seinem Herzog und General versteckt."

„Feldwebel, wenn Sie darauf hoffen, zum Offizier befördert zu werden und nicht gevierteilt", rief Andreas in Richtung Bürotür, „dann sorgen Sie besser dafür, dass das persönliche

Bierfass für den General hier eintrudelt, bevor wir alle verdursten."

Den Rest des Nachmittags verbrachten Andreas und der Herzog damit, die ankommenden Gäste zu begrüßen und sich mit ihren alten Bekannten zu unterhalten. Es war weit nach Mitternacht als ein völlig erschöpfter Andreas endlich auf die Pritsche sank, die er in seinem Büro aufgestellt hatte, und sofort eingeschlafen war.

Alle hatten den strikten Befehl erhalten, ihn am Vormittag alleine zu lassen und er lag mit unter dem Kopf verschränkten Armen auf seiner Pritsche und starrte an die Decke. Heute, nach langen drei Wochen, würde sie endlich hier sein. Wenn er an sie dachte, begann sein Herz wild zu schlagen und die Vorfreude darauf, sie wiederzusehen, raubte ihm beinahe den Verstand. Der Geruch von etwas Köstlichem, der unter seiner Tür hindurch kam, verlockte ihn dazu aufzustehen. Er war kurz davor wieder mit seinem geduldigen Helfer zu schimpfen, stand jedoch stattdessen von der Pritsche auf und ging in den äußeren Büroraum.

„Wo haben wir den Kaffee gefunden?", fragte er.

„Oh, ich befürchte, der Feldwebel steckt in ernsthaften Schwierigkeiten", sagte sein Helfer. „Der werte Herr ist heute Morgen so ungewohnt freundlich. Der amerikanische Offizier in der schmucken Uniform hat ihn heute Morgen abgegeben. Er sagte, er lasse sich jeden Monat ein paar Pfund aus Amerika kommen."

„Nun, Leutnant, ich hatte mir gedacht, dass etwas Höflichkeit von einem Offizier und Gentleman zum anderen nicht verkehrt sein könnte", sagte Andreas. „Aber, wenn der Herr Leutnant nicht wieder zum Gefreiten degradiert und in die Frontlinie einer Infanterieeinheit gestellt werden will, dann schenkt er mir besser sofort eine Tasse Kaffee ein."

Anstatt zu warten, legte Andreas eine Hand auf die Schulter des schockierten Mannes, die ihn davon abhielt aufzustehen, dann ging er zum Ofen und goss ihnen zwei Tassen dampfenden Kaffee ein. Er stellte eine Tasse auf den Schreibtisch und setzte sich selbst mit seiner Tasse in den Stuhl am anderen Ende des Schreibtischs und atmete das Aroma ein, bevor er einen Schluck trank.

„Sie sollten mich doch mittlerweile kenne, Stan, ich versuche immer das zu tun, was ich sage", sagte Andreas. „Sie haben hart für mich gearbeitet. Johann sagt, dass Sie im Umgang mit den Pferden richtig gut geworden sind und auch beim Schießen den anderen in nichts mehr nachstehen. All dies sind die Dinge, die ich Ihnen aufgetragen hatte. Ivan wird damit beschäftigt sein, sich selber und seine neuen Offiziere auszubilden und ich brauche jemanden, der hier dasselbe macht. Sie werden in Kürze vollständiges Personal zu Ihrer Verfügung haben und neben der administrative Ausbildung werden Sie auch für Ihre Waffenausbildung zuständig sein. Alle in diesem Bataillon, Verwaltungsleute, Köche, Schmiede, Wagenlenker, werden beweisen müssen, dass sie gelernt haben, mit einer Waffe umzugehen, andernfalls ist kein Platz für sie in meinem Bataillon."

Johann trat ins Büro und sah, wie ein strahlender Stanislaw sich über den Schreibtisch lehnte und Andreas voller Enthusiasmus die Hand schüttelte.

„Major, schenken Sie sich Ihren eigenen Kaffee ein", sagte Andreas. „Der Graf hat eine Regel nach der er neuen Offizieren nur alle Jubeljahre einmal Kaffee einschenkt und gerade hat er schon dem frischgebackenen Leutnant einen gebracht. Sie haben also Pech gehabt."

„Ja, ja", sagte Johann, ging zum Ofen und blieb auf einmal wie angewurzelt stehen. „Was hast du gerade gesagt?"

„Ich habe gesagt, dass du dir deinen Kaffee selber einschenken sollst", sagte Andreas mit todernster Miene. „War der letzte Major auch so taub, Stanislaw? Vielleicht sollten wir ihn zurückholen und diesen Narren hier zum Hühnerhirten degradieren."

„Warum ernennst du mich zum Major?", sagte Johann. „Ich weiß doch noch nicht mal, was man als Hauptmann macht."

„Ich brauche auf einmal vier Majore", antwortete Andreas. „Ivan wird einer davon sein, die beiden Amerikaner sind zwei und dann noch du. Damit haben wir zwei Ausländer, einen Bojaren und einen Kosaken. Die Amerikaner werden dir mit dem Offizier-Part helfen. Du hast dasselbe mitgemacht wie ich, hast es dir also verdient. Wir werden mit den Engländern zusammenarbeiten und vier von uns sprechen Englisch. So einfach ist das. Und Peter? Peter brauche ich im Moment da, wo er ist." Andreas fing an im Zimmer auf- und abzugehen, blieb stehen, um aus dem Fenster zu sehen, und machte dann weiter.

„Macht er das in letzter Zeit öfter?", fragte Johann.

„Nur den größten Teil des Vormittags", sagte Stan. „Vielleicht hätte ich einen großen Schluck Wodka in seine Tasse gießen sollen. Dann wäre er jetzt im Land der Träume."

„Das hätte sicher funktioniert", stimmte Johann zu. „Elizabeth hätte dir dafür aber die Eier abgeschnitten."

„Ja, das habe ich mir auch gedacht", sagte Stan. „Wir könnten im etwas kaltes Wasser über den Kopf gießen . . . ?"

Ein schäumendes Pferd kam schlitternd vor dem Büro zu stehen. Der Reiter sprang ab, bevor das Pferd überhaupt angehalten hatte.

„Sie haben zwei Meilen von hier Pause gemacht, mein Herr", stieß der Reiter aus. „Eine Stunde noch, maximal eineinhalb."

„Danke, Gefreiter", sagte Andreas. „Bitte überbringen Sie die Nachricht auch meiner Mutter. Aber sehen Sie vorher zu, dass sich jemand um Ihr Pferd kümmert." Er schenkte sich noch einen Kaffee ein, setzte sich, streckte die Beine aus und schloss die Augen.

„Das hätten wir vor zwei Stunden sagen sollen", sagte Stan.

„Vor zwei Stunden hätte das nicht funktioniert";

sagte Johann. „Er macht das immer, wenn etwas Wichtiges ansteht, so verschafft er sich einen klaren Kopf."

„Andreas Heinrich, was machst du?", fragte seine Mutter, die ins Zimmer gestürmt kam. „Warum sitzt du nur herum? Du bist ja noch nicht einmal angezogen. Auf geht's. Oder muss ich dich an den Ohren hochziehen? Oder glaubst du, dass ich das nicht machen werde, bloß weil du jetzt ein hohes Tier bist?" Mit wogenden Röcken stürmte seine Mutter, so schnell wie sie ins Büro hineingekommen war, wieder hinaus.

Andreas stand auf, streckte sich und sagte zu seinem Bruder: „Gut, dann sieh zu, dass sich die Jungs fertig machen. Keine Pistolen, nur Schwerter, vollständige Uniform. Oh, und bevor ich es vergesse, hier sind deine neuen Schulterklappen." Er warf ihm die Majorsabzeichen zu.

Andreas ging in sein vorrübergehendes Schlafzimmer und zog seine Alltagskleidung aus. Dann zog erst die blauen Hosen mit dem roten Streifen an, dann die mit Sporen versehenen, kniehohen Kavalleriestiefel, die so sehr poliert waren, dass er sich beinahe darin spiegeln konnte. Als nächstes zog er ein weißes Hemd an, dessen Knopfreihe bis zum Hals ging. Zu diesem Zeitpunkt kam Stanislaw ins Zimmer und half ihm mit seinem Soldatenrock. Dunkelblau, rot bestickt, glänzende Messingknöpfe. Auf seiner Brust hatte er auf jeder Seite blutrote Patronenschlaufen, die jeweils Raum für fünf Patronen boten, und in denen zehn Winchester-Patronen mit der glänzenden Kupferseite nach außen steckten. Stanislaw wickelte ihm die rote Offiziersschärpe um die Taille und legte ihm den Schwertgürtel um die Hüfte.

Das Schwert hing zu seiner Linken, der Griff war auf Höhe seiner Taille. Das i-Tüpfelchen bildete die weiße Kappe aus Lammwolle.

Stanislaw trat einen Schritt zurück, musterte Andrea von Kopf bis Fuß, bürstete die neuen Oberst-Schulterklappen von Andreas noch einmal ab, nickte und ging dann hinter Andreas, dessen Sporen klirrten, aus dem Büro in Richtung Haupthaus.

Andreas nickte den Leuten zu, die er unterwegs traf, dann blieb er auf der Veranda stehen und lehnte sich an einen der Pfosten, die das Dach stützten. Langsam begannen Leute in den Hof zu strömen. Sie unterhielten sich leise und stellten sich vor dem Haus und im vorderen Teil des Hofes auf. Ivan und Johann gesellten sich zu ihm auf die Veranda, beide trugen ihre Offiziersschärpen und die neuen Majorsschulterklappen. Die übrigen zwölf seiner Männer hatten sich in kleinen Gruppen in der Mitte der Einfahrt versammelt, ungefähr fünf Meter vom Haus entfernt. Sie unterhielten sich leise und manchmal hörte man ein Lachen, wenn jemand einen Witz gemacht hatte. Die Tatsache, dass sie häufig ihre Soldatenröcke glattstrichen oder ihre Schwerter zurechtrückten und an ihren Ärmeln zupften, zeigte, wie nervös sie waren.

Der Schlag der Trommel begann in der Ferne. Der Rhythmus ahmte ein galoppierendes Pferd nach. Die Saiten einer Balalaika konnte man ebenso schon leise aus der Entfernung hören. Dann, als die Kinder aus der Villa in den Hof strömten, ertönte von der Straße, die zur Villa führte, die Stimme eines einzelnen Mannes, der begann zu singen. Am Ende des ersten Refrains stimmten eine große Menge Männer- und Frauenstimmen ein. Gemeinsam sangen sie eine Kosakenballade auf die herzzerreißende Art und Weise, für die sie berühmt waren.

Die Familie von Andreas kam aus dem Haus heraus. Sie trug ihre Festtagskleidung, die ihre deutsche Herkunft verriet. Die Frauen und Mädchen trugen weiße Kleider. Die Nähte und Dirndl waren mit farbigen Blumen bestickt. Die blonden Haare hatten sie zu zwei engen Zöpfen geflochten, die über ihren beiden Schultern lagen. An den Füßen trugen sie strahlend gelbe Holzpantinen. Die Männer und Jungen trugen Lederhosen mit sich überkreuzenden Trägern, weiße Kniestrümpfe, kurz Mäntel und mit einer Feder verzierte Hüte. Sie stellten sich vor der Treppe auf, die zur Haustür führte, und Mama runzelte die Stirn als sie Andreas von Kopf bis Fuß musterte. Als Marie an ihm vorbeilief lächelte sie, zwinkerte und küsste ihn auf die Wange bevor sie sich zum Rest der Familie ans rechte Ende der Linie stellte. Sie gab den drei ältesten Kindern von Rosvite allen einen kleinen Blumenstrauß und flüsterte ihnen die letzten Anweisungen zu.

Auf die Sekunde genau brach der Gesang am Ende eines rauschenden Refrains ab, gerade in dem Moment, in dem die ersten Späher ums Eck bogen und die Einfahrt zum Haus entlang geritten kamen.

Seite an Seite ritten die vier in einer perfekten Formation. Mit der rechten Hand hielten sie ihre Lanzen aufrecht, deren Spitzen mit einem Wimpel verziert waren. Die Schäfte hielten sie eng an ihren dunkelblauen Hosen und strahlend polierten Stiefeln. Sie teilten sich auf, sodass zwei auf jeder Seite waren, und blieben auf halbem Weg zum Haus stehen, drehten ihre Pferde nach innen und standen sich nun auf beiden Seiten der Einfahrt gegenüber.

Als nächstes traf in vierreihigen Kolonnen die Vorhut ein. Zwanzig Veteranen mit langen Bärten und Schnurrbärten auf perfekt zurechtgemachten Pferden, die glänzten und deren Zaumzeug in der Sonne glänzte. Vier Meter hinter ihnen kamen Wassili und Bischof Rosenbaum, flankiert von den

Trommlern und Balalaika-Spielern. Die vier Soldaten, die anschließend kamen, waren für die Fahnen zuständig. Rechts kam die Kaiserliche Russische Flagge, links die Kosakenflagge und zwei Wachsoldaten flankierten sie.

Andreas nickte seinen Soldaten zu, die sich locker in Linien quer über die Einfahrt verteilten, und sich seitlich zur eintreffenden Gruppe drehten. Die Arme hatten sie über der Brust verschränkt, die Hände an den Griffen ihrer Schwerter. So versperrten sie der Gruppe den Weg.

Die Vorhut hielt acht Meter vor den Fußsoldaten an und simulierten eine Konfrontation. Dies war der Moment, in dem Andreas zwischen seinen zwei Offizieren lässig vor seine Soldaten trat und sich den berittenen Soldaten in den Weg stellte. Die Arme hatte er vor der Brust verschränkt, das Gewicht auf den linken Fuß verlagert und den rechten Fuß leicht nach vorne bewegt, wobei er mit dem Fuß ungeduldig auf den Boden klopfte. Die Vorhut teilte sich fachmännisch und begab sich an die Ränder der Einfahrt, Wassili und die Fahnenträger kamen näher heran und taten dasselbe.

Dann kamen reihenweise Männer und Frauen, Jung und Alt, die alle auf ihren besten Pferden saßen und deren Gold- und Silberschmuck in der Sonne glitzerte.

Auch diese Gruppe teilte sich und begab sich an die beiden Seiten der Einfahrt. Die Stille war komplett, weder die Erwachsenen noch die Kinder machten irgendein Geräusch. Die Pferde waren komplett still.

Und dann bog sie ums Eck. Zumindest dachte er, dass sie es war. Vier Veteranen kamen vorne, vier hinten und einer auf jeder Seite von zwei Frauen, die langsam die Einfahrt hinabritten. Katia ritt links. Ihr Haar hatte sie zu mit Blumen verzierten Zöpfen geflochten und um ihren Kopf gewickelt. Rote und gelbe Schlaufen fielen ihr über den Rücken. Als ihr

Blick auf Ivan fiel, der links von Andreas stand, schaute sie rasch zu Boden und errötete, und Andreas hörte wie Ivan hörbar einatmete, als er sie sah.

Das Pferd der anderen Frau hatte Blumen ins Zaumzeug geflochten und hinten und vorne hing eine Decke aus Blumen unter dem Sattel hervor. Sie wurde vollständig von einem goldbestickten, durchsichtigen, weißen Spitzenschleier bedeckt. Nur ihre Hände, an denen sie Spitzenhandschuhe trug, und ihre Füße, die in roten Stiefeln steckten, waren zu sehen, da der Schleier weit über ihren Rücken und die Seiten des Sattels hinabfiel.

Die vier Soldaten an der Spitze teilten sich auf und ließen gerade genug Platz für die beiden Frauen, die langsam zu einem immer noch ernst dreinblickenden Andreas ritten, dem der Schweiß über den Rücken lief. Drei der hinteren Soldaten saßen ab und begaben sich schnell an die Seite der Frauen, einer ging zu Katia und zwei zu der verschleierten Frau und halfen ihnen beim Absteigen.

Die verschleierte Frau rückte mit Katias Hilfe den Schleier zurecht bevor sie zu Andreas ging und einen tiefen Knicks machte, den Kopf gebeugt.

Andreas verbeugte sich genau so tief und schwang seine rechte Hand nach außen.

„Willkommen in meinem bescheidene Zuhause, meine Dame", sagte Andreas.

„Gut getroffen, mein Herr", sagte die Frau, deren Stimme definitiv die von Elizabeth war und hielt ihm ihre linke Hand mit der Handfläche nach unten hin.

Er nahm ihre Hand in seine rechte Hand und küsste sie sanft auf ihre Fingerknöchel. „Drei verdammte Wochen musste ich warten und jetzt kann ich dich noch nicht einmal sehen, geschweige denn so begrüßen, wie wir beide es wollen würden", flüsterte er.

„Alles hat seine Zeit, mein Geliebter", sagte sie schelmisch und schlug ihn zweimal leicht auf die Wange. Dann richteten sie sich auf, er hielt ihre Hand auf Schulterhöhe und führte sie in Richtung der Treppe, die zum Haus führte.

Vor seiner Familie, die sich verbeugte und Knickse machte, blieben sie stehen. „Meine Dame, darf ich Ihnen meine Familie vorstellen?"

Nachdem Marie sie leicht gestupst hatte, traten die drei Kinder hervor, verbeugten sich schüchtern oder machten einen Knicks und hielten Elizabeth ihre Blumensträuße hin.

„Für dich, Lizbet, ich und Marie haben sie selber extra für dich gepflückt", sagte die Nichte von Andreas stolz.

Elizabeth beugte die Knie, bis sich ihr Gesicht auf Augenhöhe der Kinder befand. Als sie die Blumen entgegennahm, streichelte sie sanft jedem Kind über die Wange und das Mädchen hielt sie am Kinn fest und sagte: „Danke, Heidi, du bist wunderschön."

Andreas merkte am Zittern ihrer Stimme, dass sie den Tränen nahe war.

Heidi rannte zurück zu Marie, zog am Saum von Maries Rock und flüsterte deutlich vernehmbar: „Tante Marie, hast du gehört, sie sagt ich bin wunderschön."

Andreas und Elizabeth erhoben sich vorsichtig und stiegen behutsam die Treppe hinauf. Gefolgt von Katia, die von Ivan begleitete wurde, traten sie ins Haus.

„Befrei mich aus diesem verdammten Ding, ich sterbe darin!", sagte Elizabeth und ruderte in einem vergeblichen Versuch, den Schleier vom Kopf zu ziehen, unter dem Schleier mit den Armen. Schließlich rettete Katia sie.

Als sie das lästige Kleidungsstück endlich los war, rannte sie in die Arme von Andreas und küsste ihn auf den Hals, die Wangen, die Stirn und schließlich auf den Mund. Als von Andreas keine Reaktion kam, schaute sie ihm besorgt in die Augen.

„Andy, mein Schatz, was ist los?", fragte sie.

Er hielt sie an den Schultern fest und drehte sie, ohne etwas zu sagen, bis sie ein strahlendes Ehepaar mittleren Alters sehen konnte, das hinter ihnen stand.

„Oma, Opa!", rief sie und löste sich von Andreas.

Andreas packte Ivan am Arm und sie verließen das Haus. Leise schlossen sie die Tür hinter sich, sodass die vier Familienmitglieder - die Großeltern und ihre Enkeltöchter - die sich weinend in den Armen lagen, nicht mehr zu sehen waren.

Die Situation im Hof hatte sich komplett verändert. Leute aus beiden Gruppen hatten sich frei untereinander gemischt. Alte Freunde nutzten die Chance, sich auszutauschen, und neue Freundschaften wurden geschlossen. Einzelne Gruppen machten sich auf, sammelten Gepäckpferde ein oder schlossen sich ihren Freunden an und machten sich auf den Nachhauseweg.

Die einzige Ausnahme bildete Elizabeths Ehrenwache, die zwar abgestiegen war, aber weiterhin in Formation stand und die Zügel ihrer Pferde festhielt.

Andreas bedeutete Johann, ihm zu folgen und lief über den Hof direkt zu den Veteranen, die sofort die Grundstellung einnahmen und deren Feldwebel salutierte. Beide Offiziere erwiderten den Gruß und Andreas ging mit ausgestreckter Hand auf den Feldwebel zu und gab dem Mann einen kräftigen Händedruck.

„Oberfeldwebel, ich kann Ihnen gar nicht genug dafür danken, dass Sie meine werte Dame erst sicher zu sich nach Hause gebracht haben und dann hierher, in mein Zuhause."

Dann lief er die Linie entlang und gab jedem Mann die Hand und blickte jedem Einzelnen in die Augen.

„Meine Herren, bitte gehen Sie mit Major Bekenbaum mit", sagte Andreas. „Er wird Ihnen zeigen, wo Sie untergebracht sind und wo Sie Ihre Pferde unterstellen können. Bitte gehen Sie behutsam mit Ihren Stubenkameraden um. Sie sind jung und haben zarte Ohren, aber sie sind meine Leute und ich hätte sie gerne in einem Stück zurück, bitte."

Andreas lief zurück zum Haus, wo er sich zu seinem älteren Bruder, seinem Vater, seinem Onkel, Wassili, dem Bischof und dem General gesellte. Alle weiblichen Verwandten waren im Haus verschwunden und die alleine gelassenen und verbannten Männer unterhielten sich über dies und das und erinnerten sich an die gute alte Zeit. Abgesehen davon, dass er der Gegenstand des ein oder anderen Witzes war, nahm Andreas nicht an den Unterhaltungen teil. Er sah sich um und sah, dass Ivan sogar noch verlorener dreinblickte als er. Er ging zu ihm hinüber, stieß ihn mit seinem Stiefel an, um seine Aufmerksamkeit zu gewinnen und bedeutete ihm, ihm zu folgen.

Sie gingen zurück in sein verlassenes Büro, wo Andreas eine Kiste fand, in der noch fünf Flaschen Wodka waren. Er nahm sie und lief mit Ivan in Richtung der Mannschaftsunterkunft. Ivan öffnete die Tür für ihn und sie fanden eine Gruppe von Männern vor, die sich ihrer Soldatenröcke entledigt und die Hemden vom Kragen ab aufgeknöpft hatten und allesamt über einen Witz lachten, den Andreas nicht mitbekommen hatte. Er stellte die Kiste auf einen nahestehenden Tisch, lehnte sich am Tisch und sah zu, wie die beiden Gruppen von Männern miteinander interagierten.

„Achtung! Offiziere an Bord!" Peter hatte sie entdeckt und alle im Raum hielten sofort inne und stellten sich in die Grundstellung, den Blick auf Andreas und Ivan gerichtet.

„Meine Herren, ich möchte mich bei Ihnen allen für die gute Arbeit bedanken, die Sie heute geleistet haben", sagte Andreas. „Sie haben Ihr Land, Ihren Bezirk, Ihre Familien und, was am wichtigsten ist, Ihren Kommandeur stolz gemacht." Er drehte sich um, holte zwei Flaschen aus der Kiste und hielt sie hoch. „So, und wenn mir jetzt nicht sofort jemand einen Drink einschenkt, werde ich Sie alle zu Hühnerhirten degradieren!" schrie er.

Ein Jubeln ging durch die Runde und alle stürzten sich auf die Flaschen. Außerdem wurden schnell zwei Gläser für Ivan und Andreas gefunden. Nachdem jeder ein Glas in der Hand hatte, hob es Andreas und zeigte dadurch den Männern, dass sie still sein sollten. „Auf Mütterchen Russland, den Zaren und die verdammt noch mal besten Männer in der Armee! Hurra!", rief er.

„Hurra!", brüllten die Männer zurück und kippten ihren Wodka hinunter. Die leeren Gläser wurden sofort wieder gefüllt.

Als nächstes erhob der Oberfeldwebel von Elizabeth das Glas. „Auf meine Dame Elizabeth. Hurra!"

Als nächstes kam Johann. „Auf den Verurteilten, den Helden von Russland, unseren Kameraden, meinen Bruder Andreas. Hurra!" Er kippte seinen Wodka hinunter und warf das Glas in die Ecke, wo es zusammen mit fünfundzwanzig anderen Gläsern gegen die Wand knallte und zerbrach.

Ivan verteilte die drei restlichen Flaschen und im Raum machte sich wieder die Feierlaune breit. Andreas bedeutet Johann und Peter, sich mit ihm auf einer Bank an einem leeren Tisch niederzulassen.

„So, egal was Mama sagt, hier ist, was wir morgen machen werden", begann Andreas. „Ivan, du wirst neben mir stehen. Deine Aufgabe ist es, mich aufzufangen, falls ich falle, und du wirst die Schwester der Braut begleiten, wenn nötig den ganzen Abend. Peter, du wirst deine tolle Marine-Uniform tragen. Du wirst neben Ivan stehen und ihn erschießen, falls er mich fallen lässt. Du wirst meine Schwester Marie begleiten, wenn nötig den ganzen Abend. Johann, du wirst neben Peter stehen. Du hast zum einen die Aufgabe, sie beide zu erschießen, wenn sie mich fallen lassen, und außerdem wirst du Peters Uniform vor Elizabeth abschirmen. Ich möchte nicht, dass sie noch ihre Meinung ändert und am Ende ihn nimmt. Du wirst Rosvite begleiten. Zumindest bis nach dem ersten Tanz, dann kannst du mit Heiner die Partnerinnen tauschen, sofern Irene sich nicht mit Heiner aus dem Staub gemacht hat. Fragen? Gut, denn ich werde meine Meinung nicht mehr ändern. Und jetzt mischt euch unter die anderen, habt Spaß. Ach, und Peter? Hier gibt es keine Schiffe. Achtung an Bord ist nicht was wir hier befehlen. Achtung im Raum vielleicht, aber nicht Achtung an Bord, bitte."

„Aha, der Oberst ist also doch nicht völlig blind", sagte Johann, nachdem Peter und Ivan sich unter die Kameraden gemischt hatten.

„Ich hoffe, du ärgerst dich deswegen nicht, Johann", sagte Andreas. „Du und ich, wir wissen, dass in Wirklichkeit du mein Trauzeuge bist."

„Da mach dir mal keine Gedanken, Bruder", sagte Johann. „Ich bin damit fein raus. Damit hast du eine gute Tat getan. Du scheinst einen natürlichen Instinkt für diese Dinge zu haben. Ivan und Katia wissen noch nicht, dass sie bei einander Chancen haben. Da schieben wir sie doch leicht an, nicht? Und unseren Onkel wird es sehr freuen zu sehen, dass du Ivan so sehr schätzt. Noch mehr Bonuspunkte.

Peter und Marie mögen sich, aber Mama würde das nicht gut heißen. Dadurch, dass du ihn in diese Position stellst, wird Mama die Dinge in einem anderen Licht sehen, vor allem, wenn er sich als Hauptmann dem Regiment anschließt. Außerdem sehen so alle anderen, dass du ihm vertraust und es wird ihnen somit leichter fallen, ihn zu akzeptieren. Sehr clever. Was mich angeht, nun, da wissen ja schon alle, wie wichtig ich bin. Kein Problem, Bruder, ich freue mich nur, dass ich ein Teil davon sein darf."

„Also, Johann," sagte Andreas, „ich hatte eigentlich nur daran gedacht, die zwei Pärchen zusammenzubringen. Die anderen Dinge sind mir gar nicht aufgefallen. Aber du hast Recht. Na so was, und das, obwohl du mir doch gesagt hast, dass du überhaupt nicht weißt, was es bedeutet, ein Offizier zu sein."

„Das weiß ich auch nicht. Aber ich weiß, wie du denkst."

„Könntest du mir Elizabeths Feldwebel herholen?", sagte Andreas. „Ich möchte, dass du hörst, was ich ihm zu sagen habe."

„Sie wollten mich sprechen, Herr Oberst?", fragte der Oberfeldwebel.

„Setzen Sie sich, Herr Oberfeldwebel", befahl Andreas. „Sie sagten, Sie stünden nun schon seit neun Jahren im Dienst meiner zukünftigen Frau Gemahlin? Wie lange waren Sie davor im aktiven Dienst?"

„Fünf Jahre, Herr Oberst", antwortete der Feldwebel. „Vor dem Vorfall waren wir eine Fronteinheit. Wir stehen natürlich gerne im Dienst Ihrer zukünftigen Frau Gemahlin, aber es ist nicht gerade richtige Soldatenarbeit."

„Wenn Sie die Möglichkeit hätten, würden Sie und Ihre Männer dann wieder in den aktiven Dienst zurückkehren?", fragte Andreas.

„Jawohl, Herr Oberst, wenn Ihre Gemahlin uns nicht mehr brauchen würde. Wir haben geschworen, ihr zu dienen."

„Ich bin dabei, eine neue Einheit zusammenzustellen, Herr Oberfeldwebel", sagte Andreas. „Es wird eine Fronteinheit sein und ich hätte Sie und Ihre Männer gerne als Kandidaten. Die Anforderungen werden extrem streng sein und jeder, der ihnen nicht gerecht wird, wird nicht aufgenommen werden, ganz gleich wer oder was er ist.

Sprechen Sie mit Ihren Männern darüber und denken Sie ein paar Tage über meinen Vorschlag nach. Dann sagen Sie mir Bescheid. Ich werde mit Elizabeth sprechen, sodass jeder, der sich bewerben möchte, eine Chance bekommt. Diejenigen, die nicht daran interessier sind, können in ihrem Dienst bleiben. Und ich möchte es auch noch einmal ganz klar sagen, Herr Oberfeldwebel, jeder, der die Anforderungen nicht erfüllt, wird nicht ins Hauptregiment aufgenommen. Verstanden?"

„Jawohl, Herr Oberst. Danke, Graf Bekenbaum", erwiderte der Feldwebel.

Andreas entließ den Mann mit einem Nicken und stand auf. „Ich brauche etwas frische Luft, Johann", sagte er. „Sieh zu, dass die zwei hoffnungslos Verliebten und du für morgen bereit seid. Keine Ausreden, wenn nicht, werde ich dir wirklich die Eier abschneiden."

„Keine Bange, Bruder", sagte Johann lachend. „Ich habe mehr Angst vor Mama und Elizabeth als vor dir."

Andreas nickte, klopfte seinem Bruder auf den Arm und lief in die frische Oktobernacht hinaus. Wieder führte ihn sein Weg zur Pferdekoppel, wieder stellte er einen Fuß auf die untere Zaunlatte und verschränkte seine Ellbogen auf der oberen Latte. Bartholomew roch ihn und kam schnaubend herangetrabt, um sich die Ohren reiben zu lassen.

„Morgen ist der große Tag, mein Freund", erzählte ihm Andreas. „Ich habe dein ganzes Zaumzeug geölt und poliert und deine Decke ist gewaschen und ausgelüftet. Wie ich sehe, hat dich jemand gebadet und deine Mähne und deinen Schwanz gekämmt. Die anderen Hengste und Wallache werden alle eifersüchtig auf dich sein und die Stuten und Stutfohlen werden sich um dich streiten."

„Genau wie sein Herrchen", flüsterte Elizabeth ihm ins Ohr und streichelte sanft die Haare an seinem Nacken.

Sofort lag er in ihren Armen.

Als sie nach Luft schnappten, sah Andreas zu Bartholomew hinüber und stellte fest, dass Elizabeths Stute sich zu ihm gesellt hatte.

„Du Verräter", sagte Andreas zu Bartholomew und hob mahnend seinen Zeigefinger. „Du hast dich mit ihr verbündet, nicht wahr?"

„Ich wusste, dass ich dich hier finden würde", sagte Elizabeth. „Die meisten Männer würden sich ins Koma trinken, aber nicht mein Mann. Immer am Grübeln, immer alleine."

„Nein, das stimmt nicht, nicht seit ich dich getroffen habe", erwiderte Andreas. „Ich habe von Anfang an gewusst, dass ich nie wieder alleine sein würde. Anfangs habe ich gedacht, naja, vielleicht steht sie nur auf den ganzen Helden von Russland-Blödsinn. Aber du hast mich in meinen schlimmsten Momenten gesehen, in den Momenten, in denen ich am grausamsten war, in den Momenten, in denen ich schwach war und in meinen besten Momenten. Du hast alles, was ich bin, akzeptiert. Wie könnte ich dich da nicht lieben?"

„Ja, ich habe dich als erbitterten Kämpfer erlebt, aber nur dann, wenn du es sein musstest", sagte Elizabeth. „Du prahlst nicht damit und du legst es nicht darauf an, in solche Situationen zu geraten. Du hattest keine Ahnung wer und was ich war und hast mich trotzdem geliebt und du warst bereit, das Missfallen deiner Familie auf dich zu ziehen, um mit mir zusammen zu sein. Du hast meinen Schmerz geteilt und ich deinen. Mir wurde oft gesagt, dass Gott auf wundersame Weise wirkt und das ist der Beweis dafür."

Sie küssten sich wieder und sie schob seine Brust mit beiden Armen weg, um etwas Raum zwischen ihnen zu schaffen. „Ich muss jetzt wieder zurück, bevor deinen Mutter feststellt, dass die schlafenden Braut gar nicht schläft", sagte sie.

„Zu spät", erwiderte Andreas und deutete mit einem Nicken über ihre Schulter. Hinter ihr standen seine Mutter, Marie und Katia.

Nachdem sie bemerkt hatten, dass Andreas sie entdeckt hatte, kam seine Mutter auf das Paar zu. Elizabeth gab ihm noch einen kurzen Kuss und ging davon. Den Kopf hielt sie gesenkt bis sie an seiner Mutter vorbei war. Als sie die beiden Mädchen erreichte, schwenkte sie provokativ die Hüften und warf ihm über ihre Schulter hinweg noch einen langen Blick zu, bevor die drei Mädchen wie verrückt kichernd davoneilten.

Andreas machte sich auf eine Standpauke bereit. Als er sich zurück zur Koppel wandte, sah er, dass die beiden Pferde ans andere Ende gelaufen waren.

„Verräter", rief er ihnen nach, „beim ersten Anzeichen von Schwierigkeiten macht ihr euch aus dem Staub."

Seine Mutter legte ihm den Arm um den Rücken, drückte ihn kurz an sich und legte ihren Kopf an seine Schulter.

„Die Nacht vor unserer Hochzeit haben wir damit verbracht so schnell wie möglich in die nächste Stadt zu rennen", sagte sie. „Dein Vater hatte den Priester bestochen, uns zu verheiraten, oder vielleicht war es auch dein Onkel? Egal, er hat es gemacht und uns verheiratet. Wir waren völlig verliebt in einander und sind es heute noch. Das alles übertrifft unsere wildesten Träume für dich, Andy. Sie hat eine wunderschöne Seele und ihr werdet wunderschöne Kinder haben. Gott hat dir ein Lächeln geschenkt, mein Sohn, mein schöner Andy." Sie küsste ihn hinter seinem Ohr auf den Nacken und dann hielt sie seinen Arm fest. „So, ich habe etwas im Auge, es tränt und ich kann gar nichts sehen. Du musst daher deiner alten Mutter nach Hause helfen."

Arm in Arm liefen sie zum Haus zurück. Sie hatte den Kopf an seine Schulter gelegt, bis sie die Verandatreppe erreichten. Dort stellte sie sich auf die Zehenspitzen, strich ihm mit der Hand durchs Haar und küsste ihn auf die Wange.

„Sieh zu, dass du morgen pünktlich, nüchtern und ordentlich angezogen bist, sonst gibt es ein paar hinter die Ohren, darauf kannst du dich verlassen", sagte sie und griff nach dem Türgriff.

„So, so, da dreht man sich für zwei Minuten um, und auf einmal macht sich die Frau mit einem jüngeren Mann davon. Nach allem, was ich für dich getan habe", sagte sein Vater, der im Dunkeln auf einem Stuhl saß.

Seine Mutter öffnete die Tür, sodass sie voll im Licht stand und machte dann zwei Schritte ins Innere des Hauses, wobei sie die Hüften genauso provokativ schwang wie Elizabeth es zuvor getan hatte. Dann blickte sie über die Schulter, streckte seinem Vater die Zunge heraus und schloss die Türe mit einem Hüftschwung. Von der anderen Seite der Tür erklang das Lachen der versammelten Frauen.

„Bringen die sich das gegenseitig bei oder ist das angeboren?", fragte Andreas.

„Ich glaube, Gott hat Eva gezeigt, wie das geht, um Adam im Zaum zu halten"; sagte sein Vater. „Und es funktioniert auch. Mein Gott, wie ich diese Frau liebe."

„Hast du es je bereut?", fragte Andreas.

„Nein, nie", sagte sein Vater. „Manchmal vermisse ich meine Eltern und meine anderen Geschwister, aber wenn ich die Wahl hätte, würde ich es nochmal tun."

„Ich habe einen Preußen getroffen, wie hieß der doch gleich nochmal?", sagte Andreas. „Ach, ja, von Kleeman. Er sagte, dir und Onkel Mikhail sei alles vergeben. Ihr könntet zurück nach Hause kommen."

„Von Kleeman - ungefähr so alt wie du?" Sein Vater spuckte als Andreas den Namen erwähnte über die Brüstung der Veranda. „Sein Großvater war der Hurensohn, der uns den Befehl gegeben hat, all diese Leute zu verbrennen. Und dessen Sohn war der Hurensohn, der uns danach verfolgt hat", sagte der alte Bekenbaum. „Die sind dicke mit Bismarck und dem Kaiser. Ich würde dem nicht mal soweit vertrauen, wie ich spucken kann. Mein Vater sagt dasselbe. Tatsächlich haben sie mit ihnen Frieden geschlossen, indem sie eine meiner Schwestern mit dem Vater dieses Welpen verheiratet haben. Nein, nein, ich werde hier bleiben und du solltest dasselbe tun.

Aber Andreas, du hast, zumal jetzt, das Recht, das ‚von' in deinem Namen zu führen", fuhr sein Vater fort. „Mein Vater hat mich nie verstoßen, wie wir es allen erzählen. Es ist ein alter und ehrenvoller Name."

„Nein, der Name, den mir mein Vater gegeben hat, mag vielleicht nicht alt sein", sagte Andreas, „aber er ist genauso ehrenvoll wie der Mann, der ihn mir gegeben hat."

„Noch eine Sache, Andy", sagte sein Vater ernst. „Der Großvater dieses Welpen ist auch dein Großvater.

Er ist der Vater deiner Mutter und er wird ihr und mir und den Meinen, das, was wir getan haben, nie vergeben. Niemals."

„Ach du Scheiße, weiß Mama Bescheid?", fragte Andreas.

„Ja, Andy", sagte sein Vater, „sie weiß es.

Es gibt nur wenige Dinge, die ich deiner Mutter verschweige. Vor allem, wenn es um ihre Familie geht. Dieser Hurensohn würde uns an die schlechteste Position stellen, gegen die stärksten Gegner und hoffen, dass ich getötet werde. Oder er würde mich der Feigheit anklagen und erschießen lassen. Deine Mutter verachtet ihn und ich glaube, sie würde ihn mit ihren eigenen Händen umbringen, wenn er hier auftauchen würde."

„Dieser Arsch hat sich in der Zeit, in der wir im Lage waren, immerzu beim General und der verdammten Britischen Reitergarde eingeschleimt", sagte Andreas.

„Verdammt noch mal, und von Hoaedle hat mich vor ihm gewarnt."

„King's German Legion? Dieser von Hoaedle?", fragte der alte Bekenbaum. „Mit dem habe ich bei Waterloo gekämpft. Es ist gut, wenn du den auf deiner Seite hast. Mikhail hat mir nicht erzählt, dass er ihn gesehen hat. Ja, der General hat mir erzählt, dass die Briten speziell nach dir gefragt haben."

„Verdammte Scheiße, jetzt macht das alles Sinn", sagte Andreas. „Dieser Bastard. Der versucht immer noch, sich an uns zu rächen."

Sein Vater legte ihm die Hände auf die Schultern und sah ihm tief in die Augen. „Ich hätte dieses Gespräch nicht bis zu diesem Punkt führen sollen", sagte sein Vater. „Du darfst nie wütend werden, Andreas. Beruhige dich. Wenn wir wütend werden, verwenden wir nicht unseren Kopf, wir machen Fehler und unsere Leute sterben. Sei geduldig. Deine Zeit wird kommen. Sei bereit.

Ein schönes, wundervolles Mädchen ist dort oben in ihrem Zimmer. Sie ist voller Liebe für dich und träumt von morgen und dem Rest ihres Lebens, den sie mit dir verbringen will. Lass die andere Sache für jetzt auf sich beruhen. Konzentriere dich auf ihre Liebe für dich und auf deine Liebe für sie. Höre auf dein Herz. Glaube an sie, glaube an dich und liebe sie immer." Er zog Andreas an seine Brust. Vor allem damit Andreas die Tränen in seinen Augen nicht sehen konnte, aber auch um ihn zu trösten.

Keiner der beiden Männer hatte die beiden Frauen bemerkt, die alte Braut und die neue, die Arm in Arm am offenen Fenster standen und alles mitgehört hatten. Sie teilten den Schmerz und die Last, über die ihre beiden Männer gerade gesprochen hatten.

Johann, Ivan, Peter und Stanislaw betraten das Büro in der Erwartung, dass sie Andreas in letzter Minute noch antreiben würden müssen, um rechtzeitig für die Zeremonie fertig zu sein. Sie hätten es besser wissen müssen. Andreas saß auf einem Stuhl und sah in die Flammen, die man durch das offene Ofentürchen sehen konnte. In seinen Händen hielt er eine Tasse kalten Kaffee, im Mund hatte er eine Pfeife, die schon vor langem erloschen war und seine bestrumpften Füße hatte er zum Ofen hingestreckt. Er war rasiert, sein Haar war gekämmt, die hohen Reitstiefel waren glänzend poliert und standen neben dem Stuhl. Er trug seine Uniformhosen, die Hosenträger über seinem weißen Hemd, dessen oberste drei Knöpfe nicht zugeknöpft waren. Der Ausgehsoldatenrock hing ordentlich über der Stuhllehne, die Offiziersschärpe lag auf dem kleinen Tisch neben ihm und sein Schwert und sein Gürtel waren an das Tischchen gelehnt.

„Ich habe es dir doch gesagt, Stan, der macht das immer so. Ich wette mit dir um eine Woche Sold, dass er schon seit dem Morgengrauen hier sitzt", sagte Johann.

„Das wäre eine dumme Wette, Stan, du würdest verlieren", sagte Andreas. „Wenn einer von euch den Topf auf den Herd stellt, es ist noch genug da, damit jeder eine Tasse haben kann.

Hat jemand Feuer? Ich möchte keine Asche auf diese verdammte dunkelblaue Uniform bekommen.”

Peter hob ein dünnes Stückchen Holz auf und hielt es in die Flammen, bis es sich entzündete. Dann reichte er es Andreas, der damit seine Pfeife anzündete.

„Wie zum Teufel machst du das?”, fragte Andreas.

„Ganz einfach, ich nehme ein dünnes Stück Holz und halte es ins Feuer”, sagte Peter.

„Das mein ich doch nicht, du Depp”, sagte Andreas. „Nein, wie schaffst du es, dass deine Uniform so glänzt und vor allem, dass das auch so bleibt? Kann jemand die Vorhänge zuziehen, er blendet mich ja ganz. Johann, wenn wir aufbrechen, dann such dir den größten Misthaufen aus, den du finden kannst und wirf ihn hinein. Ich werde nicht zulassen, dass der mit seiner Uniform noch meine Elizabeth stiehlt.”

„Da brauchst du dir keine Gedanken machen”, sagte Johann. „Ich befürchte, dass du heute Nacht mit einer Freifrau schlafen werden musst.”

„Nein, mein Bruder”, erwiderte Andreas. „Ich habe gestern Abend eine Freifrau geküsst. Heute Nacht werde ich mit einer Gräfin schlafen.”

„All diese verdammten Adelstitel, völlig verwirrend”, sagte Johann. „Richtig, das englische ‘Earl’ heißt ‘Graf’ auf Deutsch und Russisch.”

„Oder ‘Count’ auf Englisch und Französisch”, sagte Andreas. „Wobei mir Count nicht so gut gefällt. Aber genug davon. Da kriegt man ja Kopfschmerzen. Morgen, mein Freund, gibt es keine fesche Marine-Uniform mehr, mein Freund. Morgen gehört dein Hintern mir.”

„Marie könnte da etwas dagegen haben, Bruder”, sagte Johann. „Ich glaube, der gehört schon ihr. Vielleicht kannst du ihn ausleihen. Was gibt es da zu lachen, Ivan? Bruder, unser Cousin macht sich über unsere Schwester lustig."

„Das sollte er lieber bleiben lassen", sagte Andreas. „In einer Stunde werde ich Katias Vormund sein und dann werde ich es vielleicht nicht wollen, dass sein Hintern ihr gehört. Wo wir es gerade davon haben, hast du diese Irene schon gesehen, Peter? Bam bam bam."

„Wo sagtest du noch sei dieser Misthaufen. Bruder?", sagte Johann.

„Genug jetzt. Es ist wird Zeit, dass wir den Verurteilten auf die Exekution vorbereiten", sagte Stan.

„Jawohl, Kommandeur Stanislaw, sofort, Herr Kommandeur", sagten die anderen drei Männer.

Sie stiegen auf ihre Pferde und dann ritten der Bräutigam und seine drei Trauzeugen zu der Kirche unter freiem Himmel, die für die Zeremonie aufgebaut worden war. Die vier Männer stiegen synchron ab und reichten ihre Zügel den Stalljungen, die auf sie gewartet hatten. Sie knöpften die Schwerter von ihren Gürteln ab und reichten die Waffen in ihren Scheiden an die vier Wachen, die Seite an Seite am Eingang positioniert waren. Dann liefen die vier Männer im Gleichschritt an den versammelten Gästen vorbei nach vorne, wo sie sich gleichzeitig vor den Altar knieten und bekreuzigten und dann kurz den Kopf zum Gebet neigten. Anschließend standen sie auf, drehten sich nach rechts, begaben sich auf die rechte Seite des Altars, wo sie sich, von den versammelten Gästen abgewandt, in die Rührt-euch-Stellung stellten. Die Füße hatten sie schulterbreit auseinander gestellt und ihre weiß behandschuhten Hände hatten sie auf ihrem Rücken ineinander gelegt.

Die erste Reihe konnte hören, wie einer der vier Männer bemerkte, dass immer noch genug Zeit sei, um davonzulaufen, und dass sie es bis zur Dämmerung bis zur Grenze schaffen könnten. Die Mutter von Andreas erwähnte ihrerseits, dass die Wachen den Befehl erhalten hätten, jeden, der die Kirche ohne ihre Erlaubnis verließ, sofort zu erschießen. Beide Kommentare führten dazu, dass die erste Reihe leise kicherte, die Bischof und seine Diener lächelten und die Schultern der vier Männer, die auf die Brautgesellschaft warteten, wackelten, weil sie versuchten, ihr Lachen zu unterdrücken.

Jemand, der hinten stand, gab dem Bischof ein Zeichen, welcher wiederum der Gemeinde bedeutete sich von den langen Bänken zu erheben, die für die Zeremonie gebaut worden waren. Die Menge und die Gesellschaft des Bräutigams drehten sich zum Eingang. Rosvite führte den Zug an. Heute trugen alle Brautjungfern rot bestickte weiße Kleider, rote Schürzen mit Blumenmuster und rote Stiefel. Da sie in der Kirche waren, waren die Schleifen in ihren Haaren nicht zu sehen, weil sie die Köpfe mit weißen Leinenschals bedeckt hatten, die ihnen bis zu den Beinen herabreichten. Auch nach drei Kindern sah Rosvite noch großartig aus und heute konzentrierte sie sich angestrengt darauf, ein langsames, gleichmäßiges Tempo vorzugeben. Als nächstes kam Marie, dann Katia.

Nach einer kurzen Pause, schritten die Braut und ihre Begleitung den langen Mittelgang entlang. Wassili, der seine beste makellose blaue Uniform trug und bei dem kein Haar auf seinem Kopf, in seinem Bart oder in seinem Schnurrbart nicht da war, wo es hinsollte, marschierte stolz mit strahlendem Gesicht und hoch erhobenen Kopf neben der Braut. Ihre rechte, Hand, die in einem Spitzenhandschuh steckte, lag leicht auf der Beuge seines linken Armes auf.

Heute trug sie passend zur Uniform von Andreas blau. Unter einem durchsichtigen, blauen Spitzenschleier, der ihr vorne bis zu den Knöcheln reichte und hinten eine einen Meter lange Schleppe hatte, konnte man das Kleid mit den goldenen Nähten, die bestickte Schürze und goldfarbene Stiefel erkennen. Als sie vorne angekommen waren, forderte der Bischof Wassili dazu auf, die Braut dem Bräutigam zu präsentieren. Mit einer geübten Bewegung schlugen Wassili und Katia die Vorderseite des Schleiers fachmännisch auf Elizabeths Rücken zurück, sodass ihr Gesicht und die Vorderseite des Kleides freigegeben waren. Wassili verbeugte sich vor dem Bischof, dann vor Andreas und dann reichte er mit beiden Händen Andreas Elizabeths linke Hand.

Danach verschwamm alles und Andreas fühlte sich wie in einem Traum. Worte wurden gesprochen und je nach Stichwort knieten sie sich hin und standen wieder auf. Alles, woran Andreas denken konnte, und alles, was er wahrnahm, war die wunderschöne Frau, die neben ihm stand. Die Berührung ihrer Hand oder ihres Armes, wenn sie sich kurz streiften, der Duft der Blumen in ihrem Haar und auf einmal war es schon Zeit für die Eheversprechen.

„Möchtest du, Freifrau Elizabeth Halenczuk mit Ataman Andreas Bekenbaum den heiligen Bund der Eher schließen bis dass der Tod euch scheidet?"

„Ja", flüsterte Elizabeth mit kaum hörbarer Stimme.

„Möchtest du, Ataman Andreas Bekenbaum mit Freifrau Elizabeth Halenczuk den heiligen Bund der Eher schließen bis dass der Tod euch scheidet?"

Andreas blickte tief in Elizabeths suchende Augen, in denen Tränen glitzerten. Er hielt ihre zitternden Hände und sagte mit klarer, fester Stimme: „Ich, Andreas, Sohn von Heinrich, Sohn von Michael, vom Klan der Bekenbaums, nehme Elizabeth zu meiner Frau bis dass der Tod uns scheidet. Was mein ist, soll ihres sein. Sie und das Ihre sollen ich und das Meine sein, was einem von uns geschieht, soll uns beiden geschehen. Das sage ich, das sagen wir alle."

„ Das sage ich, das sagen wir alle", kam die Antwort im Chor von der versammelten Familie, den Freunden und Gefolgsleuten von Andreas und überraschte die Brautseite mit der Stärke und Solidarität, die darin mitschwangen.

„Im Namen des Vaters, des Sohnes und des Heiligen Geistes, vor Gott und den Menschen, erkläre ich euch hiermit zu Mann und Frau."

Anstatt das Paar dazu aufzufordern, sich der Gemeinde zuzuwenden und es der Gemeinde vorzustellen, wie sie es geprobt hatten, bedeute der Bischof dem Paar, sich hinzuknien. Der General erhob sich von seinem Platz neben dem Vater von Andreas. Mit einem Schwert ging er nach vorne, stellte sich neben den Bischof, der begann zu beten.

„Segne diesen Mann und diese Frau, lass ihre Entscheidungen gerecht sein und ihre Rechtsprechung fair. Mögen sie ihre Leute menschlich behandeln und möge ihre Herrschaft lange und erfolgreich sein." Dann salbte er ihnen die Stirn indem er mit heiligem Öl das Kreuzeszeichen darauf machte und trat zurück.

Der General trat nach vorne und brach das Siegel des Dokumentes, das er hielt, und rollte es auf.

„Ich, Vicomte Andropov der Ukraine, vertraue hiermit im Auftrag von Alexander, Zar von ganz Russland, die Ländereien, das Eigentum und das Wohlergehen der Menschen vom Bezirk Katharinental Andreas Heinrich Bekenbaum an, der in meinem Namen herrschen soll. I überreiche dir das Schwert als Zeichen dafür, dass dein Wort als das meine gilt. Erhebe dich, Graf Andreas von Katharinental."

Ich, Vicomte Andropov der Ukraine, kröne dich, im Auftrag von Alexander, Zar von ganz Russland, zur Gräfin Elizabeth Bekenbaum von Katharinental." Auf diese Worte hin setzte der

Bischof Elizabeth etwas ungeschickt eine kleine Krone auf den Kopf. „Erhebe dich, Gräfin."

Nun wurde das Paar gebeten, sich zu den Versammelten umzudrehen, die alle aufgestanden waren.

„Bewohner von Katharinental, der Graf und die Gräfin Bekenbaum von Katharinental."

Alle Versammelten knieten sich nieder und beugten die Köpfe. Der Vicomte trat vor sie und steckte dann erst Andreas, dann Elizabeth, einen silbernen Siegelring auf den kleinen Finger der rechten Hand. Dann schlug er die Fersen zusammen, nickte mit dem Kopf und ging.

Eines nach dem anderen hoben die Familienmitglieder auf Elizabeths Seite des Kirchenschiffes den Kopf, allen voran Wassili. Dann kamen sie nach vorne, sagten ihre Namen, küssten die Ringe und folgten dem Vicomte. Als nächstes kamen die nicht-deutschen Mitglieder von der Seite von Andreas. Zum Schluss segnete der Bischof das Paar mit dem Kreuzeszeichen und ging ebenfalls, sodass nur die Offiziere aus dem Bataillon seines Onkels und deren Familien, die sich in vier Linien vor ihnen aufgestellt hatten, übrigblieben. Die Hochzeitsgesellschaft schloss sich ihnen an.

„Achtung!", brüllte der Vater von Andreas und die gesamte Gruppe stampfte in die Grundstellung. In diesem Moment fiel Andreas auf, dass alle Männer ihre Husarenuniformen trugen und dass mit der seines Vaters etwas nicht stimmte.

„Präsemtieren!", brüllte sein Vater und einhundert Säbel wurden geräuschvoll aus ihren Scheiden gezogen und die Soldaten legten sie sich auf die Schultern. Sein Vater und seine Mutter marschierten nach vorne und knieten sich beide mit einem Knie vor dem Brautpaar hin. Dann legte der Vater von Andreas ihm sein verziertes Schwert vor die Füße. Der Vater von Andreas sah ihnen beiden in die Augen und hob seine rechte Hand.

„Ich, Heinrich, Sohn von Heinrich, Sohn von Heinrich, Sohn von Fredrik von Bekenbaum, Graf von Köln gelobe meinem Lehnsherrn Graf Bekenbaum von Katharinental treu zu dienen. Was mir gehört soll dir gehören; was dir geschieht, geschieht mir und den meinen. Das sage ich, das sagen wir alle.”

Mit krachenden Stiefeln und rasselnden Säbeln, die zum Gruße präsentiert wurden, riefen die Soldaten: „Das sage ich, das sagen wir alle!”

Andreas hob das Schwert seines Vaters an der Klinge auf und hielt seinem Vater den Griff hin. „Erhebt euch, Graf und Gräfin von Bekenbaum.

Ach, zum Teufel!”, rief er; warf das Schwert auf den Boden, zog seinen Vater hoch und umarmte ihn feste. „Was zum Teufel, Papa, Hauptfeldwebel, was auch immer.”

„Morgen, Sohn, morgen. Jetzt lass mich gehen”, sagte sein Vater.

Er ließ seinen Vater los. Als nächstes warf sich seine Mutter weinend in seine Arme. „Gräfin, so benimmt man sich nicht, meine Dame. Da könnte man ja glatt denken Sie seien die Frau eines Feldwebels.”

„Nicht heute, Andy, heute mach keine Scherze”, sagte seine Mutter. „Geh zu Lizbet, Andy. Der Tag heute gehört ihr, nicht uns.”

Elizabeth war von den Offizieren seines Vaters und deren Frauen umgeben. Sie lächelte zwar und nahm ihre Glückwünsche entgegen, aber ihre Augen waren stets auf ihn gerichtet. Als er sich einen Weg durch die Menge schlug, kam sein Bruder auf ihn zu.

„Was zum Teufel war das denn?", fragte Johann. „Ich wusste, dass du heute zum Grafen gekürt werden solltest, aber das?"

„Da wusstest du mehr als ich", sagte Andreas. „Ich bin nur hier her gekommen, um zu heiraten. So, und jetzt lass mich mal zu meiner Frau."

Endlich erreichte er sie. Er blieb hinter ihr stehen und hörte zu, wie sie sich auf Deutsch mit russischem Akzent unterhielt und Komplimente entgegennahm und erwiderte. Als sie sich drehte, um zu sehen, wo er war, bewegte er sich mit, sodass sie ihn nicht sehen konnte. Sie lächelte und unterhielt sich weiter, aber ihre Augen wanderten suchend umher. Mit seiner linken Hand schob er ihren Schleier zur Seite, sodass ihr Nacken zu sehen war, den er sanft küsste, während er den rechten Arm um sie legte und sie näher zu sich heranzog.

„Ich bin der glücklichste Mann der Welt", flüsterte er ihr ins Ohr.

Sie drehte sich um und legte ihm die Hände auf die Schultern. „Wo warst du?"

„Ich habe nur meine Gemahlin bestaunt, Gräfin"; erwiderte Andreas.

„Bewundere mich später, jetzt küss mich erst einmal", flüsterte sie zur Antwort und zur Begeisterung der umstehenden Gäste gehorchte Andreas.

Nachdem sie sich vier Stunden lang unter die Gäste und Verwandten gemischt hatten, begann Andreas, zu versuchen, Elizabeth zum Scheunentor zu bekommen. Und wenn er zu lange an einer Stelle verweilte, war sie es, die ihn in Richtung Ausgang zog. Bald schon hatten sie den Schatten erreicht und die Gäste vergaßen sie. Sie sahen sich noch einmal kurz um, dann eilten sie aus der Scheune.

Elizabeth hob ihre Röcke und Andreas konnte einen Blick auf ihre nackten Oberschenkel erhaschen, als sie in Richtung seines Büros rannte. Dann wechselte er die Richtung und rannte zur Koppel. Er schnappte Elizabeths Zaumzeug und die Peitsche, die er vor Morgengrauen bereit gelegt hatte und suchte schnell nach ihrer Stute. Fachmännisch schwang er die Peitsche und hatte sie um den Hals des Tieres geschlungen, bevor es davonlaufen konnte. Sie war es gewöhnt, auf diese Weise eingefangen zu werden und blieb stehen, sodass Andreas ihr schnell das Zaumzeug anlegen und sie zum Zaun führen konnte, wo er sie anband.

Dann rannte er an die Stelle, wo er die Sättel und die Decken versteckt hatte, nahm alles mit, lies seinen Sattel fallen und sattelte die Stute. Als er sich umdrehte, sah er, dass Bartholomew schon geduldig auf ihn wartete. Nach kürzester Zeit war er mit beiden Pferden auf dem Weg zu seinem Büro. Er band die Stute locker an, nahm die Reiterjacke, die er hinten an seinem Sattel befestigt hatte und zog sie über seine Uniformjacke, wobei er die Beinriemen um seine Oberschenkel herum befestigte. Er stellte einen Fuß auf die Verandastufe und löste die verhassten Silbersporen von seinen Stiefeln und warf sie durch die offene Tür ins Haus hinein.

Kurz darauf kam Elizabeth hinaus auf die Veranda geeilt. Sie hatte das Kleid durch Reithosen ersetzt und die oberen Knöpfe ihres Mantels offen gelassen. Sie nahm die Haarnadeln, die ihren Zopf um ihren Kopf gewickelt hielten, heraus während sie auf ihn zukam. Andreas half ihr in ihre Reitjacke und beide stiegen auf und ritten langsam die Einfahrt zur Hauptstraße hinab. Die Gäste, die sie sahen, hielten sie ebenfalls für Gäste und schenkten ihnen keine weitere Beachtung. Sobald sie sich in sicherer Entfernung von der Villa befanden, begannen sie, von der Villa weg, in die Felder zu galoppieren.

Als sie den Waldrand erreichten wechselten sie in den Schritt. Elizabeth entflocht die Zöpfe, die ihr Haar gebändigt hielten und band ihr Haar geschickt zu einem schnellen Knoten zusammen, und warf es über ihre Schulter.

„Oh, sehr schön, kannst du das noch mal machen?", fragte Andreas.

Sie schlug ihn mit ihren Zügeln, und schloss lachend ihren Mantel. „Zu kalt, um oben ohne zu gehen", sagte sie und lehnte sich zu ihm hinüber. Dann küssten sie sich lange und langsam.

Bald erreichten sie den Pfad, den Andreas gesucht hatte, und schlugen diesen ein. Der Pfad führte zu einer Jagdhütte, die Andreas gefunden hatte. In den vergangenen drei Wochen hatte er sie heimlich, meist nachts, sauber gemacht und hergerichtet. Am Tag ihrer Ankunft hatte Katia ihm ein Bündel mit Elizabeths Sachen gegeben, das er am Abend zuvor zusammen mit warmen Decken auf einem Packpferd hergebracht hatte, während alle anderen am Feiern waren.

„Im Kamin an der Wand dahinten ist Anmachholz, Liz", sagte er, als sie abstiegen.

Während er die Pferde absattelte und in die kleine Koppel führte, fand sie im Mondlicht den Kamin und hatte in kürzester Zeit ein Feuer entfacht, das die kleine Hütte in ein mattes Licht tauchte. Sie stand da, zog ihre Jacke aus und blickte sich im Raum um. Neben der Tür stand ein kleiner Tisch unter den zwei handgemachte Stühle geschoben waren. An der Wand, nahe genug am Feuer, um seine Wärme zu genießen, jedoch weit genug entfernt, um sicher zu sein, stand ein kleines Bett mit warmen Decken und einer frischen Strohmatratze. Andreas betrat den Raum und schloss leise die Tür.

„Tut mir leid, dass es nicht schöner ist", sagte er.

Sie lief zu ihm hinüber als er seine Reiterjacke und seinen Mantel auszog und an einen Nagel an der Wand hängte, umarmte ihn von hinten und küsste seinen Nacken. „Es ist perfekt", sagte sie. „Es gehört uns und wir sind alleine. Ich habe noch ein ganzes Leben in vornehmen Häusern und mit Dienstboten vor mir. Diese Nacht gehört uns, uns ganz alleine."

Er setzte sich auf den Bettrand und zog die Kavalleriestiefel aus, die er seit dem Morgen getragen hatte. Er hob sie auf, trug sie barfuß zum Kamin und stellte sie auf den Boden.

„Himmlisch", sagte er, und wackelte mit den Zehen als ein kleineres Paar Reitstiefel aus der anderen Ecke des Zimmers geflogen kam, und neben seinen Stiefeln gegen die Wand prallte.

„Ja, nicht wahr? Was meinst du, wie sich das erst anfühlt?", sagte sie mit rauer Stimme.

Andreas drehte sich um und war von ihrer Schönheit geblendet. Sie stand da, gebadet im Licht des Kamins. Ihr langes Haar fiel ihr über die Schultern, die Reithose hatte sie ausgezogen und ihre nackten Beine schienen unendlich lang zu sein. Ihr Mantel, der ihr den halben Oberschenkel hinabreichte, wurde nur von zwei Knöpfen am unteren Ende zusammengehalten und ließ alles außer die Spitzen ihrer Brüste unbedeckt. Langsam setzte sie einen Fuß vor den anderen und kam mit schwingenden Hüften auf ihn zu.

Sie blieb vor ihm stehen, aber nicht nahe genug, um ihn zu berühren, und blickte auf den Boden. Andreas war zum ersten Mal seit langem sprachlos. Dann sah sie ihn an und er fühlte, wie seine Beine nachgaben.

„Was ist los, mein Herr? Hat die Katze Ihre Zunge erwischt? Vielleicht kann ich Ihnen suchen helfen." Sie griff seinen Nacken mit einer Hand, zog ihn zu sich herab und begann ihn feste zu küssen, während sie mit der anderen Hand nach seiner griff und sie unter ihrem Mantel auf eine feste Brust legte.

Als sich ihre aufblühende Leidenschaft in ein rasendes Feuer verwandelte, riss sie ihm den Mantel so heftig vom Leib, dass die Knöpfe auf den Boden fielen, und nahm sich dann seine Gürtelschnalle vor, um ihm aus seiner Hose zu helfen. Sie sprang hoch und schlang ihre Beine um seine Hüfte, als er sie zum Bett trug, auf das sie sich fallen ließen. Er legte sie auf den Rücken und während er ihre Brüste küsste, griff sie nach ihm und führte ihn in sich hinein. Sie wurden eines.

Am nächsten Morgen wachte sie auf und sah, dass er sie anstarrte. Mit sanften Bewegungen strich er ihr die Haare aus dem Gesicht. Sie lag da und schaute in seine blauen, fast grauen Augen und fragte sich nicht zum ersten Mal, was um alles in der Welt dieser herrliche Mann an ihr fand.

„Du hattest Recht", sagte er und wickelte sich eine ihrer Haarsträhnen um den Finger.

„Womit?", fragte sie.

„Das hat sich definitiv besser angefühlt, als die Stiefel auszuziehen."

„Natürlich, du dummer Junge. Es ist kalt hier drinnen." Sie rollte aus dem Bett und legte etwas mehr Holz ins Feuer.

Da bemerkte Andreas etwas: Eine Reihe langer, dünner Narben verlief knapp oberhalb ihres Gesäßes über ihren Rücken. Sie waren frisch verheilt und zeichneten sich noch rot auf ihrer hellen Haut ab. Er streckte seinen Arm aus und fuhr die Narben sanft mit seinem Finger nach. Sie blieb still stehen, bewegte sich nicht und schwieg.

„Dein Vater?", fragte Andreas.

„An dem Tag, an dem du uns gefunden hast, war mein Vater betrunken", begann sie. „Mein Bruder überredete ihn, meine

Soldaten wegzuschicken und er war hinten auf dem Wagen eingeschlafen, als diese Männer uns anhielten. Sie zogen meine Schwester und mich aus dem Wagen und mein Bruder lachte, als er meiner Mutter die Kehle durchschnitt. Dann hat er diesen armen Burschen umgebracht. Ich glaube, er war ein Stallknecht meines Vaters. In der Zwischenzeit hat ein anderer Mann meinen Vater aus dem Wagen geworfen und getötet. Zwei Männer haben mich gegen den Wagen gedrückt und mein Bruder hat mich mit einem Stecken geschlagen, bis ich nicht mehr stehen konnte. Dann hat er mich fallen lassen. Er und dieser Mann hatten irgendwie geplant, dass sie mich mit einem der Söhne des Mannes verheiraten würden, um an meine Ländereien zu kommen." Sie hielt inne und hob langsam den Kopf.

„Welcher von ihnen war dein Bruder?", fragte Andreas.

„Der mit dem aufgeschlitzten Bauch", zischte sie. „Ich habe das Messer genommen, dass er hatte fallenlassen, um mich zu schlagen, und habe es in ihn hinein gestochen."

Sie holte tief Luft und atmete mit einem Seufzen aus. „Ich habe vollkommenes Verständnis dafür, wenn du mich wegschickst und mich nie wieder sehen willst."

Er berührte ihre Schulter und sagte: „Liz, komm zurück ins Bett, ich friere hier ohne dich."

Mit zu ihm gewandtem Rücken schlüpfte sie zurück unter die Decke. Andreas deckte sie sanft zu und strich ihr, auf den Ellbogen gestützt, die Haare aus dem Gesicht. Mit dem Daumen fuhr er ihr über die Wange, bevor er sich über sie beugte und ihr die Tränen von den Augen küsste.

Sie drehte sich um, nahm seinen Kopf zwischen ihre Hände und sah ihm tief in die Augen.

„Ich liebe dich, Liz. Von ganzem Herzen mit meiner ganzen Seele. Ich liebe dich", sagte Andreas leise.

„Und ich liebe dich, Andy, von ganzem Herzen und mit meiner ganzen Seele." Ihr sanfter Kuss entfachte erneut die Leidenschaft und wieder ließ er sich von ihr führen. Erst danach fiel ihm auf, dass dies das erste Mal gewesen war, dass sie gesagt hatte, dass sie ihn liebte.

Als er aufwachte, sah er, dass diesmal sie ihn beobachtet hatte. Ihre strahlend grünen Augen reflektierten das Sonnenlicht, das goldene Flecken in ihre Augen zauberte. Sie gab ihm einen kleinen Kuss auf die Stirn, dann einen auf den Mund. Diesmal war er es, der die Initiative ergriff. Er ging langsam und mit Bedacht vor. Sie erkundeten ihre Körper und lernten was der andere mochte. Danach lag er auf ihr, sein Gewicht auf die Ellbogen gestützt und fühlte ihre weiche Wärme. Ihre Hände, die noch vor ein paar Sekunden seinen Rücken umklammert und ihn nach unten gezogen hatten, strichen ihm sanft über den Rücken. Das leise Wiehern von Bartholomew brach den Bann und stöhnend rollte er sich vom Bett und trat mit seinen Füßen auf den kalten Boden. Das knisternde Feuer und der Schnee, der um ihre Stiefel, die neben der Tür standen, schmolz, verrieten ihm, dass Elizabeth schon einmal auf gewesen war.

Er sah sich suchend in dem kleinen Raum um und fand seine Hose in einem Haufen Kleider am Kamin. Er zog sie an und trat dabei auf Knopf, der am Boden lag.

„Meine Dame, anscheinend hat jemand alle Knöpfe von meiner Hose abgerissen", sagte er, während zur Tür ging, wo er seine bequemen alten Stiefel vor ein paar Tagen abgestellt hatte, und diese anzog.

„Komm zurück, dann zeige ich dir, wie ich es gemacht habe", sagte sie kichernd.

„Alles zu seiner Zeit", sagte er und ahmte ihre Stimme nach. Dann warf er den Kopf zurück und lief, sie nachahmend, mit einem übertriebenen Hüftschwung zur Tür hinaus und nahm die beiden Eimer, die direkt vor dem Eingang standen.

Er legte beiden Pferden Zaumzeug an und führte sie zu dem nahgelegenen Bach. Während die Tiere tranken, füllte er die Eimer. Eine dünne Schneeschicht bedeckte den Bode und er konnte seinen Atem in der frischen Novembermorgenluft sehen. Er trug beide Eimer und stellte sie schnell in der Hütte ab, bevor er die Pferde zurück auf die Koppel führte. Er streute eine Hand voll Hafer in die Futtersäcke der beiden Pferde, hob die beiden Sättel auf, die er am Abend vorher nur in aller Eile auf dem Boden abgelegt hatte, und legte sie sowie die Decken über die Brüstung der Veranda.

Elizabeth, die sein Hemd trug, dass ihr bis über ihre exquisiten Knie herabreichte, hatte gerade den gusseiserenen Topf und die Teekanne gefüllt und sie zu diesem Zwecke an Haken aufgehängt, die sie nun über dem Kamin schwenkte und beobachtete.

Er lief von hinten an sie heran und legte seine Hände auf ihre Brüste.

„Ah", schrie sie auf und löste sich von ihm. „Deine Hände sind kalt!"

Er lachte, zog die feine Hose aus, lief zu seinen Satteltaschen und holte ein paar normale Hosen heraus.

„Oh mein Gott", rief sie so überrascht aus, dass Andreas sofort alarmiert war. Seine Augen suchten im Zimmer nach einer Waffe, seine Ohren horchten, ob etwas Ungewöhnliches zu hören war, und sein Gehirn suchte fieberhaft nach einem Plan. Er drehte sich rasch um, in der Hoffnung, von Elizabeth einen Hinweis zu erhalten. Sie hatte die Hand auf den Mund gepresst und starrte auf seine rechte Seite. Da entspannte er sich. Sie kam zu ihm herüber und fuhr mit ihrer Hand sanft das neue Narbengewebe nach, das über seine ganze rechte Seite verlief, von unter dem Schulterblatt bis knapp oberhalb seiner Hüfte.

„Alle sagen, es habe keine Opfer gegeben", sagte sie leise.

„Es gab ja auch keine. Ich schäme mich für dieses kleine Wehwehchen", sagte Andreas. „Nach der zweiten Schlacht bin ich zwischen den Toten herumgelaufen, um zu sehen, ob einer meiner Männer beim letzten Angriff gefallen war. Einer der Feinde hatte sich tot gestellt und ist sein Schwert schwingend vor mir aufgesprungen. Ich konnte mich wegdrehen und er hat mich nur an der Seite erwischt, dann bin ich über einen Leichnam gestolpert und lag da. Ich war ihm völlig ausgeliefert und konnte nichts machen. Er hielt inne und sah die Ereignisse jenes Tages vor seinem Auge noch einmal Revue passieren. „Der Mann hat einen Fehler gemacht. Er hat die erste Lektion über den Kampf mit einem Kosaken vergessen", sagte Andreas, der die Szene deutlich vor sich sah. „Gerate niemals zwischen einen Kosaken und sein Pferd. Bartholomew hat ihn getötet."

In der Zwischenzeit hatte sie ihre Arme um ihn geschlungen und sah zu ihm auf.

„Die einzigen, die davon wissen, sind Johann, Irene, Bartholomew und jetzt du", sagte Andreas. „Wir dachten, es sei wichtiger für die Männer zu glauben, dass niemand verletzt worden sei."

„Komm zurück ins Bett, mein Geliebter", sagte sie. Er küsste sie auf den Kopf.

„Selbst der Held von Russland hat seine Grenzen, Liz", sagte Andreas lachend. „Ich befürchte, du hast ihn erschöpft. Komm, wir sollten uns wirklich auf den Rückweg machen. Die Jungs werden wahrscheinlich versuchen, sich gegenseitig umzubring-en, wenn ich sie nicht ordentlich das Fürchten lehre." Er beugte sich hinunter und küsste sie. Sie begann die Innenseite seines Oberschenkels zu streicheln.

„Oh, schau", sagte sie in Richtung seines Schritts. Dann zog sie ihn näher an sich heran. „Ich habe ihn noch nicht kaputt gemacht."

Als sie gemütlich Hand in Hand die Straße entlang ritten, begann die Sonne unterzugehen, aber es war immer noch warm.

„Andreas, kannst du mir die Worte erklären, die du in deinem Eheversprechen gesagt hast?", fragte sie.

„Bevor sie mein Vater zu mir gesagt hat", sagte Andras, „dachte ich immer das sei nur etwas, was wir eben bei Hochzeiten sagen. Dass ich einfach versprechen würde, dich zu beschützen und deiner Familie zu Hilfe zu eilen, und dass ich anerkenne, dass du einen Anspruch auf mich und alle meine Besitztümer hast. Jetzt weiß ich, dass diese Worte viel mehr bedeuten und eine lange Tradition haben. Wusstest du, was passieren würde?"

„Nein. Ich meine, nicht wirklich"; sagte Elizabeth. „Ich wusste, dass sie etwas Besonderes geplant hatten, aber bei deiner Familie weiß man nie, ob sie etwas Besonderes planen oder einen Streich aushecken. Ich verstehe immer noch nicht viel."

„Mein Vater hat mir immer erzählt, dass er einer der jüngeren Söhne ist"; sagte Andreas, „und dass er von zu Hause wegelaufen ist, um sich der Armee anzuschließen. Dann hat er meine Mutter getroffen und sie sind zusammen weggelaufen. Irgendetwas an dieser Geschichte stimmt nicht, und wenn wir zurück sind, will ich der Sache auf den Grund gehen."

„Sei behutsam mit ihnen, mein Geliebter. Sie haben bestimmt ihre Gründe gehabt", sagte sie. „Wo hast du all die Sachen gelernt, die du mit mir machst? Du musst ja schon eine Menge Mädchen gehabt haben."

Andreas lächelte, „Nein, nicht wirklich, mein Schatz. Ein paar, aber nicht viele und keine für lange."

„In meiner ersten Hochzeitsnacht war ich noch Jungfrau", sagte Elizabeth. „Er war betrunken und ist eingeschlafen, bevor etwas passiert ist.

Und am nächsten Morgen, war alles vorbei, bevor es überhaupt richtig angefangen hatte. Ich habe nie verstanden, warum alle Mädchen so ein Aufheben darum machen und habe mich nicht mehr dafür interessiert. Bis gestern Abend", fügte sie hinzu.

Andreas lachte: „Und heute Morgen und heute Nachmittag."

Als sie in den Hof der Villa ritten, lachten sie immer noch. Die unzüchtigen Bemerkungen der Freunde und Verwandten erwiderten sie mit ebenso kecken Sprüchen. Zwei Pferdeknechte kamen angelaufen und das glückliche Paar überreichte ihnen ihre Pferde, nachdem sie die Satteltaschen hinten von den Sattelknöpfen gelöst hatten und ihre Reiterjacken vorne. Die Jacken reichten sie einer Magd, die kichernd mit ihnen die Treppen hinauf in Richtung Schlafzimmer rannte. Der Geruch des Abendessens lockte sie in das Esszimmer der Familie, wo sie die restlichen Familienmitglieder antrafen.

Ein Diener führte Andreas zum Kopf des Tisches, während ein anderer Elizabeth zum Fuß des Tisches führte; Plätze, die normalerweise für den Vater und die Mutter von Andreas reserviert waren. Heute gab es nur wenig Scherze und Geplänkel zu hören. Alle warteten auf Andreas, der an diesem Tag sehr ernst zu sein schien.

Nach dem Abendessen, als das Geschirr abgeräumt war, Kaffee und Tee eingeschenkt waren und die Diener aus dem Zimmer verbannt wurden und die schweren Eichentüren hinter sich geschlossen hatten, stand Andreas auf und ging zur anderen Seite des Tisches.

Er legte Elizabeth die Hände auf die Schultern, sah zu seiner Mutter, seinem Vater, seiner Tante und seinem Onkel und sagte: „So, jetzt möchte ich bitte die ganze Geschichte hören."

Sein Vater begann zu erzählen. Sein Onkel, seine Mutter und seine Tante fügten immer, wenn sie es für nötig hielten, etwas hinzu. Die Geschichte an sich war dieselbe, jedoch waren die Rollen vertauscht und es gab ein paar kleinere Unterschiede. Zum einen hatten Schwestern Brüder geheiratet. Außerdem war Michael nicht enteignet worden. Er hatte nur seinen Namen geändert, um nicht so leicht aufgespürt werden zu können. Beide waren Offiziere gewesen und Heinrich war der Kommandeur.

Sein Vater und seine Mutter sollten miteinander verheiratet werden, sie hatten sich über die Jahre ein paar Mal gesehen und sich ineinander verliebt. Beide waren die ältesten Kinder und die Familie seiner Mutter waren Freiherren. Sein Großvater väterlicherseits war zum Teil mit der Politik Bismarcks und des Kaisers nicht einverstanden gewesen und so hatte der Vater seiner Mutter, um sich bei den Oberen einzuschmeicheln, die Ehevereinbarung zurückgerufen. Seine Eltern waren tatsächlich miteinander durchgebrannt. Ebenso Ivans Eltern, die sich, während sie auf seine Mutter und seinen Vater aufpassen sollten, selber ineinander verliebt hatten.

Der Freiherr konnte nichts dagegen tun, da der Großvater von Andreas höher gestellt war und sich der Kaiser in der Angelegenheit auf die Seite des Großvaters von Andreas gestellt hatte. In der Armee sah die Sache anders aus. Der Vater seiner Mutter war nicht nur Stabsangehöriger, sondern hatte sich auch beim Feldmarschall beliebt gemacht. Er nutzte jede Möglichkeit, um Heinrich und Michael in Gefahr zu bringen.

Als sie nach Russland geflohen waren, änderten sie ihre Rangfolge sodass Michael die besseren Ländereien erhalten würde, um ein Erbe für sein Familie aufzubauen. Als ihr Vater starb, hatte Heinrich den Adelstitel und die Ländereien geerbt. Jeden Sommer wurde er, um den jährlichen russischen Militärdienst zu leisten, als 'Verbindungsmann' nach Köln geschickt. So war es ihm sogar gelungen die Anwesenheitsanforderungen zu erfüllen und die Ländereien und Geschäfte der Familie zu bewahren.

Da er wusste, dass sein Sohn Heiner eines Tages alles erben würde, hatte Heinrich alles getan, um sicherzustellen, dass sowohl Andreas als auch Johann es durch eigene Bemühungen zu etwas bringen würden. Nie im Leben hatten sie gedacht, dass die beiden so erfolgreich sein würden.

Heiner und seine Familie würden im Frühjahr nach Köln zurückkehren. Heinrich hatte bereits seinen Verzicht zu Gunsten seines Sohnes gegenüber dem Kaiser erklärt. Sein Leben war hier und er hatte kein Verlangen danach, in das neue Deutschland zurückzukehren. Die Zeremonie, in der Lehnstreue geschworen worden war, sollte in erster Linie die zwei Familien auf eine Weise aneinander binden, die es den Preußen verwehren würde, sich in Russland einzuschleichen.

Andreas lehnte seine Stirn für ein paar Sekunden auf Elizabeths Kopf, dann stellt er sich an ihre Seite, ihre Blicke trafen sich und er hob fragend eine Augenbraue. Sie lächelte und nickte. Er küsste sie und lief zurück zur Kopfseite des Tisches, wo er sich niederließ.

Mit einem tiefen Seufzer sagte er: „Das meiste ist jetzt geklärt, danke. Vielen Dank für alles, was ihr mein ganzes Leben lang für mich gemacht habt. Vor allem möchte ich euch dafür danken, dass ihr meine bezaubernde Elizabeth in die Familie aufgenommen habt und sie genau so sehr liebt wie mich." Er sah in die Runde und stellte fest, dass alle zumindest noch einen Schluck Weinbrand in ihren Gläsern hatten. Er erhob sein Glas und blickte allen am Tisch in die Augen, als sie aufstanden und ebenfalls ihre Gläser erhoben. „Auf uns, die Familie Bekenbaum."

Als die Gläser zurück auf den Tisch krachten und sich alle wieder gesetzt hatte, sagte er laut: „Das alles hat mich erschöpft. Was muss ein Graf hier bitteschön tun, um ein Bier zu bekommen? Ich bin am Verdursten! Und ich dachte, einem Grafen würde man Respekt entgegenbringen."

„Von welchem Grafen sprichst du?", fragte Johann. „Ich bin völlig verwirrt. An diesem Tisch sitzen drei von diesen verdammten Idioten."

„Keinen Respekt", sagte Andreas.

„Überhaupt keinen Respekt", erwiderte die versammelte Runde und lachte herzlich.

Am nächsten Morgen brach die gesamte Familie außer Johann, Ivan und Katia unter vielen Tränen auf. Der herzerweichendste Abschied war der zwischen Marie und Peter. Schließlich, als er das Ganze nicht mehr mit ansehen konnte, wollte Andreas ihr anbieten, zu bleiben. Aber in diesem Moment wich Elizabeth von seiner Seite und zog Marie sanft, aber entschlossen von Peter weg und führte das schluchzende Mädchen zur Kutsche der Familie. Peter, der kurz davor war, mitzugehen, wurde von Johann aufgehalten, der ihm die Hand auf die Schulter legte und ihm etwas ins Ohr flüsterte.

Als das Drama für den Tag beendet war, teilten Elizabeth und Andreas den Dienern mit, dass sie für den Rest des Tages nicht gestört werden wollten und stiegen die Treppe zu ihrem Schlafzimmer hinauf, wo Andreas den Überblick über die Zahl der Kleidungsstücke verlor, die eine Dame von Adel anscheinend immer für nötig erachtete.

Nachdem sie in trauter Zweisamkeit an einem viel kleineren Tisch zu Abend gegessen hatten, gähnte Elizabeth, entschuldigte sich und ging nach oben.

„Manfred", sagte Andreas zu dem Bediensteten, der für die anderen Hausangestellten verantwortlich war, „könnten Sie bitte jemanden zu meinen Offizieren schicken, der sie morgen zu einem inoffiziellen Frühstück einlädt?"

Nachdem Manfred ihm versichert hatte, dass dies geschehen würde, begab Andreas sich ebenfalls ins Schlafzimmer, wo ihm eine nackte Elizabeth auflauerte, die herausfand, wie wenig Kleidungsstücke ein Mann trug und wie leicht es war, ihn aus diesen herauszubekommen.

„Verstehst du Englisch, Liz?", fragte Andreas sie am nächsten Morgen auf Englisch, als sie Arm in Arm im Bett lagen.

„Verstehen? Da. Sprechen?" Sie zuckte mit den Schultern.

Andreas fuhr auf Englisch fort: „Amerikanisches Englisch ist etwas anders, aber verständlich. Wenn du nicht alles verstehst, frag mich später, okay?"

„Oh-kay?"

„Das bedeutet ‚alles klar'. Ich werde heute ein paar Dinge besprechen, die dich angehen, und ich möchte, dass du dabei bist."

„Oh-kay, jetzt anziehen?"

Andreas und Elizabeth saßen am ausgezogenen Tisch. Elizabeth saß an der Stirnseite des Tisches, Andreas zu ihrer Rechten. Beide trugen alltägliche Reitkleidung und beide hatten die oberen zwei Knöpfe ihrer Hemden, zur Empörung der Diener, offen gelassen. Johann, Ivan, Peter, Patrick, William und Stanislaw, die ähnlich gekleidet waren, betraten den Raum und ließen sich ohne eine spezielle Ordnung zu befolgen, am Tisch nieder. Sobald sie saßen, begannen die Diener das Frühstück zu servieren und stellten vor jeden von ihnen einen Teller.

„Guten Morgen, Gentlemen", sagte Andreas, „ich hoffe, euer Englisch ist gut genug, um folgen zu können, Stan? Alle Gespräche und alle Korrespondenz, die das, was wir heute besprechen werden, betreffen, werden auf Englisch geführt und verfasst werden. Die Wände haben Ohren, aber bis jetzt keine englischen.

Die Freiwilligen für unser neues Bataillon werden in Kürze eintreffen. Ein paar sind sogar schon da. Alle Unterhaltungen und alle Befehle innerhalb des Bataillons, außer unter uns, sind auf Russische zu führen oder zu geben. Zwei Gruppen haben einen gesicherten Platz im Bataillon. Meine ursprünglichen neun Männer und die zehn von Elizabeth. Meine neun, weil sie sich bereits vor mir bewiesen haben und sie schon an den neuen Waffen ausgebildet wurden, und Elizabeths Männer, weil sie allesamt Veteranen sind und aus erster Hand wissen, wie man die Dinge nicht angehen sollte.

Patrick, neben der Ausbildung, die deine Hauptaufgabe ist, wirst du dafür verantwortlich sein, meine zwölf, also inklusive Ivan und Johann, in kompetente Offiziere zu verwandeln. Du hast schon Offiziere ausgebildet, damit bist du geeignet. Peter, du bist unser Mann für die Schusswaffen. Ich möchte nur geprüfte Scharfschützen in den vorderen Linien meines Bataillons. William, Drills mit der berittenen Infanterie, zusammen mit Johann. Johann, und vielleicht Elizabeth, wenn du Zeit hast, ich möchte, dass ihr die Pferde der Soldaten bewertet. Stan, du und Elizabeth werden die am besten qualifizierten Verwaltungssoldaten aussuchen und, Stan, du wirst unsere Unterstützungssoldaten bewerten. Ivan wird dir bei der sportlichen Ausbildung und bei der Waffenausbildung unter die Arme greifen. Unterstützungs- und Verwaltungssoldaten brauchen keine Scharfschützen sein, aber sie müssen besser sein als Infanteriesoldaten an der Front.

Keiner, und damit sind Anwesende inbegriffen, wird in meinem Bataillon an der Front stehen, wenn er nicht die Mindestvoraussetzungen in Hinblick auf die körperliche Eignung, die Schießkünste und die Eignung seines Pferdes erfüllt. Es ist mir völlig egal wer die Männer sind, mit wem sie verwandt sind und welchen Status oder Rang sie haben. Jeder ist ein Rekrut und wird auch so behandelt. Ein paar Leute werden sich wegen dem Geld oder dem Status melden, oder weil sie auf Plündereien und Abenteuer aus sind. Die sollen sich verziehen. Peter und William sagen, dass das US Marine Corps die härteste körperliche Ausbildung der Welt hat. Wir werden es ihnen nachmachen.

Stan, deine Leute müssen diese Ausbildung auch absolvieren, ansonsten kann ich sie nicht gebrauchen. Elizabeths Männer sind älter, möglicherweise werden sie mit dem sportlichen Teil der Ausbildung Schwierigkeiten haben. Wenn es jemand nicht schafft, schickt sie zu mir. Ich brauche auch Wachsoldaten für den Gepäckzug. Dafür können die dann zuständig sein. Fragen?

Gut, jeden Sonntagmorgen werden wir uns hier wie heute zum Frühstück treffen und den Fortschritt, den die Rekruten über die Woche gemacht haben, besprechen."

„Pardon?", sagte Elizabeth wobei sie sich wie ein Schulmädchen meldete. „Wie sagt man, Medico? Doktor?"

„Mist, das habe ich ganz vergessen", sagte Andreas. „Danke, Elizabeth. Stan?"

„Ja, sind unterwegs", sagte Stan, „ich habe mich schon gekümmert."

„Sehr gut. Sonst noch was, was ich vergessen habe? Elizabeth, du brauchst dich nicht zu melden."

„Sorry. Frauen Medico, hm, wie ah Krim", versuchte sie vergeblich die richtigen Worte zu finden.

„Krankenschwestern?", sagte William.

„Da, da, Krankenschwestern", sagte Elizabeth und nickte. „Ehefrauen, vielleicht?"

Andreas sah die anderen Offiziere an, die alle zustimmend nickten. „Einverstanden. Und noch einmal Danke, Elizabeth. Alles klar, falls Männer, die in die Endauswahl kommen, Frauen haben, die als Krankenschwestern ausgebildet werden möchten, können sie kommen. Aber auch nur, wenn sie stark genug sind und mit Schusswaffen umgehen können."

Elizabeth setzte sich auf ihrem Stuhl gerade auf. „Frau stark wie Mann."

Dann stand sie plötzlich auf. „Manchmal Frau stärker als Mann." Und genau so plötzlich verließ sie den Raum, und ließ die erstaunten Männer sprachlos zurück. Kurze Zeit später konnte man ein Pferd aus dem Hof galoppieren hören.

„Nun, ich glaube wir wissen, was ihre Meinung zu dem Thema ist", sagte Andreas. „Sonst noch was?"

„Alles klar", fuhr Andreas fort. „Alle die kommen, werden bis spätestens Mittwoch da sein, dass ist das Ende der Frist. Alle, die später kommen, haben Pech gehabt. Kümmert euch um alles, was ihr braucht, um bereit zu sein. Donnerstag früh, mein Büro, komplette Uniform. Gentlemen, guten Morgen, und vielen Dank, dass Sie gekommen sind. Ivan? Bitte sag dem Pferdeknecht, dass ich meine Frau Gemahlin doch nicht bei ihrem Morgenausritt begleiten werde. Er kann Bartholomew wieder in den Stall führen."

Es war schon dunkel als sie zurückkehrte und barfuß die Treppe hinaufschlich. Andreas saß vor dem Ofen. Die Füße hatte er auf einen Ottomanen aus Plüsch gelegt. Er hatte sich auf einen gut gepolsterten Stuhl mit hoher Lehne niedergelassen. Er hatte beschlossen, dass es wohl das Beste wäre, sie alleine zu lassen. Er hatte eine Decke, der Stuhl war bequem und das Feuer warm. Jetzt, da sie wieder zu Hause war, begann er einzudösen.

„Andreas?" Sie stand im Morgenmantel vor ihm.

„Hallo", sagte er verschlafen und streckte seine Hand nach ihrer aus.

„Es tut mir leid, Andreas, ich weiß nicht, wie ich es sagen soll."

Er zog sie sanft zu sich heran und sie setzte sich auf seinen Schoß, legte die nackten Beine über seine Schenkel und einen Arm um seine Schultern. Sie sah ihm in die Augen, um seine Reaktion sehen zu können.

„Ich dachte, du machst dich über mich lustig"; sagte sie. „Deine Stimme war so fest, so monoton. So, so überhaupt nicht wie die von dem Andreas, den ich kenne."

„Das war, weil es um etwas Geschäftliches ging, Liz", sagte Andreas.

„Und das Geschäft, über das wir gesprochen haben, ist kein erfreuliches. Es kann nur einen Führer geben und seine Wünsche müssen ausgeführt werden, andernfalls herrscht Verwirrung. Und wenn Verwirrung herrscht, werden eine Menge Menschen, einschließlich des Führers, sterben. Ich habe nach eurer Meinung gefragt und sie mir angehört. Deine Idee war gut, die anderen Offiziere hatten keine Einwände. Ich habe die erforderlichen Anforderungen aufgestellt und wir haben beschlossen, deine Idee umzusetzen. Wenn die Idee nicht gut gewesen wäre, oder wenn ich noch weiter Informationen benötigt hätte, hätte ich es auf dieselbe Weise gesagt.

Der General macht dasselbe. Er gibt die Befehle und ich tue mein Möglichstes, um diese Befehle umzusetzen. Wenn er mich nach meiner Meinung fragt, sage ich sie ihm, aber letztendlich trifft er die Entscheidung, die er für richtig hält. Da ist für Gefühle kein Platz. Menschen sterben. Kannst du das verstehen?"

„Das hört sich so kalt an, so kalkuliert, Andreas", sagte sie. „Ist das, wie du lebst? Bin ich auch nur eine Geschäftsentscheidung?"

Er seufzte tief, strich ihr die Haare aus den Augen und sagte: „Meine liebe Liz, als ich nicht wusste, wer du warst, oder was du warst, wollte ich dich zu meiner Frau machen, unabhängig von deiner gesellschaftlichen Stellung oder den möglichen Konsequenzen. Irgendwie hätte ich es hinbekommen. Nein, meine Geliebte, das waren und sind auch jetzt noch meine reinen Gefühle."

„Darf ich bei weiteren Treffen dabei sein?", fragte sie.

„Ja, du hast neun Jahre lang deine eigenen Ländereien verwaltet. Das Kommando über eine Kompanie zu führen ist nicht viel anders. Du hast eine andere Perspektive und bist bereit dazu, mir diese mitzuteilen. Die Entscheidungen, die wir treffen, haben Auswirkungen auf das Wohlergehen aller. Wenn ich etwas diskutieren möchte, oder nach Informationen frage, erwarte ich, dass diese relevant sind und sich auf das aktuelle Thema beziehen. Sage deine Meinung, so gut du kannst. Wenn uns deine Vorschläge weiterhelfen, nehmen wir sie an. Wenn nicht, dann nicht. Dann machen wir weiter."

„Verstehe ich das richtig, Andreas? Geschäftliches ja, Privates nein?" Als er nickte, fuhr sie fort: „Wann ist Zeit für Privates?"

„Das hier ist privat? Oder willst du die Dinge komplizierter machen als sie sind?"

Sie hatte diesen Blick in den Augen und ein schelmisches Grinsen im Gesicht. „Ja, diese Unterhaltung ist irgendwie privat." Sie küsste ihn und ihre Hand fand ihren Weg zwischen seine Beine. „Das ist eine andere Art von privat. Und das hier ist die Art privat, die passiert, wenn ich dich mit einer anderen Frau erwischen sollte." Sie griff nach seinen Hoden und drückte sie kräftig bevor sie aufsprang und rückwärts, mit dem Blick auf ihn gerichtet, zur Tür marschierte.

„Hey, du . . . ." . Mit einem Satz sprang er auf und jagte sie die Treppe hinauf.

Zwei Wochen später fand am Montagabend eine Offizierstreffen im Büro von Andreas im Hauptquartier statt. Der Winter hatte begonnen und Schnee und Kälte waren an der Tagesordnung. Zu den täglichen Aufgaben der Rekruten gehörte es, den Hof und den Paradeplatz sauber zu halten und die Massen an Schnee zu räumen, die sich immer wieder ansammelten. Bei der Ausbildung wurde nicht locker gelassen, ganz gleich welche Witterungsbedingungen herrschten. Jeden Tag brachten sie die Rekruten an ihre Grenzen. Von den knapp dreitausend, die am ersten Tag angetreten waren, waren nur noch fünfzehnhundert übrig. Fünfhundert waren gleich am ersten Tag wieder gegangen und seitdem war jeden Tag beständig eine kleine Anzahl verschwunden. Einige hatten sie diskret dazu aufgefordert nachhause zu gehen und andere wurden vor die Gruppe gestellt und auf die harte Tour entlassen.

Andreas und all die anderen Offiziere rannten jeden Tag die Fünf-Meilen-Runde mit. Am Anfang waren die Männer nur gerannt, dann kamen nach und nach ihre Gewehre und fünf Kilo Gepäck dazu. Jetzt sollte die sportliche Ausbildung auch einen Hindernisparcours beinhalten, der die Bedingungen im Einsatz widerspiegeln sollte.

„Das ist sie, meine Herren", sagte Andreas, „die letzte Woche. Treibt sie an. Am Freitagmittag werden wir die Letzten ausmustern und nach Hause schicken. Samstag, Abschlussfeier und am Sonntag schicken wir sie bis Neujahr nach Hause. Stan, dein Bericht, bitte."

„Die Handwerker waren kein Problem", begann Stan. „Körperlich waren sie das meiste gewohnt. Die Gewehrausbildung war für sie eine reine Formalität. Bei den Verwaltungsleuten sah es ganz anders aus. Ich hab nur halb so viele wie ich brauche. Besteht irgendwie die Chance, dass ich ein paar von den Männern verwenden kann, die es bei euch nicht geschafft haben? Außerdem habe ich mir überlegt, ob wir vielleicht ein paar von denen, die ihr wegschicken musstet, als Wachen für den Gepäckzug verwenden können."

Andreas sah zu William hinüber, der ihm mit den Handflächen nach oben zeigend ein Zeichen gab.

„Unsere fünfhundert Schwächsten eignen sich allesamt als Wachen", sagte er. „Verwaltungsleute, tja, da muss ich erst mal rausfinden, wer lesen und schreiben kann. Wie viele Männer brauchst du, Stan?"

Stan zuckte mit den Schultern. „Alle?"

„Ihr Bürokraten seid alle gleich", sagte Andreas mit einem Lächeln. „Was meint ihr? Peter?" Sie fingen immer mit dem rangniedrigsten Mitglied an.

„Alle Soldaten, die übrig sind, werden geeignet sein. Allerdings werden wir nach dem Hindernislauf noch ein paar aussortieren und mit dem Schreiben bin ich mir nicht sicher", sagte Peter.

Patrick stimmte Peter zu.

„Ich stimme Stan zu", sagte Ivan.

Johann rieb mit einem Finger seine rechte Augenbraue und dachte einen Moment lang nach. „Alle Männer, die übrig sind, sind für das meiste, was wir brauchen geeignet. Wir haben ungefähr fünfzig Männer, die Soldaten wären, aber aufgrund ihrer Jugend oder weil sie arm sind, sind Pferde für sie das

Problem. Wenn wir eine Möglichkeit finden könnten, ordentliche Pferde für sie zu beschaffen, würde ich sie als Frontsoldaten verwenden wollen. Ja, ich stimme zu."

Andreas dachte über das, was alle gesagt hatten, nach. „Gut, alle, die jetzt noch übrig sind, bestehen. Nimm deine fünfzig zur Seite, Johann, und erkläre ihnen die Lage: Entweder sie finden bessere Pferde, oder wir stellen ihnen bessere Pferde zur Verfügung und ziehen die Kosten von ihrem Sold ab, oder sie werden Wachen oder Verwaltungssoldaten. Sagt allen beim großen Antreten heute, dass sie bestanden haben, aber dass die fünfhundert schwächsten Wachen werden oder in die Verwaltung gesteckt werden.

Wenn sie das hören, werden sie sich in dieser letzten Woche noch mehr anstrengen", fuhr Andreas fort. „Wir wissen alle, dass wir Opfer werden erbringen müssen. Auf diese Weise haben wir etwas Reservekapazitäten. William, können wir fünfhundert weitere Winchesters und Colts bekommen?"

„Das sollte kein Problem sein, Herr Oberst", sagte William. „Ich werde in meiner dienstfreien Zeit nach Odessa reisen, da kann ich mich darum kümmern."

„Gut", sagte Andreas. „Wie sieht es mit den zehn Männern von Elizabeth aus, werden die es schaffen?"

„Wenn sie nicht alle einen Herzinfarkt bekommen", sagte Patrick. „Sie stellen eine Menge der jüngeren Kerle in den Schatten. Sie sind unter den besten fünfzig, Herr Oberst."

„Ich hatte darauf spekuliert, sie zu meiner Leibgarde zu machen", scherzte Andreas. „Gut, behaltet sie in derselben Einheit. Feldwebeldienstgrade sollten sie alle bekommen, ist Offiziersmaterial dabei?"

„Alle von ihnen, Herr Oberst", erwiderte William.

„Dann soll es so geschehen", befahl er. „Gibt es sonst noch was?"

„Wenn der Herr Oberst vielleicht nach dem Abendessen heute Abend einen kleinen Moment für eine persönliche Angelegenheit entbehren könnte?", fragte Ivan.

Das erstaunte Andreas, schließlich wusste sein Cousin doch, dass er in seinem Zuhause stets willkommen war. „Sicher, Herr Major, es ist mir ein Vergnügen."

Als sie aus seinem Büro herausliefen, trafen sich die Blicke von Andreas und Johann und Andreas nickte in Richtung Ivan und hob eine Augenbraue. Johann zuckte mit den Schultern und lief aus dem Zimmer.

Das Abendessen war gut, wenn auch eine etwas förmliche Angelegenheit. Elizabeth trug ein langes, blaues Satinkleid mit einem hohen geknöpften Kragen. Katia trug ein Kleid mit ähnlichem Schnitt. Ihres war jedoch cremefarben und ihr Pferdeschwanz wurde von einer blauen Schleife gehalten. Andreas trug wie immer seinen Reitanzug, wie er zu sagen pflegte: Reiterhosen und ein Hemd mit besticktem Saum, das er über der Hose trug.

Katia war in den vergangenen Wochen etwas aus sich herausgekommen und normalerweise war das Abendessen die Zeit am Tag, an dem sie den meisten Spaß hatten. Katia hatten einen guten Sinn für Humor und war nie um eine Antwort verlegen. Heute sah es so aus, als ob sie alles nur automatisch machte. Sie war aufmerksam und beteiligte sich im richtigen Moment an der Unterhaltung, schien aber gedrückt zu sein.

Nach dem Essen, als sie sich zur üblichen abendlichen Unterhaltung in den Salon zurückgezogen hatten, schien sie noch abwesender zu sein und reagierte kaum auf die Versuche von Andreas, sie für seine Witzeleien zu gewinnen.

„Mein Herr?", fragte ein Diener von der Salontüre aus. „Major Halinov ist hier, um Sie zu sprechen, mein Herr." Er drehte sich, machte eine kleine Verbeugung und bedeutete Ivan ins Zimmer zu kommen.

Ivan war in voller Montur, inklusive Schwert, erschienen. Seine Kappe hatte er unter den linken Arm geklemmt und Sporen zierten die Hacken seiner glänzenden Stiefel. Er marschierte auf Andreas zu und blieb fünf Schritte vor ihm stehen, wobei er die Fersen zusammen schlug, mit dem Kopf nickte und dann die Grundstellung einnahm. Er warf drei Bögen Papier in die Richtung von Andreas und sagte: „Oberst Bekenbaum, drei Offiziere bitten um die Erlaubnis, heiraten zu dürfen."

Offiziere, die jünger als fünfundzwanzig Jahre alt waren, benötigten grundsätzlich die Genehmigung des befehlshabenden Offiziers des Regiments, um heiraten zu können. Andreas stand da und nahm die Papiere entgegen, dann schmiss er sie, ohne sie anzusehen, auf den kleinen Tisch, der neben seinem Stuhl stand.

„Ivan, das hätten wir doch morgen früh im Büro machen können. Diese ganzen Formalitäten sind doch nicht nötig. Andreas bemerkte, dass Ivan Schweißperlen auf die Stirn traten und dass auch Katia und Elizabeth aufgestanden waren. Katia sah äußerst nervös aus, Elizabeth schmunzelte.

„Nein, Herr Oberst. Ich meine, ja, Herr Oberst."

Andreas bemerkte, dass sein Cousin sehr nervös war und etwas anderes auf dem Herzen haben musste. „Spuck es aus, Cousin, bevor du noch platzt", sagte er.

„Graf Bekenbaum, ich, Major Ivan Michilovitch Halinov, möchte den Grafen um Erlaubnis bitten, die Schwester der Gräfin Bekenbaum, Katia Halenczuk, zu heiraten", brach es aus Ivan heraus.

Andreas sah kurz zu den Schwestern hinüber. Er sah, dass Elizabeth einen Arm um Katia gelegt hatte, ein Lächeln im Gesicht, und dass Katia auf ihre Unterlippe biss und nervös auf und ab wippte. „Die stecken alle unter einer Decke", dachte er. „Ich werde sie ein bisschen schmoren lassen."

Er stellte sich kerzengerade hin, verzog sein Gesicht zum stolzen und arroganten Gesichtsausdruck eines pikierten Adligen und sagte: „Das ist äußerst ungewöhnlich, Major. Sie ist jung und ich bin mir nicht sicher, ob sie derzeit schon zur Ehe bereit ist. Die Gräfin und ich haben bislang noch nicht über eine mögliche Eheschließung der jungen Dame gesprochen. Wir werden Ihre Anfrage in Betracht ziehen und sie mit anderen potenziellen Kandidaten vergleichen. Dabei werden wir natürlich stets das Wohlergehen des Bezirks im Auge haben.

Wenn Sie natürlich als Normalsterblicher an mich herangetreten wären und gesagt hätten: ‚Cousin, ich bin Hals über Kopf in deine Schwägerin verliebt und möchte sie heiraten', hätte ich wahrscheinlich ‚ja' gesagt." Er streckte seine Hände nach beiden Seiten aus. „Aber . . ."

Andreas spürte, die scharfe Spitze des zierlichen Pantoffels seiner Frau in seiner Wade.

„Cousin, ich bin Hals über Kopf in deine Schwägerin verliebt und ich glaube, sie liebt mich auch. Kann ich sie fragen, ob sie mich heiraten möchte?", stammelte Ivan.

„Worauf wartest du denn noch? Frag sie schon, das arme Mädchen fällt ja gleich in Ohnmacht", sagte Andreas, dem es kaum gelang, sein Lachen zu unterdrücken.

Katia warf sich Ivan in die Arme.

Elizabeth legte Andreas einen Arm um die Schultern und küsste ihn sanft.

„Das war nicht sehr nett von Ihnen, mein Herr", sagte sie.

„Das soll meiner Dame eine Lehre sein. Wenn meine Dame keine Geheimnisse vor uns gehabt hätte und uns nicht derart in den Hinterhalt gelockt hätte, hätte der arme Bursche nicht so leiden müssen", erwiderte Andreas. Dann lachte er los.

Am Freitag wurde den Rekruten mitgeteilt, dass die Ergebnisse des Wettkampfes nach der Abendmahlzeit außen an der Unterkunft angeschlagen werden sollten. Die Ergebnisse würden in alphabetischer Reihenfolge bekannt gegeben werden, nicht nach Leistung. Zehn Bögen Papier mit den Namen der hundert Männer, die als Kavalleriesoldaten an der Front kämpfen würden, würden an einer Tafel aufgehängt werden, und fünf Bögen mit hundert Namen an einer zweiten Tafel.

Den Samstagmorgen hatten sie für die Vorbereitung der Abschlussfeierlichkeiten zur Verfügung gestellt bekommen. Jeder Mann hatte zwei Kupferabzeichen erhalten, die am Hemdkragen befestigt wurden. Beide Gruppen hatten ein Gewehrabzeichen, das am rechten Kragen befestigt wurde. Die Unterstützungssoldaten hatten ein Bärenabzeichen für den linken Kragen erhalten und die Kampftruppe Adler. Diejenigen, die für Offiziersposten ausgewählt worden waren, hatten eine rote Schärpe erhalten.

Ein Teil des Wochenauftrags der Rekruten der Kampftruppe war es gewesen, eine weitläufige Weide zu räumen und von Schnee frei zu halten. Die Unterstützungssoldaten hatten ein Ehrenpodest und Zuschauertribünen aufgebaut. Den Familien, die über die verschneiten Straßen hatten anreisen können, wurden Sitzplätze auf den Zuschauertribünen zugewiesen. Sie konnte es kaum erwarten, einen Blick auf ihr geliebtes Familienmitglied zu erhaschen, das sie schon seit so vielen Wochen nicht mehr gesehen hatten. Unter ihnen befanden sich auch die Eltern von Andreas, sein Onkel und seine Tante, sein Bruder und seine Schwägerin Marie. Katia saß neben Marie und erstaunlicherweise saßen Irene und ihre Eltern gleich daneben.

Auf dem Ehrenpodest saß Andras in seiner kompletten Winterausgehuniform. An seiner rechten Seite saß Pater Litzanburger und an seiner linken Elizabeth. Elizabeth trug einen Pelzmantel und einen Pelzhut. Ihr Dienstabzeichen war in der Mitte einer roten Schärpe angebracht, die sie diagonal von der linken Schulter zur rechten Hüfte über der Brust trug.

Ein Kommandoruf warnte die Wartenden, und Andreas und seine Begleitung standen auf und liefen zum Rand des Podests. Elizabeth und der Priester blieben einen Schritt hinter Andreas stehen, der die Rührt-euch-Stellung eingenommen hatte, die Arme hinter dem Rücken verschränkt, die Füße schulterweit auseinander.

Ein weiterer Befehl wurde gerufen und Andreas stellte sich zackig in die Grundstellung, während man schon das Geräusch von vielen Füßen, die gleichzeitig auf den Boden traten, hören konnte. Die Unterstützungssoldaten marschierten von links auf die Weide. Vorneweg marschierte stolz Stanislaw mit hoch erhobenem Haupt. Die Sonne spiegelte sich in seinem Schwert, das er ohne Scheide über seine rechte Schulter gelegt hatte. Hinter ihm kamen tausend Männer aufgeteilt in zehn Kolonnen von zehn mal zehn Männern, Die glänzenden Gewehre hatten sie über die rechte Schulter gelegt und ihre Arme und Beine schwangen sie im perfekten Gleichschritt.

Als Stanislaw Andreas erreichte, schwang er sein Schwert von der Schulter, drehte seinen Kopf zackig nach rechts und präsentierte das Schwert mit der Spitze nach unten Andreas, der daraufhin seine Hand zu einem schneidigen, perfekten Gruß hob.

„Augen rechts!", bellte Stanislaw und immer, wenn eine Linie Andreas erreichte, drehten sich neun hocherhobene Köpfe mit einem Schlag zu ihm. Die Kolonnen manövrierten gekonnt und stellten sich in zwei Linien von je fünf Zügen links von Andreas auf.

Die vorletzte Kolonne war schlagartig zum Stehen gekommen, die Kampfsoldaten hatten den Platz betreten.

Diese Soldaten hatten ihr Bajonett auf das Gewehr gesteckt, das sie mit beiden Händen hielten, wobei die Spitze über die rechte Schulter ihres Vordermannes zeigte. Offiziere mit Schwertern marschierten rechts von der jeweils ersten Linie. Wenn ein Offizier Andreas erreichte, präsentierte er das Schwert zum Gruß und die gesamte Kolonne drehte den Kopf mit einem Ruck nach rechts. Als die letzte Kolonne in derselben Aufstellung wie der erste, nur rechts von Andreas, zum Stehen gekommen war, rief William: „Rührt euch!", und beide Formationen schlugen ihre Gewehre auf den Boden und hielten sie in der rechten Hand vom Körper weggeneigt fest, die linke Hand hatten sie hinter dem Rücken.

„Offiziere, vorne und Mitte!", bellte William und die Offiziere marschierten in den Zwischenraum zwischen den beiden Formationen und stellten sich etwas vor diesen auf.

„Rührt euch", befahl er den Offizieren, dann marscheierte er zu Andreas, grüßte ihn mit seinem Schwert und brüllte: „Herr Oberst, ich melde, Bataillon vollständig angetreten! Das Bataillon gehört Ihnen, Herr Oberst!" Er grüßte noch einmal, drehte sich um 180 Grad, marschierte vor die Mitte der Linie von Offizieren, drehte sich erneut um 180 Grad und nahm die Rührt-euch-Stellung ein.

Andreas holte tief Luft. „Bataillon! Achtung!" Er wartete bis jeder einzelne Mann das Gewehr unter den rechten Arm geklemmt auf den Boden gestellt hatte. „Bataillon, zum Gebet bereit machen . . . Jetzt!" Zweitausend Häupter neigten sich.

„Pater, wenn Sie so freundlich wären", sagte Andreas mit seiner normalen Stimme.

„Vater im Himmel", begann Pater Litzanburger so laut er konnte, „wir bitten dich, diese Männer zu segnen und sie zu führen und zu leiten, damit sie dir in allem was sie tun Ehre erweisen und dir mit Integrität dienen können. Wir bitten dich auch darum, dass du sie beschützen und vor jeglichem Schaden bewahren mögest. Wir bitten dich im Namen deines Sohnes Jesus Christus. Amen. Ich segne dieses Bataillon im Namen des Vaters, des Sohnes und des Heiligen Geistes, Amen."

„Vielen Dank, Pater", sagte Andreas als der Priester wieder zurücktrat.

„Bataillon! Achtung!" Zweitausend Stiefel krachten auf den Boden.

„Bataillon! Rührt euch!"

„Kameraden", begann Andreas, „vor sechs Wochen kamen fünftausend Männer in der Hoffnung hier an, heute da zu stehen, wo ihr jetzt steht. Nur zweitausend haben diese sechs Ausbildungswochen überstanden. Eine Ausbildung, die, wie ich mir habe sagen lassen, härter ist als die, die die Männer des Marine Corps der Vereinigten Staaten von Amerika durchlaufen müssen. Ihr habt euch besser geschlagen als die Marines bei ihrer Ausbildung. Das hat mir Hauptmann Peter gesagt, der es wissen muss, da er bei den Marines gedient hat und sie ausgebildet hat.

Ich habe auch gar nichts anderes erwartet, schließlich seid ihr Russen und keine Amerikaner.

‚Ehre und Integrität' hat der gute Pater gesagt. Ich sage, die Männer, die den Bären und den Adler tragen, werden mit Ehre, Integrität und Beharrlichkeit dienen. Ich sage, gut gemacht.

Euer Land und eure Familien können stolz auf euch sein. Herzlichen Glückwunsch!"

„Bataillon! Achtung!"

„Herr Major, Sie können Ihre Männer wegtreten lassen."

„Bataillon!", brüllte William. „Ein dreifaches Hurra auf den Grafen und die Gräfin!"

„Hurra! Hurra! Hurra!", brüllten zweitausend Stimmen.

„Bataillon! Zum Wegtreten bereitmachen! Wegtreten!"

„Hurra!", ertönte es noch einmal. Danach herrschte Chaos. Die Männer gratulierten sich gegenseitig und begannen, nach ihren Freunden und Verwandten zu suchen.

Andreas und Elizabeth nutzten die Gelegenheit des Durcheinanders, um sich von der Menge davonzuschleichen. In den vergangenen Wochen hatten sie nicht oft die Gelegenheit gehabt, alleine zu sein, und es würde schön sein, einmal nicht im Mittelpunkt zu stehen. Sie hatten das Haus für sich, da alle Dienstboten den Tag frei bekommen hatten, um der Zeremonie beizuwohnen und natürlich auch den anschließenden Feiern.

Der Tag war sonnig und warm für die Jahreszeit und das Paar ging gemeinsam den Weg zu ihrem Haus hinunter. Elizabeth hatte ihre Hände in den Fellmuff gesteckt und Andreas hatte einen Arm um sie gelegt. Als sie das Haus erreicht hatten, nahm Elizabeth ihren Hut und die Schärpe ab und Andreas half ihr aus ihrem schweren Mantel. Sie liefen durch die Küche in die Wohnstube. Andreas schnallte sein Schwert ab und warf es auf seinen Stuhl. Elizabeth legte den Mantel vorsichtig über die Stuhllehne, faltete die Schärpe ordentlich und legte sie zusammen neben ihrem Hut ab. Sie schüttelte ihre Haare aus und ließ sie über ihren Rücken und ihre Schultern fallen, während Andreas im Ofen Holz nachlegte und dann seinen schweren Mantel, die Kopfbedeckung aus Lammwolle und seinen Soldatenrock ablegte und sie einfach auf denselben Stuhl legte, während er gleichzeitig seinen engen Hemdkragen öffnete.

Er lief zur Anrichte hinüber, hob die Flasche Sherry hoch, die dort stand und blickte Elizabeth fragend an. Sie nickte, während sie sich auf dem Zweisitzersofa niederließ und ihre Füße unter ihren Rock hochzog. An diesem Tag trug sie einen schwarzen, knöchellangen Rock und eine weiße Bluse mit einem hohen Kragen, die sie in den Rock gesteckt hatte. Um ihren Hals hatte sie, unterhalb des Adamsapfels, eine schwarze Schleife mit einem kupfernen Bärenabzeichen gebunden. Auch sie löste den engen Kragen. Nachdem Andreas das feurige Getränk in zwei Gläser gegossen hatte, lief er zurück zum Sofa, gab Elizabeth ein Glas und ließ sich dann neben ihr nieder.

Sie saßen eine Weile nebeneinander da. Elizabeth hatte ihren Kopf an die Schulter von Andreas gelegt und er hatte seinen Arm um sie gelegt. Sie nippten an ihren Sherrys und genossen die Stille im Haus. Elizabeth stellte ihr leeres Glas auf dem Tisch am Ende des Sofas ab und nahm das Glas aus Andreas erschlaffender Hand, als dieser begann einzunicken. Geschickt öffnete sie zwei weitere Knöpfe an seinem Hemd und schob ihre rechte Hand unter sein Hemd, während sie sanft seinen Hals küsste. Andreas hatte gerade ihren Mund gefunden und nachdem er ein paar weitere Knöpfe an Elizabeths Bluse aufgeknöpft hatte, seine linke Hand unter ihre Bluse geschoben, als aus der Küche Geräusche zu hören waren.

Ivan und Katia kamen in die Tür zur Wohnstube gestolpert. Sie hatten bereits ihre Mäntel ausgezogen und küssten sich leidenschaftlich während sie sich unbeholfen fortbewegten. Ivan hatte Katias Bluse aufgeknöpft und seine Hand unter ihre Bluse geschoben. Sie schob ihn grob gegen den Türrahmen und kämpfte mit den Knöpfen seines Soldatenrockes.

„War ich derart schamlos?", fragte Elizabeth mit lauter Stimme, die das leidenschaftliche Paar in der Tür mit einem Schlag erstarren ließ.

„Hm, nein, meine Dame", erwiderte Andreas, „Sie hätten sich Ihre Bluse jetzt schon ganz ausgezogen und die Knöpfe meines Rockes abgerissen. Ich glaube, der Major wird feststellen, dass das Bett bequemer ist als der Türrahmen."

Das Paar schaute verlegen hinüber und sah Elizabeth mit zerzausten Haaren, ihre Hand, die gerade dabei gewesen war, Andreas seines Gürtels zu entledigen, und die Hand von Andreas unter Elizabeths Bluse auf einer ihre Brüste.

Nach einem kurzen Moment streckte Katia ihnen die Zunge heraus, griff nach beiden Seiten von Ivans Soldatenrock und riss ihn auf, sodass die Knöpfe zu Boden fielen. Dann kicherte sie und griff nach seiner Hand und sie rannten nach oben.

„Wo waren wir stehen geblieben?", fragte Elizabeth.

„Soweit ich weiß, war die Dame gerade dabei über ihren ahnungslosen Gatten herzufallen", erwiderte Andreas und genau das tat sie dann auch.

Die Stunde des Abschieds kam schlagartig näher. Die Ausbildung an den neuen Waffen und für die neuen Taktiken war abgeschlossen. Alle Männer, die wollten, durften für zwei Wochen nach Hause zurückkehren, aber die meisten hatten sich dafür entschieden zu bleiben.

Elizabeth hatte die Verantwortung für die Krankenschwestern übernommen, fünfzig an der Zahl. Jeden Morgen rannte sie fünf Meilen, manchmal mit schwerem Gepäck. Jeden Tag wurden sie von Elizabeth, Marie, Katia und Irene begleitet. Am Sonntag nach der Abschlussfeier hatte eine Dreifachhochzeit stattgefunden: Ivan und Katia, Johann und Irene, und Peter und Marie. Die drei Paare waren nun in Gästehäusern der Villa untergebracht, aber die Mahlzeiten wurden für üblich im Haupthaus eingenommen.

Als die älteren Mitglieder der Familie Bekenbaum nach Hause zurückkehrten, war der Abschied noch tränenreicher als sonst. Im Laufe des Winters war beschlossen worden, dass Heiner nach Köln zurückgehen sollte, um sich dort um die Interessen der Familie zu kümmern. Während alle laut versprachen, sich gegenseitig zu besuchen, wussten sie in ihrem Herzen doch, dass dies sehr unwahrscheinlich war. Und so sagte sich die Familie schweren Herzens auf Wiedersehen.

Andreas und die männlichen Mitglieder seiner neuen erweiterten Familie wussten alle, dass ihnen eine Konfrontation mit den weiblichen Familienmitgliedern bevorstand. Alle wollten ihre Frauen gerne mitnehmen, aber alle wussten auch, wie anstrengend und gefährlich ein Einsatz war, und wollten ihren geliebten Frauen die Anstrengungen und Entbehrungen ersparen. Bis jetzt war es ihnen gelungen, von den subtilen Hinweisen ihrer Frauen, sie würden doch gerne an der Expedition teilnehmen, abzulenken. Aber der Tag, an dem ihnen gesagt werden musste, dass sie nicht mitkommen würden, kam schlagartig näher. Und er war schneller da als erwartet.

Elizabeth hatte darauf bestanden dass die Frauen als Teil ihrer Abschlussfeier ihre kämpferischen Fähigkeiten zur Schau stellen sollten, um allen Gerüchten unter den Männern, wie leicht es doch für die Frauen gewesen sei, dem Regiment beizutreten, den Gar auszumachen.

Zum vereinbarten Zeitpunkt versammelten Andreas und sein Stab sich auf einem Podest, von dem aus man einen guten Überblick auf das Feld, das für die Probeschlachten verwendet wurde, hatte. Auf der Zuschauertribüne dahinter saßen ungefähr hundert Mann. Sie waren hauptsächlich aus Neugier gekommen.

Eine kleine Staubwolke und der Donner von Hufen kündigten den Zuschauern an, dass die Vorstellung gleich beginnen würde. Die Frauen trabten in zwölf vierreihigen Kolonnen auf das Feld. Der männliche Ausbilder ritt neben der ersten Reihe her und zwei Frauen, die an diesem Tag als Offiziere ausgewählt worden waren, ritten neben den anderen Reihen. An verschiedenen Positionen waren Attrappen aufgestellt, um einen Hinterhalt zu simulieren.

Als sie das Zentrum des Hinterhaltes erreichten, rief der Ausbilder: „Kontakt links!" Die Frauen stiegen sofort ab, drei Frauen übergaben die Zügel ihrer Pferde der vierten Frau, die noch auf ihrem Pferd saß, und die die Tiere aus dem Gefahrenbereich herausführte. Die Frauen, die abgestiegen waren, nahmen ihre Gewehre vom Rücken und luden sie, während sie sich in Trupps aufteilten. Die Hälfte der Trupps ging auf ein Knie herab und schoss auf die sichtbaren Ziele, während die andere Hälfte ein paar Meter nach vorne sprintete und sich dann auf den Boden warf und schoss, während die erste Gruppe nachlud, an der zweiten Gruppe vorbei lief und sich das Ganze daraufhin wiederholte. In kürzester Zeit hatten die Frauen die Aufgabe, den Hinterhalt auszuräumen, erfüllt und blieben erstaunlicherweise auf dem Bauch liegen.

„Sehr gut", sagte Andreas zu der Gruppe, die ihn umgab, „fast so gut, wie unsere Kampftruppe." Er hatte gerade angefangen, seinen Blick über die Frauen schweifen zu lassen, um zu sehen, ob Elizabeth einen Weg gefunden hatte, an der Übung teilzunehmen, als von links das Geräusch herangaloppierender Pferde zu hören war.

Vier Reiter, deren lange Haare im Wind wehten, kamen auf den Übungsplatz galoppiert. „Ach du Scheiße", sagte Johann.

Die Reiter ritten im Abstand von fünf Metern hintereinander her, standen in ihren Steigbügeln und hoben Winchester-Gewehre an ihre Schultern. Die erste war Irene, gefolgt von

Katia, Marie und zum Schluss Elizabeth. Was die Zuschauer, und vermutlich die Frauen, die an der Übung teilgenommen hatten, nicht gesehen hatten, war, dass auf der rechten Seite, zehn Meter entfernt, ein weiterer Hinterhalt wartete. Als die herangaloppierenden Frauen ihre Waffen in Position gebracht hatten, fingen sie an zu schießen und trafen die aufgestellten Ziele auch mehr als dass sie vorbeischossen. Sie drehten sich im Vorbeireiten herum und schossen weiter, bis sie entweder außer Reichweite waren oder ihnen die Munition ausgegangen war. Die vier Frauen wechselten in den Trab, bildeten auf eindrucksvolle Weise eine Kolonne, ritten denselben Weg zurück, drehten sich und blieben fünf Meter vor dem Podest stehen.

Elizabeth, die sich im Zentrum der Gruppe befand, sagte auf Englisch, mit starkem russischen Akzent: „Frau genau wie Mann. Manchmal, Frau besser wie Mann." Sie lächelte, salutierte und schloss sich der Linie von Soldatinnen an, die Podest vorbeizogen, den Gruß der Führer entgegennahmen und sich von den Zuschauern bejubeln ließen.

Nachdem sie das Feld verlassen hatten, sah Andreas seine Führer an, vor allem die anderen Ehemänner, und sagte: „Tja, ich glaube, damit hat sich das Thema, dass sie zuhause bleiben sollen, erledigt."

Die vier Ehemänner, Andreas, Johann, Ivan und Peter, saßen bis lange nach dem Abendessen am Herd im Büro von Andreas. Vor einer ganzen Weile hatten sie darüber diskutiert, was sie tun würden, wenn sie nachhause kämen und hatten seitdem über alles andere als dieses Thema gesprochen. Ein Dienstbote, der geschickt worden war, um diskret die Lage auszuspähen, war gerade zurückgekehrt und hatte sie darüber informiert, dass die Frauen immer noch im Haus beisammen saßen, und Andreas stand auf und knöpfte seinen Mantel zu.

„Nun gut", sagte er, „auf ins Gefecht, Kameraden, auf ins Gefecht."

Die vier Männer betraten die Wohnstube und Peter, ganz der junge Offizier, brüllte: „Achtung! Offiziere an Deck!"

Die vier Frauen sprangen von den Stühlen auf, auf denen sie es sich bequem gemacht hatten und stellten sich vor den grimmigen Offizieren in die Grundstellung. Die einzige Frau, die nicht verzweifelt aussah, war Elizabeth, die mit fest aufeinander gepressten Kiefern vor Andreas stand und ihm auffordernd in die Augen sah. Alle Frauen hatten sich umgezogen und ihre Uniformen gegen ihre besten Festtagsgewänder eingetauscht. Kleider mit offenen Rücken, kurzen Ärmeln und großzügigem Ausschnitt.

Andreas musterte, die Arme hinter dem Rücken verschränkt mit finsterem Blick jede Frau von Kopf bis Fuß.

„Meine Damen", knurrte er, „Sie haben sich manipulieren lassen und befinden sich nun in einer ernsten Lage. Eine Lage, die auf dem Schlachtfeld gut und gerne zu einer hohen Anzahl von Verlusten führen könnte. Sich der Befehlskette zu widersetzen wird aus guten Gründen nicht gerne gesehen. Es untergräbt die Autorität des Befehlshabers und die Moral der Truppe. Wenn es im Notfall jedoch geschickt geschieht, kann es von großem Vorteil sein. Dies ist einer dieser Notfälle." Er nickte seinen Offizieren zu, die, wie er auch, ihre Hände hervorholten und zwei einfache Kupferabzeichen an den Kleidern ihrer Frauen befestigten. Links eine Bären, rechts ein Gewehr. „Willkommen im Regiment, meine Damen", sagte Andreas.

Die Männer salutierten vor den Frauen, machten eine Kehrtwendung und liefen auf die Veranda heraus, wo sie Freudenschreie hörten, die sich für Soldaten und Damen eher nicht gehörten, und auch das Stampfen von Füßen, als ihre

Frauen im Empfangszimmer voller Freude auf und ab hüpften. Eine nach der anderen kamen die Frauen heraus, sammelten ihre Ehemänner ein und gingen mit ihnen nach Hause. Andreas blieb alleine zurück. Einen Fuß hatte er auf die untere Latte der Verandabrüstung gestellt, seine Arme hatte er oben aufgestützt. So blickte er in den vom Mond erleuchteten Hof.

„Entschuldigen Sie, Herr Oberst", sagte Elizabeth, „hier ist ein Soldat, der dem Oberst zeigen möchte, wie dankbar er ist."

Andreas drehte sich herum und sah, dass Elizabeth in der Tür zur Veranda lehnte. Ihr Kleid war bis zum Bauchnabel aufgeknöpft und sie krümmte ihren Zeigefinger, um ihn näher zu sich heranzulocken.

Das Bataillon kam an einem Donnerstag in Odessa an. Die Soldaten ritten durch die Stadt zu dem Lagerplatz in der Nähe des Hafens, der für sie bestimmt war. Sie boten einen beindruckenden Anblick: Kampfsoldaten, aufgeteilt in zwei Gruppen von fünfhundert Mann. Jede der beiden Gruppen wurde in der Mitte geteilt von Unterstützungssoldaten und Sanitätern, die zweirädrige Wagen mit sich brachten, die mit Material und Verpflegung beladen waren. Alle Soldaten, die nicht auf einem Wagen saßen, ritten und alle waren bewaffnet. Auf dem Rücken ihrer neuen blauen Uniformen hatten sie ihre Gewehr hängen.

Auf Befehl des Generals hin war die Führungsgruppe in einem erstklassigen Hotel untergebracht worden. Die Hotelangestellten waren schockiert als die Gäste anstatt wie erwartet in Luxuskutschen auf Pferden ankamen, mit ihren Packpferden im Schlepptau. Alle zwölf Offiziere, einschließlich der Frauen, trugen graue Uniformen. Das Gewehr trugen sie auf ihrem Rücken und die Pistolen hingen mit dem Griff nach vorne an ihrer Hüfte. Die männlichen Offiziere hatten sich Satteltaschen über die Schultern gelegt, die gegen ihren Rücken prallten, als sie die Treppe zu ihren Zimmern emporstiegen.

Andreas und Elizabeth wurde eine Suite zugeteilt, die beinahe so groß war wie eines ihrer Gästehäuser. Außerdem war sie sogar mit einem separaten Badezimmer ausgestattet, in dem eine große Badewanne stand, für die es fließendes warmes und kaltes Wasser gab. Sie hatten sich kaum in ihrer Suite umgesehen, als es an der Tür klopfte und das Paar von drei Männern und einer Frau begrüßt wurde. Zwei der Männer trugen eine der Taschen von den Packpferden. Die Frau bedeutete ihnen, diese im Zimmer abzustellen. Danach verbeugten sie sich rasch und gingen. Die beiden Verbleibenden erklärten, dass sie dem Grafen für die Zeit seines Aufenthalts als persönliche Diener zugeteilt worden seien.

Erst als Elizabeth ihren Mantel auszog und ihre Haare, die sie bis dahin unter ihrer Kopfbedeckung hochgesteckt getragen hatte, offen über ihre Schultern fallen ließ, bemerkten die Diener, dass sie eine Frau war. „Ich könnte dringend ein Bad gebrauchen", sagte sie.

Es klopfte wieder. Diesmal stand ein Leutnant in Adjutantenuniform vor der Tür. Mit großen Augen sah er Elizabeth an, die in ihren Soldatenhosen, die Pistole um die Hüfte geschnallt, dastand.

„Herr Graf", sagte der Mann, „der Vicomte und die Vicomtesse erbitten die Anwesenheit des Grafens und der Gräfin beim Abendessen und beim Empfang heute Abend."

„Zu welcher Uhrzeit?", fragte Andreas.

„V-v-verzeihung, mein Herr. Um sechs Uhr, mein Herr."

„Gut", sagte Andreas, „bitte kümmern Sie sich für angemessenen Transport, Herr Leutnant. Wir können ja nicht von der Gräfin erwarten, dass sie in ihrer Festkleidung auf dem Pferd angeritten kommt, nicht wahr?"

„Ja, mein Herr, danke, mein Herr", sagte der Adjutant und verließ schnell das Zimmer.

„War ich als Leutnant auch so dumm?", fragte Andreas.

„Nein, mein Schatz", erwiderte Elizabeth. „Du warst nie Leutnant."

Dann stürmte sie gefolgt von der Dienerin ins Schlafzimmer und begann Kleidungsstücke aus der Tasche zu ziehen. Sie wählte aus, was sie am Abend tragen wollte und fragte: „Besteht irgendwie die Möglichkeit die Sachen für heute Abend zu bügeln? Könnten Sie mir vielleicht ein Bügeleisen heraufbringen?"

„Keine Bange, meine Dame, wir sind hier komplett ausgestattet. Wenn Sie mir erlauben?" Sie streckte ihre Hände aus und Elizabeth reichte ihr die Kleidungsstücke. „Die müssen nur schnell gebügelt werden. In einer Stunde haben Sie sie zurück."

„Andreas, steh nicht nur da!", kommandierte Elizabeth. „Gib dem Mann deine Uniform. Ich lasse nicht zu, dass du heute Abend wie ein einfacher Soldat aussiehst."

Andreas wusste, dass es keinen Sinn hatte, ihr zu widersprechen, und öffnete eine Seite seiner Satteltasche. Nachdem er etwas gewühlt hatte, zog er einen eng zusammengerollten Packen Kleidung heraus und reichte ihn dem Diener.

„Danke, mein Herr", sagte der Mann. „Und, mein Herr? Wir werden die Kleidung, die Sie im Moment tragen, bis zu ihrer Rückkehr heute Abend gewaschen, gebügelt und aufgehängt haben."

„Oh, vielen Dank. Sehr aufmerksam", sagte Andreas.

Man hatte ihnen drei Kutschen geschickt und sie kamen kurz vor sechs am Dienstsitz des Vicomtes an. Andreas und Elizabeth fuhren mit Johann und Irene in der ersten Kutsche. Die Männer trugen ihre komplette Ausgehuniform, Offiziersschärpen und, mit Ausnahme von Andreas, der sich strickt weigerte, Sporen.

Die Frauen trugen dieselben Festkleider, die sie am Abend der Vorstellung getragen hatten, um ihre Männer zu bezirzen. Die glänzenden Bär- und Gewehrabzeichen hatten sie sich an die Träger ihrer Kleider gesteckt. Andreas und Elizabeth hatten die Schärpen, die ihren Rang anzeigten, an ihrer Kleidung angebracht, sie erstreckten sich von ihrer linken Schulter zur rechten Hüfte. Elizabeth hatte die Abzeichen oben, neben ihrem Schlüsselbein, an ihre Schärpe gesteckt.

Der Pferdeknecht begleitete sie und blieb kurz vor der geöffneten Doppeltür stehen und klopfte mit seinem Stab laut gegen den Türrahmen.

„Graf Bekenbaum und Begleitung", kündigte er sie an, als er sie zum Tisch am Kopfende der mittleren Reihe führte. Das ganze Zimmer hatte sich erhoben, und als die Gruppe an den anderen Gästen vorbeilief, machten diese eine Verbeugung oder einen Knicks. Als sie am Ehrentisch ankamen, blieb Andreas vor dem Vicomte stehen und neigte kurz den Kopf.

„Mein Herr Vicomte, darf ich Ihnen meine Frau Elizabeth vorstellen", sagte Andreas.

Elizabeth machte einen tiefen Knicks und als sie sich wieder erhob, küsste ihr der Vicomte die rechte Hand. „Es ist mir ein Vergnügen, Sie wiederzusehen, meine Dame. Graf und Gräfin Bekenbaum, meine Frau, Ilana."

Andreas verbeugte sich, hob die Hand, die die Vicomtesse ihm angeboten hatte, an seine Lippen und Elizabeth machte wiederum einen tiefen Knicks.

„Mein guter Herr Vicomte", sagte Ilana, „warum haben Sie diese exquisiten Persönlichkeiten so lange vor mir in der Wildnis versteckt?"

Ilana nahm Andreas bei der Hand und führt ihn zum Platz neben dem ihren. An seiner anderen Seite saß eine ältere Dame, die die Frau des Bürgermeisters von Odessa war. Andreas verbrachte einen Großteil des Abendessens damit, dem Klatsch und Tratsch von Ilana zuzuhören, die von den Festen der Saison sprach, die er verpasst hatte, beschrieb, wie exquisit der Blumenschmuck dieser oder jener Baronin gewesen sei, und erzählte, dass die Feier von Herzogin soundso ein Reinfall gewesen sei, da die Musikkapelle minderwertig gewesen sei.

Als Ilana von einem Diener abgelenkt war, der sie etwas fragte, konnte die Frau des Bürgermeisters endlich eine Frage an Andreas richten. „Wird mein Herr Graf für lange in der Stadt bleiben?", fragte sie.

„Leider nein, meine Dame", antwortete Andreas. „Soweit ich weiß, möchte der Vicomte, dass wir mit der Flut am Samstag aufbrechen. In der Zwischenzeit muss ich noch viel organisieren und ich befürchte, dass heute Abend der einzige Abend ist, an dem ich ausruhen kann."

„Oh, wie bedauerlich. Odessa ist eine wirklich schöne Stadt und es gibt viel interessante Sehenswürdigkeiten", sagte sie. „Ich habe mich gefragt, ob mein Herr mir vielleicht sagen möchte, was es mit den Abzeichen an Ihrem Kragen auf sich hat?"

„Ach, die sind nichts Besonderes. Jeder im Bataillon hat so ähnliche", sagte Andreas. „Niemand darf dem Bataillon beitreten, bevor er sich nicht das Schützenabzeichen verdient hat. Dafür steht das Gewehr. Auf der anderen Kragenseite tragen wir einen Bären, das ist das Abzeichen der Unterstützungssoldaten, oder einen Adler, der für unsere Kampfsoldaten steht."

„Wie kurios", sagte Ilana, die den letzten Teil der Unterhaltung mitgehört hatte. „Und sehen Sie nur, die Frauen tragen Nachbildungen der Abzeichen ihrer Ehemänner."

„Ich glaube, meine Frau Vicomtesse haben da etwas missverstanden", sagte Andreas. „Unsere werten Ehefrauen sind als Mitglieder der Sanitätskompanie dazu berechtigt, den Bären zu tragen, nicht den Adler, wie ihre Ehemänner. Und der einzige Weg, und ich meine damit wirklich den einzigen Weg, auf dem man das Recht erhalten kann, diesen Bären zu tragen, ist es, wenn man sich vorher die Gewehre verdient hat."

Andreas musste lauter gesprochen haben, als er vorgehabt hatte, da die Unterhaltung an seinem gesamten Tisch und sogar noch unter den Gästen, die zwei Reihen vor ihnen saßen, verstummt war und ihn alle anschauten. Die vier Ehefrauen saßen mit geradem Rücken und stolz zurückgezogenen Schultern da und zeigten ihre Abzeichen.

Der Vicomte erhob sich und alle im Raum verstummten. „Unsere Gäste hatten eine lange Anreise, um heute Abend bei uns zu sein. Tatsächlich sind sie, wie Sie sicherlich alle wissen, erst vor ein paar Stunden angekommen. Ich möchte mich beim Grafen und seiner bezaubernden Gattin dafür bedanken, dass wir sie heute Abend so kurzfristig hier willkommen heißen dürfen. Ich bin mir sicher, dass sie alle nach dieser langen Reise recht erschöpft sind. Sie haben viel zu tun und wenig Zeit, deswegen bitte ich Sie, unsere Gäste und uns zu entschuldigen. Wir werde sie nun nach Hause geleiten und ich hoffe, dass Sie sich mir anschließen und ihnen eine sichere Rückkehr wünschen, wenn sie den Dienst, zu dem Mütterchen Russland sie bestellt hat, erfüllt haben."

Der Vicomte führte die Bekenbaumsche Gesellschaft aus dem Raum. Dabei nahmen sie nicht den öffentlichen Hauptausgang, sondern die Tür, die zu seinen Privaträumen führte.

„Haben Sie einen Moment, Andreas?", fragte er, als sie den Flur erreicht hatten. „Ich werde ihn nicht lange in Beschlag nehmen, Elizabeth. Ilana, bitte begleite unsere Gäste doch ins

Empfangszimmer und biete ihnen etwas von dem feinen französischen Weinbrand an."

„Oh, da kann ich mich ja auf etwas gefasst machen", dachte Andreas.

Die Tür des Arbeitszimmers fiel hinter ihnen ins Schloss und der Vicomte lief zur Anrichte hinüber und schenkte zwei Gläser Weinbrand ein, von denen er eines Andreas reichte.

„Sie sind einer der geduldigsten Männer, die ich je getroffen habe, Andreas", sagte der Vicomte. „Ilana ist langsam nichts mehr eingefallen, dass sie noch hätte sagen können, um Sie in den Wahnsinn zu treiben. Wer hätte gedacht, dass diese kleinen Anstecker so eine große Wirkung haben? Sie ist eigentlich nicht so seicht, aber manchmal muss man den Schein aufrechterhalten. Wie lange habt ihr hierher gebraucht? Vier Stunden? Diese Narren da draußen würden für eine Reise von dreißig Meilen drei Tage brauchen. Meinen Sie, Sie könnten Elizabeth einen Tag lang entbehren? Ilana würde gerne etwas Zeit mit ihr verbringen."

„Das sollte kein Problem sein, mein Herr", sagte Andreas. „Sie ist nur für fünfzig Soldaten zuständig. So lange sie für Samstag bereit ist."

Nachdem es an der Tür geklopft hatte, tauchte ein britischer Marineoffizier auf.

„Ah, Kommodore Peacock, das ist Oberst Bekenbaum; er ist der Befehlshaber der Soldaten, die Sie transportieren werden", sagte der Vicomte auf Englisch.

Nachdem die drei Männer ein paar freundliche Worte gewechselt hatten, sagte der britische Offizier: „Wenn wir alles und alle etwas zusammenquetschen, können wir mit einer Fahrt auskommen. Die Fahrt dauert nur vier Stunden."

„Aber das Be- und Entladen wird länger dauern?", fragte Andreas. „Ich sehe darin keinen Vorteil. Wir sparen vielleicht drei, vier Stunden, aber die Verletzungsgefahr für Tier und Mensch steigt. Ich denke, dass zwei Ladungen besser wären."

„Wie planen Sie zu beladen?", fragte Peacock.

„Fünfzig, fünfzig, denke ich. Wir entladen die erste Gruppe. Ich möchte, dass die sich gleich am frühen Morgen auf den Weg macht. Und wenn möglich, werden wir die zweite Gruppe sofort danach an Bord bringen, sodass sie nur acht Stunden später ankommen wird."

„Wunderbar, Herr Oberst, dann sehen wir uns am Samstag bei Tagesanbruch."

Sie tauschten noch ein paar Freundlichkeiten aus, dann verabschiedete sich der Kommodore nach wenigen Minuten wieder.

„Ich wünschte, wir hätten mehr Zeit, Andreas", sagte der Vicomte. „Aber die Briten sind sehr beunruhigt. Sie warten schon seit zwei Wochen im Hafen auf euch. Das Bataillon wird an der Westküste von Georgien an Land gehen und von dort aus ins Landesinnere aufbrechen. Georgien steht seit einiger Zeit unter russischer Kontrolle. Ich glaube nicht, dass ihr bei der Durchreise Schwierigkeiten bekommen werdet. Danach dann Iran, aber wer weiß schon, was im Iran vor sich geht? In einem Moment sind sie für uns und gegen die Briten, im nächsten Moment sind sie für die Briten, aber gegen uns, und dann sind sie auf einmal gegen alle. Im Moment haben sie meines Wissens Schwierigkeiten mit derselben Gruppe von Fanatikern wie die Briten, ihr solltet dort also auf Kooperationswilligkeit stoßen. Und danach geht es dann nach Afghanistan. Da kann ich Ihnen nicht weiterhelfen."

Der Vicomte hob einen dicken Packen von Dokumenten auf und reichte ihn Andreas. „Das sind die Landkarten, die wir von dem Gebiet haben, und ich war so frei, die kürzeste Strecke für Sie zu markieren. Natürlich kann es sein, dass die Bedingungen vor Ort nicht ideal sind und dass ihr Umwege machen müsst. Der Teil der Route, der auf dem Landweg verläuft, ist ungefähr 5000 km lang. Wie lange meine Sie, werdet ihr brauchen?"

„Ungefähr sechzig Tage, würde ich sagen", sagte Andreas nach einer Pause, in der er die Zeit im Kopf berechnet hatte. „Ich habe vorsichtshalber zehn Tage dazu gerechnet, dann haben wir ein Polster."

„Gut, gut. Nun, ich glaube, es ist an der Zeit, dass wir Sie wieder zu Ihrer bezaubernden Frau lassen. Das Eheleben scheint ihr gut zu bekommen. Sie stahlt ja jetzt förmlich."

Der Weg vom Arbeitszimmer des Vicomtes zum Empfangszimmer war kurz. Dort fanden sie Ilana vor, die die Gäste mit Geplauder unterhielt. Der Vicomte und Andreas traten zu ihren Frauen und Andreas gab Elizabeth einen kleinen Kuss auf die Wange, um ihr zu zeigen, dass alles in Ordnung war.

„Nun, meine Liebe", sagte der Vicomte zu seiner Frau, „ich glaube, wir haben unsere anderen Gäste viel zu lange vernachlässigt und Andreas hat morgen jede Menge zu tun. Ilana, Andreas hat freundlicherweise zugestimmt, dass Elizabeth dich morgen besuchen kommt."

„Oh, das wird so schön werden", erwiderte Ilana. „Kommen die anderen drei Damen auch? Ich denke ja, es sei denn, ich höre etwas anderes. Ich werde eine Kutsche zu Ihrem Hotel schicken, für, sagen wir neun Uhr? Gut. Haben Sie außer Ihren Uniformen und diesen schicken Kleidern noch andere Kleidung dabei? Als erstes werden wir frühstücken, dann werden wir uns die wichtigsten Sehenswürdigkeiten anschauen, denke ich." Ilana hatte, während sie redete, Elizabeth am Arm genommen und Andreas und seine Begleiter geschickt zur

Haustür manövriert. Andreas und Elizabeth waren die Letzten und Ilana wollte sie gar nicht gehen lassen. Sie und ihr Ehemann standen in der Tür und sahen ihnen nach.

„Ich fange an, diesen jungen Mann wirklich zu mögen", sagte der Vicomte. „Ich hoffe, dass er heil zurückkehrt."

„Ich denke, ich könnte Elizabeth wie eine Schwester lieb gewinnen", flüsterte Ilana. „Wusstest du, dass sie schwanger ist?"

„Was? Und dieser Grünschnabel lässt zu, dass sie ihn begleitet? Ich wusste ja, dass er jung ist und mitunter auch etwas eingebildet, aber das geht nun wirklich zu weit. Ich werde es verbieten."

„Du wirst gar nichts Dergleichen tun, mein Lieber", sagte sie, und tätschelte seinen Arm, um ihn zu beruhigen. „Sie hat es ihm noch gar nicht gesagt. Sie hat es noch gar niemandem gesagt. Ich würde es an ihrer Stelle auch so machen."

„Wenn ich mich recht erinnere, hast du es auch so gemacht", erwiderte er mit einem Lächeln. Dann liefen sie Arm in Arm zu ihren Gästen zurück.

Nachdem die Frauen am nächsten Morgen aufgebrochen waren, hielt Andreas in seiner Suite ein Frühstückstreffen mit seinen Führungsleuten ab. Das Treffen wurde auf Englisch abgehalten, wodurch es, wie Andreas hoffte, für mögliche Lauscher schwieriger sein würde, etwas zu verstehen. Er gab jedem der Männer einen Stapel mit Landkarten.

„Morgen bei Tagesanbruch beginnen wir mit dem Beladen", sagte er. „William, du wirst deine Gruppe nehmen, zusammen mit denen von Ivan und Johann und die halbe Unterstützung-struppe. William übernimmt das Gesamtkommando bis ich mit der zweiten Gruppe wieder zu euch stoße. Der Befehlshaber der Marine sagte mir, dass eine Fahrt vier Stunden dauert.

Sobald ihr entladen habt, möchte ich, dass ihr euch auf den Weg macht. Die zweite Gruppe wird von Patrick, Peter und mir gebildet sowie vom Rest der Unterstützungskräfte. Wir dürften ungefähr acht, aber nicht mehr als zehn, Stunden hinter euch sein. Die Tagesziele sind in euren Karten eingezeichnet. Falls wir euch bis dahin noch nicht eingeholt haben, wartet ihr an der Grenze zum Iran auf uns. Falls wir die Route ändern müssen oder sonst irgendetwas passiert, schickt ihr einen Späher zu uns zurück. Die Briten sollten am Grenzübergang mit einheimischen Führern auf uns warten. Fragen? Gut, genießt den Rest des Tages so gut ihr könnt. Ich denke, das hier wird für eine ganze Weile euer letzter freier Tag sein. Ach, und Peter?" Er warf dem Mann eine Schachtel zu. „Vielleicht kannst du es dir ja jetzt leisten, meiner Schwester ein neues Haus zu kaufen, dann müsst ihr nicht immer unseres in Beschlag nehmen. Herzlichen Glückwunsch, Herr Major."

Andreas verbrachte den Rest des Tages damit die letzten Berechnungen anzustellen und die Landkarten zu studieren, um sich so noch mehr mit der Route vertraut zu machen und herauszufinden, an welchen Stellen es möglicherweise Probleme geben würde. Die Verpflegung die sie dabei hatten, sollte bis zu ihrer Ankunft im Iran reichen und er hoffte, dass die Briten dazu bereit sein würden, ihren Proviant aufzustocken. Wenn nicht, würde er dann genug Geld haben, um welchen zu kaufen? Kurz nach zwei Uhr Nachmittag merkte er, wie er müde wurde und kurz darauf war er eingeschlafen. Die Dokumente und Landkarten lagen um ihn herum verteilt.

Eine leichte Berührung an seiner Schulter und ein Kuss auf seinen Lippen weckten ihn. Die Sonne war untergegangen und das Zimmer wurde nur von einer Laterne, die neben seinem Stuhl stand, erleuchtet. Das war genug, um ihn sehen zu lassen, dass Elizabeth nur eine Bluse trug und dass diese nur unten von zwei Knöpfen zusammengehalten wurde. Der Rest der Nacht verging wie in einem verschwommenen Traum.

Das Morgengrauen war noch lange entfernt, als sie engumschlungen dalagen, und sanft ihre Körper erkundigten.

„Wie lange wird es dauern, bis du uns einholst?", fragte Elizabeth.

Andreas zuckte mit den Schultern: „Eine Woche, höchstens zehn Tage. Die Straßen sind angeblich gut. Ich werde dich sehr arg vermissen, Liz, und ich weiß, dass du mich auch vermissen wirst. Aber du wirst bestimmt auch feststellen, dass die Tage wie im Flug vergehen werden. Wir werden beide viel zu tun haben. Und im Handumdrehen werde ich da sein."

„Die Tage werden vielleicht verfliegen, aber die Nächte werden lang sein", sagte sie seufzend. „Einmal noch, mein Geliebter, dann muss ich los."

Danach küsste sie ihn und umarmte ihn so feste, dass er befürchtete, sie würde ihm die Rippen zerquetschen. Dann verließ sie das verwüstete Bett und ging ins Badezimmer. „Sie hat ein bisschen zugenommen", dachte er. Das musste wohl daran liegen, dass sie im Winter weniger Bewegung bekommen hatten. Ein paar Tage im Sattel würden ihr und auch ihm guttun.

Sie kam aus dem Badezimmer. Sie duftete frisch nach ihrem Bad, die Haare hatte sie unter ihrer Kappe hochgesteckt und sie knöpfte den Uniformrock über ihrer Bluse zu. Dann schnallte sie die Pistole an ihren Gürtel, schwang sich die Winchester über die linke Schulter und die Satteltaschen über die rechte. Die Kiste mit ihrer Kleidung war bereits weggebracht worden. Andreas umarmte sie und gab ihr noch einen letzten Kuss.

„Bitte komm nicht zu den Booten, Andy", bat sie ihn. „Ich möchte nicht, dass die Mädels mich weinen sehen und wenn ich dich sehe, werde ich wahrscheinlich nicht an Bord gehen."

Er küsste ihr die Tränen von den Augen und küsste sie sanft: „Das wäre natürlich völlig inakzeptabel, zwei weinende Obersten, meine Liz." Dann ging sie.

Natürlich hatte er gelogen. Er beobachtete sie, wie sie mit ihren Krankenschwestern das Schiff belud, dann sah er dem Schiff nach, bis er es nicht mehr sehen konnte. Peter stand neben ihm.

„Weißt du, ich habe immer über die verheirateten Männer gelacht, wenn sie ständig davon gesprochen haben, wie sehr sie ihre Frauen und ihr Zuhause vermissen", sagte Peter. „Jetzt lache ich nicht mehr. Vielen Dank für die Beförderung, Herr Oberst."

Andreas wechselte ins Englische und sagte: „Das reicht jetzt Peter; wir sind beide Stabsoffiziere. Wir sind unter uns; ich bin dein Schwager und hoffentlich auch dein Freund. Ich habe einen Namen, verwende ihn."

„Es tut mir leid, Andreas. Es ist alles noch so neu. Die ganzen Titel, die Tatsache, dass ich ein Offizier bin. Manchmal ertappe ich mich immer noch dabei, wie ich Leutnants grüße."

„Ja, es dauert ein bisschen, bis man sich daran gewöhnt hat", sagte Andreas. „Mir passiert das manchmal auch. Gott, es ist noch nicht einmal ein Jahr vergangen. Letztes Jahr um diese Zeit war ich noch nicht einmal ein Feldwebel. Da habe ich mich gerade auf den Ruhm meines ersten Einsatzes gefreut. Damals habe ich gehofft, mir mit dem Sold, den ich verdienen würde, mein erstes Stück Land kaufen zu können und dann auch mit der Suche nach einer passenden Frau beginnen zu können. Wenn du glaubst, du bist wie benommen und verwirrt, versetz dich mal in meine Lage."

„Ich habe den Job, hier herüber zukommen, nur wegen der Bonuszahlung angenommen, die sie mir versprochen haben", sagte Peter. „Nach der Schiffsreise wollte ich zurück nach Minnesota gehen, einen Hof in der Nähe meiner Leute kaufen und wie du auch ein nettes Mädchen finden und eine Familie gründen. Wahrscheinlich ein gutes Kosakenmädel, wenn es nach meiner Mutter gegangen wäre. Mütter." Beide Männer lachten.

„Ich wollte dich eigentlich schon zusammen mit Ivan und Johann befördern, aber William dachte, es sei während der Ausbildungsphase besser, wenn du so lange Hauptmann bleiben würdest. Er hatte recht. William bringt mir viel bei, wenn es darum geht, wie man ein guter Offizier ist", fuhr Andreas fort.

„Er war General in einer Kavallerieeinheit der Milizen bevor sie ihn gefragt haben, ob er zu den Marines wechseln möchte.

Wenn seine Frau nicht während des Krieges gestorben wäre, glaube ich nicht, dass er geblieben wäre. Seine Familie war vor dem Krieg wohlhabend und hatte gute Kontakte", sagte Peter.

„Was ist passiert?", fragte Andreas.

„Seine Familie hat im Grenzgebiet gelebt. Auf beiden Seiten kam es immer wieder zu Plünderungen. Eines Nachts haben Plünderer das Haus seines Vaters angegriffen. Sie haben alle umgebracht. Haben ihnen das Haus über dem Kopf angezündet, und als sie herauskamen, haben sie sie umgebracht", sagte er leise.

„Und trotzdem sind Patrick und er befreundet. Haben sie nicht auf unterschiedlichen Seiten gekämpft?", fragte Andreas.

„Das ist eine ganz andere Geschichte. Sie haben beide in den regulären Einheiten gekämpft. Die hatten mit den nächtlichen Banditen, die Zivilisten töteten, nichts zu tun. Und noch etwas", sagte Peter, „sie sind verschwägert. Sie haben jeweils die Schwester des anderen geheiratet und beide Frauen waren in jener Nacht in dem Haus."

„Oh Gott!", sagte Andreas. „Bruder gegen Bruder, das ist ja furchtbar."

„Genug davon, Bruder", sagte Peter. „Mein geiziger Oberst hat mich noch nicht bezahlt. Wenn wir armen Feldwebel unser Geld zusammenwerfen ist es vielleicht genug, um unsere Sorgen in billigem aber ordentlichen Alkohol zu ertränken."

Sechs Tage später waren sie gerade dabei, ihr Lager zu errichten, als die Späher zurückkamen.

„Herr Oberst, sie haben ungefähr zwei Stunden von hier ihr Lager aufgeschlagen", meldete der führende Späher.

„Sehr gut, vielen Dank", sagte Andreas. „Morgen Abend sollten wir also wieder vereint sein. Die Späher morgen sollen sie wissen lassen, dass wir kommen, und dass sie das Tempo nicht erhöhen sollen."

„Herr Oberst", sagte der Späher, grüßte und ging davon.

Es war hart, aber er konnte die Männer nicht noch mehr antreiben. Sie hatten noch einen langen Weg vor sich. Ein weiterer Tag getrennt von Liz würde ihn nicht umbringen.

Die Pferde machten sich bemerkbar, als sie näher kamen. Es war schwierig, sie im Zaum zu halten. Sie wollten losgaloppieren und schnaubten und warfen die Köpfe hin und her. Ein paar Hengste fingen an zu wiehern und aus der Ferne wieherte es zur Antwort.

So sehr Andreas auch losgaloppieren wollte, so sehr hielt er Bartholomew doch zurück und behielt seinen Platz neben der ersten keilförmig angeordneten Gruppe von Kavalleriesoldaten bei. Eine Position weiter vorne erlaubte er sich nicht. Ganz zum Schluss würde er zurückfallen und sich wieder in der mittleren

Gruppe einordnen. Sie hatten gerade eine Stunde lang im Schritt zurückgelegt und würden aufpassen müssen, dass ihnen die Pferde nicht davongaloppierten, wenn sie wieder in den Trab wechseln würden. Die meisten Männer hielten vorsichtshalber ihre Peitschen bereit.

Peter ritt am Kopf der Gruppe neben dem Hauptmann, der sie führte. Er drehte sich zu Andreas um, grinste und sah dann stoisch gerade aus, nachdem er einen der Soldaten angeschrien hatte, er solle doch sein Pferd im Zaum halten.

Der erste Hornbläser gab das Signal zum Gangartwechsel und während das halbe Bataillon in den Trab wechselte, lenkte Andreas Bartholomew zur Seite und verblieb im Schritt. Die achtreihigen Kolonnen benötigten die gesamte Breite der Straße und immer wenn eine der Gruppen von hundert Mann an ihm vorbeizog, rief ihm jemand aus der Gruppe, meistens aus der Mitte, eine lustige Bemerkung zu. Andreas rief gutmütig etwas zurück, was meistens die gesamte Gruppe zum Lachen brachte.

Als die sechzehn Männer die als die vorderen Wachen für die Unterstützungssoldaten eingeteilt waren, ihn erreichten, erlaubte Andreas Bartholomew in den Trab zu wechseln und er positionierte sich neben ihrer ersten Linie. Von den zweirädrigen Wägen, die ihr Gepäck, ihre Vorräte und ihre Ersatzausrüstung trugen, waren jeweils vier Seite an Seite angeordnet. Sie wurden jeweils von zwei Pferden gezogen, für die diese Aufgabe im Trab ein Leichtes war. Die Wägen waren in vier Kolonnen angeordnet, getrennt von je einer Gruppe von sechzehn Wachen, danach kamen die letzten zwei Gruppen von Kampfsoldaten. Im Trab dauerte es fünf Minuten bis das halbe Bataillon vollständig an einem Punkt auf der Straße vorbeigezogen war.

Als Andreas mit seiner Position zufrieden war, rief er dem Mann neben sich zu: „Ein Lied wäre jetzt nicht verkehrt.”

Die Männer neben ihm stimmten eine stark veränderte, schlüpfrige Fassung der Donkosakenballade an und bald sangen alle im halben Bataillon, auch die Frauen, mit.

Als sie zur anderen Hälfte des Bataillons stießen, hatte diese bereits das Lager aufgeschlagen. Die Zelte standen auf beiden Seiten der Straße in ordentlichen Reihen und die Wagen standen in Vierecken angeordnet zwischen den Zelten. Eine Gruppe von Soldaten hatte sich lose am Rande des Lagers aufgestellt und beobachtete ihre Ankunft. Unter ihnen war Marie, die zwischen Irene und Katia stand. Es war offensichtlich, dass Katia sich kaum zurückhalten konnte, sie wippte nervös auf und ab. Elizabeth war nirgends zu sehen und Andreas fing an, sich etwas Sorgen zu machen.

Die Soldaten verteilten sich Gruppe für Gruppe gleichmäßig auf beiden Seiten der Straße, die Offiziere übergaben an ihre Unterstellten und die Stabsoffiziere sammelten sich in der Straßenmitte, wo sie einen Überblick über die Soldaten hatten. Nachdem alle Soldaten und Wägen aufgereiht waren und Andreas gemeldet worden war, dass alles in Ordnung sei, gab er den Befehl zum Wegtreten und Lager aufschlagen. Er und die anderen hohen Offiziere ritten auf die Offiziersgruppe der ersten Hälfte des Bataillons zu, wurden gegrüßt, stiegen ab und übergaben die Pferde an ihre Diener. In diesem Moment gab es für Marie kein Halten mehr. Sie rannte auf Peter zu und sprang in seine Arme, die Beine um seine Hüfte geschwungen.

„Hey, ihr zwei, besorgt euch ein Zimmer!", lachte Andreas.

„Keine Angst, das werden wir", sagte Marie, als sie nach Luft geholt hatte. Dann zog sie Peter in Richtung der Zelte davon.

„Diese emporgekommenen Feldwebel, die wissen einfach nicht was sich gehört", lachte Andreas. „Gibt es irgendetwas, das ich wissen müsste, Herr Major?"

„Nein, Herr Oberst. Keine Katastrophen, keine Zusammenbrüche, niemand ist gestorben oder desertiert. Es war alles recht langweilig, Herr Oberst", berichtete William.

Andreas stützte die Hände auf seine Hüfte und dehnte den Rücken. „Ich kann die zusätzlichen zwei Stunden Schlaf gebrauche, das kann ich ihnen sagen, Herr Major. Eines der Schiffe hatte bei der Überfahrt ein Problem, sodass wir unseren Zeitplan zwei Stunden hinterhergehinkt sind. Sieben Tage lang haben wir euren Staub gefressen; morgen übernehmen wir die Führung. Danach wechseln wir uns jeden Tag ab. Sonst noch etwas, Herr Major? Gut, dann werde ich mich verabschieden und herausfinden, wo meine Diener mein Zelt aufgeschlagen haben." Er sah, dass der Major lächelte und wollte ihn fragen, was los sei, als sich hinter ihm ein Leutnant räusperte.

„Entschuldigen Sie, Herr Oberst", sagte der Adjutant. „Aber Frau Oberst bittet Sie, in ihre Gemächer zu kommen, damit sie im privaten Rahmen Meldung machen kann, Herr Oberst."

Andreas schaute den errötenden jungen Mann an: „Und wo finde ich die Unterkunft der Frau Oberst, Herr Leutnant?"

„Das Zelt dort, da bei den Bäumen", sagte er und zeigte mit dem Finger darauf.

„Gut, vielen Dank, Herr Leutnant. Sie müssen mich nicht begleiten, ich werde es finden. Wegtreten, Sie können zurück zu ihren Kameraden gehen. Ich glaube nicht, dass Frau Oberst ihre Dienste heute Nacht benötigen wird." Nachdem Andreas die übrigen grinsenden Offiziere hatte wegtreten lassen, schlenderte er zu der Stelle, an der das Zelt abgeschieden von den anderen stand, und klopfte an die Zeltwand.

„Frau Oberst wünschen meine Anwesenheit?", fragte er.

„Schwing deinen Hintern herein! Worauf hast du gewartet?", sagte Elizabeth.

Und wieder verschwamm eine Nacht wie im Nebel.

Seit zwei Tagen saßen sie nun an der Grenze fest. Es war der reine Wahnsinn. Zweitausend stark bewaffnete Personen, die von fünf schlecht genährten, unterbezahlten und schlecht bewaffneten Grenzsoldaten davon abgehalten wurden, von einem Stück Land ins andere zu treten. Die Tatsache, dass die zweitausend Soldaten in ihr Land kommen wollten, um zu helfen, schien keine Rolle zu spielen. Die Grenzsoldaten sagten, sie könnten die Grenze nicht überqueren und so überquerten sie sie nicht.

Kurz vor der Mittagszeit verriet eine Staubwolke die Ankunft von Gästen aus dem Iran. Zehn Reiter erschienen. Andreas und Elizabeth sahen sie herankommen, dachten sich jedoch nichts dabei, bis einer ihrer Leutnante zu ihrem Zelt kam.

„Oberst", sagte der Mann, „ein britischer Offizier und ein iranischer Offizier bitten darum, Sie zu sprechen."

„Welchen Oberst?", fragte Andreas, obwohl er ganz genau wusste, dass er gemeint war.

„Das haben sie nicht gesagt, Herr Oberst. Der Iraner hat mir nur aufgetragen, den Oberst zu holen."

„Was denn nun? Aufgetragen oder gebeten?", fragte Andreas.

„Der Iraner hat es mir aufgetragen, der Brite hat mich gebeten", antwortete der Leutnant, der mittlerweile ganz verwirrt war.

Beide Obersten sahen sich an, zuckten mit den Schultern und grinsten. Sie standen auf, zogen ihre Uniformröcke und Kopfbedeckungen an, schnallten die Pistolengürtel um und liefen zur Grenze.

An der Grenze hatten sich acht Soldaten der King's German Legion in einer Linie hinter Major von Hoaedle und einem Offizier in wallenden seidenen Gewändern, der an seinen

Handgelenken goldene Armreifen trug und dessen Ohren mit goldenen Ohrringen verziert waren, aufgestellt.

Das Paar vergewisserte sich, dass es sich auf der georgischen Seite der Grenze befand, blieb stehen und sagte nichts. Elizabeth orientierte sich daran, was Andreas machte.

Major von Hoaedle salutierte und sagte auf Englisch: „Major von Hoaedle, King's German Legion, Oberst, darf ich vorstellen, Major Aslimbad von der iranischen Garde."

Andreas bewegte sich nicht und sagte nichts. Der deutsche Major wollte gerade fortfahren, als er bemerkte, dass der Iraner nicht grüßte und ihm etwas zuflüsterte. Dann grüßte der Iraner zögernd und Andreas erwiderte den Gruß.

„Oberst Andreas Bekenbaum und Oberst Elizabeth Bekenbaum von der Andreas-Truppe der russischen leichten Kavallerie, was können wir für Sie tun?", sagte er.

„Eine Frau? Eine Frau, die unverschleiert ist, keine Burka trägt, Männerkleidung anhat und bewaffnet ist? Mit so etwas gebe ich mich nicht ab. Das ist eine Beleidigung. Der Heilige Koran verbietet so etwas", sagte der Iraner, rührte sich allerdings nicht vom Fleck. Dann bemerkte er eine Gruppe von Frauen, die ähnlich gekleidet und bewaffnet waren und sie beobachtete. „Ihr Ungläubigen, mit solchen Frauen werdet ihr die Grenze nicht übertreten. Entweder sie ziehen ordentliche Kleidung an, oder sie werden keinen Fuß in unser Land setzen."

„Herr Major, es tut mir leid", sagte Andreas, „aber diese Frauen sind für die Arbeit meines Bataillons unabdingbar. Es ist entscheidend, dass sie mitkommen."

„Ich habe nicht gesagt, dass sie die Grenze nicht überqueren dürfen", sagte der Iraner. „Ich habe gesagt, wenn sie so angezogen sind, dürfen sie die Grenze nicht überqueren. Der Heilige Koran verbietet es."

„Wirklich? Ich möchte ihre Religion nicht beleidigen. Vielleicht ist die Übersetzung des Heiligen Korans, die ich habe, falsch. Hier, ich habe die Stellen für Sie markiert." Andreas überreichte dem Major seinen Koran, der starke Gebrauchsspuren aufwies.

Der Major überflog die Stellen und reichte das Buch zurück.

„Nein, das ist richtig übersetzt", sagte er. „Diese Frauen müssen ordentlich gekleidet sein, oder sie dürfen nicht ins Land."

„Sind sie provozierend gekleidet, Major?", fragte Andreas. „Zeigen sie Haut oder andere Teile ihre Körpers mit Ausnahme ihres Gesichts und ihrer Hände? Nein, und damit erfüllen sie die Anforderungen, die der Prophet Mohammed im Heiligen Koran an sie stellt."

„Nein, wenn sie so gekleidet sind, werden sie die Grenze nicht überqueren", beharrte der Mann auf seinem Standpunkt.

„Wie ich Ihnen bereits gesagt habe, Herr Major, ist es für uns notwendig, dass sie mitkommen, und es ist auch nötig, dass sie so gekleidet sind, wie sie sind", sagte Andreas.

„Dann dürfen Sie allesamt die Grenze nicht überqueren", sagte der Iraner.

„Wie Sie wünschen", sagte Andreas. „Bitte richten Sie Ihrem Befehlshaber mein Bedauern aus, Major von Hoaedle.

Ich fürchte, der Zar wird seinen Teil der Abmachung mit Ihrer Regierung wegen der inakzeptablen Forderungen dieses Mannes nicht erfüllen können."

Dann wandte er sich wieder dem Iraner zu und sagte langsam mit bedrohlicher Stimme: „Und Sie, Herr Major, können Ihrer Regierung ausrichten, dass der Zar von Russland nicht darüber begeistert sein wird, dass er seinen Teil der Abmachung nicht erfüllen konnte. Das wird Konsequenzen haben und die werden nicht erfreulich sein. Außerdem hat mich der Zar persönlich dazu ausgewählt, Operationen in seinem Namen durchzuführen. Ich entscheide mich dafür, den Rest meines Dienstes damit zu verbringen, seine Grenze zu patrouillieren. Jeder, der versucht die Grenze irgendwo ohne die erforderliche Genehmigung zu überqueren, wird auf der Stelle erschossen und sein Eigentum wird beschlagnahmt. Jeder, der die Grenze mit der erforderlichen Genehmigung überquert, muss damit rechnen, dass all seine Güter durchsucht werden. Wenn Güter gefunden werden, die nicht ordentlich aufgelistet wurden, wird zur Strafe der gesamte Besitz beschlagnahmt. Für alle Personen und Güter, die diese Grenze passieren, muss Zoll gezahlt werden.

Meine Herren, guten Tag." Und ohne auf einen Gruß zu warten oder selbst zu grüßen, drehte er sich zurück zum Lager und gab den Befehl, sofort eine Patrouille aufzustellen.

„Herr Oberst, der britische Major, ein iranischer Oberst und dieser andere Major bitten um Erlaubnis, die Grenze zu überqueren und sich mit Ihnen zu treffen", sagte derselbe Leutnant, der ihm schon am Morgen Meldung gemacht hatte.

„In Ordnung, führen Sie sie her, aber sagen Sie erst dem Koch Bescheid, er möge eine Kanne Kaffee, fünf Tassen und etwas Brot bringen", erwiderte Andreas. „Und bitte schicken Sie jemanden, der die Frau Oberst holt."

Bis zum Einbruch der Dämmerung waren es noch ungefähr drei Stunden. „Entweder sie sind völlig verzweifelt, oder jemand schmuggelt hier und macht damit jede Menge Geld", dachte Andreas als er aus dem Zelt trat und sich draußen unters Vorzelt setzte. Elizabeth kam zurück zum Zelt geeilt und Andreas bedeutete ihr, sich auf dem Stuhl neben seinem niederzulassen. Gegenüber von ihnen ließ er einen kleinen Tisch und drei Stühle aufstellen, dann warteten sie.

Als sich die drei Männer näherten standen Andreas und Elizabeth auf und erwiderten ihren Gruß.

„Vielen Dank, dass Sie uns empfangen, Graf und Gräfin Bekenbaum", sagte der iranische Oberst.

„Willkommen in unserem einfachen Quartier, Herr Oberst", sagte Andreas. „Bitte nehmen Sie Platz.

Kaffee? Leider kann ich Ihnen nur einfache Teekuchen anbieten. Wir sind auf der Durchreise und eine Fronteinheit, daher haben wir nur eine begrenzte Auswahl an einfacher Verpflegung da.

Ein Gehilfe schenkte Kaffee ein und reichte ihnen den Kuchen. Alle tranken einen Schluck und nahmen einen Bissen. Andreas und der iranische Oberst unterhielten sich ein paar Minuten lang über dies und das, dann beschoss Andreas, dass es Zeit sei, zum Geschäftlichen überzugehen.

„Was kann ich für sie tun, Herr Oberst?", sagte er.

„Ich bedauere, dass unsere Zusammenarbeit einen so unerfreulichen Start hatte und ich wollte sehen, ob es irgendetwas gibt, dass wir tun können, um die Situation zu ändern", sagte der iranische Oberst.

„Wie ich vorhin schon ihrem Major erklärt habe, Herr Oberst", sagte Andreas, „sind wir ein Kampfregiment. Jede Person in diesem Regiment spielt eine tragende Rolle für unsere Operation. Jeder in diesem Regiment, und damit meine ich auch die Frauen, ist ein zum Kampf ausgebildeter Kavalleriesoldat. Wir sind nicht hier, um Ihr Land zu erobern oder um uns in Ihrem Land niederzulassen. Wir sind hier, um für ihr Land Bösewichte zu töten. Wenn Sie uns hier nicht möchten, werden wir, wenn wir unser Jahr absolviert haben, wieder nach Hause zurückkehren."

„Es tut mir leid, dass mein Major vorhin überreagiert hat und nicht genau verstanden hat, was wir von ihm erwartet hatten, Graf Bekenbaum. Unsere Kultur unterscheidet sich stark von der Ihren und der Anblick von bewaffneten Frauen hat ihn aus der Bahn geworfen."

Der Oberst nickte dem Major zu.

„Ich möchte mich beim Grafen und vor allem bei der Gräfin für mein Verhalten heute Morgen entschuldigen", sagte der Major.

„Es ist keine Entschuldigung nötig, Herr Major, wir verstehen, dass unsere Kulturen sehr unterschiedlich sind", sagte Elizabeth auf Englisch. Ihr Englisch war besser geworden, allerdings immer noch stark akzentbehaftet.

„Wir brauchen nicht viel", fuhr Andreas fort. „Wir möchten durch ihr Land an unser Ziel reisen, die Feinde unserer Länder töten und wieder nach Hause reisen. Das ist schon alles. Alles andere überlasse ich den Politikern. Ich bin ein Soldat und kein Politiker."

Am nächsten Morgen führte Andreas seine Soldaten in den Iran. Die nächste Etappe der Reise hatte begonnen. Sie erreichten den Versorgungspunkt, den die Briten für sie errichtet hatten, am frühen Abend und Andreas lud von Hoaedle ein, mit ihm und Elizabeth zu Abend zu essen.

„Graf, Gräfin", sagte von Hoaedle, schlug die Fersen zusammen und nickte als er sich ihrem Tisch unter dem Vorzelt näherte.

„Nehmen Sie Platz, Herr Major", sagte Andreas. „Elizabeth, darf ich dir einen alten Freund meines Vaters vorstellen, Rudy von Hoaedle. Rudy, meine Frau Elizabeth."

„Es ist mir ein Vergnügen, Gräfin Bekenbaum", sagte Rudy, verbeugte sich und ließ sich nieder.

„Das Vergnügen ist ganz auf meiner Seite, Baron von Hoaedle, und für Sie bin ich Elizabeth, Rudy", sagte sie auf Deutsch, die Sprache, die auch die beiden Männer verwendet hatten.

„Ich muss schon sagen, Andreas, wenn ihr Bekenbaums eines könnt, dann ist es, die richtige Frau aussuchen", sagte Rudy. „Selbst in dieser wenig schmeichelhaften Uniform sehen Sie bezaubernd aus, meine Dame."

„Mit solchen Komplimenten werden Sie sehr weit kommen, mein Herr", erwiderte Elizabeth lachend.

Sie setzten ihr fröhliches Geplänkel während des Essens fort und erzählten, was passiert war, seit sie sich zuletzt gesehen hatten. Sie hatten die Mahlzeit beendet und tranken ihren Tee. Rudy unterhielt sie mit Geschichten über die Eroberungen, die der Vater von Andreas als junger Mann gemacht hatte. Manche davon waren äußerst lustig.

„Wissen Sie, Elizabeth, Sie erinnern mich an meine Greta", sagte Rudy. „Sie musste unbedingt mit mir in den Einsatz ziehen. Natürlich nicht so wie Sie, aber Sie hat mich die meiste Zeit während der Napoleonischen Kriege begleitet. Mein ältester Sohn ist sogar im Lager zur Welt gekommen, kurz nach Waterloo."

Elizabeth begann zu lächeln, aber dann sah sie auf einmal ganz überrascht aus und presste ihre rechte Hand auf den Bauch.

„Oh", sagte sie, „ich glaube, das deftige Essen ist mir nicht bekommen. Wir haben uns so lange von getrocknetem Essen ernährt. Wahrscheinlich habe ich zu viel von all diesem frischen Fleisch und Gemüse gegessen. Wenn die Herren mich entschuldigen?"

Beide Männer erhoben sich, als sie aufstand und ging, dann ließen sie sich wieder nieder, um ihren Tee auszutrinken.

„Weißt du was, Andreas", sagte Rudy. „Die Briten waren nicht darauf vorbereitet, dass ihr so schnell vorankommen würdet. Ich habe sie gewarnt und ihnen gesagt, wie ihr vorgeht, aber sie haben mir nicht geglaubt. Für die sind dreißig Meilen am Tag viel, sechzig sind nahezu ein Ding der Unmöglichkeit, ganz zu schweigen davon, dass man dies, wie ihr, für mehrere Tage lang durchhalten kann."

„Ich würde noch längere Strecken zurücklegen, wenn ich könnte Der Iran beunruhigt mich", sagte Andreas. „Wir werden hier einen Tag Pause machen, unsere Vorräte auffüllen und dann machen wir uns wieder auf den Weg. Wie halten sich deine Männer?"

„Im Gegensatz zu den Briten weiß ich ja, wie das bei euch läuft", sagte Rudy. „Wir haben Ersatzpferde dabei und wir teilen den Proviant mit deinen Leuten, deswegen mache ich mir darüber keine Gedanken. Ich habe nur eine Kompanie dabei und wir sind für den Kampf ausgestattet, sprich ich muss mir um keinen Gepäckzug Gedanken machen. Wir werden mithalten können. Das sollte kein Problem sein."

Andreas nickte. „Gut, danke, dass du dich uns anschließt, Rudy. Wenn du mich entschuldigst, ich sollte wohl mal nach Elizabeth sehen."

Rudy verabschiedete sich und Andreas betrat das Zelt, das er mit Elizabeth teilte. Sie saß auf ihrer Pritsche, hatte den Mantel ausgezogen, den Gürtel geöffnet und strich sich sanft über den Bauch. Sie hatte geweint, und als sie Andreas sah, traten ihr wieder Tränen in die Augen.

„Liz, ich werde sofort einen Arzt holen lassen." Sie griff nach seinem Arm als er sich umdrehte, um zu gehen.

„Nein, mein Schatz, dafür brauchen wir keinen Arzt. Komm", sagte sie und zog ihn sanft zu sich. Er kniete sich vor sie hin und sie nahm seinen Kopf in beide Hände und sah ihn an. „Ich bin schwanger", sagte sie leise und Tränen traten ihr in die Augen und liefen ihr die Wangen hinab.

Er sah sie überrascht an.

„Bitte schick mich nicht nach Hause, Andreas, bitte!", flehte sie.

„Warum sollte ich dich nach Hause schicken wollen?", sagte er. „Ich werde Vater? Oh, Liz, danke! Ich freue mich so für dich. Wie, wann?"

Sie lachte voller Erleichterung und Freude. „Du Dummkopf. Hat dein Vater dir nicht gesagt, was passiert, wenn ein Hengst eine Stute besteigt? Wir waren sehr fleißig. Dein Sohn oder deine Tochter sollte im August auf die Welt kommen."

Genau wie Rudy ihnen gesagt hatte, waren die Briten nicht auf ihre Ankunft eingestellt, als sie in Kandahar in Afghanistan eintrafen. Sie wurden von einem Infanteriehauptmann begrüßt, der das Kommando über die hundert Mann hatte, die in Kandahar stationiert waren, und der vom Anblick der über zweitausend Reiter und Wägen, die sich seiner Stadt näherten, deutlich überwältigt war. Die Soldaten hatten vorrübergehend ihr Lager außerhalb der Stadt aufgeschlagen und obwohl die Mainächte noch kalt waren, machte sich deswegen niemand große Gedanken.

Andreas fand heraus, dass Elizabeth in Odessa mit der Frau des Vicomte einkaufen gewesen war, denn sie hatte genug Stoff dabei, um ihre Uniformen und Mäntel zu ändern, um Platz für ihren ständig wachsenden Bauch zu schaffen. Sobald sie dem Arzt versichert hatten, dass sie bald in einem festen Lager sein würden, machte er sich keine Sorgen mehr um die Gesundheit von Elizabeth und dem Kind, da die langen Tage im Sattel dann vorbei sein würden.

Rudy hatte eine Abordnung nach Kabul, der Hauptstadt, geschickt, um seine Vorgesetzten über seine Ankunft zu informieren. Vier Tage später war die Abordnung zurückgekehrt und hatte gemeldet, dass Rudys Bataillon und eine leichte Kavalleriebrigade in Kürze zu ihnen stoßen würden. Drei Stunden vor Einbruch der Dunkelheit trafen die übrigen vier Kompanien von Rudys Bataillon mit dem Gepäckzug und den Ersatzpferden ein und schlugen ihre Lager neben dem des Kosakenbataillons auf.

„Sieht so aus, als ob die Deutschen zum Spiel bereit sind. Ich hoffe, die Briten sehen auch so gut aus", sagte Andreas zu seiner Kommandogruppe als sie zusahen, wie das deutsche Bataillon ankam.

„Die Briten werden sehr gut aussehen", sagte Patrick. „Allerdings wird sich, wenn man sich die Vergangenheit ansieht, ihre Leistung als weniger gut erweisen."

„Ja, sie haben ein System bei dem die Offiziere aufgrund von Familienbeziehungen und Vermögen beförderte werden und nicht aufgrund ihrer Verdienste. Am unteren Ende ihrer Befehlskette haben sie ein paar gute Offiziere, Berufssoldaten, aber sie werden meistens von den höherrangigen Offizieren ignoriert", stimmte William zu.

„Deswegen schließen wir uns ihnen an und stellen uns nicht unter ihr Kommando", sagte Andreas. „Wir können ihre Befehle berücksichtigen und sie so anpassen, wie es für uns passt, oder, wenn es sein muss, können wir sie auch komplett ignorieren."

Beim Wecksignal am nächsten Morgen hissten die Briten eine brandneue Union Jack-Flacke auf der Spitze der Zitadelle in der Stadt. Den ganzen Morgen über wurden von der Signalstelle neben der Flacke in regelmäßigen Abständen Signale ausgegeben. Dies alleine war schon genug, um vermuten zu lassen, dass etwas Großes bevorstand. Darüber hinaus waren aber die Deutschen auch damit beschäftigt, ihre Pferde zu bürsten bis sie glänzten und ihr Zaumzeug und ihre Uniformen zu polieren. Andreas und seine Führungsgruppe, die nicht darüber informiert worden waren, was vor sich ging, saßen unter dem großen Vordach des Kommandozeltes und unterhielten sich und scherzten.

„Sieht so aus als ob ihr Bekenbaums jetzt eure eigene Armee aufmacht", sagte William mit einem Zwinkern.

„Bei dem Tempo hast du, wenn du in den Ruhestand gehst, deinen eigenen Zug."

Die vier männlichen Mitglieder der Bekenbaum-Sippe hatten alle erfahren, dass ihre Frauen schwanger waren.

„Muss an den langen Winternächten liegen", sagte Patrick. „Oder vielleicht war was im Wasser."

„Keineswegs", sagte Johann, „das ist ganz klar ein Fall von überlegener Männlichkeit."

„Ich glaube eher, dass es daran liegt, dass sie ihre Hosen nicht anbehalten können", sagte Elizabeth, die sich neben Andreas niedergelassen hatte.

Sobald sie alle aufgehört hatten, brachte Peter hervor: „Oder es liegt daran, dass unsere Frauen ständig mit ihrem Hintern wackeln." Daraufhin brachen sie alle erneut in Lachen aus, nachdem Elizabeth mit gespielter Empörung ein Brötchen nach Peter geworfen hatte.

Kurze Zeit später zogen die fünfhundert Soldaten von Rudy los. Sie säumten beide Seiten der Straße, die zum Stadttor führte und standen neben ihren Pferden in einer lockeren Formation. Zwanzig Infanteriesoldaten mit roten Mänteln marschierten aus dem Tor heraus. Angeführt wurden sie von ihrem Hauptmann, der jetzt auf einem Pferd saß. Sie stellten sich ebenfalls auf beiden Seiten der Straße vor dem Tor auf. Eine Staubwolke verriet, dass weiter unten auf der Straße etwas im Anmarsch war. Es stellte sich heraus, dass sich bei dem Tupfen rot am Kopf der Staubwolke um die berittene Kavallerie handelte, die in vierreihigen Kolonnen angeordnet war.

„Überraschen können die uns nicht", sagte Ivan. „Wie weit sind sie noch weg, zwei Meilen oder so?"

„Ja, das rot verrät sie wirklich", sagte William.

„Ungefähr wie die blauen Uniformen der Yankees. Wir konnten euch immer schon von weitem kommen sehen, lange bevor ihr wusstet, dass wir da waren", sagte Patrick.

„Ja, aufgrund der Farbe eurer Uniformen war es schwierig euch aus der Ferne zu sehen. Mit unseren hellgrauen Uniformen jetzt ist es genau so", stimmte William. „Sollen wir eine Ehrengarde aufstellen, Herr Oberst?"

„Ich denke nicht, Herr Major, niemand hat es für nötig befunden, uns zu informieren", antwortete Andreas. „Außerdem, William, haben wir von hier eine bessere Aussicht und überhaupt sollte meine Frau Gemahlin in ihrem delikaten Zustand nicht in all dem Staub ausgesetzt sein und sich nicht bei den stinkenden Pferden aufhalten."

Sie fingen alle wieder an zu lachen, nachdem Elizabeth Andreas in die Schulter gepufft hatte. In diesem Moment zog der erste von vier offenen Wägen, die die hochrangingen Offiziere und ihre Frauen transportierten, an ihnen vorbei.

Kurz danach wurde ein britischer Leutnant zu ihnen geführt. Er kam laut stampfend fünf Meter vor ihnen zu stehen und grüßte sie mit dem britischen Gruß, bei dem er die offene Hand an die Seite seines strahlend weißen Tropenhelms hielt. Der Kinnriemen seines Helms war zwischen seinem Kinn und seiner Unterlippe positioniert. Alles an seiner Uniform von dem roten Rock mit den weißen Gürteln und den glänzenden Messingschnallen, über die blauen Hosen mit den gelben Streifen und dem klappernden Schwert, das an seiner Hüfte hing, bis zu den silbernen Sporen die an kniehohen Kavalleriestiefeln befestigt waren, glänzte.

Andreas erwiderte den Gruß mit einer Handbewegung in die grobe Richtung seiner Stirn.

„Was kann ich für Sie tun, Herr Leutnant?", fragte Andreas auf Englisch, wobei er die amerikanische Aussprache des Rangs verwendete.

Der Leutnant überreichte Andreas einen versiegelten Umschlag und sagte: „Dem Oberst und seinen dienstgradhöchsten Offizieren und ihren Damen wird der Befehl erteilt, heute Abend um sieben Uhr im Offizierskasino zu escheinen, Herr Oberst. Transport für die Damen wird bereitgestellt."

„Vielen Dank, Herr Leutnant. Bitte teilen sie ihrem Vorgesetzten mit, dass wir keinen Transport benötigen", erwiderte Andreas, und ließ den Mann mit einem weiteren schludrigen Gruß abtreten. Er öffnete den Umschlag und holte die Karte heraus. Er überflog sie und warf sie dann auf den Tisch.

„Ja, genau das steht hier: ‚befohlen', nicht ‚gebeten'."

Er hörte, wie Elizabeth laut Luft holte.

„Mach dir keine Sorgen, Liz"; sagte er und deutete auf den Namen, mit dem die Einladung unterschrieben war. „Wir sind russische Soldaten, die im Namen unseres Herrschers dienen und einen Freund des Zaren unterstützen. Wir sind jetzt seit mehr als zwei Monaten gefechtsbereit im Feld und wurden gerade von diesem Freund beleidigt. Wir gehen so, wie wir sind. Zum Gefecht bereite Kosaken in einem Kriegsgebiet.

Oberst, wenn Sie ihre Schwestern informieren könnten? Ich denke, wir sollten so um halb sieben einen kleinen Spaziergang machen. Und vielleicht werden wir dann anhalten und den Briten einen Höflichkeitsbesuch abstatten."

Rudy und seine vier Hauptleute in ihren Ausgehuniformen marschierten kopfschüttelnd an der lachenden Gruppe Russen vorbei, die gemütlich in Richtung des britischen Offizierskasinos schlenderten. Rudy lächelte und dachte bei sich: „Gleich wird jemanden eine Lektion erteilt werden und dieser jemand ist nicht Andreas."

„Die Russen", kündigte der für das Kasino zuständige Feldwebel an, der sie in den Speisebereich führte. Alle in der Halle Versammelten schnappten hörbar nach Luft.

Im starken Gegensatz zu den makellosen Uniformen und den schicken Festkleidern, die die versammelten Männer und Frauen trugen, marschierten Andreas und seine Begleiter mit ihren Damen am Arm in ihren Felduniformen ein, die Pistolen mit dem Pistolengurt um die Hüfte geschnallt.

Anstatt sich zu dem Tisch zu begeben, der für sie an einer Seite der Halle reserviert war, schlenderten Andreas und seine Begleiter zum Entsetzen des Kasinofeldwebels den Mittelgang entlang. Sie hielten an, und die Begleiter von Andreas verteilten sich zu seiner Linken und zu seiner Rechten vor dem Haupttisch.

Sie standen da, bewegten sich nicht und sagten kein Wort. Andreas wartete bis der Mann vor ihm kurz davor war vor Empörung zu platzen.

„Leftenant Colonel", sagte Andreas leise aber mit fester Stimme, wobei er diesmal die britische Aussprache des Rangs wählte. „Ich weiß ja nicht, wie das in ihrer Armee ist, aber in meiner Armee grüßt man einen dienstgradälteren Offizier. Des Weiteren gilt es als Unart, wenn ein Offizier an einen höherrangigen Offizier Befehle erteilt. In meiner Meldung an ihr Hauptquartier werde ich zum Ausdruck bringen, dass ich Ihnen dieses respektlose Verhalten mir gegenüber nicht nachtrage. Und nun entschuldigen Sie uns bitte, die Gräfin und ich werden nun unseren Verdauungsspaziergang fortsetzen. Es ist ein wirklicher schöner Abend für einen Spaziergang, nicht wahr, meine Dame?"

„Oh ja, mein guter Herr Graf. Der Abendwind ist so erfrischend nach der Hitze des Tages", erwiderte Elizabeth ebenfalls auf Englisch, als sich die Gruppe umdrehte und gemütlich aus dem Gebäude hinausmarschierte.

Nach jenem Abendessen, sah man Andreas eine Woche lang jeden Morgen mit einem anderen Offizier in Begleitung von zehn Soldaten im Morgengrauen aus Kandahar wegreiten. Alle Männer einschließlich der Offiziere und Andreas waren voll bewaffnet. Die Winchester hatten sie auf ihren Rücken geschwungen, die Pistolen an ihre Hüften geschnallt. Sie besuchten jedes Dorf, das sie finden konnten, trafen sich mit den Dorfältesten und erklärten ihnen, weshalb sie da waren. Dass sie keine Eroberer seien, sondern, soweit möglich, den Dörfern helfen und sie vor den Plünderern schützen wollten, die die Dörfer und Herden angriffen.

Anfangs waren die Leute skeptisch, aber bald schon glaubten sie, dass dieser Fremde anders war. Er war gebildet und zitierte aus dem Heiligen Koran. Selbst wenn die Imame ihn auf dir Probe stellten, gab er die richtigen Antworten. Obwohl er in seiner Heimat ein hoher Adliger und angesehener Krieger war, brachte er allen Respekt und Würde entgegen, ganz unabhängig von ihrem Status.

Bald machte die Nachricht, dass die Fremden Ärzte dabei hatten, die jedem helfen würden, erst in Kandahar, dann auch in der ländlichen Umgebung die Runde. Es sprach sich herum, dass die Fremden sogar weibliche Ärzte hatten, sodass auch die

Frauen und Töchter behandelt werden könnten. Ja sogar die Ehefrau des großen Adligen sei oft zur Stelle, um selbst zu helfen.

Jeden Tag kehrte Andreas nach Einbruch der Dunkelheit zurück.

Jeden Abend las er die immer verzweifelter klingenden Nachrichten des britischen Befehlshabers, mit denen er um eine Audienz bat. Jeden Tag legte er sie auf den Stapel der vorherigen, unbeantworteten Nachrichten.

„Guten Morgen, mein Herr", sagte Andreas. „Friede sei mit Euch."

Der Imam hatte in Russland studiert und sprach fließend Russisch.

„Und mit Euch", erwiderte er. „Kommen Sie, setzen Sie sich, die Führer aus der Region sind alle hier und möchten mit Ihnen sprechen und Ihre Weisheit hören."

„Ich bin nur ein junger Mann", sagte Andreas. „Ich muss noch viel lernen, aber ich werde mein Bestes tun, um zu helfen."

„Und das ist alles, was Gott von uns verlangt", sagte der Iman, „unser Bestes tun. Darf ich Ihnen und Ihrem Adjutanten Kaffee anbieten?"

An diesem Tag hatte Andreas Ivan mitgenommen, zum einen um ihn zu zeigen, wo die Dörfer in diesem Sektor waren, zum anderen aber auch, um Ivan die örtlichen Ältesten vorzustellen, sodass er diese kennenlernen könnte und umgekehrt. Beide Männer ließen sich auf dem Teppich nieder, der auf dem Boden lag. Sie setzten sich in den Schneidersitz und tranken den starken Kaffee, der ihnen gereicht wurde. Dabei sprachen sie eine ganze Weile lang über das Wetter und ihre Familien.

„Das ist genau das, wobei wir Ihren Rat benötigen", sagte der Imam nachdem Andreas sich nach der Ernte und dem Vieh erkundigt hatte.

„Ein paar reiche und einflussreiche Fremde sind an uns herangetreten, und haben uns gesagt, dass wir Mohn anbauen sollen", sagte der Imam. „Sie haben uns großen Reichtum versprochen, viel mehr als was wir jetzt haben. Geld, um mehr Frauen, Pferde und Gewehre zu kaufen. Reichtum, um nicht mehr von den Hellhäutigen abhängig zu sein."

„Alle Männer versuchen, das Leben für sich und ihre Familien leichter zu machen", sagte Andreas nachdem er kurz nachgedacht hatte. „Ich selber musste eine ähnliche Entscheidung treffen. Es ging nicht um Mohn, der wächst bei uns nicht, aber es ging um ein Getreide, das großen Gewinn versprach.

Wenn man Getreidesorten anbaut, die viel Gewinn versprechen, dann muss man das Korn, das man selber zum Essen benötigt, von anderen kaufen. Diese werden mehr Geld dafür verlangen als es kosten würde, das Korn selber anzubauen. Sobald die anderen Dörfer sehen, dass Sie mit dem Mohnanbau viel Geld erzielen, werden sie auch anfangen, Mohn anzubauen und Sie werden weniger Geld bekommen. In Kürze wird keiner mehr einen großen Gewinn erzielen und keiner wird mehr Geld haben, um Essen zu kaufen."

Andreas nahm einen Schluck Kaffee und gab dem Imam die Möglichkeit, seine Worte für die anderen zu übersetzen. Viele der älteren Männer nickten zustimmend mit dem Kopf, aber einige der jüngeren wurden laut und gestikulierten mit den Händen. Einer der jungen Männer stand auf und zeigte wütend auf Andreas.

„Dieser hier behauptet, dass Sie, wie alle anderen weißen Männer auch möchten, dass wir arm bleiben", sagte der Imam.

„Deswegen erzählen Sie uns Lügen, damit wir das tun, was Sie von uns möchten."

„Ich bin hier um Plünderer umzubringen, nicht um Ihr Land zu stehlen", sagte Andreas. „Ich habe genug Reichtum und Ländereien. Ich brauche nicht noch mehr."

„Ich würde diesem jungen Mann folgende Frage stellen", fuhr Andreas fort und zeigte auf den wütenden Mann, der immer noch mit den Armen über der Brust verschränkt dastand und ihn anstarrte.

„Wenn ein Mann an einem Samstag im Herbst zehn Kühe zum Markt bringt, zu einer Zeit, zu der alle anderen Männer ebenfalls ihre Kühe zum Markt bringen, bekommt er dann den vollen Preis?"

Der junge Mann machte eine Geste, die Andreas als Verneinung der Frage deutete.

„Wenn er jedoch dieselben zehn Kühe an einem Mittwoch zum Markt bringt, wenn niemand sonst Kühe verkauft, was passiert dann?", fragte Andreas. „Dasselbe wird mit dem Mohn passieren", fuhr er fort. „Sie werden viel Land für den Mohnanbau benötigen, der Preis wird niedrig sein und Sie werden noch mehr anpflanzen müssen, um Essen zu kaufen und so weiter.

Warum sorgen Sie nicht dafür, dass alle Leute genug zu essen haben?", fragte Andreas. „Die Ziegen und Kühe haben gutes Weideland und Heu. Sie haben Getreide für den Winter für sich selbst und für die Tiere und sogar noch etwas mehr, das sie für schlechte Zeiten aufheben können oder vielleicht verkaufen. Verwenden Sie doch einfach etwas Land, dass sie übrig haben, und bauen Sie dort etwas Mohn an, um sich noch etwas dazuzuverdienen. Ergibt das Sinn?

Während andere Stämme große Mengen Mohn anbauen, machen Sie damit Gewinn, Getreide und Nutztiere zu verkaufen und mit dem Mohnanbau bekommen Sie noch etwas mehr", sagte Andreas. „So machen Sie das Beste aus beidem."

Der wütende Blick des jungen Mannes war einem nachdenklichen Gesichtsausdruck gewichen. Der Mann setzte sich wieder und strich sich über seinen gut gepflegten Bart, während die anderen über das, was Andreas gesagt hatte, diskutierten.

„Was haben Sie davon?", sagte der junge Mann schließlich auf Englisch. „Ihre britischen Lehnsherren drängen uns genau wie die Eindringlinge dazu, Mohn anzubauen, und doch raten Sie uns davon ab."

„Ich habe keine britischen Lehnsherren", sagte Andreas auf Englisch. „Ich bin, wie gesagt, hierhergekommen, um Plünderer umzubringen. Was habe ich davon? Nun, je mehr Plünderer ich hier umbringe, desto weniger muss ich bei mir daheim umbringen. Desto weniger müssen meine Leute ansehen, wie ihr Getreide verbrannt wird, ihre Großväter umgebracht und ihre Frauen gestohlen werden. Das habe ich davon. Wenn Sie sich versorgen können und genug Geld verdienen, um Waffen zu kaufen und sich zu beschützen, dann müssen meine Söhne und meine Enkelsöhne nicht immer wieder hierher zurückkehren, um Ihnen zu helfen. Das habe ich davon."

Der junge Mann sah ihn einen Moment lang an, stand dann auf und bedeutete den anderen, es ihm gleich zu tun.

„Bleiben Sie", sagte der junge Mann. „Trinken Sie noch etwas Kaffee. Wir möchten die Angelegenheit ausführlicher besprechen und werden in Kürze wieder da sein."

Anstatt eine weitere Tasse Kaffee zu trinken, stand Andreas auf und bedeutete Ivan, mitzukommen. Sie gingen und sahen nach den Soldaten und den Pferden.

„Haben die Pferde Wasser bekommen?", fragte Andreas seinen Feldwebel.

„Jawohl, Herr Oberst", erwiderte der Feldwebel. „Wir durften ihren Brunnen verwenden und wir haben alle gegessen, Herr Oberst."

„Ich erwarte eigentlich keine Schwierigkeiten", sagte Andreas. „Aber haltet euch vorsichtshalber bereit."

„Wir sind immer breit, Herr Oberst, so wie Sie uns das beigebracht haben", erwiderte der Feldwebel.

„Es wird hier draußen langsam langweilig", sagte ein junger Soldat weiter hinten. „Die Wahrscheinlichkeit, dass ich zuhause sterbe, weil eine Kuh mich tritt, ist größer."

„Da haben Sie Recht, Gefreiter", sagte Andreas. „An Langeweile zu sterben ist ein langweiliger Tod."

„Oh Gott", sagte ein Hauptgefreiter. „Nehmen sie euch den Sinn für Humor weg, wenn sie euch zu hohen Tieren machen?"

Dieser Kommentar und ein paar weitere erzielten die Lacher, auf die Andreas gehofft hatte, und die Soldaten machten noch mehr Witze, meistens über sich selbst. Als die Dorfältesten zurückkehrten bot sich ihnen ein Bild, von lachenden Soldaten, die Andreas auf den Rücken klopften.

Die Delegation kam auf Andreas zu und der junge Mann, der Englisch konnte, begann zu sprechen.

„Ihre Worte sind weise für so einen jungen Mann", sagte er. „Wir haben beschlossen, Ihren Rat zu befolgen. Bei uns gab es auch viele Plünderungen und Morde. Diese Tiere, die dafür verantwortlich sind, sind auch die, die uns dazu drängen, Mohn anzubauen. Sie sagen, sie werden uns in Ruhe lassen, wenn wir tun, was sie uns sagen.

Eine große Gruppe von ihnen wird heute Nachmittag hierherkommen, weil sie unsere Antwort wissen wollen. Wir möchten, dass Sie uns dabei helfen, ihnen eine Antwort zu geben."

„Welche Art von Antwort?", fragte Andreas.

Der junge Mann zog sein Schwert aus dem Gürtel und zeigte es Andreas. „Diese Art!", rief er, und die anderen Ältesten taten es ihm nach.

„Die werden die gleiche Taktik verwenden, die kennen keine andere", sagte Andreas zu seinem Feldwebel als sie zusahen, wie die Plünderer die Lanzen aus den Halterungen zogen und sicherstellten, dass die Schwerter frei waren.

Bis zum Einbruch der Dämmerung waren es noch ungefähr sechs Stunden. „Genug Zeit, um zu sterben", dachte Andreas.

„Wir werden sie angreifen, dreimal schießen und dann rennen, was das Zeug hält", befahl Andreas. „Verstanden?"

Mit Andreas waren sie zu fünft. Sie hatten sich quer über den Pfad aufgereiht. Ihnen gegenüber befanden sich ungefähr hundert berittene Plünderer, die jeweils mit Lanze, Schwert und Schild ausgerüstet waren. Als sie sahen, dass Andreas vorhatte, ihren Weg zu blockieren, teilten sich die Plünderer in mehrere aufeinanderfolgende Linien zu sechs Gliedern, Knie an Knie, auf. Auf einen Befehl hin, näherte sich die Hälfte der Plünderer Andreas und seiner kleinen Gruppe. Dieser wartete, bis die Plünderer auf dreihundert Meter herangekommen waren, dann gab er seinen Männern das Zeichen zum Angriff und kurz darauf das Zeichen, in den Galopp zu wechseln.

Die Plünderer kannten diese Taktik schon und ritten weiter im Schritt. Sie würden angreifen, wenn die Soldaten von Andreas ihren ersten Schuss abgegeben hätten, weil sie glauben würden, dass dies alles gewesen sei. Als die Gruppen hundertfünfzig

Meter voneinander entfernt waren, zogen Andreas und seine Soldaten ihre Winchester-Gewehre hervor und zielten über die Köpfe ihrer Ponys. Auf hundert Meter Entfernung wartete Andreas auf den Bruchteil einer Sekunde in dem sich alle vier Hufen von Bartholomew in der Luft befanden und drückte ab. Seine Männer taten es ihm allesamt gleich und mit vier Schritten drehten sie ihre Ponys herum und galoppierten in die entgegengesetzte Richtung. Fünfzehn der Feinde lagen auf dem Boden. Sie waren entweder selbst getroffen worden oder lagen unter erschossenen Pferden. Der Rest der Feindesgruppe wechselte in den Trab, fest entschlossen, die anderen zu rächen. Die restlichen fünfzig Plünderer folgten ihnen. Schnell kamen sie zu einer Stelle der Straße, wo diese zwischen zwei kleinen Hügeln hindurchführte und als die feindlichen Reiter diesen Einschnitt erreichten, erhoben sich die restlichen Soldaten von Andreas und beschossen die Masse aus Pferde- und Menschen-fleisch unter ihnen mit Kugeln im Kaliber .44, von denen sie alle zwei Sekunden eine abgaben. Alle Plünderer, denen die Flucht gelang, wurden von Andreas und seinen Soldaten in Empfang genommen, die mittlerweile abgestiegen waren und jeweils zehn Schuss in ihren frisch geladenen Gewehren hatten.

Die Feinde, die umkehrten, um zu fliehen, liefen den verärgerten Dorfbewohnern in die Arme, die von Hinten angriffen und sie mit ihren Schwertern niederstreckten. Es war ein Gemetzel. Alles Reden und Gestikulieren seitens Andreas vermochte die Einheimischen nicht aufzuhalten, die alle verwundeten oder gefangenen Plünderer töteten und bald gab Andreas auf und zog seine Leute aus der Gefahrenzone zurück, um zu verhindern, dass Einheimische am Ende noch versuchen würden, es mit ihnen aufzunehmen.

„Haben wir Verluste, Ivan?", fragte Andreas.

„Nein, diesmal gab es noch nicht einmal einen Kratzer", sagte Ivan.

„Gut Jungs", sagte Andreas, kniete sich nieder und nahm seine Kappe ab. Der Rest seiner Soldaten tat es ihm gleich.

„Im Namen des Vaters, des Sohnes und des Heiligen Geistes", sagte Andreas und bekreuzigte sich. „Vater, wir danken dir dafür, dass du deine Söhne, die deinen Willen getan haben, geleitet und beschützt hast, und dafür, dass du es uns und deinen muslimischen Kindern erlaubt hast, die zu besiegen, die Böses im Herzen haben und die deine Worte Herr Jesus Christus und die des Propheten Mohammed verzerren, um Böses statt Gutes zu tun. Herr, wir bitten dich um Vergebung dafür, dass wir diese vom Weg abgekommen Leben ausgelöscht haben und bitten dich, uns von dieser Sünde freizusprechen. Wir danken dir, Herr, für deine Bewahrung und dafür, dass wir diese Auseinandersetzung unversehrt überstanden haben. Im Namen des Vaters, des Sohnes und des Heiligen Geistes, Amen."

Die Soldaten wiederholten das ‚Amen'. Dann erhoben sie sich und sahen, dass auch die Einheimischen sich hingekniet hatten und dass ihr Imam Worte in ihrer Sprache zu ihnen sprach. Anschließend erhoben der Imam und die Einheimischen sich, und machten sich zum Gehen bereit. Der Imam kam auf Andreas zu und streckte seine rechte Hand aus.

„Sie sind nicht nur ein Krieger. Sie sind auch ein großer Führer in Ihrem Glauben", sagte der Imam, gab Andreas die Hand und umarmte ihn. „Ich habe meinen Leuten das, was Sie gesagt haben, übersetzt und es hat sie sehr berührt."

„Nein, das bin ich nicht", sagte Andreas. „Ich bin nur ein Mann, der gut mit Worten umgehen kann und der ein Gespür dafür hat, zur rechten - oder, je nachdem wie man es sieht, zur falschen - Zeit am richtigen Ort zu sein. Meine Leute haben, genau wie die Ihren, einen starken Glauben und es ist nur recht, Gott für seine Führung zu danken. Ansonsten bin ich kein sehr religiöser Mann."

„Und doch haben Sie die Heilige Schrift studiert. Der Priester in Kandahar hat mir erzählt, dass Sie beinahe Priester geworden wären und ich weiß, dass Sie den Heiligen Koran studiert haben. Ich habe Sie daraus zitieren hören."

„Ich habe nicht gesagt, dass ich nicht gläubig bin", sagte Andreas. „Aber ich bin kein religiöser Mann. Im Seminar wurde gelehrt, dass es nur einen wahren Weg zu Gott gibt. Und trotzdem sind Sie nun hier und sagen dasselbe wie ein jüdischer Rabbi, eine buddhistischer Mönch und ein halbes Dutzend anderer Religionen. Es gibt nur einen Gott und Er hat nur eine Mission. Alle Religionen lehren dasselbe. Und trotzdem sagen sie alle, dass die anderen falsch liegen und zahlreiche Kriege werden deswegen angefangen."

Der Imam übersetzte, was Andreas gerade gesagt hatte, für die wachsende Menge von Dorfältesten, die sich um ihn und Andreas scharrten. Viele nickten zustimmend mit dem Kopf.

„Ja, das sehe ich selbst bei unseren eigenen Leuten", sagte der junge Führer auf Englisch. „Die Sunniten greifen die Schiiten an und töten sie und doch folgen wir alle dem Propheten Mohammad. Ich sehe dasselbe auch bei Ihnen. Die Engländer bekämpfen die Katholiken, die Katholiken bekämpfen die Griechen und doch folgen Sie alle dem Propheten Christus nach. Das ist falsch und es ist genau, wie Sie sagen: Gott hat viele Stimmen, aber nur eine Nachricht. Aber jetzt genug davon. Wir müssen diesen großen Sieg über unseren gemeinsamen Feind feiern."

„Vielen Dank, meine Männer und ich wissen die Einladung zu schätzen", sagte Andreas. „Aber leider kann ich sie nicht annehmen. Meine Frau ist schwanger und bald werde ich einen Sohn oder eine Tochter haben, und meine Männer sind alle wie Kinder. Wenn der Vater zu lange weg ist, machen sie Unfug. Die Engländer bereiten mir große Kopfschmerzen."

Der junge Mann lachte und übersetzte es für die Anderen. Auch diese nickten und lachten. Einer der älteren Männer machte einen Kommentar, dem die anderen zustimmten.

„Sie sagen, dass sie nicht überrascht sind, dass Sie Probleme mit den Engländern haben", sagte der Mann, der Englisch sprach. „Die Engländer machen uns allen Sorgen. Aber Sie sind sehr geduldig und wissen, sich zu beherrschen. Meine Leute bewundern das ebenfalls an Ihnen. Gehen Sie mit Gott, Herr Andreas. Wir verstehen, dass Sie gehen müssen, und Sie sollen wissen, dass Sie bei uns immer willkommen sind."

Ein müder, mit Staub, Schweiß und Schießpulver verschmierter Andreas erreichte das Lager, wo er einen offenen Wagen vor seinem Kommandozelt geparkt vorfand. Zwei Zivilisten und ein deutlich aufgebrachter Oberstleutnant saßen gegenüber von Elizabeth unter dem Vorzelt, das den Speisebereich abschirmte. Eine halbvolles Glas Weinbrand stand vor jedem der Männer auf dem Tisch, vor Elizabeth standen eine Tasse und eine Kanne Tee. Zwei der Einheimischen, die angefangen hatten, im Lager aufzutauchen, um ihre Dienste anzubieten, standen aufmerksam an der Seite bereit. Eine Frau für Elizabeth und ein Mann für die Männer. Elizabeth trug das Kleid mit der Schürze und ein Kopftuch, die sie immer trug, wenn sie in der Klinik arbeitete und lachte über etwas, das in einem Buch auf ihrem Schoß lag.

Andreas stieg vor dem Vorzelt ab, reichte Bartholomews Zügel einem Soldaten und sagte auf Russisch: „Kümmere dich bitte um ihn. Gut, Ivan, komm. Lass uns mal rausfinden, was sich unsere Freunde, die Briten, heute für uns ausgedacht haben."

Als die Gruppe am Tisch sie herankommen hörte, standen die Männer auf und drehten sich zu ihnen um.

Andreas fing sofort an, von einem Ohr zum anderen zu grinsen und reichte einem der beiden Männer die Hand. „Remington, alter Freund, wie schön, dich wieder zu sehen", sagte er auf English, wobei er mit seiner rechten Hand die des anderen Mannes feste drückte und ihm mit der linken Hand herzlich auf den Rücken schlug. „Ivan, sieh nur, es ist unser guter Freund Remington."

Ivan fing ebenfalls an zu grinsen, reichte Remington die Hand und drückte dessen Hand ebenfalls kräftig.

„Es ist so schön, Sie wieder zu sehen, mein Freund", sagte Ivan ebenfalls auf Englisch.

Andreas lief zu Elizabeth hinüber und küsste sie auf die Wange, die sie ihm hinhielt.

„Was findet meine Dame denn so amüsant?", fragte er sie.

Auf ihrem Schoß lag ein von Hand gezeichnetes Bild, das Andreas zeigte, wie er mit einer Hand Elizabeth hinter sich auf den Sattel seines galoppierenden Pferdes schwenkte, während er mit einer Pistole, die er in der anderen Hand hielt, einen Schwert schwenkenden Bösewicht in den Kopf schoss. Die Bildunterschrift lautete: ‚Der Held von Russland rettet seine Dame.'

Andreas lächelte nur und hob warnend den Finger in Richtung Remington.

„Oh, nein, mein Schatz, wie unhöflich von mir", sagte Elizabeth. „Mein Herr Graf, darf ich Ihnen Mr. Wiggam, den Counsel General Ihrer Britischen Majestät für Afghanistan vorstellen; Mr. Wiggam, mein Gemahl, Graf Bekenbaum von Katharinental."

Die beiden Männer gaben sich die Hand.

„Graf Bekenbaum, ich habe das Vergnügen, Ihnen Oberstleutnant Featherstone, den Befehlshaber über die Truppen Ihrer Britischen Majestät in der Region vorstellen zu dürfen", sagte Wiggam.

Diesmal präsentierte Featherstone einen Gruß wie auf dem Paradeplatz, den Andreas auf dieselbe Weise erwiderte, bevor er ihm kurz die Hand reichte.

„Meine Herren, Major Halinov, einer meiner Kompanieführer", sagte und Ivan gab beiden Männern die Hand.

„Komm, setz dich", sagte Andreas, „Ivan, ein Glas Weinbrand?", fragte er als der Diener sein Glas füllte.

„Ich muss mich für meine Aufmachung entschuldigen, meine Herren, ich habe den ganzen Tag im Sattel verbracht. Wir haben eine Runde durch das Gebiet gemacht", sagte er.

„Eine Runde durch das Gebiet, mein Herr?", platzte Featherstone hervor, „aber das ist doch nicht sicher mit nur zehn Soldaten."

„Ja, darauf werden wir später zu sprechen kommen, Herr Oberstleutnant. Nun möchte ich aber erst einmal wissen, was ich für Sie tun kann, Mr. Wiggam? Ich bin mir sicher, Sie haben nicht den ganzen Weg zurückgelegt, um sich von den Geschichten meiner Gattin und von Mr. Remington unterhalten zu lassen."

„Hm, ja, also, ähm, ja. Ich bin gekommen, um bei ein paar Schwierigkeiten zwischen Ihren Soldaten und meinen zu vermitteln, Herr Graf", antwortete er.

„Schwierigkeiten? Mir liegen keine Meldungen über Schwierigkeiten vor. Meine Liebe, wurden dir in deinem Bereich Schwierigkeiten gemeldet?", fragte Andreas.

„Nein, mein Herr, ich habe keine Schwierigkeiten zu melden", antwortete sie.

„Ich kann Ihnen versichern, Mr. Wiggam, dass wir uns, falls wir hören sollten, dass es Schwierigkeiten wegen dem Verhalten von jemanden unter unserem Kommando gibt, sofort mit dem gebotenen Ernst darum kümmern werden", sagte Andreas.

„Nein, nein, Herr Graf, lassen Sie es mich anders ausdrücken. Es scheint Probleme bei der Zusammenarbeit zwischen unseren Streitkräften zu geben", sagte Wiggam.

„Ah, die Zusammenarbeit", sagte Andreas, hob seinen linken Arm und winkte den Diener herbei.

Dieser legte einen Stapel von Schreiben vor Wiggam ab, der begann, diese zu lesen. Die Karten waren in umgekehrt chronologischer Reihenfolge sortiert, die neueste kam zuerst, die älteste zuletzt. Jede der Karten war datiert und von Featherstone höchstpersönlich unterschrieben worden.

Als Wiggam sich durch den Stapel hindurch arbeitete, wurde sein Gesichtsausdruck immer besorgter, bis er schließlich unfreiwillig ein „Oh Gott!", hervorstieß, während er die letzte Karte las und sie vorsichtig auf den Tisch legte, wobei er ganz offensichtlich versuchte, ruhig zu bleiben. Andreas hatte nicht vor, ihn vom Haken zu lassen.

„Ich weiß ja nicht, wie das in Ihrer Armee läuft, Mr. Wiggam, aber wenn einer meiner Offiziere sich mir gegenüber so verhalten würde", sagte Andreas, wobei er seine Pistole auf den Tisch knallte, „dann würde ich ihn auf der Stelle mit dieser Pistole eine Kugel in die Stirn verpassen."

„Zum Thema: Da draußen ist es nicht sicher, Herr Oberstleutnant", sagte er, wobei er das spöttisch lachte, als er ‚Oberstleutnant' sagte, „woher wollen Sie das denn wissen? Wenn man von Ihrem Verhalten in Kandahar ausgehen darf, dann haben Sie die vergangenen zwei Monate in Kabul wohl damit verbracht, jeden Abend zu feiern und tagsüber ihre Soldaten wegen irgendwelchen Kleinigkeiten zu schelten und zu schlagen. Wer glauben Sie denn, dass Sie sind? Halten Sie sich für einen Grafen? Ich sage Ihnen, Mr. Wiggam, wenn ich meine Leute so behandeln würde, würden Sie mich an diesem Baum dort drüben aufknüpfen. In den vergangenen acht Tagen war ich, während diese Narr hier mit Briefeschreiben beschäftigt war, da draußen. Ich habe mich mit den Dorfältesten von vierzig Dörfern getroffen. Aufgrund dieser Besuche habe ich taugliche Hinweise darauf erhalten, was unsere Feinde machen. Diese Hinweise waren derart tauglich, dass wir in den vergangenen zwei Tagen zwei Plünderungszüge vereitelt haben, mit dem Ergebnis, dass mehr als hundert unserer Feinde tot sind. Meine beiden Ärzte und meine kleine Gruppe von Sanitätern haben mehr als hundert Einheimische behandelt, während Ihre vier Ärzte Gin in sich hineinkippen und die Geschlechtskrankheiten der Offiziere behandeln.

Zusammenarbeit, Mr. Wiggam, ich sage Ihnen wie Ihre Britische Majestät mit mir zusammenarbeiten kann. Warum verziehen Sie und Ihre Armee aus Amateuren sich zum Teufel nochmal nicht und lassen die ordentlichen Soldaten, die wissen wie es geht, ihre Arbeit machen!"

Die letzte Bemerkung untermauerte Andreas indem er seine mit Schießpulver und Blut verschmierte Faust neben dem Colt, mit dem offensichtlich erst vor kurzem geschossen worden war, auf den Tisch knallte. Da erst bemerkten alle, dass der Ärmel, der diesen Arm bedeckte, mit dunkelroten Flecken bedeckt war. Dasselbe galt für Ivans rechten Arm. Dieselben Flecken bildeten auch ein bogenförmiges Muster auf ihrer Brust und verliefen über ihre Rücken. Es waren die Flecken, die das Blut hinterlassen hatte, dass von ihren Schwertern gespritzt war.

Elizabeths Hand auf seinem Arm ließ Andreas wissen, dass er dabei war, die Kontrolle über sich zu verlieren. Er holte tief Luft, um sich zu bremsen.

„Entschuldigen Sie bitte, meine Herren, es war ein langer Tag und ich habe meine Manieren vergessen. Ivan, bitte sorge dafür, dass unsere Gäste ordentlich versorgt werden. Meine Herren, meine Dame, ich wünsche Ihnen einen guten Abend." Er nickte den Versammelten zu, hob seine Pistole auf, steckte sie ins Holster, stand auf und ging die zehn Meter zu seinem Zelt hinüber. Er hörte Elizabeth nicht, als sie hereinkam und seinen vollständig bekleideten Körper zudeckte. Er schlief tief und fest.

Viertes Kapitel

Als er die aufgereihten Pferde im blassen Licht unmittelbar vor der Morgendämmerung erreichte, stand Bartholomew schon für ihn bereit und fünf seiner Soldaten waren durch fünf mit grünen Jacken bekleidete Deutsche der King's Loyal Legion ersetzt worden. Sein Offizier für den heutigen Tag war Rudy.

„Lasst die Lanzen da, die sind nutzlos", waren die einzigen Worte, die Andreas gesprochen hatte, bevor die Sonne am Horizont aufgegangen war und sie sich mehrere Meilen außerhalb Kandahars befanden.

„Wie viele von deinen Leuten sprechen Russisch?", fragte Andreas Rudy auf Deutsch.

„Außer mir? Zwei, drei vielleicht", erwiderte Rudy.

„Ich werde dir Dolmetscher zur Verfügung stellen, viele der Einheimischen sprechen Russisch. Andere sprechen Englisch. Sprich, wir werden lernen können, zusammenzuarbeiten. Diese Leute haben die meisten meiner Leute bereits kennengelernt und vertrauen ihnen und ich hoffe, dass wir sie dazu bringen können, euch auch zu vertrauen und wir unsere Möglichkeiten, diese Gegend zu patrouillieren ausweiten können", sagte Andreas.

Das Tagesprogramm war dasselbe wie sonst auch: Treffen mit den Ältesten, Kaffeetrinken und etwas Kuchen oder getrocknete Früchte mit ihnen teilen. In einem Dorf versuchte ein Mann,

Andreas eine Ziege zu geben. Andreas hatte dem Mann zu einem früheren Zeitpunkt dabei geholfen, einen Streit mit seinem Nachbarn beizulegen, der schon Jahre angedauert hatte. Die beiden Streithähne waren engumschlungen wie lange verloren geglaubte Brüder von dannen gezogen. Schließlich verließen sie das letzte Dorf für den Tag und machten sich auf den Rückweg nach Kandahar. Die Dorfkinder rannte ihnen nach und die Männer und Frauen winkten ihnen als sie vorbeiritten.

„Du hast so eine lockere Art mit Leuten umzugehen", sagte Rudy. „Die Leute wollen dir vertrauen."

„Wir sind hier, um ihnen zu helfen. Ich möchte nichts von ihnen, wir stehlen nichts von ihnen, wir belästigen und vergewaltigen ihre Frauen nicht. Ich respektiere ihre Religion und weiß ihre Ansichten zu schätzen", sagte Andreas. „Rudy, die meisten von uns kommen doch auch aus solchen Dörfern. Wir bauen gerade genug an, um zu überleben, versuchen, unsere Familien zu ernähren und unseren Kindern eine etwas bessere Zukunft zu bieten. Wir sind sehr religiös, weil das alles ist, was wir haben. Und wenn ein Führer daherkommt, dem wir nicht egal sind, der versucht uns zu helfen, dann sind wir ihm gegenüber loyal. Bei diesen Leuten hier ist es genau dasselbe."

Andreas sah, dass die deutschen Soldaten zustimmend nickten. „Siehst du, Rudy? Deine Soldaten wissen das auch. Bist du schon so lange in der Armee, dass du vergessen hast, wie das ist?"

„Nein, Andreas", sagte Rudy. „Ich erinnere mich schon noch. Unser Land war besser als das hier, aber unsere Bauern waren genauso. Sie lebten von einer Ernte zur nächsten. Mein Vater war ein guter Lehnsherr, aber einige seiner Nachbarn, nun, die waren so, wie der Oberstleutnant mit dem du vor kurzem aneinander geraten bist. Nimm dich vor ihm in Acht, Andreas, der hat mächtige Freunde."

„Rudy, im Oktober gehe ich nach Hause", sagte Andreas. „Ich werde ihn und seinesgleichen wahrscheinlich nie wieder sehen. Nächstes Jahr um diese Zeit werde ich mächtig genug sein und genug Geld haben, um ihn und seinen Vater zweimal aufzukaufen. Der ist so ein Narr, der hat wahrscheinlich schon jetzt den größten Teil seines Erbes verprasst."

„Meine Soldaten sind froh, dass ihr da seid", sagte Rudy. „Jetzt lassen die englischen Soldaten sie endlich in Ruhe. Die haben jetzt mit euch eine neue Zielscheibe."

„Das könnte böse für sie ausgehen", sagte Andreas. „Wir werden ja sehen."

Die Wochen verstrichen und das Kosakenlager sah mehr und mehr aus wie eine dauerhafter Niederlassung. Die Einheimischen hatten ein Haus aus Ziegelsteinen für die Sanitätseinrichtung gebaut, vor dem sich jeden Morgen eine Warteschlange von zehn bis zwanzig Menschen bildete, die behandelt werden wollten. Der deutsche Arzt und selbst einer der britischen Ärzte waren gekommen, um zu helfen. Elizabeths Bauch wurde immer größer. Der Geburtstermin rückte näher und Andreas liebte sie jeden Tag mehr.

Die Zahl der täglichen Patrouillen nahm zu und als die Einheimischen begannen, ihnen mehr zu vertrauen, konnte Andreas öfter im Lager bleiben. Seine Unterstellten übernahmen die Patrouillen. Die Dorfältesten nannten sie nun die ‚grünen Jacken' und die ‚grauen Jacken' und freuten sich auf ihre Besuche. Es hatte weitere Auseinandersetzungen mit Plünderern gegeben und die Plünderer, die nicht so gut bewaffnet und ausgebildet waren, hatten große Verluste hinnehmen müssen. Die Einheimischen meldeten vermehrt Bewegungen des Feindes, was zu weiteren Auseinandersetzungen führte und zu noch mehr Verlusten auf Seiten des Feindes. Remington hatte es sich zur Angewohnheit gemacht, zwei oder drei Mal die Woche eine Patrouille zu begleiten, und seine Zeichnungen und Geschichten füllten Seite um Seite in seinen Notizbüchern.

Der einzige Bereich in dem es Probleme gab, waren die Briten. Trotz Wiggams Vermittlungsversuchen wurde die Lage jeden Tag angespannter. Einmal gestand Wiggam Andreas, dass er versuchte, Featherstone ablösen zu lassen, dass dies jedoch schwierig sei, da der Mann offiziell nichts falsch gemacht habe und Freunde in hohen Positionen habe.

Die britischen Offiziere hatten begonnen, im Lager herumzulaufen, und Andreas wurde nun von seinen Männern gemeldet, dass diese Offiziere sich respektlos verhielten, seine Männer auf Englisch beschimpften und sie dann auslachten. Andreas wusste, dass etwas passieren würde und dass es nichts Gutes sein würde.

„Rudy, es wurde uns Feindbewegung in diesem neuen Gebiet gemeldet", sagte Andreas und zeigte es ihm auf der Karte an der Wand. „Ich möchte, dass du morgen eine große Patrouille planst. Meine Leute und deine. Alle von deinen Jungs und die Hälfte meiner Adler. Ich möchte ein paar der Wachen meines Gepäckzugs in die Patrouillen einbinden, hauptsächlich in Patrouillen mit deinen Leuten. Ich habe vor, sie als Ersatz für Verluste einzusetzen, da müssen sie etwas Erfahrung sammeln."

„In Ordnung, lass sie morgen bei Tagesanbruch bei meinen Pferden antreten", sagte Rudy. „Was zum Teufel?"

Andreas sprang auf, schnappte sich seine Peitsche und rannte aus dem Zelt in Richtung des Lärms, der auf einen Streit hindeutete.

Als er den Ort des Geschehens erreichte, war es bereits vorbei. Vier britische Soldaten lagen auf dem Boden und drei weitere hatten drei von seinen Soldaten hinter sich stehen, die ihnen die Arme um den Hals gelegt hatten und einen Dolch an die englischen Kehlen hielten. Andreas schwang seine Peitsche und ließ sie über den Köpfen seiner Männer knallen. Diese ließen daraufhin die englischen Soldaten los und sprangen in einer Linie in die Grundstellung. Andreas schwang die Peitsche erneut. Diesmal knallte sie neben einem englischen Ohr, als der Mann sich umdrehte, um auf den Soldaten loszugehen, der ihn gerade losgelassen hatte. Die drei Engländer drehten sich um und sahen, dass Andreas die Peitsche immer noch schwang und dass Rudy seine Pistole auf sie gerichtet hatte. Daraufhin stellten sie sich in einer steifen Grundstellung in dieselbe Linie wie die Männer von Andreas.

„Was zum Teufel ist hier los?", sagte Andreas auf Deutsch und drückte seine Nase in das Gesicht des Kosakensoldaten, vor dem er gerade stand. „Wir bekämpfen uns nicht gegenseitig! Wir bekämpfen die gottverdammten Plünderer! Wer ist dafür verantwortlich?"

„Es war meine Schuld, Herr Graf", sagte der Hauptgefreite in der Gruppe. „Ich bin ausgerastet, Herr Oberst. Ich habe keine Entschuldigung, Herr Oberst."

„Nehmt die Adler ab! Von meinen Soldaten erwarte ich mehr! Einer von euch ist mehr wert als zehn von denen!" Andreas zeigte auf die Engländer. „Ihr werdet für den Rest der Woche die Pferde für die Pferdegarde satteln und pflegen und ihr bekommt für diese Woche keinen Sold. Jeden Morgen werdet ihr vor dem Frühstück fünf Meilen mit vollem Gepäck und Waffen beladen laufen. Vielleicht werde ich es mir dann noch einmal überlegen!"

„Meine Herren, ich möchte mich für das Verhalten meiner Männer entschuldigen", sagte Andreas zu den englischen Soldaten. „Bitte bringen Sie Ihre Kameraden zu unserer

Krankenstation und unsere Ärzte werden sich um sie kümmern."

Die drei englischen Soldaten schauten sich ungläubig an.

„Ah, danke, Herr Graf", sagte der englische Hauptgefreite. „Es war nicht nur ihr Fehler, Herr Oberst. Wir haben auch unseren Teil dazu beigetragen."

„Unsinn, Hauptgefreiter", sagte Andreas. „Sie sind in meinem Lager und meine Männer haben mir und ihrem Regiment durch ihr Verhalten Schande bereitet. Lassen Sie es mich bitte wieder gut machen, indem wir uns um Ihre Verletzungen kümmern."

Andreas kümmerte sich sofort darum und begleitete die englischen Soldaten höchstpersönlich zum Sanitätszelt.

„Bitte richten Sie Ihrem Befehlshaber meine Entschuldigung für diesen Zwischenfall aus. Ich garantiere, dass dies nicht noch einmal passieren wird", sagte Andreas zu dem Hauptgefreiten als der Arzt anfing, die englischen Soldaten zu versorgen.

„Ich habe den Eindruck, dass deine Jungs sich nur verteidigt haben, Oberst", sagte Rudy.

„Ja, das weiß ich, Rudy", sagte Andreas. „Ich erwarte von meinen Leuten mehr als du von deinen. Wir sind weit entfernt von zu Hause und jeglicher Unterstützung. Wir brauchen alle Freunde und Hilfe, die wir kriegen können. Aber sie hätten wenigstens einen dieser Engländer umbringen sollen und den Rest ernsthaft verletzen. Ich meine es ernst, Rudy, meine Leute sind besser als diese halbausgebildeten Engländer."

Am nächsten Tag schlenderten vier britische Offiziere durch ihr Lager. Obwohl erst Nachmittag war, waren sie schon betrunken. Sie liefen am Sanitätsgebäude vorbei und begannen, eine der Krankenschwestern zu belästigen. Elizabeth und der britische Arzt traten aus dem Gebäude und Elizabeth versuchte, die Krankenschwester zu beschützen. Sie schrie die Offiziere auf Englisch an. Einer der Männer warf sie auf den Boden und die Krankenschwester, die sie versucht hatte, zu beschützen, schoss auf den Mann. Andreas, der an diesem Tag im Lager geblieben war, rannte herbei sobald er den Schuss gehört hatte.

Als Andreas am Ort des Geschehens eintraf, lag Elizabeth auf dem Boden und umklammerte ihren Bauch. Der Arzt stützte sie und die Krankenschwester zielte mit ihrer Pistole auf die vier Männer.

„Ich verlange, dass Sie diese Schlampe sofort festnehmen. Sie hat auf mich geschossen", sagte der Mann, ein Hauptmann, zu Andreas als er ihn bemerkte. „Die andere Hure auch, wer zum Teufel glaubt ihr denn, dass ihr seid, dass ihr meint, euch mit euren Überlegenen anlegen zu können?" Die Kameraden des Mannes versuchten vergeblich, ihn wegzuziehen oder zu beruhigen.

„Wissen Sie, wer ich bin? Mein Bruder ist der Befehlshaber von euch russischen Scheißkerlen." Der Mann hatte einen kleinen Kratzer im Gesicht, der von einem Stein, den der Querschläger vom Boden aufgeworfen hatte, ausgelöst worden war.

„Diese ‚Schlampe', die Sie belästigt haben, ist ein Major der russischen Armee", sagte Andreas mit ruhiger Stimme. „Und die ‚Hure', die Sie auf den Boden geworfen haben, ist ein Oberst, eine Gräfin und meine Frau." Andreas zog seinen Colt, hielt die Mündung an die Stirn des Mannes und drückte ab.

Nach dem Schuss war alles ganz schnell gegangen. Die anderen drei britischen Offiziere hatten den Leichnam weggezogen und Andreas kehrte, nachdem ihm der Arzt versichert hatte, dass mit Elizabeth alles in Ordnung sei, zum Kommandozelt zurück, setzte sich unter das Vorzelt und las Meldungen. Seine Pistole lag auf dem Tisch neben seiner Tasse Tee. Er wollte gerade nach Johann schicken lassen, um ihn wegen einer

Meldung etwas zu fragen, als Featherstone in Begleitung eines gequält aussehenden Wiggam und von zehn Soldaten, die alle ihre Karabiner in der Hand hielten, auf das Zelt zumarschiert kam. Featherstone verzog sein Gesicht zu einem hämischen Grinsen, zog sein Schwert und zeigte mit der Spitze auf Andreas. Dann sagte er laut: „Verhaften Sie diesen Mann!"

Die Soldaten, die er mitgebracht hatte, sahen sich um, sahen wie die Menge, die sich um sie herum ansammelte, immer größer wurde, und rührten sich nicht vom Fleck.

„Ich habe gesagt, dass Sie diesen Mann verhaften sollen. Bewegen Sie sich, oder ich werde sie allesamt auspeitschen lassen!", sagte Featherstone und ging auf Andreas zu.

Andreas legte die Hand auf seine Pistole, woraufhin Featherstone stehenblieb. Andreas ließ seine rechte Hand auf der Pistole, hob seine linke Hand und machte damit eine Kreisbewegung. Das Geräusch von hundert Gewehren, die schussbereit gemacht wurden, ließen Featherstone innehalten und sich umsehen.

„Ich wusste, dass Sie ein Narr sind", sagte Andreas in dem ruhigen Ton, den er stets verwendete, wenn Ärger bevorstand, „aber mir war nicht klar wie dumm Sie wirklich sind. Ich bestreite, dass Sie die Autorität haben, mich zu verhaften. Und nun geh und steck das Schwert weg, bevor du dir noch damit wehtust, du dummer Junge." Er nahm seine Hand von seiner Pistole und bedeute Featherstone mit einer verächtlichen Geste, zu gehen. Dann wendete er sich wieder den Meldungen zu.

Drei Tage später ritt ein britischer General begleitet von einer großen Zahl von Lanzierer, die Turbane trugen, und Zivilisten von einer Staubwolke umhüllt in Kandahar ein. Kurz darauf überreichte ein englischer Leutnant mit Aide-de-Camp-Insignien Andreas einen versiegelten Umschlag und ging wieder. Der Umschlag enthielt zwei Nachrichten, eine auf

Englisch, die andere auf Russisch. Beide waren vom General, dem englischen Botschafter in Afghanistan und dem russischen Botschafter in Afghanistan unterschrieben. Der Inhalt der beiden Nachrichten war identisch: Andreas sollte sich bereithalten, am selben Tag vor einem Untersuchungsausschuss auszusagen.

Andreas marschierte bis auf fünf Schritte an den Tisch heran, nahm die Grundstellung ein und salutierte, den Blick auf einen Punkt acht Zentimeter über dem Kopf des Generals gerichtet. Er trug die vollständige Ausgehuniform mit Schärpe und zeremoniellen Schwert, die Held-von-Russland-Medaille hatte er sich an die Brust gesteckt, nur die verhassten Sporen trug er nicht.

„Oberst Andreas Bekenbaum, Kaiserliche Kavallerie, melde mich wie befohlen, Herr General!", bellte er, wobei er die Hand weiterhin zum Gruß gehoben hatte und in der Grundstellung stehen blieb.

Der General erwiderte seinen Gruß auf förmliche Weise. „Rührt euch", knurrte er.

Andres stellte seine Füße auf einen Schlag schulterweit auseinander, riss beide Arme hinter seinen Rücken, und verschränkte sie.

Der General saß in der Mitte, die Botschafter saßen links und rechts von ihm. Er war ungefähr sechzig Jahre alt. Die Spitzen seines grauen Schnurrbarts krümmten sich bis zu seinem Kiefer hinab, wo sie auf seine Koteletten trafen. Seine Uniform war blau mit den roten und gelben Streifen der Königlichen Pferdegarde und die Dekorationen, die er trug, verrieten, dass er an mehr als einem Krieg teilgenommen hatte. Sein glänzend polierter Blechhelm lag auf dem Tisch vor ihm und spiegelte das Sonnenlicht, das durch die Fenster hereinschien. Er hielt ein Dokument in den Händen, welches er sich durchlas.

„Der Zweck dieser Untersuchung, Herr Oberst, ist es, festzustellen, was bei dem tragischen Vorfall vor drei Tagen geschehen ist, um angemessene Maßnahmen vorschlagen und umsetzen zu können."

„Haben Sie gesehen, dass Hauptmann Featherstone einen höherrangigen Offizier geschlagen hat?"

„Nein, Herr General!", antwortete Andreas.

Der General hakte auf seinem Papier etwas ab.

„Haben Sie von der Auseinandersetzung, die dem Ereignis vorausging, etwas gesehen oder gehört?"

„Herr General, mit Ausnahme des Geräusches des ersten Schusses, nein!", sagte Andreas.

Wieder hakte der General auf seinem Papier etwas ab.

„Sind Sie sofort herbeigeeilt, haben die Kontrolle über die Situation ergriffen und Meldung verlangt?"

„Jawohl, Herr General!", antwortete Andreas.

Ein weiterer Haken wurde gesetzt.

„Hat der Hauptmann Ihnen dann befohlen, ich zitiere: ‚Nehmen Sie diese Schlampe, die auf mich geschossen hat fest, und die Hure am Boden auch. '?"

„Jawohl, Herr General!", antwortete Andreas.

„Wie schwer war der Hauptmann zu diesem Zeitpunkt verletzt?"

„Herr General, er hatte einen Kratzer von einem Stein an der Wange, der von dem Querschläger aufgeschleudert worden war. Hinsichtlich der Frage, ob die Frau Major absichtlich oder unabsichtlich auf den Boden geschossen hat, kann ich nur Vermutungen anstellen, Herr General. Die Frau Major wurde wegen ihrer schlechten Schießkünste gemaßregelt, Herr General." sagte Andreas.

„Hm, ähm, ja." Der Genera räusperte sich und fuhr fort: „Haben Sie dann ihre Handwaffe aus dem Holster genommen, die Mündung auf die Stirn des Hauptmanns zwischen seinen Augen gerichtet und ihn erschossen?"

„Jawohl, Herr General!"

„Sie sind ein kaltschnäuziger Bastard, nicht wahr?", sagte der General. „Darauf müssen Sie nicht antworten, streichen Sie diese Bemerkung aus dem Protokoll", befahl er dem Protokollführer am Ende des Tisches.

„Können Sie bestätigen, dass die Offizierin, die der Hauptmann geschlagen hat, ein ordnungsgemäß ernannter Oberst der Kaiserlichen Russischen Armee ist, dass das Kind, das sie trägt, das Ihre ist, und dass Sie rechtsgültig mit ihr verheiratet sind, und dass sie, vor der Heirat, selbst eine angesehene und respektierte Freifrau war und die Verantwortung für zwei Freiherrenstände trug?"

„Jawohl, Herr General!", sagte Andreas.

Der General setzte eine weiteres Häkchen auf seinem Blatt Papier, dann legte er ein neues Blatt vor sich, schrieb für ein paar Minuten, unterzeichnete es und reichte es erst dem britischen, dann dem russischen Botschafter, die es lasen und unterschrieben. Ein Diener nahm das Dokument vom General entgegen, gab es dem Protokollführer, der es abschrieb und anschließend zurückgab.

„Achtung!", brüllte der General und Andreas sprang in die Grundstellung, wobei er den Blick wieder auf einen Punkt über dem Kopf des Generals gerichtet hatte.

„Dieser Untersuchungsausschuss befindet, dass die Maßnahmen des Oberst Bekenbaum in der vorliegenden Angelegenheit vollkommen gerechtfertigt waren. Des Weiteren wird festgestellt, dass Hauptmann Featherstone schuldhaft einem Offizier unwürdiges Verhalten gezeigt hat, des groben Ungehorsams schuldig ist und höherrangige Offiziere angegriffen hat, während diese als aktive Soldaten zu Kriegszeiten ihren Dienst geleistet haben. Kraft der mir gemäß Militärrecht erteilten Autorität, entziehe ich Hauptmann Featherstone posthum alle Ränge und Privilegien, entlasse ihn unehrenhaft aus dem Dienst Ihrer Majestät und verurteile ihn zum Tode."

„Rührt euch, bitte nennen Sie für das Protokoll Ihren vollständigen Namen und Ihre Titel."

„Andreas Heinrich Bekenbaum, Graf von Katharinental, Ataman der Andreas-Truppe."

„Wie viele Soldaten sind Ihnen unterstellt?"

„Zweitausend Kavalleriesoldaten, Herr General."

„Lassen Sie mich die Frage anders ausdrücken", sagte der General. „Für wie viele Soldaten sind Sie insgesamt verantwortlich?"

„Zehntausend Kavalleriesoldaten, zwanzigtausend Infanteriesoldaten, fünf Batterien und dann nochmal so viele Männer, die die Soldaten meines Schwiegervaters sind."

„Sie sind für fünfundsechzigtausend Kampfsoldaten verantwortlich und kein General?", fragte der General.

„Nein, Herr General, ich habe die Beförderung abgelehnt", sagte Andreas. „Ich habe nicht die nötige Erfahrung, um diese große Anzahl von Soldaten in einer Kampfsituation zu führen, Herr General."

„Meine Güte, das würde in unserer Armee nicht vorkommen", sagte der General. „Schreiben Sie das nicht auf, Sie Depp", sagte er zum Protokollführer. „Die Frau Major, die auf

Featherstone geschossen hat. In welcher Beziehung stehen Sie zu ihr und was ist ihr Hintergrund?"

„Herr General, sie ist die Frau meines Bruders, und ihr Onkel ist der Vicomte von Odessa."

„Wie viele Soldaten sind ihm unterstellt?"

„Ich weiß es nicht genau, Herr General, vielleicht hunderttausend."

„Ihr Botschafter hier hat mir zuverlässig mitgeteilt, dass es eher um die fünfhunderttausend sind", berichtigte ihn der General.

„Ist es nicht auch so, dass der Vicomte der Vetter des Großherzogs und Thronfolgers ist?", fragte der General.

„Soweit ich weiß, Herr General."

„Dies würde bedeuten, dass er mit Ihrer Britischen Majestät Königin Victoria verwandt ist. Und zum Schluss: Ist Ihr älterer Bruder Heinrich, Graf von und zu Bekenbaum von Köln? Der Kommandeur von hunderttausend deutschen Soldaten und Direktor der Bekenbaum Stahl und Transport?"

„Jawohl, Herr General", sagte Andreas.

„Meine Güte, der Oberstleutnant weiß gewiss, wie man sich seine Feinde auswählt", sagte der General und warf dem Protokollführer einen Blick zu. Dieser hielt den Stift in der Luft und gab zu verstehen, dass er diesen Kommentar nicht aufgeschrieben hatte.

„Achtung, Herr Oberst", sagte der General in seiner normalen Stimme.

„Oberstleutnant Featherstone, treten Sie nach vorne in die Mitte", befahl der General. Als Featherstone vor den General trat und salutierte, wartete der General mehrere Sekunden bevor er den Gruß abnahm.

„Achtung!", brüllte der General. „Dieses Gericht klagt Oberstleutnant Featherstone an, sich auf eine einem Offizier unangemessene Weise verhalten zu haben, die ihm erteilte Befehlsgewalt überschritten zu haben, sich im Dienst grob fahrlässig verhalten zu haben, sich gegenüber einem höherrangigen Offizier unangemessen verhalten zu haben und seine unterstellten Offiziere und Soldaten übermäßig bestraft zu haben. Der Oberstleutnant wird in diesen Anklagepunkten schuldig befunden und gemäß den Vorschriften des Kriegsrechts werden Oberstleutnant Featherstone als mir unterstelltem Offizier im aktiven Dienst zu Kriegszeiten alle Ränge und Privilegien entzogen, er wird unehrenhaft aus dem Dienst Ihrer Königlichen Majestät entlassen und wird bis zu dem Zeitpunkt, an dem er sich in England vor einem Strafgericht verantworten muss, unter strengem Arrest stehen. Die Sitzung ist beendet!" Der General schlug ein letztes Mal mit seinem Hammer auf den Tisch, dann erhoben der General und die Botschafter sich und verließen den Raum, während zwei Wachen Featherstone abführten.

Nach dem Abendessen genossen Andreas und Elizabeth gemeinsam etwas Ruhe. Beide saßen mit ausgestreckten Beinen da. Um Elizabeth kümmerten sich drei einheimische Frauen, die nicht zuließen, dass Elizabeth auch nur einen Finger krümmte. Sie trug ein loses, buntes Gewand, das die einheimischen Frauen zusammen mit vier ähnlichen Kleidern für sie angefertigt hatten. Andreas trug seine vertraute Reituniform, ohne Mantel, die oberen zwei Knöpfe geöffnet. Elizabeth war vom Doktor untersucht worden und mit der strengen Anordnung, sich von der Klinik fernzuhalten, entlassen worden. Das Knirschen von Kieselsteinen kündigte Besucher an. Andreas sprang auf, als er den General, den britischen Botschafter, Wiggam und Rudy herbeikommen sah. Die drei einheimischen Helferinnen ließen es nicht zu, dass Elizabeth ebenfalls aufstand.

„Nicht doch", sagte der General mit einem Lächeln. „Das ist nur ein informeller Besuch. Wir möchten Ihnen persönlich unser Bedauern für die jüngsten Ereignisse ausdrücken.

„Oh, mein Gott!", rief er aus als er den Bluterguss auf Elizabeths Gesicht sah. „Uns war mitgeteilt worden, dass er Sie nur auf den Boden geworfen hat. Das hier wussten wir nicht. Es tut mir aufrichtig leid, Frau Gräfin."

„Oh, bitte, setzen Sie sich doch", sagte Elizabeth, der die ungewollte Aufmerksamkeit unangenehm war. „Andreas, steh nicht nur herum, biete den Männern einen Weinbrand an. Und was das angeht", sagte sie und berührte den Bluterguss, „da hat mir meine Schwester schlimmere verpasst und mich schlimmer verhauen als wir Kinder waren. Wenn mein Pistolengurt noch um meinen Bauch gepasst hätte, hätte ich diesen Hurensohn selbst erschossen und Andreas die Mühe erspart."

„Bitte nehmen Sie die Entschuldigung im Namen Ihrer Majestät an", sagte der Botschafter.

„Ja, ja, in Ordnung, ich habe diesen ganzen netten, netten Bullshit satt. Wissen Sie, ich bin kein Porzellanpüppchen." Sie kämpfte sich aus ihrem Stuhl hoch. „Ich gehe ins Bett." Sie küsste Andreas und watschelte begleitet von ihren drei Bediensteten ins Zelt.

„Ich muss sie für eine Weile von den Amerikanern fernhalten", sagte Andreas, „sie nimmt eine Menge ihrer schlechten Angewohnheiten in ihren englischen Sprachgebrauch auf."

„Wir werden Sie zum Befehlshaber der gesamten Gruppe hier machen", sagte der General. „Sie haben die Lage gut im Griff und, mit Ausnahme der Dritten Husaren, haben Sie eine gute Arbeitsbeziehung mit unseren Soldaten."

„Ich möchte das eigentlich lieber nicht, Herr General, ich habe wirklich nicht genug Erfahrung", erwiderte Andreas. „Warum geben Sie nicht Major von Hoaedle das Kommando über alle?

Er ist ein Veteran mit viel mehr Erfahrung und gehört bereits jetzt Ihrer Befehlskette an."

„Danke, Andreas, aber nein danke", sagte Rudy. „Ein Major kann nicht einem Oberst Befehle erteilen und Mitglieder meines Regiments sind nicht dazu befugt, britischen Soldaten Befehle zu erteilen."

„Diese Regel ist auch völliger Unsinn", sagte der General. „Ich habe mit dem Major gedient. Er hat die Befehle erteilt. Ich habe sie befolgt. Wir haben gewonnen und ich habe den ganzen Ruhm eingeheimst. Wie wäre es dann damit, Rudy, du wirst auf die freigewordene Position eines Oberstleutnants erhoben, du hast das Kommando unter Anweisung von Andreas und er lässt sich von dir beraten?"

„Das ist ja ganz schön verwoben", lachte Rudy. „Aber es sollte funktionieren. Wissen Sie, ich habe alles, was ich weiß, vom Vater von Andreas gelernt und ich habe nur zwei Jahre mit ihm verbracht, nicht mein ganzes Leben, wie Andreas. Andreas hat mir bereits ein paar Dinge gezeigt, die ich vorher nicht wusste, aber ja, ich werde mit ihm zusammenarbeiten."

„Dann wäre das ja geklärt", sagte der General. „Zusammen mit Ihren Meldungen, Andreas, deuten unsere Informationen darauf hin, dass der Feind seine Leute gleich hinter der Grenze versammelt. Wir glauben, dass sie uns eine Lehre erteilen wollen und hier mit voller Kraft angreifen werden. Sie haben in letzter Zeit mit größeren Plünderungen zu tun gehabt. Ich glaube, das sind Tests. Sie können nicht zulassen, dass Sie sie weiterhin so besiegen, ohne das Vertrauen ihrer Männer zu verlieren. Ich werde auch einen meiner Hauptmänner zurücklassen. Er kommt aus einer unserer Kolonien. Er ist ein

Hoffnungsträger seiner Regierung und sie haben ihn hierher geschickt, damit er Erfahrungen sammeln kann. Vielleicht können Sie ihn einem der Amerikaner zuteilen? Sie sprechen eine ähnliche Sprache, wenn ich mich nicht irre.

Gut, ich hatte einen langen Tag und muss morgen früh nach Kabul reisen, Mr. Wiggam wird hier bleiben, um die Lage im Auge zu behalten. Vielen Dank für den Weinbrand, guten Abend."

„Gut, meine Herren, wir können dieses Treffen nicht zu unserer üblichen Zeit beginnen", sagte Andreas. „Es sieht so aus, als ob wir Ersatz für die Sanitätsabteilung benötigen; die Damen, die beschlossen haben, sich um Elizabeth zu kümmern, erlauben ihr nicht mehr, mitzumischen, und wir stehen jetzt da. Außerdem habe ich beschlossen, den neuen britischen Befehlshaber an unserem sonntäglichen Ritual teilhaben zu lassen und er ist auch noch nicht da."

„Oh, fantastisch, wieder so ein hübsches britisches Bürschchen", sagte Patrick. „Ich hoffe, diesmal bekommen wir einen halbwegs intelligenten. Und hier kommt unsere wandelnde Zielscheibe. Er hat Rudy mitgebracht", fuhr er fort.

Ein Offizier mit rotem Mantel und weißem Helm wurde von Rudy zu dem Tisch, der mit einer Plane bedeckt war, begleitet.

„Morgen, Rudy", sagte Johann, „Oh, ähm, entschuldigen Sie, Herr Oberstleutnant."

„Jetzt ist diese Nachbarschaft wirklich vor die Hunde gegangen", sagte William, „es gibt eindeutig zu viele Oberstleutnante und Oberste. Ich ziehe um."

„Ja, ja", sagte Rudy, und winkte zum Gruß kurz in die grobe Richtung von Andreas.

Bevor sie dazu kamen, irgendetwas anderes anzufangen, kam Irene schlitternd neben den beiden anderen Neuankömmlingen zum Stehen.

Andreas hob seine Hand, als Irene gerade etwas sagen wollte. „Bitte nur Englisch, bei diesen Treffen", sagte er.

Irene nickte, hob die Hand zum Gruß und ließ sie gehoben. „Stellvertretender Oberst Bekenbaum, meldet sich zum Dienst, Herr Oberst."

„Oh nein, ich bekomme Kopfschmerzen", sagte Johann und wurde dafür von Irene in den Arm gestoßen. „Ich möchte die Misshandlung eines unterstellten Offiziers melden, Herr Oberst."

„Da musst du durch, Johann", sagte Andreas und betrachtete den neuen Offizier, der immer noch in der Grundstellung dastand. „Und Sie sind?"

Der Offizier im roten Mantel hob seinen rechten Fuß, stampfte auf den Boden und hob die Hand zu einem zackigen Gruß. „Hauptmann Ian McDonald, First Canadian Cavalry Regiment meldet sich zum Dienst, Herr Oberst!", rief der Hauptmann.

„Gut, ich bin nicht mehr der Offizier mit dem niedrigsten Dienstgrad", sagte Peter.

„Ha, das ist wirklich einer aus der Kolonie", sagte William.

„Haben sie in Kanada überhaupt eine Armee?", sagte Patrick.

„Was ist ein ‚Kanada'?", fragte Ivan.

Andreas stand auf, erwiderte schneidig den Gruß des Hauptmanns und streckte ihm dann die Hand entgegen. „Willkommen zu unserer kleinen Führungsrunde, Herr Hauptmann, nehmen Sie Platz."

„Du nicht, Irene, streck deine rechte Hand aus." Dann schlug er ihr mit zwei Fingern auf das Handgelenk.

„Da, ich habe dem General gestern gesagt, dass ich dich für deine fehlende Zielgenauigkeit maßregeln würde. Das hab ich hiermit getan, jetzt kannst du dich setzen.”

„Gut, ab heute", sagte Andreas, „werden wir diese Husaren in unsere Patrouillen einbinden. Wir nehmen sie mit hinaus, damit sie lernen, was es heißt, Soldat zu sein. Johann, Ivan, ich möchte zehn Mann starke Aufklärungspatrouillen. Wir müssen wissen, wann und wo der Feind sich sammelt und wo er hingeht. Wenn wir sie zuerst angreifen und ihnen arg zusetzen könnten, wäre das gut. Versucht dafür eine geeignete Stelle zu finden. Stan, könntest du mit William eine Zeit vereinbaren? Er kann dir mit seiner Erfahrung aus dem amerikanischen Bürgerkrieg dabei behilflich sein, die Verteidigungsmöglichkeiten für dieses Lager hier auszubauen. Es kann passieren, dass sie uns flankieren, oder dass wir uns als letzten Ausweg hierher zurückziehen müssen. Der General meint, dass wir jederzeit nach dem ersten August angegriffen werden können und wir müssen darauf vorbereitet sein. Wir müssen sie lange genug im Zaum halten, damit die britische Infanterie sie von hinten erwischen kann.

Wir hatten bis jetzt extremes Glück. Aber wir, einschließlich der roten Jacken, werden nun mit Verlusten rechnen müssen. Diese Jacken sind Kugelmagneten. Irene, sind deine Leute bereit? Wenn es richtig losgeht, wird es in kürzester Zeit richtig schlimm werden.”

„Da, so gut wir können", sagte Irene.

„Rudy, wie gut sind die Karabiner der Husaren?”

„Auf mehr als hundert Meter Entfernung sind sie nicht besonders gut, Andreas, hundertfünfzig vielleicht. Reichweite ist ungefähr dreihundert Meter.”

„Ich denke, wir werden uns am besten in vier Gruppen zu je fünfhundert Mann aufteilen, die sich bei unserem Vorstoß gegenseitig Feuerschutz geben", sagte Andreas. „Wir müssen sie zu einem Frontalangriff bewegen. Wir werden zuerst die Standardtaktik anwenden und wenn sie nicht mehr zurückkönnen, wechseln wir zu unserer neuen Taktik. Das Ganze wird sich wahrscheinlich in die Länge ziehen. Wenn sie uns flankieren, ziehen wir uns zurück und probieren es nochmal. Ich möchte, das alle außer den Husaren, genau das üben. Rudy, ich habe eine Idee, wie wir die Husaren verwenden können. Die werden wir beide später besprechen. Gibt es sonst noch was? Gut, alle außer Peter und Ian sind entlassen, geht und tut, was zu tun ist."

„Nun zu Ihnen, mein junger kanadischer Freund", sagte Andreas. „Jetzt werden wir herausfinden, wo Sie bei uns am besten hinpassen. Peter, gib Ian eines meiner Pferde und schnapp dir ein paar Schusswaffen. Kommen Sie, Ian."

Andreas griff nach seiner Winchester und lief mit Ian im Schlepptau zu den Pferden hinüber. Sie stiegen auf und ritten aus der Stadt zum Schießplatz hinaus. Sie banden die Pferde an und liefen zu einer Reihe von mannshohen Zielscheiben.

„Weißt du, was das ist?", fragte Andreas und zeigte Ian die Winchester.

„Herr Oberst, das ist ein Winchester Repetiergewehr, Kaliber .44, Zentralfeuerpatrone, Mündungsgeschwindigkeit . . . ."

„Ja, ja, ist ja schon gut. Hier", sagte Andreas und reichte ihm sein Gewehr und eine Schachtel mit Patronen, wobei er auf ein fünfzig Meter weit entferntes Ziel deutete. „Fünf Schuss, bitte."

Ian nahm die Waffe an sich, legte zehn Patronen ins Magazin und visierte das Ziel sorgfältig aus dem Stehen heraus an. Der erste Schuss war nach rechts oben vom Zentrum versetzt, traf jedoch das Ziel. Die nächsten vier Schuss gingen ins Zentrum.

„Gut. Peter, gib ihm deines."

Ian legte das Gewehr von Andreas auf einen behelfsmäßigen Tisch und nahm Peters Waffe an sich. Andreas zeigte auf ein anderes Ziel, das hundert Meter entfernt war. Ian visierte es an. Der erste Schuss traf es links, die anderen vier im Zentrum. Andreas ließ ihn wieder das Gewehr wechseln und zeigte diesmal auf das zweihundert Meter entfernte Ziel. Dieses Mal ließ sich Ivan auf ein Knie herab und alle fünf Kugeln trafen das Zentrum der Zielscheibe. Das letzte Ziel war das dreihundert Meter entfernte, auf das er mit Peters Gewehr schoss. Dafür schlang Ivan den Tragegurt des Gewehrs um seinen linken Arm, legte sich auf den Boden und gab sorgfältig seine fünf Schüsse ab. Die Kugeln trafen alle den tödlichen Bereich im Zentrum des Ziels, waren jedoch leicht gestreut.

„Und jetzt die hier." Andreas reichte Ian seine Pistole mit dem Haltegriff voraus und zeigte auf das fünfundzwanzig Meter entfernte Ziel.

Ian zielte sorgfältig, platzierte alle fünf Kugeln im Zentrum der Zielscheibe und lud die Pistole dann fachmännisch wieder.

Als er Peters Colt an sich nahm, wurde er angewiesen, auf das fünfzig Meter entfernte Ziel zu schießen und vier der fünf Schüsse gingen in den tödlichen Bereich, der fünfte traf immerhin noch die Zielscheibe.

Andreas hob eine Augenbraue und zeigte auf die Waffen.

„Ich war in der Gruppe im Verteidigungsministerium, die diese Waffen ausgewertet haben, Herr Oberst", sagte Ian. „Ich habe hunderte von Schüssen mit ihnen abgegeben. Die Gewehrversion der Winchester war eine gute Wahl. Die zusätzlichen fünf Zentimeter Rohr steigern die Schussgenauigkeit, wobei sie das Gewehr nicht viel schwerer machen und auch zu keinem größeren Mobilitätsverlust führen."

Als nächstes ließen die zwei Kosakenoffiziere Ian eine Reihe von Kavalleriedrille auf dem Pferd durchlaufen, bei denen sich zeigte, dass er beim Reiten mehr als kompetent war.

„In Anbetracht der Tatsache, dass die Briten diese Dinger lieben, gehen wir davon aus, dass Sie wissen, wie man mit der Lanze und dem Schwert umgeht", sagte Andreas.

„Jawohl, Herr Oberst. Ich war Klassenbester", antwortete Ian.

„Gut, dann willkommen im Bataillon, Ian", sagte Andreas. „Wir haben hier eine Regel. Keiner darf dem Bataillon beitreten, solange er diese Prüfungen nicht bestanden hat. Peter, zeig Ian wo er sein Lager aufschlagen kann. Anschließend bringst du deine Sachen herüber Ian und meldest dich dann wieder bei mir. Wie viele Pferde hast du?"

„Nur das, auf dem ich geritten bin, Herr Oberst", sagte Ian.

„Peter, sorge dafür, dass jemand ein paar Ersatzpferde für ihn auftreibt." Andreas entließ die beiden Männer und ging zurück zu seinem Hauptquartier. Er begann, sich um Elizabeth Sorgen zu machen.

Als er ankam saß sie unter dem Vorzelt und trank eine Tasse Tee. Als er sich zu ihr herabbeugte, um sie auf die Wange zu küssen, zog sie seinen Kopf zu sich herunter und küsste ihn lange auf den Mund.

„Ah, meine Dame hat heute Morgen viel bessere Laune", sagte Andreas.

„Ja, meine Gefängnisaufseher haben dafür gesorgt, dass ich bis gerade eben geschlafen habe. Es tut mir leid, dass ich das Treffen verpasst habe, mein Schatz", sagte sie und ließ seine Hand nicht los, als er sich neben ihr niederließ.

„Die Schwellung ist viel besser geworden, mein Schatz. Es ist fast wieder normal. Benimmt sich das kleine Monster heute?", fragte Andreas. Sie hatten angefangen, dass Baby, das bald auf die Welt kommen würde, „kleines Monster" zu nennen.

„Oh, ja. Er ist nicht mehr so wütend. Jetzt ist er glaube ich nur ungeduldig, genau wie seine Mutter. Wir haben einen neuen Offizier?"

„Ja, einen Hauptmann von einem Ort namens Kanada", sagte Andreas. „Das ist eine britische Kolonie, irgendwo. Sein Akzent hört sich nicht wirklich britisch an, eher amerikanisch. Die Amerikaner scheinen dieses Kanada zu kennen. Es muss also in der Nähe von Amerika sein. Er hat sich auf dem Schießplatz gut geschlagen. Er ist tatsächlich ein qualifizierter Fachmann."

„Ist er wie diese anderen britischen Offiziere?", fragte Elizabeth.

„Nicht soweit ich es beurteilen kann, Liz. Er scheint sehr höflich und respektvoll zu sein, aber er ist noch jung. Er muss sehr gute Beziehungen haben, um in seinem Alter schon Hauptmann zu sein. Ah, wenn man vom Teufel spricht."

Wie gewöhnlich hatten sie, als sie alleine waren, Deutsch gesprochen; nun wechselte Andreas ins Englische.

„Hauptmann Ian McDonald von Kanada, meine Frau Elizabeth. Elizabeth, Hauptmann Ian McDonald von Kanada", stellte Andreas sie vor.

Ian sprang in die Grundstellung und senkte den Kopf. „Es ist mir ein Vergnügen, Gräfin Bekenbaum. Im eigenen Namen und im Namen meines Landes möchte ich mich für das Verhalten meines Vorgängers entschuldigen", sagte er in perfektem Hochdeutsch.

„Das Vergnügen liegt ganz auf meiner Seite, Herr Hauptmann", erwiderte Elizabeth ebenfalls auf Deutsch. „Ihr Nachname deutet nicht auf deutsche Wurzeln hin."

Wir leben in einer deutschen Gemeinschaft; meine Mutter und ihre Familie sind von Braunschweig aus ausgewandert. Mein

Vater ist in der Nachbarstadt aufgewachsen und hat den Hof neben dem Hof des Vaters meiner Mutter gekauft", erklärte Ian.

„Das heißt also, dass Sie Landbesitzer sind. Das erklärt dann ja, warum Sie in so jungem Alter schon Hauptmann sind", sagte Elizabeth.

Auf das Gesicht des jungen Mannes trat ein trauriges Lächeln.

„Ja, wir sind Landbesitzer, wenn man achtzig Hektar Land als ein Grundstück bezeichnen kann. Wir erwirtschaften genug, um uns zu ernähren und zu kleiden, um unsere Steuern zu zahlen und unsere Kinder in die Schule schicken zu können. Meistens bleibt ein bisschen für andere Dinge übrig, aber wir sind nicht reich. Der Priester in unserer Gemeinde hat festgestellt, dass ich in der Schule gut war und hat meinen Namen als möglichen Kandidaten für die neue Offiziersausbildung an die Regierung geschickt. Ich bin ausgewählt worden und die ganze Gemeinschaft hat zusammengelegt, um mein Zimmer und meine Verpflegung zu bezahlen.

Elizabeth warf Andreas einen Blick zu und sagte sanft: „Das hört sich so an, wie die Geschichte von jemanden, den ich kenne. Es muss schwer sein, so weit von zuhause weg zu sein?"

„Ich vermisse meine Brüder und Schwestern", sagte Ian. „Wir sind zu zehnt. Das Mädchen, mit der ich zusammen war, ist mittlerweile wahrscheinlich verheiratet. Es war nichts Ernstes und ich bin nun schon seit vier Jahren von zu Hause weg."

„Es ist aber doch bestimmt eine Herausforderung, mit diesen Schnöseln zu dienen, die sich so viel auf ihre Klassen einbilden", sagte Andreas.

„An manchen Tagen ist es schlimmer als an anderen, Herr Oberst. Sie können mitunter brutal zu denen sein, von denen sie glauben, dass sie unterlegen sind. Aber wie meine Mutter immer zu sagen pflegt, ,Was dich nicht umbringt . . .'"„Macht dich stark", beendeten Elizabeth und Andreas lachend den Satz für ihn.

Andreas sah Stan vorbeigehen und rief ihn herüber. „Stan, könntest du dich bitte um den Hauptmann hier kümmern und ihn mit ein paar Mänteln und einer ordentlichen Kopfbedeckung ausstatten?", fragte er auf Englisch. „Mir ist es ja egal, wenn er erschossen wird, aber ich werde neben ihm stehen und unsere Feinde sind keine guten Schützen. Nicht dass sie aus Versehen mich abschießen. Sie können den Rest des Tages frei haben, Herr Hauptmann. Treten Sie zum Abendessen wieder hier an, aber sehen Sie zu, dass Sie die rote Jacke loswerden."

„Ich glaube, du magst ihn", sagte Elizabeth als die beiden anderen Männer gegangen waren.

„Nicht so sehr wie dich", sagte Andreas.

Den Rest des Tages verbrachten sie zusammen, unter dem wachsamen Auge der mittlerweile vier Dienerinnen von Elizabeth.

Wie erwartet hörten die Plünderungen auf. Berichte von Reisenden informierten sie über eine zunehmende Anzahl bewaffneter Männer, die sich auf der anderen Seite der Grenze sammelten. Bei den weitreichenden Patrouillen waren nun auch vier oder fünf bewaffnete Einheimische dabei, die den Soldaten Orte zeigten, an denen ein Hinterhalt möglich war, Orte, an denen sie sich, wenn nötig, neu formieren konnten, und auch Fluchtwege. Andreas besuchte mit Ian an seiner Seite weiterhin die umliegenden Dörfer, allerdings nur ein oder zwei pro Tag. Elizabeth unterhielt Ian am Abend. Sie erzählten sich gegenseitig Geschichten aus ihrer Heimat. Ian wurde langsam zu einem Mitglied des inneren Kreises, als erst Elizabeth, dann auch Andres, ihn besser kennenlernten.

Während des Treffens am Sonntagmorgen reichte Andreas eine Skizze herum, die aufzeigte, wie er die Gruppen einsetzen wollte, wenn es zu der unausweichlichen Auseinandersetzung käme.

Vorschläge, die aus der Gruppe kamen wurde diskutiert und Änderungen des Planes wurden vereinbart und gemacht.

„Gut, Ian, du bist nun lange genug hier gewesen", sagte Andreas und warf ihm eine kleine Schachtel zu. „Der Adler gehört links hin, die Gewehre rechts. Willkommen im Bataillon, Ian."

Johann und Ivan, die links und rechts von Ian saßen, klopften ihm auf den Rücken und steckten ihm dann die Abzeichen an den richtigen Stellen seines Mantelkragens an. Alle schlugen auf den Tisch und brüllten ihre Glückwünsche, außerdem verlangten sie, auf Ian anzustoßen.

Plötzlich schnappte Elizabeth nach Luft, griff sich an den Bauch und sah auf den Boden. Die vier Dienerinnen waren sofort zur Stelle. Eine von ihnen rannte ins Zelt, eine rief den männlichen Dienern etwas zu, und die beiden anderen hoben Elizabeth vorsichtig aus ihrem Stuhl und führten sie in Richtung der Sanitätseinrichtung.

Kurz nach Mitternacht wurde ein besorgter Andreas ins Sanitätszelt gerufen. Eine Gruppe von ungefähr zwanzig einheimischen Frauen hatte das Zelt umstellt und ließ keine Männer hinein, nicht einmal die Ärzte. Als er sich dem Zelt näherte, riefen die Frauen etwas. Alle lachten und einige tanzten. Einheimische Männer traten auf die Straße, umgaben ihn, lachten und klopften ihm auf den Rücken. Einige von ihnen schossen sogar mit ihren Gewehren in die Luft. Die Nach war von Leuten gefüllt, die aufgeregt hin- und herliefen.

Der oberste Imam von Kandahar wartete vor dem Zelt auf ihn und gemeinsam betraten sie das Zelt und traten an Elizabeths

Seite. Sie war offensichtlich müde. Jemand hatte ihr die Haare und das Gesicht gewaschen und an ihre Brust gedrückt hielt sie ein in Decken gewickeltes Bündel, aus dem nur ein kleines Gesicht herausschaute. Eine der Dienerinnen, die älteste von ihnen, flüsterte etwas in das Ohr des Imams, dann lächelte sie Andreas zu und trat zurück.

„Mein Herr Andreas", sagte der Imam in perfektem Russisch, „Ihr Sohn ist gesund, hat seine ersten Atemzüge gemacht und seine erste Milch getrunken. Seine Mutter hat nicht gelitten und sollte sich schnell erholt haben. Sie schlafen jetzt beide und die Damen möchten uns bitten, zu gehen, sodass sich Mutter und Kind ausruhen können."

Andreas lief leise zu der Pritsche, auf der Mutter und Kind lagen, und kniete sich hin und bekreuzigte sich. Der Imam kam und kniete sich neben ihn.

„Vielen Dank, Herr, dafür, dass du diesen Jungen auf die Welt gebracht hast und dafür, dass seine Mutter die Freude haben wird, zu sehen, wie er zu deinem treuen Diener heranwachsen wird, Dein Wille geschehe", betete Andreas leise mit gebeugtem Kopf.

Der Imam begann ebenfalls zu beten. Als er sein Gebet beendet hatte, fielen die Frauen im Raum auf ihre Knie, beugten sich alle zum Boden und küssten den Boden dreimal. Der Imam stand auf, und gab Andreas zu verstehen, dass er ihm folgen solle. Dann verließen sie das Zelt so leise wie sie es betreten hatten. Der Imam erklärte, dass er dasselbe Dankgebet gesprochen hatte wie Andreas und fragte, warum Andreas so mürrisch dreinblickte. Andreas hatte den Kopf gesenkt und die Hände hinter dem Rücken verschränkt. Langsam wurde er sich dessen, was passiert war, bewusst. Er hatte einen Sohn. Seiner Frau ging es gut. Er war ein Vater. Er blieb schlagartig stehen und sah all die lachenden Gesichter um sich herum. Er sah seine Freunde, die ihn umgaben und den lächelnden Imam.

Er zog die Pistole aus seinem Gürtel, sprang mit hocherhobenen Armen auf und ab und schoss in die Luft bis das Magazin leer war. Dabei rief er: „Ich habe einen Sohn! Ich habe einen Sohn!" Und die Feier begann.

Kurz nach Mittag, zogen sechs Frauen aus der Sanitätsabteilung Andreas unter der Aufsicht der vier Schwägerinnen von dem Stuhl hoch, auf dem er im Morgengrauen eingeschlafen war. Sie trugen ihn zu einem Wassertrog in der Nähe und warfen ihn hinein.

„Was fällt dir ein!", schrie seine Schwester Marie den prustenden Andreas an. „Du liegst hier besoffen herum, während Lizbet weint, weil sie denkt, dass ihr Mann sie nicht mehr liebt. Du hast noch gar nicht nach ihr gesehen. Und was ist mit deinem wunderschönen Sohn? Ist er dir egal?"

„Moment, Moment. Ich war letzte Nacht da. Der Imam und ich haben an ihrer Seite gebetet, dann habt ihr Weiber uns hinausgeworfen", versuchte er, sich zu verteidigen.

„Das ist keine Entschuldigung. Du hättest da sein sollen, als sie aufgewacht ist", schimpfte Irene und puffte ihn in den Arm.

Katia kam und legte ihre Arme um ihn. „Sie weiß es, Andreas. Sie ist aufgewacht, während du gebetet hast", flüsterte sie ihm ins Ohr. „Jetzt komm, mach dich sauber, sie ruft nach dir."

Eine halbe Stunde später wurde ein frisch gewaschener und umgezogener Andres zu Elizabeth geführt. Sie saß auf einem Stuhl und hielt ihren Sohn an ihre Brust. Ihr blondes Haar fiel wie Gold über ihre Schultern.

Sie streichelte lächelnd die Wange des Säuglings.

Andreas beobachtete Mutter und Kind ein paar Minuten von der Türe aus, bevor Elizabeth zu ihm aufblickte. Mit einem Mal traten ihr Tränen in die Augen.

„Du hast einen Sohn, mein Herr", sagte sie mit bebender Stimme.

„Ja und er nimmt jetzt schon das in Beschlag, was mir gehört. Wie wird das erst werden, wenn er älter ist?", sagte Andrea lachend.

„Schwing deinen Hintern her", lachte Elizabeth und streckte ihren freien Arm nach ihm aus. Als die Dienstbotinnen kamen fanden sie das Paar vor, wie es voller Freude und Erstaunen auf das Kind blickte. Andreas saß auf dem Boden und hatte den Kopf an die Schulter seiner Frau gelehnt.

„Ich möchte sobald es geht Hauptmann McDonald und die drei Soldaten, die Strafdienst haben, sprechen", befahl Andreas dem Offizier, der ihm für diesen Tag zugeteilt war.

„Herr Oberst, Sie wollten mich sprechen?", sagte Ian und grüßte.

„Schnapp dir einen Kaffee und einen Stuhl", sagte Andreas auf Englisch. „Du erhältst gleich das Kommando über deine ersten drei Kosakensoldaten."

„Hauptgefreiter Schmid meldet sich wie befohlen mit zwei Soldaten, Herr Oberst!", sagte der Hauptgefreite auf Deutsch, wobei er in einer steifen Grundstellung in der Mitte der Gruppe stand. Alle drei Männer hatten ihre Kappen unter den linken Arm geklemmt und den Blick geradeaus auf einen Punkt über dem Kopf von Andreas gerichtet.

Andreas warf dem Hauptgefreiten eine kleine Schachtel zu.

„Ihre Uniform ist unvollständig, meine Herren", sagte Andreas. „Ich habe beschlossen, Ihnen Ihre Adler zurückzugeben, allerdings unter einer Bedingung. Sie werden die Leibwache des werten Herrn Hauptmanns hier sein. Wenn Sie Ihren Dienst angemessen erfüllen, werde ich Ihnen erlauben, sich wieder der Schwadron anzuschließen."

„Herr Hauptmann, Sie sind für diese drei Kampfsoldaten auf Probe verantwortlich und werden mir jeden Tag Meldung über den Fortschritt machen, den die drei dabei machen, wieder einsatzbereite Soldaten zu werden. Wegtreten."

„Warum Lizbet? Wir brauchen doch nur einen Priester und ein paar unserer Freunde."

„Nein, du bist ihr Vorgesetzter und sie verdienen es, seinen Erben zu sehen und anzuerkennen", hatte sie gesagt. „Und jetzt will ich nichts mehr davon hören."

Und so saßen sie da und warteten darauf, dass sich die letzten Soldaten aufstellten. Sie trugen ihre beste Ausgehuniform, komplett mit Schärpen und Schwertern. Eine große Menge Einheimischer hatte sich am Rande der angetretenen Soldaten versammelt. Auch sie trugen ihre beste Kleidung und beobachteten alles schweigend. Die Briten einschließlich Rudys Bataillon trugen ihre Ausgehuniform und waren links von den Truppen von Andreas in all ihrem roten Glanz angetreten.

Im Kosakenbataillon, das vor ihnen angetreten war, gab es nur einen einzigen Farbtupfen unter den blauen Uniformen. Ian trug seine beste rote Ausgehuniform und stand neben Peter.

Schließlich zeigten ein Nicken von William und sein Achtung-Ruf Andreas, dass es soweit war. Er stand auf, half Elizabeth aus ihrem Stuhl und dann liefen sie Hand in Hand zur vorderen Kante des Podests. Elizabeth reichte ihm ihren Sohn und Andreas legte ihn behutsam in seine linke Armbeuge. Die weiße Decke bildete einen starken Kontrast zum blauen Ärmel von Andreas. Langsam und vorsichtig begann Andreas, sich auf der Stelle zu drehen, sodass alle Versammelten den Säugling sehen konnten. Dann sagte er auf Russisch:

„Ich bin Andreas, der Sohn von Heinrich, Graf von Katharinental, Klan der Bekenbaums. Dies ist Stephan, Sohn von Andreas, Erbe von Katharinental, Klan der Bekenbaums. Was ihm und dem Seinen geschieht, geschieht mir und dem Meinen. Das sage ich."

„Das sagen wir alle", schallte ihm die Antwort der versammelten Masse entgegen. „Hurra! Hurra! Hurra!"

Dann begann Johann in seiner tiefen Baritonstimme ein langsames russisches Wiegenlied über das Volk uns seine Liebe zum Prinzen zu singen. Nach einer Strophe stimmten die zweitausend Soldaten ein. Andreas und Elizabeth kämpften damit, die Fassung zu bewahren.

Stephan, der offensichtlich die Weltanschauung seines Vaters teilte, schlief während der gesamten Zeremonie. Selbst als der Priester heiliges Öl auf seine Stirn schüttete und ihn segnete, störte ihn dies nicht im Geringsten.

Sie verbrachten drei Tage in Frieden. Am vierten Tag kam ein Spähtrupp, der vor Tagesanbruch losgeschickt worden war, völlig erschöpft auf schäumenden Pferden zurückgaloppiert. Der Grund, aus dem sie nach Afghanistan geschickt worden waren, war eingetreten.

Fünftes Kapitel

Andreas schickte William, Patrick und zehn Soldaten jeweils mit zwei Ersatzpferden im Schlepptau los, um die Stärke des Feindes und die Richtung, aus der er kam, zu überprüfen. Er ließ die Signalstation die vorläufige Meldung nach Kabul weiterleiten und begann mit den letzten Vorbereitungen für die bevorstehende Schlacht.

Bei Anbruch der Nacht kam die Patrouille zurück. William und Patrick kamen schweißgebadet direkt zum Kommandozelt, ihre Pferde übergaben sie anderen Soldaten.

„So viel Kavallerie habe ich seit Gettysburg nicht mehr gesehen", sagte William. „Da sind gut fünfzehntausend, und alle Kavallerie. Sie bewegen sich langsam vorwärts und kommen die Hauptroute entlang."

„Gut, besser als wir gehofft hatten. Mehr als geplant, aber so ist das Leben. Wir müssen den Plan etwas abändern. Kann jemand Stan holen, es ist Zeit dafür, dass sich alle ihre Gewehre verdienen."

Die Brigade brach um Mitternacht auf und war noch vor der Morgendämmerung in Stellung. Jetzt hieß es warten.

„Heute ist ein guter Tag", dachte der Emir als er seinen Kaffee trank. „Wir werden Kandahar umstellen und morgen früh bringen wir die Sache zu Ende." So Allah wollte, würden diese britischen Narren herauskommen und wie Männer kämpfen.

Aber wahrscheinlich würden sie, feige wie sie waren, innerhalb der Stadtmauern sitzen bleiben. Aber egal, es würde bald vorbei sein und er würde als Held nach Hause zurückkehren. Nach seinem Sieg würde er hunderttausend Männer mobil machen können und die verhassten Briten aus seinem Land jagen. Der Befehl wurde gegeben und fünfzehntausend Männer zogen in Richtung Kandahar.

Zwei Stunden später meldeten die Späher, dass die Briten herausgekommen waren und auf der anderen Seite des Hügels warteten. Als sie oben auf dem Hügel ankamen stellte sich, Allah sei Dank, heraus, dass es tatsächlich so war. Sie hatten sich im Abstand von fünfhundert Metern in zwei Gruppen hintereinander formiert. In der ersten Reihe standen rechts fünfhundert Soldaten mit grünen Hemden und links fünfhundert mit grauen Hemden. Das war die abgesessene Kavallerie, die sich in einer langen Schützenlinie aufgestellt hatten, wobei jeder vierte Mann fünfzig Meter weiter hinten stand und drei Pferde hielt. Die würden sie nicht lange zurückhalten können.

Hinter ihnen standen die verhassten Rotmäntel. Tausend Männer, die sich wie erwartet in zwei Linien angeordnet hatten. Die Narren hatten sich noch nicht einmal als Viereck formiert, noch hatten sie die Bajonette auf ihre Gewehre gesteckt. „Das wird schnell vorbei sein", dachte der Emir als er den britischen Führer beobachtete, der erstaunlicherweise eine graue Uniform trug und ein Gewehr senkrecht gegen seinen rechten Oberschenkel gepresst hielt, während er langsam hinter seinen Männern auf und ab ritt. Jetzt war es an der Zeit und er gab den Soldaten den Befehl, sich aufzustellen.

Andreas beobachtete, wie die feindliche Horde über den Hügel geritten kam und begann, sich nicht wie befürchtet in einer breitgezogenen Formation aufzustellen, sondern einen soliden Block aus Reitern zu bilden, die Knie an Knie nebeneinander ritten. Er sah, wie sie mit fliegenden Fahnen und Wimpeln aufbrachen. Die Lanzen hielten sie bereit, die Schwerter hatten sie bereits gezogen, und Andreas lächelte. Die deutschen in den grünen Uniformen begannen zu singen, dann stimmten die Briten in ihren grauen Stallhemden ein. Als die Ersten der Horde dreihundert Meter von ihnen entfernt waren, gaben die Leute von Andreas die ersten zwei Salven mit ihren Karabinern ab, stiegen auf und galoppierten zurück an die Flanken ihrer Formation. Die afghanischen Stammesangehörigen, die sich den Verbündeten angeschlossen hatten, begannen, wie geplant die gesammelte Kavallerie von beiden Seiten aus anzugreifen. Der Feind fing an, enger zusammenzurücken und bald waren sie dicht aneinandergedrängt.

Andreas ritt die zwei Linien seiner Männer entlang, die heute rote Mäntel trugen. Aus der Nähe sah man, dass die Mäntel nicht richtig passten. Manche Soldaten konnten ihren Mantel nicht einmal schließen und die Ärmel reichten ihnen nicht bis zu den Handgelenken, aber aus der Entfernung sahen sie wie ganz normale britische Soldaten aus. Stanislaw hatte die Mäntel von allen britischen Soldaten in Kandahar für diesen Trick eingesammelt und es funktionierte. Es war entscheidend, dass der Feind zu ihnen kam. Hier und da zappelte ein Mann ein wenig hin und her, aber wer konnte es ihnen verübeln? Selbst ihm war beim Anblick des sich nähernden großen Blocks aus Feinden etwas schlecht geworden. Während er ritt, begann er, das Kosakenlied zu summen, und es dauerte nicht lange, bis all seine Männer mitsangen. Diesmal sangen sie nicht die unzüchtige Version, die sie bei langen Märschen sangen, sondern die offizielle.

Als die feindlichen Soldaten vierhundert Meter von ihnen entfernt waren, wechselten sie in den Trab und Andreas gab den Befehl, zu laden. Die Männer führten eine Kugel ins Patronenlager und ersetzten sie, indem sie eine neue Kugel ins

Magazin luden. Das Geräusch der Pferdehufen dröhnte wie Donner und der Boden unter ihren Füßen begann zu beben. Die singenden Männer erhöhten das Tempo des Liedes, damit es mit dem Tempo der herankommenden Reiter übereinstimmte, und sangen lauter. Die singenden Stimmen, deren Echo von allen Seiten des kleinen Tales zurückgeworfen wurde, ließ Andreas erschaudern. Er befahl den Männern die Gewehre anzulegen und die Linien schimmerten als sie sich zur Seite drehten und mit den Gewehren auf den Feind zielten. Als der Feind dreihundert Meter entfernt war, befahl Andreas der ersten Linie zu schießen und fünfhundert Winchester Gewehre gaben donnernd einen Schuss ab. Eine Vielzahl der herankommenden Reiter wurde aus dem Sattel gerissen. Die zweite Linie schoss und erzielte dasselbe Ergebnis. Wie erwartet gab der Feind, nachdem die zweite Linie geschossen hatte, den Pferden die Sporen und griff an. Womit er nicht gerechnet hatte, waren die Repetiergewehre.

Die Reiter schrien als sie reihenweise aus dem Sattel gerissen worden. Die Kugeln im Kaliber .44 rissen Männer aus den Sätteln und Pferde von den Füßen. Die hinteren Linien fielen über die vorderen Linien und der Kugelhagel hörte nicht auf. Als die vordere Linie fünfhundert Kugeln verschossen hatte, lud sie nach, während die hintere Linie weiterschoss. So wurde die herankommende Kavallerie ununterbrochen, alle drei Sekunden mit fünfhundert Kugel beschossen. Die Pferde konnten nicht mehr über die aufgestapelten Leichen steigen und als sie begannen, zur Seite auszuweichen, erwartete die Reiter die zweite Überraschung, als sie an ihren beiden ungeschützten Flanken von fünfhundert Gewehren beschossen wurden. Bäcker, Metzger, Schmiede und alle anderen Handwerker aus dem Bärenbataillon attackierten sie so schnell, wie sie ihre Gewehre nachladen konnten. Sie waren unsichtbar in Stellung gelegen, wobei ihre grauen Röcke im langen Gras auf beiden Seiten des Hügels eine perfekte Tarnung geliefert hatten. Und dann wurde der Feind von den Karabinern der jetzt abgestiegenen Kavalleriesoldaten getroffen.

Die ersten Linien des Feindes konnten nicht nach vorne vorstoßen. Sie konnten auch nicht zur Seite ausweichen, aber die hinteren Linien drängten weiter nach vorne. Die Kugeln trafen und trafen: Schreiende Männer und Pferde wurden zu Boden gerissen. Die Angriff war gestoppt worden und bald begannen die hinteren Linien, sich zurückzuziehen. Die, die nicht von den insgesamt dreitausend Gewehren niedergestreckt wurden, wurden beim Versuch, davonzulaufen von den Afghanen mit ihren Lanzen abgeschlachtet. Von den fünfzehntausend Reitern lagen vierzehntausend tot oder im Sterben am Boden, unter ihnen auch der Emir. Keiner von ihnen war näher als zweihundert Meter an die zwei roten Linien herangekommen.

Rudy hatte zwei seiner Männer verloren. Ihre Pferde waren während des schnellen Galopps zurück zu den Linien gestürzt und die Horde war über sie hinweg geritten. Seine Männer suchten nach ihren Leichen, Überlebenschancen bestanden kaum. Vier Männer der Pferdegarde waren ebenfalls verschollen. Zwei seiner Unterstützungssoldaten waren durch panische Reiter verletzt worden, die verzweifelt versuchten, dem Gemetzel zu entkommen, und durch die Linien der Unterstützungssoldaten gebrochen waren. Vier der verwundeten hatten gebrochene Glieder, weil sie von Pferden überrannt oder getreten worden waren. Acht hatten Schnittwunden, einige davon schwerer als andere. Die schlimmsten Fälle waren ein abgetrennter Arm und ein abgetrenntes Bein. Die Verwundeten wurden auf Wägen geladen, die herbeigeholt worden waren, um sie gut bewacht nach Kandahar zurück zu transportieren.

Selbst wenn Andreas die Kapazitäten gehabt hätte, um die enorme Zahl der feindlichen Verletzten zu behandeln, hätte er keine Chance gehabt, dies zu tun. Tausende der einheimischen

Dorfbewohner fielen über die gefallenen Männer her, um zu plündern und sich für das Leid zu rächen, dass ihnen während der Plünderungen zugefügt worden war. Sämtliche Bitten seiner Soldaten, Gnade walten zu lassen, wurden ignoriert und mehrere Male wurde den Männern von Andreas sogar gedroht. Nachdem sie nichts tun konnten und Andreas klar wurde, dass es schnell gefährlich werden würde, zog Andreas seine Soldaten zurück und sie machten sich auf den Weg zurück nach Kandahar.

Während der ersten Stunde des Rückwegs wurde die Stille nur von dem Geräusch unterbrochen, das die Pferdehufen machten, wenn sie auf den Boden trafen, und vom Rattern der Wägen sowie vom gelegentlichen Schnauben der Pferde. Die Männer und Frauen, die an der Schlacht beteiligt gewesen waren, waren in Gedanken versunken, Gedanken darüber, was sie soeben erlebet hatten. Bewaffnete Soldaten gingen in vierhundertfünfzig Linien zu acht Gliedern schweigend ihren Weg. Andreas ritt auf und ab und versicherte sich zunächst, dass sein innerer Kreis, seine Freunde und Verwandten unversehrt waren. Die Männer sahen ihn kurz an und nickten ihm zu. Alle die Andreas traf hatten den Blick in die Ferne gerichtet und waren tief in Gedanken versunken.

Andreas erreichte das vordere Ende der Gruppe, ritt auf die andere Seite hinüber und ließ die Kolonnen ihn und Bartholomew wieder überholen. Dabei sah er, dass die Soldaten in den vorüberziehenden Kolonnen ihn fragend ansahen und versuchten, aus seinem Gesichtsausdruck etwas herauszulesen. Als er die Mitte der Kolonne erreichte, fasst er seine Gedanken in Worte. Erst leise, dann immer lauter, indem er ein Lied sang, das sie alle gelernt hatten und ihr ganzes Leben lang, jeden Sonntagmorgen gesungen hatten. Er sang seine eigenen Worte zu der altvertrauten Melodie.

„Wir danken dir, Herr, dafür, dass du uns heute beschützt hast und uns sicher nach Hause zurückkehren lässt. Wir bitten dich, Herr, dich um unsere Verletzten zu kümmern, ihre Schmerzen zu lindern und dass du sie wieder heilmachen mögest. Wir bitten dich, Herr, dass du unsere gefallenen Kameraden, die gestorben sind, um andere zu beschützten, in deinem Schoß aufnimmst. Wir bitten dich, Herr, unseren Feinden zu vergeben, die von deinem wunderbaren Weg abgekommen sind. Und wir bitten dich, Herr, um Vergebung für die Zerstörung, die wir an diesem Tag verursacht haben."

Dann begann er, das Vaterunser zu singen, in das alle dreitausend auf Russisch, Deutsch und Englisch einstimmten. Nach fünf Minuten Stille, begann ein Soldat in der Mitte der Gruppe langsam auf Russisch das Donkosakenlied anzustimmen, in das die zweitausend Kosaken einstimmten und dessen Tempo langsam schneller wurde, als die Pferde, die die Stimmung ihrer Reiter wahrnahmen, begannen schneller zu laufen. Bald trabten die Pferde und die Stimmung wandelte sich zu einer Freuden- und Feierstimmung.

Sie hatten überlebt.

Andreas verbrachte die Stunde vor Sonnenuntergang damit, mit seinem inneren Kreis zu sprechen und sich ihre Meldungen darüber, was sie gesehen hatten, anzuhören. Die Nordamerikaner hatten bereits Notizen zu dem, was sie erlebt hatten, gemacht und nachdem er sich von den anderen hatte versichern lassen, dass sie ihre schriftlichen Meldungen am nächsten Morgen einreichen würden, entließ Andreas sie. Er verbrachte den Großteil des Abends damit, seinen Bericht zu schreiben. Er erwähnte insbesondere einen von Rudys Soldaten, der bei seinem Kameraden geblieben war und ununterbrochen geschossen hatte, während der andere Mann auf sein Pferd stieg. Ein weiterer Soldat, der lobend erwähnt wurde, war ein britischer Leutnant, der, obwohl er selbst dadurch ein großes

Risiko einging, sein Pferd zurückgetrieben hatte und vor den Augen des herannahenden Feindes einen Kameraden aufgegriffen hatte, dessen Pferd sich ein Bein gebrochen hatte, den Mann hinter sich in den Sattel geschwungen hatte und mit ihm zurück in die Sicherheit der eigenen Reihen galoppiert war.

Und als letzter wurde noch McDonald erwähnt. Dreimal war er vor die Linien gestiefelt und hatte Feinde erschossen, denen es auf irgendeine Weise gelungen war, unversehrt aus dem Gemetzel des Hauptangriffs hervorzukommen und die kurz davor waren, die Linien zu durchbrechen.

Andreas arbeitete bis spät in die Nacht und als er endlich fertig war, brannten seine Augen brannten vor Anstrengung und Müdigkeit. Er hatte sie nicht hereinkommen hören und sie lag auf dem Bauch quer über der Liege, die sie teilten. Ihren Mantel hatte sie über den Stuhl geworfen. Ansonsten war sie aber vollständig bekleidet. Ihr Gesicht und ihre Hände waren vom Schießpulver schwarz und ihr zerzaustes blondes Haar bedeckte sie. Er strich ihr das Haar hinters Ohr und küsste sie sanft auf die Wange, die nach Schießpulver schmeckte. Er hob ihren Mantel vom Stuhl, setzte sich und legte ihn ordentlich zusammen. Der Mantel roch nach Schießpulver, Staub und Schweiß. Er saß da, beobachtete sie und strich liebevoll ihren Mantel glatt. Wie gesegnet er doch war, dachte er, dass diese Frau ausgerechnet ihn gewählt hatte. Diese schöne, intelligente und mutige Frau, die ihm erst vor wenigen Wochen einen Sohn geschenkt hatte und dann tapfer in einer so großen Schlacht gekämpft hatte. Er griff nach seinem Kragen, nahm den Adler ab, der dort angesteckt war, und steckte ihn über dem Bären an den Kragen ihres Mantels. Dann verließ er das Zelt und schlief in seinem Stuhl unter dem Sternenhimmel.

Mit einem Ruck schreckte er hoch und langte nach einer Pistole, die nicht da war. In seinem Kopf hörte er Hufen donnern und Gewehre knallen. Dann wurde ihm bewusst, dass er geträumt hatte und sah sich um. Elizabeth saß ihm gegenüber. Stephan lag an ihrer Brust und ließ sich sein Frühstück schmecken. Heute trug sie ihre offene Bluse und ihren Mantel über einem langen Rock. Ihr Gesicht und ihr Haar leuchteten im Sonnenlicht und ihre grünen Augen mit den goldenen Flecken schauten voller Liebe direkt in seine blauen. Er sah den Adler, den er am Abend vorher an ihrem Kragen festgesteckt hatte, vor ihm auf dem Tisch liegen.

„Du und deine Bären habt euch die Adler gestern verdient", sagte er.

„Nein, Andreas, nein", sagte sie. Wir alle tragen unsere Gewehre und vor allem unsere Bären mit Stolz. Wir haben uns gut geschlagen. Das kann keiner bestreiten.

Aber wir waren nicht diejenigen, die sich dieser Mauer von galoppierenden Pferden in den Weg gestellt haben und nicht vom Fleck gerückt sind, trotz der Lanzen und Schwerter, die direkt auf uns gerichtet waren. Wir waren nicht diejenigen, die daran glauben hätten müssen, wenn dein Plan nicht aufgegangen wäre. Ich war nicht derjenige, der mit seinem Pferd ruhig hinter seinen Männern die Linie auf- und abgeritten ist und ihnen durch seine ruhige Gegenwart Mut gegeben hat. Ich war nicht derjenige, der sein Gewehr dem Mann vor sich gegeben hat, als dessen Gewehr nicht funktionierte. Ich war nicht derjenige, der den Feind vom Pferd aus mit einer Pistole erschossen hat, der kurz davor war, den armen Ian mit seiner Lanze aufzuspießen, als dessen Gewehr nicht geladen war.

Du warst es, der uns allen den Mut dazu gegeben hat, zu tun, was wir getan haben. Du warst so ruhig, so voller Gewissheit. Wie hätten wir, die wir am Rande des Geschehens waren, da weniger tun können? Nein, mein Lieber, du hast uns gezeigt, was es bedeutet, den Adler zu tragen. Wir danken alle Gott dafür, dass er dich zu uns geschickt hat und wir wissen, dass

Gott auf unserer Seite war. Wusstest du, dass du sechs Löcher in deinem Mantel hattest und dass dir die Kappe vom Kopf geschossen wurde?"

„Nein, meine Liebe, ich erinnere mich an nichts davon", sagte Andreas. „Mir war noch nicht einmal bewusst, dass ich geschossen habe. Ich hatte noch nie in meinem Leben so viel Angst. Der Grund, weshalb ich geritten bin, ist, dass mir, wenn ich abgestiegen wäre, die Beine versagt hätten, so sehr haben sie gezittert. Ich wollte nicht, dass irgendjemand sieht, wie viel Angst ich hatte."

„Das erste Mal, als ich in einer Linie stand, hab ich mir in die Hosen geschissen", sagte eine raue Stimme hinter ihnen. Der britische Befehlshaber war unangemeldet hinter ihnen aufgetaucht.

„Ich war achtzehn Jahre alt. Ein wohlbehüteter, verwöhnter Aristokrat, dessen Vater ihn mit einem gekauften Offizierstitel in einem der besten Bataillons verwöhnt hatte. Wir standen in zwei Linien, ähnlich wie Ihre Linien gestern, und sahen uns den besten Infanteriebataillons von Napoleon gegenüber. Sohn, jeder, der dir erzählt, dass er keine Angst hatte, war nicht dabei.

Mein Gott, Mann oh Mann, fünfzehntausend Pferde und nur Ihre tausend, um sie aufzuhalten? Ich habe mir das Schlachtfeld schon angesehen. Ich konnte anhand der leeren Patronenhülsen erkennen, wo Ihre Reihen waren und anhand der aufeinandergestapelten Leichen von Pferden und Menschen, wo ihr sie aufgehalten habt. Das waren keine plündernden Stammesangehörigen, Andreas. Das waren bestens ausgebildete Kavalleriesoldaten, die bereits auf einige der besten indischen Soldaten gestoßen waren und diese besiegt hatten. Wir sind mit der Erwartung hierhergekommen, bestenfalls eine Belagerung zu beenden. Stattdessen finden wir einen besiegten, zermalmten Feind vor und, ich befürchte, auch das Ende der großen Kavallerieangriffe.

Wenn Ihre Regierung Sie nicht ausreichend zu schätzen weiß und Sie nicht angemessen belohnt, kann ich Ihnen versichern, dass meine Regierung dies gerne tun wird. Graf und Gräfin Bekenbaum, mein Land und ich persönlich möchten uns bei Ihnen für das bedanken, was Sie hier in unserem Dienste getan haben."

Dann trat er zurück, gab seinen Adjutanten den Befehl, die Grundstellung einzunehmen und grüßte die Bekenbaums mit einem Paradesalut, bevor er sich umdrehte und davon marschierte.

Es war eine Zeit der Freude und Vorfreude. Katia und Marie hatten gesunden Jungen auf die Welt gebracht und mehrere der anderen verheirateten Frauen des harten Kerns hatten ebenfalls Kinder zur Welt gebracht. Die Ärzte hatten alle Verletzten für reisetauglich erklärt und die Vorbereitungen für die Heimreise des Bataillons waren im vollen Gange.

Britische und russische Soldaten betrachteten sich jetzt als Brüder. Zwar gab es manchmal kleinere Streitigkeiten zwischen den Männern, aber diese kamen eher dadurch zustande, dass sich die jungen Männer einen Spaß erlaubten. Oft verbündeten sich ein Russe und ein Brite miteinander, anstatt gegeneinander.

„Gräfin, Sie sehen bezaubernd aus. Ich kann kaum glauben, dass Sie erst vor kurzem einen schönen kleinen Jungen auf die Welt gebracht haben", sagte die Frau eines britischen Offiziers. „Dieses schöne rote Gewand steht Ihnen gut. Wo haben Sie das gefunden?"

„Ein paar der einheimischen Frauen haben es für mich genäht. Es ist wirklich schön, sie haben wunderbare Arbeit geleistet", sagte Elizabeth.

„Wer hätte das gedacht?", sagte die englische Frau. „Selber sind sie immer so düster gekleidet."

„Nein, das stimmt nicht. Zu Hause und unter dem Hidschāb tragen sie sehr bunte und figurbetonte Kleider", sagte Elizabeth. „Ihre Kultur verbietet es ihnen, sich so in der Öffentlichkeit zu zeigen, deswegen. Das ist ungefähr so, wie Ihr Tabu, dass Frauen keine Hosen tragen dürfen und nicht ohne Damensattel reiten dürfen. Im Grunde genommen ist das alles lächerlich und macht keinen Sinn."

„Oh, ja", sagte eine ältere englische Frau. „Ich beneide Sie darum, kein Korsett und keinen Reifrock tragen zu müssen. Diese verdammten Dinger sind so unbequem. Was für eine wunderbare Feier. Ihre Damen sind so talentiert und die Dekoration ist herrlich. Viel besser als in dieser stickigen alten Festung. Alles hier ist so frisch und hell."

„Wir hatten noch kaum die Gelegenheit zu feiern", sagte Elizabeth. „Wir hatten seit unserer Ankunft immer so viel zu tun. Die Mädels haben darauf bestanden, und da konnte ich nicht ‚nein' sagen. Die Frauen der gemeinen Soldaten machen auf der anderen Seite des Lagers genau dasselbe."

„Es ist so schade, dass wir uns am Anfang so missverstanden haben", sagte die jüngere Frau. „Ich habe so viel Spaß. Ihre Leute wissen wie man feiert. Ganz im Gegensatz zu unseren. Das hier ist nicht so verstaubt und förmlich."

„Das Leben in der Steppe ist hart. Für die Adligen genauso wie für die Bauern", sagte Elizabeth. „Wir sind aufeinander angewiesen, wenn wir überleben wollen. Und wenn wir die Chance haben, zu feiern, dann nutzen wir sie auch. Kommen Sie, die Speisen sind zubereitet und bald wird es mit dem Tanzen losgehen. Wir sind zur Feier der Soldaten eingeladen. Und so gerne ich auch beim Tanzen dabei wäre, so befürchte ich doch, dass ich dafür nicht die richtig Kleidung trage."

Die Gruppe britischer und russischer Offiziere und Diplomaten verließ mit ihren Frauen am Arm den Pavillon, in dem sie zu

Abend gespeist hatte, und legte langsam den kurzen Weg zur anderen Seite des Lagers zurück, wo mehrere große Planen zusammengebunden worden waren, sodass sie ein Zeltdach bildeten, unter dem mehrere Feuer brannten. Gruppen von Männer und Frauen hatten sich um die Feuer herum versammelt, Musiker spielten auf ihren selbstgebastelten Instrumenten, einige sangen mit, andere unterhielten sich und tauschten den neuesten Klatsch und Tratsch oder gute Geschichten aus. Einige der Frauen tanzten um die Feuer herum, an denen gesungen wurde, und die Männer klatschten im Takt der Musik in die Hände.

„Diesen Tanz habe ich schon einmal gesehen", sagte die Frau von Wiggam. „Das ist ein Volkstanz, nicht wahr? Sie tanzen so anmutig, als ob ihre Füße sich gar nicht bewegen würden."

„Ja, es ist ein Volkstanz. Eigentlich sogar ein Tanz, mit dem die Frauen, die Männer anlocken", sagte Katia. „Die Mädchen zeigen, dass sie zu haben sind, aber Sie können anhand dessen, wie sie ihre Köpfe halten, sehen, dass sie noch nicht dazu bereit sind, von den Jungs belästigt zu werden."

„Die Schritte sind leicht. Kommen Sie, ich zeige sie Ihnen", sagte Elizabeth. „Irene, Katia, Marie! Kommt, wir wollen unseren Gästen zeigen, wie wir tanzen."

Elizabeth nahm Mrs. Wiggam bei der Hand und marschierte zu einem der vom Feuer erleuchteten Kreise und begann, sich im Takt der Musik zu bewegen. Eine Hand hatte sie auf die Hüfte gestützt und die Augen nach oben zu den Sternen gerichtet.

„Schauen Sie, wir schwingen ein bisschen in diese Richtung, und dann in diese", sagte sie und leitete Mrs. Wiggam an. „Wir schwingen unsere Hüften nach rechts, dann nach links, dann schwingen oder wirbeln wir unsere Röcke herum, gerade hoch genug, damit man unsere Knöchel sehen kann."

Die Gruppe fing langsam an, sich in den Tanz einzufinden und die Zuschauer klatschten laut im Takt in die Hände und riefen den Frauen aufmunternde Bemerkungen zu. Als das Lied zu Ende war, erhielten die Frauen lauten Applaus und wohlwollende Zurufe.

„Ich fühle mich wie ein junges Mädchen", sagte Mrs. Wiggam mit roten Wangen, wobei sich ihr enormer Busen hob und senkte. „Unsere Bauern zu Hause haben so ähnliche Tänze, aber sie würden uns nie erlauben mitzumachen."

„Das ist nicht das erste Mal, dass sie mir leid tun, Mrs. Wiggam", sagte Elizabeth. „Ihre Gesellschaft ist so strukturiert, so streng. Bei den russischen Adligen ist es eigentlich dasselbe. Aber nicht bei uns."

„Nein", sagte Irene. „Lebe für den Moment, habe Spaß, freue dich, denn morgen stirbst du vielleicht." Sie hatte sich ganz auf Johann gestützt und ihr großer Bauch zeigte allen, dass ihr Geburtstermin kurz bevor stand.

Die Musik begann wieder und Elizabeth, die sich mitreißen ließ, begann erneut, sich im Takt hin- und herzuwiegen und bald schon bewegten sich auch ihre Füße wieder. Katia tat es ihr auf ihrer einen Seite gleich, Marie auf der anderen. Diesmal kamen neue Bewegungen hinzu. Sie gestikulierten mit den Händen nach außen, dann nach innen. Erst mit der rechten Hand, dann mit der linken. Der Rhythmus war langsam und stockend, dann setzte er für einen halben Takt aus, dann wurde das Tempo gesteigert.

Drei Männer betraten den Kreis, die Zuschauer johlten vor Begeisterung. Andreas, Peter und Ivan begannen, die Männerschritte des Tanzes zu tanzen. Die Frauen vermieden es, sie anzusehen. Der Reihe nach machte jeder der Männer einen Tanzschritt und forderte die anderen dazu heraus, den Schritt nach zu tanzen. Und das taten sie auch, einer nach dem anderen.

Das Tempo der Musik wurde schneller und auch die Männer tanzten schneller. Sie drehten sich und sprangen um die drei Frauen herum, die nun an den Rand des Kreises tanzten und die Mitte den Männern überließen.

Die drei Schwager waren in ihrer eigenen Welt. Mit ihren Herzen und ihren Gedanken waren sie tief in die Musik versunken. Sie klatschten in die Hände, wären sie nacheinander auf die Knie hinabgingen und ihre Beine herumschwangen, dann in eine tiefe Kniebeuge sprangen, die Arme über der Brust verschränkt, und begannen, ihre Beine nach vorne zu schleudern, wobei sie immer wieder hochsprangen, um erneut in der Hocke zu landen. Der erste, der nicht mehr konnte, war Patrick. Er hatte diesen Tanz seit Jahren nicht mehr getanzt. Als nächstes gab Andreas auf. Er hatte in den vergangenen Wochen zu viele Stunden am Schreibtisch verbracht.

Der Einzige, der in der Mitte noch übrig war, war Ivan. Und der nutzte seine Chance. Er tanzte an den Rand, dann zurück in die Mitte. Schneller und schneller. Dann wurde das Lied wieder langsamer und Katia gesellte sich zu ihm. Sie hielten sich gegenseitig auf Schulterhöhe am Arm fest. Sie hatte ihren rechten Arm ausgestreckt, er seinen linken. So tanzten sie, bis die Musik so langsam war, dass sie fast ganz aussetzte. Dann drehten sie sich auf den letzten Schlag der Musik mit dem Gesicht zueinander.

„Küss sie, du Dummkopf, bevor ich es tue!", brüllte Andreas.

Die Menge tobte als Ivan Katia im Mittelpunkt des Kreises küsste und sie dabei hochhob. Sie tobte noch mehr, als sie ihn zur Antwort in die Schulte boxte, ihn dann aber sofort zurückküsste.

„Unsere Kultur erlaubt gemeinsames Tanzen und Feiern wie letzte Nacht nicht, mein großer Herr", sagte der junge Stammesführer in seinem akzentbehafteten Englisch. „Aber wir hoffen, Ihnen mit unseren Mühen eine Freude machen zu können und möchten Ihnen und Ihren Leuten mit diesem bescheidenen Festessen danken."

„Aber nicht doch", sagte Andreas. „Gutes Essen, gute Gespräche, gute Freunde, was will man mehr."

„Meine Leute haben Ihren Rat hinsichtlich des Mohnanbaus und andere Dinge befolgt, großer Herr. Wir werden uns darum bemühen, autark zu sein. Da wir so weit vom Zentrum der Macht entfernt sind, werden wir es vielleicht auch schaffen. Aber auf jeden Fall haben Sie uns die Chance gegeben und uns gezeigt, wie wir unser Leben und das unserer Kinder verbessern können. Unser Imam hat gesehen, wie Sie die Dinge angehen und stimmt zu. Unsere Frauen haben, wie wir auch, gesehen, dass Ihre Frauen stark sein können, aber trotzdem Frauen sind. Und wir verstehen, dass Sie deshalb so stark sind. Wir werden vieles von nun an genauso machen.

„Wir haben Angst vor Neuem und vor Veränderung. Es ist schwierig für meine Leute, aber die Älteren verstehen, dass es notwendig ist und wir haben geschworen, uns zu ändern. Das alles haben wir Ihnen zu verdanken, großer Herr. Meine Leute haben schon oft versucht, Teil der modernen Welt zu werden. Aber oft greifen die, die keine Veränderung wollen, uns dafür an. Sie haben uns die Zeit und die Fähigkeiten dazu gegeben, uns denen, die uns zurückhalten wollen, zu widersetzen. Dafür danken wir Ihnen."

„Danke, dass Sie auf uns gehört haben", sagte Andreas.

„In meinem Land, gibt es Menschen, die nicht zuhören und die deshalb zum Scheitern verurteilt sind. Ich bin kein großer

Führer, mein Freund. Ich bin nur ein Mann, der das Glück hatte, zur rechten Zeit am rechten Ort zu sein."

„Hoffentlich bleibt das auch in Zukunft so, Andreas. Wir brauchen mehr Männer wie Sie."

„Ihr Wort in Gottes Ohr", sagte der Imam und erhob sein Glas.

Berichterstatter aus allen großen europäischen Ländern waren wie Heuschrecken eingefallen und belästigten alle, die in der Schlacht gekämpft hatten. Remingtons Zeichnungen der Ereignisse waren äußerst gefragt.

Alle im engeren Kreis, einschließlich Remington, lachten vor allem über eine künstlerische Darstellung. Das Bild zeigte Andreas in Mitten seiner Männer. Einige lagen zu seinen Füßen im Sterben. Er stand breitbeinig über Elizabeth, die mit einer Hand seine Beine umklammert hielt und mit der anderen einen Stab hielt, an dessen Ende die russische Flagge im Wind wehte, während Andreas einen schreienden Feind mit erhobenem Schwert auf einem zu Tode erschreckten Pferd niederschoss.

Die Zeichnung war mit der Unterschrift ‚Der tapfere Held von Russland sammelt seine Truppen' versehen.

Andreas setzte eine gespielt tapfere Miene auf, stützte eine Hand auf seine Hüfte, und hielt den Kopf hoch erhoben. Elizabeth ging vor ihm auf die Knie, umklammerte eines seiner Beine mit einem Arm und streckte den anderen zum Himmel.

„Mein Herr, mein tapferer Held von Russland, rette mich vor diesen wilden Biestern", schrie sie mit gespielter Furcht in der Stimme. Und dann fragte sie, während sie an seinem Hinterteil schnüffelte: „Aber was ist das bloß für ein schrecklicher Gestank?"

„Meine Dame, wissen Sie nicht, dass die Scheiße des Helden von Russland niemals stinkt?", sagte Andreas.

Es dauerte fünf Minuten, bis sich alle Anwesenden wieder unter Kontrolle hatten. Dann schnüffelte Johann und sie brachen erneut in Lachen aus.

Als Bedingung für ein Interview mit einer englischen Zeitung ließ Elizabeth eine Reihe von Fotos machen. Eines zeigte Andreas im Sitzen in seiner vollständigen Ausgehuniform, die Hand am Griff seines Schwertes. Ein Foto zeigte ihn und Elizabeth in kompletter Ausgehuniform. Auf einem weitere Bild waren Andreas und Elizabeth zu sehen, Elizabeth hielt Stephan. Eines zeigte alle Familienmitglieder in Uniform. Auf einem Foto war die Führungsgruppe zu sehen, und schließlich gab es noch ein Gruppenfoto der Adler und eines der Bären.

Zu guter Letzt bestand der Fotograf drauf, ein Bild von Andreas und Elizabeth in ihren Kampfuniformen zu Pferde, die Gewehre über die Schulter geschlungen und die Hand an der Pistole im Holster zu machen.

Doch dann geschah es. Und die, die so viel getan und durchgemacht hatten, ohne auch nur einen Kratzer davon zu tragen, mussten ihren ersten Verlust verzeichnen.

Irene hatte eine schwierige Schwangerschaft gehabt und der Geburtstermin war längst vorbei, als die Wehen einsetzten. Es dauerte den ganzen Tag und die halbe Nacht bevor eine fast vollkommen erschöpfte Irene eine gesundes Mädchen auf die Welt brachte. Johanns anfängliche Freude wandelte sich in Sorge als die Ärzte, obwohl sie alles taten, was sie konnten, die innere Blutung nicht stoppen konnten. Zwei Tage später starb Irene im Kreis der Familie.

Egal wie sehr sie ihn auch drängten, niemandem gelang es Johanns Arm von ihr zu lösen, bis sich Andreas schließlich neben ihm hinkniete und seinen Kopf an Johanns Schulter legte. Da atmete Johann tief durch, küsste Irene zum letzten Mal auf die bleichen Lippen, strich ihr eine Haarsträhne aus der

Stirn, machte ein Kreuzzeichen und stand auf. Beide Brüder liefen Arm in Arm in die Nacht, stille Tränen liefen über ihre Wangen.

Zwei Tage später sah Johann, seine neugeborene Tochter im Arm, zu wie sie Irenes liebevoll gestalteten Sarg neben den beiden Bärensoldaten, die ihren Verletzungen erlegen waren, in die Erde senkten. Das Grab wurde zugeschaufelt, das letzte Kirchenlied gesungen und dann wurden die Salutschüsse abgegeben. Das Bataillon und alle, die ihm ihr Beileid ausgedrückt hatten, waren gegangen. Johann stand da, streichelte seine Tochter zärtlich, den Blick in die Ferne gerichtet.

„Sein Wille geschehe", sagte er, dann ging er zwischen Andreas und Elizabeth davon.

Am nächsten Tag machte sich das Bataillon auf den Nachhauseweg.

Sechstes Kapitel

Ende Oktober hatten sie ihr Lager außerhalb der Hafenanlage in Georgien aufgeschlagen und warteten auf ihren Rücktransport nach Odessa. Im Gegensatz zur Reise nach Afghanistan war die Rückreise nicht von ständigen Verzögerungen, weil sie auf Vorräte warten mussten oder an der Grenze aufgehalten wurden, geprägt. Sie hatten keine andere Wahl gehabt als die Reise in der iranischen Hauptstadt Teheran für zwei Tage zu unterbrechen. Der Schah hatte auf ein Treffen mit Andreas, und, dieses Mal, auch mit Elizabeth bestanden. Er hieß sie mit einem großen Empfang willkommen, im Rahmen dessen er seine Dankbarkeit zum Ausdruck brachte und sie mit Geschenken aus Gold und wertvoller Seide überhäufte. Die Plünderer hatten seinem Land ebenfalls zugesetzt. Sie hatten Handelsrouten gestört und Dörfer niedergebrannt.

Johann hatte seine Tochter Susanna Irene genannt und fünfundzwanzig Tanten kümmerten sich um jedes kleine Bedürfnis des winzigen Mädchens. Die Säuglinge von zwei Krankenschwestern waren aufgrund von Krankheit auf dem Rückweg gestorben und eine von ihnen war sofort die Ersatzmutter von Susanna geworden, sodass Katia, Marie und Elizabeth sie nicht mehr stillen mussten. Eine Delegation von Krankenschwestern hatte darauf bestanden, dass es sich für eine hohe Dame nicht ziemte, ihr eigenes Kind zu stillen, und so hatte Elizabeth nach einigem Zögern eingewilligt, die zweite

Frau, die ihr Kind verloren hatte, zu Stephans Amme zu machen.

Johann hatte seinen Dienst wieder aufgenommen. Er war zwar immer noch aufmerksam und gründlich, jedoch hatte er seine Schlagfertigkeit und seinen Humor verloren. Er verbrachte die meisten Tage und alle Nächte abgeschottet von den anderen. Elizabeth verbrachte ihre Tage damit, die Nordamerikaner, und vor allem Peter und Ian, auf unaufdringliche Weise über die Länder, aus denen sie kamen, auszufragen. Wie das Land war, wie die Leute, wie gut die Ernten waren und wie das Wetter. Vor der Schlacht hatte Ian Andreas erzählt, dass sein Land Siedler ins Landesinnere lassen würde, um die Amerikaner davon abzuhalten, ins Hoheitsgebiet einzudringen. Die einzigen Bewohner dieses Teils des Landes waren wilde nomadische Völker und riesige Herden von wilden Tieren, aber es war fruchtbar und es waren Studien durchgeführt worden, um die besten Orte für Siedlungen zu finden. Eine lange Eisenbahnstrecke sollte das Landesinnere mit den bevölkerungsreicheren Gegenden verbinden.

Andreas hatte arrangiert, dass Wiggam einen kanadischen Diplomaten aus Kabul herbei gebracht hatte. Der Mann war äußerst hilfreich gewesen. Er hatte Andreas mit Literatur zum Land versorgt, mit Landkarten und mit Empfehlungsschreiben für die Beamten im Konsulat in Odessa.

An einem Tag auf dem Weg zur Küste wurde Ian gebeten, Andreas und Elizabeth bei ihrem täglichem Ritt abseits der Hauptkolonne von Soldaten zu begleiten.

„Ich hoffe, dass du mir etwas erklären kannst, Ian", sagte Andreas. „Du sagst, dass dein Land ein Dominion ist, aber trotzdem unabhängig von England. Was genau heißt das?"

„Wir sind keine Republik wie die Vereinigten Staaten", sagte Ian. „Die Königin ist nach wie vor unser Staatsoberhaupt und hat das letzte Wort in Regierungsangelegenheiten, aber wir sind selbstbestimmt. Wir machen unsere eigenen Gesetze und setzten sie selbst durch. Wir wählen unsere eigenen Abgeordneten in ein Parlament, das das Land im Interesse aller regiert. Das Land ist in verschiedene Provinzen unterteilt, die ihre eigenen Parlamente haben, welche für die Verwaltung der jeweiligen Provinz verantwortlich sind."

„Also so ähnlich wie in unserem System", sagte Andreas.

„Dienen die einheimischen Aristokraten bei euch als Gouverneure?"

„Wir haben einen Generalgouverneur, der der unmittelbare Repräsentant der Königin für das gesamte Land ist, und Generalleutnants für die einzelnen Provinzen. Im Moment werden die zwar alle von den Briten ernannt und theoretisch hätten sie die Macht, uns ihren Willen aufzudrängen, aber praktisch würden sie feststellen, dass dies ein sehr schwieriges, wenn nicht sogar unmögliches, Unterfangen wäre. Sie haben hauptsächlich eine repräsentative Funktion."

„Erzähle uns von diesen wilden Ländern, die ihr besiedeln wollt. Sind sie wie das amerikanische Ödland? Voller Räuberbarone und ohne Gesetze?", sagte Elizabeth.

„Wir bilden eine nationale Polizei", sagte Ian. „Ich hoffe, dass ich dieser beitreten kann, um solchen Sachen Einhalt zu gebieten. Dadurch, dass das Land auf geordnete Weise mit Bauerngemeinschaften besiedelt werden soll, hoffen wir, dass die Art von Sachen, die in den Staaten passiert, auf ein Minimum beschränkt bleibt. Wir haben gute Beziehungen zu den Eingeborenen und möchten diese auch weiterhin aufrechterhalten. Nicht wie die Amerikaner, die die Ein-heimischen als Hindernis betrachten."

„Ich habe von Leuten gehört, die dort gewesen sind", fuhr Ian fort „dass die Gebiete östlich von den großen Gebirgszügen, die sich am westlichen Ende des Landes nach Süden hin erstrecken, so ähnlich aussehen wie eure Steppe. Es gibt weite, grasbedeckte Ebenen und bewaldete Hügel."

An diesem Abend kuschelten sie unter der Decke und Elizabeth fragte: „Werden sie uns gehen lassen?"

„Wir werden langsam zu mächtig, um uns zu ignorieren, aber wir sind nicht mächtig genug um sie davon abzuhalten uns zu zermalmen, wenn es das ist, was sie wollen. Sie werden einen Weg finden, um uns loszuwerden. Darin sind sie gut. Wenn wir die Sache richtig angehen, sollte es kein Problem sein", sagte Andreas.

„Sind wir uns einig? Kanada?", fragte sie und langte nach ihm.

„Meine Dame, Ihr Wunsch ist mir Befehl", sagte er und erwiderte ihre begierige Berührung.

Rudy kam am nächsten Morgen, um ihn zu sprechen. Er und sein Bataillon hatten sie auf dem Rückweg begleitet. Sie waren auf dem Weg nach Hause und diese Route war schneller für sie als auf die Transportschiffe zu warten, um sie nach oben an die Nordsee zu bringen. „Andreas, ich wollte dich fragen, ob wir vielleicht eine Woche lang eure Gastfreundschaft beanspruchen dürften? Meine Jungs könnten eine Pause gebrauchen, bevor wir wieder aufbrechen", sagte er.

„Selbstverständlich", erwiderte Andreas. „Alle unsere Leute werden, sobald wir wieder zurück sind, in ihre Zuhause zurückkehren. Wir werden jede Menge Platz haben."

„Danke", sagte er, „und ich würde mit dir in dieser Zeit dann auch gerne noch etwas anderes bereden."

„Geht in Ordnung", sagte Andreas. „Wir werden die erste Fuhre bilden, das heißt bis du und deine Truppen ankommen, sollte ich den ganzen politischen Quatsch hinter mich gebracht haben. Wenn nicht, werde ich dafür sorgen, dass Ivan oder Johann dich zur Villa bringen."

Den Rest des Tages verbrachten sie damit alles, außer den Sachen, die sie unbedingt brauchten, zu verpacken und als der Morgen anbrach, war das Lager schon verpackt und wurde auf die wartenden britischen Transportschiffe verladen.

Das Entladen im Hafen von Odessa ging zügig vonstatten und der britische Kommodore, der das Kommando über die kleine Flotte hatte, versprach Andreas, dass seine Truppen bis zum Anbruch der Dunkelheit im Hafen angekommen und mit entladen fertig sein würden. Militärpersonal stand bereit, um die Soldaten zum Lagerbereich zu führen, während die Stabsoffiziere und ihre Frauen im selben Hotel untergebracht werden sollten, in dem sie auch auf dem Hinweg abgestiegen waren. Andreas hatte darauf bestanden, dass auch Ian mit im Hotel untergebracht wurde, schließlich war er ein Adjutant und daher unverzichtbar.

Als sie im Hotel ankamen, nahm Andreas Ian zur Seite. „Ich weiß, dass du deinen Leuten Meldung machen musst", sagte Andreas. „Sag ihnen, dass ich dich noch nicht aus meinem Dienst entlassen habe, aber dies bis zum Ende des Monats tun werde. Ich werde dich als Mittelsmann zwischen ihnen und mir verwenden. Das ist alles, was du momentan wissen musst."

„Jawohl, Herr Oberst", sagte Ian.

„Ach, ja, und frage sie, ob ich irgendwann in den nächsten drei Tagen ein Treffen mit ihnen einplanen kann. Ich werde dich wissen lassen wann, sobald ich erfahre, wie mein Zeitplan aussieht."

„Herr Oberst", sagte Ian und grüßte.

Kaum waren Andreas und Elizabeth samt ihrer Amme in ihre Suite geführt worden, stand schon, wie sollte es auch anders sein, ein Adjutant vor der Tür, der Andreas mitteilte, dass der Kommandeur ihn sehen wollte. Andreas, der schon damit gerechnet hatte, zog die dicke Kopie seines Berichts über den Feldzug, die er eigens für den General gemacht hatte, aus seiner Satteltasche, klemmte sie unter den Arm, gab Elizabeth einen Kuss und folgte dem Adjutanten aus dem Hotel.

„Oberst Andreas Bekenbaum, melde mich wie befohlen, Herr Genera!", sagte Andreas zum Rücken des Generals.

„Ja, ja, setzen Sie sich", sagte der Vicomte und führte eine Hand an die Stirn, um den Gruß zu erwidern. „Hier, nehmen Sie eines, Sie sehen aus, als ob Sie es nötig haben", sagte er und reichte Andreas ein Glas Weinbrand.

„Ist das Ihr Bericht?", fragte er, nahm die dicke Akte von Andreas entgegen und schmiss sie auf seinen Schreibtisch. Er setzte sich an seinen Schreibtisch: „Sie haben diesen Mann nicht wirklich erschossen, wie uns zu Ohren gekommen ist, Sie haben ihn sicherlich erschießen lassen, nicht wahr?"

„Nein, Herr General, ich habe ihn an Ort und Stelle erschossen und die Frau Major dafür gemaßregelt, dass sie ihren Dienst nicht getan hat und ihre Vorgesetzte nicht besser beschützt hat", sagte Andreas.

„Wirklich, Andreas, Disziplin ist ja schön und gut, aber das ist sicherlich zu weit gegangen. Die arme Frau hat das Beste gemacht, was sie unter den Umständen tun konnte. Ich würde diese junge Dame gerne sobald es geht persönlich kennenlernen", sagte er.

„Es tut mir leid, aber das ist nicht möglich, mein Herr, sie ist tot", sagte Andreas.

„Mein Gott, Mann, das geht wirklich zu weit!", sagte der Vicomte entrüstet.

„Oh, entschuldigen Sie, Herr General, da haben Sie mich falsch verstanden. Sie war die Frau meines Bruders, Herr General, und eine Woche nach der Schlacht ist sie bei der Geburt ihres Kindes gestorben", sagte Andreas hastig.

„Oh nein, wie furchtbar. Wie geht es ihm? Ich glaube, ich würde nicht lange überleben, wenn mir das passieren würde."

„Es geht ihm jeden Tag ein bisschen besser", antwortete Andreas. „Das Leben muss weiter gehen, Herr General, und er liebt seine Tochter heiß und innig."

„Ja, manchmal ist das Leben einfach so", sagte der General gedankenverloren.

„Fünfzehntausend, fünfzehntausend", fuhr er fort, „alle sind höchst beeindruckt, Andreas.

Wir wussten, dass Sie Ihre Sache gut machen würden, aber das ist einfach unglaublich. Vor allem waren das erstklassige Soldaten, keine Stammesleute."

„Ja, es mag zwar sein, dass sie erstklassige Soldaten waren", sagte Andreas, „und mutig vielleicht auch. Aber sie wurden nicht ordentlich geführt. Der Mann hat uns ohne vorherige Aufklärung angegriffen. Er hat keine Späher geschickt und eine Taktig verwendet, die schon vor fünfzig Jahren völlig veraltet war. Er hat sich für einen Frontalangriff gegen moderne Waffen entschieden und musste teuer dafür bezahlen. Wenn er eine andere Taktik gewählt hatte, wäre die Sache ganz anders ausgegangen und wir hätten einen viel höheren Preis bezahlen müssen."

„Ja, aber dennoch, dieser Ruhm, so etwas Großartiges", sagte der Vicomte. „Morgen werden Sie und Ihr Bataillon bei einer Parade präsentieren. Wir und die Menschen in Odessa müssen die tapferen Kämpfer sehen, die in unserem Namen so erstaunliche Taten vollbracht haben. Zwei Uhr Nachmittag, habe ich mir gedacht, und der Empfang für die Stabsoffiziere dann um acht. Ach, und bevor ich es vergesse, hier ist noch eine kurze Einweisung in das, was man Ihnen für nächstes Jahr auftragen möchte", sagte er und reichte Andreas einen dicken Stapel Dokumente. Das Gespräch war offensichtlich zu Ende, da ein Adjutant die Bürotür öffnete und Andreas bedeutete, ihm zu folgen. Der Vicomte war bereits dabei den Schlachtbericht zu lesen, den Andreas ihm gegeben hatte.

Andreas knallte die Tür zur Suite hinter sich zu und schmiss die Befehle auf einen Stuhl.

„Er möchte eine Vorstellung von uns, Liz, eine gottverdammte Vorstellung. Nicht mal fünf Minuten dürfen wir verschnaufen", brach es aus ihm heraus. Dann stampfte er zurück zur Tür, riss sie auf und lehnte sich in den Flur.

„Schwingt eure Ärsche sofort hierher", brüllte er in den Flur bevor er zurück in die Suite marschierte.

„Beruhige dich, Schatz, du weißt, dass es keinen Sinn hat Entscheidungen zu treffen, wenn du dich aufregst", sagte Elizabeth, die ihm eine Hand auf die Schulter gelegt hatte.

Alle Majore aus seinem engeren Kreis, sowohl die männlichen als auch die weiblichen, kamen in die Suite gerannt.

Voller Hohn sagte Andreas: „Der Vicomte möchte eine Parade haben, um zwei, habe ich mir gedacht, und dann habe ich mir gedacht, dass ein Empfang für die Stabsoffiziere stattfinden soll. Um acht, habe ich mir gedacht. Und eine Parade soll er haben. Alle in Felduniform, mit Waffen, in Marschformation, inklusive Wagen. Kümmert euch darum."

Bis Mittag waren alle angetreten. Als Rudys Bataillon am Feld ankam, wurden gerade die letzten Feinheiten abgestimmt. Rudy und seine Leute trugen ihre besten Uniformen und schimmerten nur so mit ihren glänzenden Messingknöpfen und -helmen. Die Lanzenspitzen blitzen hell im Sonnenlicht.

„Wie hübsch", sagte Andreas zu Rudy.

„Sind wir mal wieder dabei, jemanden eine Lehre zu erteilen, Herr Oberst?", sagte Rudy.

„Nein, nein, keines Wegs, Herr Oberst. Der Vicomte hat gesagt, dass die Leute die Helden sehen möchten, und deswegen werden wir ihnen die Helden zeigen. Ihr geht zuerst. Wir kommen danach. Wir wollen ja nicht, dass all die glänzenden Uniformen dreckig werden, nicht wahr?", erwiderte er mit einem Lächeln. „Er möchte, dass wir um zwei da sind. Jetzt ist es halb zwei. Wie lang werdet ihr brauchen? Zehn Minuten?"

„Ja, das sollte reichen, warum?"

„Ich möchte euch nicht überrennen, wenn ich um zwei auf den Platz komme", sagte Andreas.

Andreas sah die Reihe seiner lose formatierten achtreihigen Kolonnen entlang. Ians rote Jacke war die einzige Farbe in einem grauen Meer. Das einzige, was poliert war, waren die Gewehrrohre, die über den linken Schultern seiner Leute lehnten. Die weiblichen Offiziere ritten neben ihren Soldaten. Die Gewehre hatten sie auf den Rücken geschlungen und alle, die Säuglinge hatten, trugen diese in speziell angefertigten Tragevorrichtungen an ihrer Brust, sodass sie die Hände frei hatten.

„Bataillon, bereit machen zum Marschieren im Trab!", rief Andreas, „Marsch!"

Das Geräusch von zweitausend Pferden, die die Kopfsteinpflasterstraßen entlangtrabten, war überwältigend. Ebenfalls überwältigend war der Lärm der Menge, die ihnen vom Straßenrand aus zujubelte. Die Würdenträger waren noch dabei zu ihren Sitzplätzen zu eilen, als das Bataillon in den Hof des Gouverneurspalastes eingeritten kam. Der Vicomte und seine Begleiter schafften es geraden noch den Gruß der ersten acht, die an ihnen vorüberritten zu erwidern. Nach kurzer Zeit war der Hof vom Lärm der trabenden Pferde, der Offiziere, die Befehle brüllten und der klappernden Wagenräder erfüllt, als jede Gruppe fachmännisch an den ihr zugewiesenen Platz rollte und dort zum Stehen kam. Die Befehlshaber der einzelnen Schwadronen ritten nach vorne in die Mitte und Andreas und Elizabeth ritten vor den Schwadronen vorbei bis sie im Zentrum der Formation angekommen waren.

Als nächstes wurden die Meldungen gerufen. Erst von den Feldwebeln zu den Unteroffizieren, dann von den Unteroffizieren zu den Offizieren, zu den Schwadronführern, und zuletzt von den Schwadronführern zu Andreas.

Andreas hob seine Hand zum Gruß und rief: „Vicomte Odessa, ich melde: Bären und Adler vollständig angetreten!"

Der Vicomte erwiderte den Gruß und sagte dann mit leicht zitternder Stimme: „Rührt euch."

„Bataillon, zum Absteigen bereit machen, absteigen!", brüllte Andreas. Auf einen Schlag stieg das Bataillon ab, die Zügel hielten die Soldaten in der rechten Hand. „Rührt euch", rief er noch einmal, und das Geräusch von zweitausend Stiefeln, die auf dem Boden aufstampften, hallte durch den Hof.

„Männer und Frauen der Andreas-Truppe und des King's Loyal German Battalion", begann der Vicomte, „wir haben Sie hier antreten lassen, um Ihnen unseren Dank für Ihre erfolgreich erfüllte Mission auszudrücken. Eine gefährliche Mission die, obwohl die Chancen alles andere als gut standen, mit minimalen Verlusten oder Verletzungen erfüllt wurde. Im Namen von Mütterchen Russland möchte ich mich bei Ihnen bedanken." Dann trat er zurück und ein Mann in einer roten britischen Generalsuniform trat nach vorne.

„Männer und Frauen der vereinten Expeditionsstreitkräfte", begann er auf Englisch. „Im Namen Ihrer Britischen Majestät Königin Viktoria möchten wir Ihnen zu Ihren Errungenschaften gratulieren und Sie mit den folgenden ehrenvollen Erwähnungen auszeichnen.

Hauptmann Ian McDonald, Canadian First Cavalry Division; Oberstleutnant Rudolf von Hoaedle, King's Loyal German Cavalry, Ihnen wird eine Ehrenmedaille für Ihre Taten auf dem Schlachtfeld verliehen.

Leutnant Siegfried Hesselman, King's Loyal German Cavalry, Sie haben ein erhebliches persönliches Risiko in Kauf genommen und unter äußerst widrigen Bedingungen einen Kameraden gerettet. Ihnen wird dafür das Viktoria-Kreuz verliehen.

Major Ivan Makarov, Major Katia Makarov, Major Johann Bekenbaum, Major Irene Bekenbaum, Major Patrick Molotov, Major Olynick, Major Peter Adamentzuk, Marie Adamentzuk, Major Marie Adamentzuk Ihnen wird mit Erlaubnis des Zaren die Medaille für ausgezeichnetes Verhalten verliehen.

Oberst Elizabeth Bekenbaum wird mit dem Militärkreuz ausgezeichnet. Oberst Andreas Bekenbaum wird der Orden für hervorragenden Dienst verliehen.

Der Andreas-Truppe wird die Truppenauszeichnung für hervorragende Dienste verliehen.

Oberstleutnant von Hoaedle und Oberst Bekenbaum werden dem Bathorden ausgezeichnet und in den Ritterstand erhoben."

Der General trat einen Schritt zurück und Vicomte Asmanov trat nach vorne.

„Im Auftrag von Zar Alexander verleihe ich hiermit allen Soldaten der Bärenschwadron den Orden des Heiligen Georg, vierte Klasse, und allen Unteroffizieren der Bärenschwadron den Orden des Heiligen Georg, dritte Klasse. Allen Soldaten der Adlerschwadron wird der Orden des Heiligen Georg, zweite Klasse, verliehen und allen Unteroffizieren der Adlerschwadron der Orden des Heiligen Georg, erste Klasse.

Allen Offizieren der Bärenschwadron, die keine Stabsoffiziere sind, wird der Orden des Heiligen Georg, vierte Klasse, verliehen; allen Stabsoffizieren der Bärenschwadron mit Ausnahme von Oberst Elizabeth Bekenbaum und Major Irene Bekenbaum der Orden des Heiligen Georg, dritte Klasse.

Allen Offizieren der Adlerschwadron, die keine Stabsoffiziere sind, wird der Orden des Heiligen Georg, zweite Klasse, verliehen. Die Stabsoffiziere der Adlerschwadron sowie Oberst Elizabeth Bekenbaum und Major Irene Bekenbaum werden mit dem Orden des Heiligen Georg, erste Klasse, ausgezeichnet.

Oberst Andreas Bekenbaum wird der Alexander-Newski-Orden verliehen und ich befördere ihn hiermit im Auftrag des Zaren zum Ataman der Andreas-Truppe.

Major, Oberst und Ataman Bekenbaum, treten Sie auf das Podium.”

Die drei Offiziere übergaben die Zügel ihrer Pferde an ihre Unterstellten und Elizabeth schnallte schnell die Trage, in der sie Stephan trug, ab und überreichte ihn seiner Amme. Die drei Offiziere stellten sich nach Rang geordnet vor dem Vicomte auf. Als erstes ging er zu Johann, hängte ihm die Medaille um den Hals und küsste ihn auf die Wange. Dann überreichte er ihm eine Schachtel, in der dieselbe Medaille lag.

„Das ist die Medaille von Irene. Johann, bitte nehmen Sie sie an. Mein herzliches Beileid.”

„Vielen Dank, Herr General. Was ist mit unseren beiden Kameraden, die in der Schlacht gefallen sind?", fragte Johann.

„Deren Medaille wird ihren Familien überreicht, Johann", erwiderte der Vicomte und ging zu Elizabeth weiter.

„Ilana und ich können gar nicht sagen, wie stolz wir beide auf Ihre Errungenschaften sind, Elizabeth", sagte der Vicomte zu Elizabeth, nachdem er ihr ihre Medaille um den Hals gehängt hatte.

„Vielen Danke, mein Herr", sagte sie. Ihre Stimme war kaum lauter als ein Flüstern.

Als erstes nahm der Vicomte die Abzeichen des Obersten von Andreas Schultern, dann ersetzte er sie mit Abzeichen, die einen Generalsstern zeigten. Anschließend hängte er ihm den Orden des Heiligen Georg um den Hals, gefolgt vom Alexander-Newski-Orden.

„Die Botschaft, die Sie mit Ihrer kleinen Aufführung senden wollten, ist angekommen, Andreas. Ich bitte Sie, dass ihr für die Rezeption anstandshalber ordentliche Uniformen anzieht. Ilana hat sich bei der Planung so viel Mühe gegeben."

„Jawohl, Herr General", sagte Andreas.

Der Vicomte schüttelte ihnen allen dreien die Hand, dann trat er zurück, nahm die Grundstellung ein und salutierte. „Sie können Sie jetzt zurück zur Kaserne führen, Andreas", sagte er.

Die drei Offiziere erwiderten seinen Gruß und marschierten zu ihren Pferden zurück. Andreas und Elizabeth stiegen auf. Andreas sah zu Elizabeth und nickte, dann trennten sie sich und begaben sich an die Spitze ihrer jeweiligen Einheit.

„Bataillon, zum Aufsitzen bereit machen!", rief Andreas. Er wartete, bis der Befehl von Offizier an Offizier die Reihe entlang weitergegeben worden war, dann rief er: „Aufsitzen!"

„Bataillon, achtreihige Kolonnen in Paradereihenfolge an der Tribüne vorbeiziehen. Marsch!"

Zunächst teilten sich die Adler in achtreihige Kolonnen mit einem Schritt Abstand zwischen den Reihen und fünf Schritt voneinander entfernte Schwadronen rollten oder trabten fachmännisch an der Tribüne vorbei, gefolgt von den Wagen und berittenen Soldaten der Bären, geführt von Elizabeth.

Als Andreas seine glänzend polierten Stiefel über die Beine seiner rotgestreiften Ausgehuniform zog, kam Elizabeth gefolgt von ihrer Zofe aus dem Schlafzimmer, die Elizabeths Kleid noch an ein paar Stellen zurechtrückte.

„Oh, nein, Liz, der Vicomte wird verärgert sein. Er hat mir gesagt, dass wir heute Abend die Ausgehuniform tragen sollen. Ich glaube nicht, dass dein Kleid als Ausgehuniform durchgeht", sagte Andreas.

Sie trug ein bodenlanges Kleid aus dunkelblauer Seide mit äußerst tiefem Ausschnitt. Dünne, Rüschenträger verliefen über die Mitte ihres Oberarmes. Ihr Hals und ihre Arme waren frei. Den Orden des Heiligen Georg hatte sie an ihre offizielle Gräfinnen-Schärpe gesteckt und um ihren Hals hatte über ihren Adamsapfel eine blaue Schleife gebunden, an die sie den Bären und das Gewehr gesteckt hatte.

„Aber nicht doch, Andy, das ist eine standesgemäße Uniform für eine Dame wie mich, die einer Feier für Frauen beiwohnt. Ich möchte heute Abend eine Frau sein, kein Offizier. Eine Frau, auf die du stolz sein kannst", sagte sie.

Andreas nahm ihre rechte Hand in seine beiden Hände, küsste sie und sagte: „Und wenn du eine Milchmagd wärst, ich werde immer stolz auf dich sein." Wie immer hatte er genau die richtigen Worte gefunden.

Es war eine riesige Feier. Es waren mehr als dreihundert Menschen anwesend. Botschafter und Diplomaten aus vielen Ländern, aber auch Einheimische und eine nicht zu verachtende Anzahl Angehöriger der Moskauer Aristokratie.

Alle wollten sich mit dem neuen, strahlenden Stern des russischen Hofes sehen lassen.

Andreas fand sich von all denen umringt, die entweder einen Gefallen erbitten oder sich einfach mit ihm sehen lassen wollten. Viele hatten eine Meinung zu seinen Erfolgen und bildeten sich aus irgendeinem Grund ein, daran teil gehabt zu haben.

„Graf Bekenbaum", sagte ein beleibter Bojar. „Wie kommt es, dass es Ihnen in einer so unglaublich kurzen Zeit gelungen ist, die Produktion und die Einnahmen aus ihren Ländereien zu steigern? Ich bin neidisch. Ich mache nicht einmal ansatzweise den Gewinn, den Sie machen."

„Ich verlange ein Zehntel der Produktion meiner Pächter als Miete und Steuer", sagte Andreas. „Nicht ein Drittel, wie Sie es alle tun. Dadurch haben meine Pächter mehr Zeit, das Land oder ihre Herden zu verbessern und es gelingt ihnen vielleicht, einen kleinen Gewinn zu machen. Diesen geben sie dann aus, um bessere Geräte zu kaufen und sich mehr Essen und eine bessere Unterkunft zu leisten. Dies führt wiederum zu einer erhöhten Produktivität."

„Was zu einer erhöhten Produktivität führt und damit zu mehr Steuergeldern", sagte der Bojar. „So habe ich die Sache noch gar nicht gesehen."

„Wenn der Zar ihre Steuern so sehr erhöht, dass sie kein Geld mehr für die Verbesserung ihres Besitzes ausgeben können, werden die Steuereinnahmen langfristig zurückgehen, da sie nicht mehr in der Lage dazu sind, ihre Geräte zu reparieren oder besseren Ersatz zu kaufen", sagte Andreas. „Ich behalte zehn Prozent von dem, was ich erhalte. Dreißig Prozent schicke ich wie verlangt nach Moskau und den Rest gebe ich dafür aus, Straßen zu verbessern und Schulen und medizinische Einrichtungen zu bauen. Bis jetzt musste ich Moskau noch um nichts außer die normalen militärischen Ausgaben bitten."

„Und zehn Prozent sind genug?", fragte der Mann.

„Ich habe einfache Bedürfnisse, guter Mann. Für meine liebe Frau Gemahlin gilt dasselbe", sagte Andreas. „Wir haben unsere eigenen Herden und Ländereien, die uns reichliche Einnahmen bescheren. Wir haben dabei geholfen, ein Transportunternehmen zu gründen und eine Getreidemühle aufzubauen. So ist unser Einkommen nicht nur von einer einzigen Quelle abhängig. Wir haben noch andere Projekte im Auge, aber dadurch, dass wir fast zwei Jahre von Zuhause weg waren, wurden unsere Pläne etwas zurückgeworfen."

„Das erklärt einiges", sagte ein Baron vom Land. „Wenn Sie da gewesen wären und sich jeden Tag mit diesem Bauerngesindel herumschlagen hätten müssen, wüssten Sie es besser. Aber Sie sind noch jung. Sie werden es schon noch lernen."

„Ja, ich bin jung, guter Herr, und ich bin immer bereit, dazuzulernen", sagte Andreas. „Bitte, wenn Sie so freundlich wären, mich aufzuklären, wo liege ich falsch?"

„Diese Bauern nutzen Sie nur aus", sagte der Mann. „Die wissen, dass Sie jung und unerfahren sind. Sie verbergen einen Großteil ihrer Produktion vor Ihnen, und dann geben sie das, was sie haben, für Schnaps und Glückspiel aus. Sie respektieren Sie nicht, weil Sie nicht hart durchgreifen. Der russische Bauer respektiert nur Macht und Furcht. Sie müssen sie Ihre Macht spüren lassen. Die Leute müssen Angst vor den Konsequenzen haben, die eintreten, wenn sie Sie verärgern."

„Ist das die Art und Weise auf die Sie Ihre Ländereien verwalten?", sagte Andreas.

„Ja, ich finde, das funktioniert gut und wenn die Einnahmen anfangen zurückzugehen, brenne ich ein paar Dörfer nieder und vertreibe die Pächter als abschreckendes Beispiel für die anderen."

„Recht so", sagte ein britischer Lord, der das Ende der Unterhaltung mitgehört hatte. „Diese Faulpelze nutzen jeden Vorteil aus, den sie kriegen können. Ich räume gerade einen Großteil meiner Ländereien, um sie zu Schafweiden umzufunktionieren. Mit Wolle mache ich mehr Gewinn und außerdem muss ich mich mit weniger Pächtern herumschlagen."

„Aber was ist mit Ihren Getreidefeldern?", sagte Andreas. „Haben Sie keine Angst, dass Sie nicht genug Getreide haben, um Ihre Leute zu ernähren?"

„Das ist nicht mein Problem", sagte der britische Lord. „Darum kann sich das Parlament kümmern. Ich kümmere mich darum, meinen Gewinn zu maximieren und mein Vermögen wachsen zu lassen."

Der russische und der britische Grundbesitzer gingen davon und diskutierten, auf welche Weise sie beide ihren Gewinn maximieren würden. Andreas und der Bojar blieben fürs erste alleine zurück.

„Das ist kurzsichtiges Denken", sagte der Bojar. „Ich denke, Ihr Ansatz ist viel besser. Genau wie Ihr Ansatz zur Kampfführung. Auch wir Landbesitzer müssen die Art und Weise, wie wir die Dinge tun, ändern. Bereits jetzt beschweren sich die Bauern. Ich kann es ihnen auch nicht wirklich übel nehmen. Wir rauben ihnen das letzte Hemd, lassen ihnen kaum genug, um zu überleben, und dann erwarten wir, dass sie für uns kämpfen und Plünderer abwehren, die vielleicht für sie besser wären als wir. Ich denke, ich werde Ihre Strategie dieses Jahr an ein paar Dörfern ausprobieren und sehen, was dabei herauskommt."

„Wenn Sie Englisch lesen könne, empfehle ich Ihnen Wealth of Nations von Adam Smith", sagte Andreas. „Darin steht viel darüber, wie eine kleine Veränderung im Laufe der Zeit große Auswirkungen haben kann."

„Der Grund weshalb Ihre Leute ursprüngliche hierherkommen sollten war, dass sie uns zeigen sollten, wie wir unsere Produktion steigern können", sagte der Mann. „Ich erinnere mich noch daran. Mittlerweile erwirtschaften Ihre Leute mehr als wir, obwohl sie bei null angefangen haben und diese adligen Narren sind eifersüchtig. Anstatt dasselbe zu tun, dass Sie tun, machen sie es genauso wie sie es schon immer gemacht haben, und beschweren sich dann beim Zaren darüber, dass Sie bevorzugt werden."

„Meine Leute sind nicht unter denselben Umständen hierhergekommen wie die deutschen Siedler", sagte Andreas. „Wir erhalten keine Steuervergünstigungen und müssen in der Armee dienen, genau wie jede andere Kosakenfamilie auch. Aber ich weiß, was Sie meinen. Bereits jetzt, hat der Zar einiges von dem, was mit den deutschen Siedlern vereinbart war, wieder gestrichen. Vergessen Sie nicht, sie mussten zunächst den Preis für ihr Land zurückzahlen und die Kosten der Umsiedlung."

„Und trotzdem gedeihen sie und es geht ihnen besser als unseren eigenen Leuten", sagte der Bojar. „Sie haben unfruchtbares Land fruchtbar gemacht und erwirtschaften Gewinn damit, und jetzt schreien die Russen, dass das alles ungerecht sei und wollen alles für sich.

Es ist kein Wunder, dass viele von ihnen nach Hause zurückkehren, oder zumindest mit dem Gedanken daran spielen."

„Ich habe es schon den afghanischen Ältesten gesagt", sagte Andreas, „stellen Sie zunächst sicher, dass Ihre Leute genug zu essen haben und genug ernten, um etwas zu verkaufen und sich das Leben etwas zu erleichtern. Und dann erst sollten Sie an alles andere denken. Leider berücksichtigen das viele vom Landadel nicht und glauben, dass es ihr Recht ist, zu tun, was sie wollen. Dabei vergessen sie, dass es der Bauer ist, der das Geld für sie verdient."

„Ich glaube, Sie werden es noch weit bringen, junger Andreas", sagte der Bojar. „Wir brauchen Männer wie sie. Leider befürchte ich, dass wir verdammt sind und mehr von der Sorte haben, wie den, der gerade auf uns zukommt. Guten Abend, mein Herr, und bitte grüßen Sie auch Ihre Frau Gemahlin von mir."

„Ah, wie ich sehe huschen die Handwerker davon, wenn sie eine Respektperson sehen, mein Herr", sagte der junge Mann, der eine reichverzierte Majorsuniform der Leibgarde mit vielen Abzeichen trug. Er war etwas älter als Andreas und seine maßgeschneiderte, makellose Uniform zeigten, wie reich er war.

„So einer wie der hat nicht das Blut, um es in der Gesellschaft zu etwas zu bringen, finden Sie nicht auch, mein Herr?"

„Das kann ich nicht beurteilen", sagte Andreas.

„Ach, ja, Sie gehören der Adelsklasse ja erst seit kurzem an", sagte der Major. „Nun, ich bin mir sicher, Sie werden noch bald genug erfahren, was es mit Männern wie ihm auf sich hat. Es freut mich, Ihnen mitteilen zu dürfen, dass ich den Einfluss, den ich bei meinem Onkel Alexander habe, genutzt habe, um die Erlaubnis zu erhalten, mich Ihnen bei Ihrer nächsten Mission anzuschließen."

„Ach, ja?", sagte Andreas, der die Augen leicht zusammenkniff und den Mann noch einmal gründlich musterte.

„Ja! Vater hat zugestimmt, mich zum Oberst zu ernennen und mir ein Infanteriebataillon von Wehrdienstleisteten zu unterstellen, welches das Kavalleriebataillon, das mir bereits untersteht, begleiten wird. Sie werden unter meinem Kommando dienen, mein Herr, ich hoffe, das macht Ihnen nichts aus?"

„Sie haben Erfahrung?", sagte Andreas.

„Oh, ja", sagte der Major. „Ich bin schon seit Jahren im Stabsdienst. Der Zar ist meiner Empfehlung gefolgt, uns nicht in die Türkei sondern nach Kasachstan zu schicken. Dort wartet ein größerer Gewinn auf uns beide."

„Sie haben vor, Kasachstan mit einem Infanteriebataillon aus Wehrdienstleistenden und zwei Kavalleriebataillons zu unterwerfen?"

„Aber nein", sagte der Major. „Sie werden fünftausend Kavalleriesoldaten, drei Artilleriebatterien und fünftausend Infanteristen zur Verfügung stellen."

„Ach so, ich werde an die fünfzehntausend Soldaten bereitstellen und Sie haben das Kommando?", sagte Andreas. „Und wie viel Zeit werde ich haben, um so viele Soldaten aufzutreiben? In den sechs Monaten, die Sie mir gegeben haben, werde ich es mit Sicherheit nicht schaffen."

„Ach, also für Ihre Infanterie reicht es, wenn Sie einfach gewöhnliche Bauern verwenden, die ihren Militärdienst leisten. Es reicht, wenn die Hälfte von ihnen Waffen hat", sagte der Major. „Ich bin mir sicher, dass der großartige Andreas keine Probleme haben wird, geschickte Kavalleriesoldaten zu rekrutieren. Und ich werde sowieso erst in eineinhalb Jahren bereit sein. Sie haben also eine lange Vorbereitungszeit. Ich habe Ihren Schlachtbericht gelesen. Ich werde Ihnen unsere regulären Gewehre zur Verfügung stellen. Ihre Leute haben zu viel teure Munition verschossen."

„Vielen Dank. Ich sehe, Sie haben an alles gedacht, Herr Major", sagte Andreas. „Meine Frau deutet mir gerade an, dass ich zu ihr kommen soll und mich an einem sicherlich langweiligen Gespräch mit der Frau Gemahlin des Vicomte zu beteiligen."

„Ihre liebe Frau sagt mir, dass sie langsam müde wird, mein werter Herr Andreas", sagte Ilana und zwinkerte ihm zu. „Ihr seid ja schließlich gerade erst von einer langen und anstrengenden Reise zurückgekehrt. Der Vicomte hat euch allen die Erlaubnis gegeben, zu gehen. Ihr seid bestimmt müde."

„Danke, meine Dame", sagte Andreas.

„Kommen Sie, ich begleite Sie und Ihre Leute zu euren Kutschen."

Ian führte zwei Männer in die Suite. Beide trugen Geschäftskleidung und hatten Brieftaschen dabei.

„;Mein Herr, darf ich Ihnen Herrn Cornway, den kanadischen Generalkonsul, und Herrn Patterson vom kanadischen Einwanderungsministerium vorstellen. Meine Herren, Graf Bekenbaum von Katharinental."

Andreas lief zu ihnen hinüber und gab den Männern die Hand. „Es ist mir ein Vergnügen, bitte, nehmen Sie doch Platz. Möchten Sie einen Tee? Elizabeth, wir haben Gäste."

Andreas stellte die beiden Männer Elizabeth vor und alle fünf setzten sich an den Tisch im Wohnzimmer. Die beiden Diener schenkten ihnen Tee ein und zogen sich dann zurück. Nachdem sie ein paar Minuten lang Komplimente ausgetauscht und geplaudert hatten, kam Andreas auf das Wesentliche zu sprechen.

„Mr. Conway, Captain McDonald hat sich unbezahlbar gemacht. Seine Tapferkeit und sein Mut zeigen, welche Werte Ihre Landsleute haben. Bitte richten Sie Ihrer Regierung meine größte Wertschätzung aus und loben Sie diesen erhabenen Offizier", sagte Andreas. „Er hat mir auch mitgeteilt, dass Sie jede Menge unbesiedeltes Land haben, dass Sie besiedeln möchten, und ich glaube, da könnte ich Ihnen helfen."

„Ja, gewiss, mein Herr, an welchen Gebieten wären Sie denn interessiert und um wie viele Siedler geht es?", sagte Conway. „Wir haben viele Gebiete, die sich an die Great Plains anschließen, und in denen Landwirtschaft sehr gute Erfolgsaussichten hat. Außerdem gibt es dort schon einige Siedlungen. Es gibt ein paar Städte und Dörfer, die Neuankömmlinge mit offenen Armen empfangen würden." Während er sprach breitete er eine Landkarte aus, die ein Gebiet direkt nördlich der amerikanischen Grenze und westlich der Hudson Bay zeigte.

Andreas lächelte und schüttelte den Kopf.

„Nein, ich denke, wir sind mehr an dem Land interessiert, das im Osten am Fuß der Rocky Mountains liegt", sagte er.

„Aber da ist doch keiner! Dort wohnen nur Wilde und Banden von illegalen amerikanischen Händlern. Nein, nein, bevor wir da keine Polizeikräfte hingeschickt haben, um Ordnung zu schaffen, ist dieses Land für Siedler von Ihrem Kaliber völlig ungeeignet, mein Herr", sagte Conway verwundert.

„Ich habe Ihnen ja gesagt, dass ich Ihnen helfen kann, Mr. Conway. Bitte lassen Sie sich von dieser opulenten Umgebung und von der Art und Weise, wie wir heute gekleidet sind, nicht irreführen. Elizabeth und ich sind Rind- und Pferdezüchter. Der Getreideanbau ist nur ein kleiner Teil von dem, was wir tun. Wir würden mit zweitausend bestausgebildeten und disziplinierten Kavalleriesoldaten herüberkommen, zusammen mit deren Familien und mit unserem Sanitätspersonal. Die meisten, wenn nicht sogar alle, dieser Soldaten haben eine Ausbildung genossen und viele von ihnen haben ein Handwerk erlernt, das dort gefragt sein wird. Wir sind keine verwöhnten europäischen Bauern. Wir sind es gewohnt, am Rande der Zivilisation zu leben und das Ganze wäre für uns keine große Herausforderung."

„Aber wir können es nicht zulassen, dass Soldaten, die einer ausländischen Macht unterstellt sind, die Kontrolle über ein Gebiet von … Wie viel Land würden Sie benötigen?", sagte Conway.

„Ich denke so an die achttausend Hektar würden ausreichen", erwiderte Andreas.

Patterson legte seine Hand auf Conways Arm.

„Wenn ich mich nicht irre, gehören Sie dem Hochadel an und sind ein Ritter, mein Herr? Das bedeutet, dass Sie als Bürger Großbritanniens eingestuft werden, was wiederum heißt, dass sie ebenfalls ein Bürger Kanadas sind. Diese Soldaten sind Ihnen treu ergeben?", fragte er.

„Ja, sie sind allesamt freie Männer, die mir aus freien Stücken den Treueeid geschworen haben", sagte Andreas.

„Wären Sie dazu bereit, Queen Victoria und ihren Vertretern den Treueid zu schwören?", fragte er. „Würde es da Probleme zwischen Ihnen und Ihrer jetzigen Regierung geben?"

Andreas und Elizabeth lächelten beide.

„Überhaupt nicht", sagte Elizabeth. „Trotz all der Ehre und der Titel, die sie uns zukommen haben lassen, und trotz ihrer Annahme, dass wir ihnen zur Treue verpflichtet sind, haben sie vergessen, uns aufzufordern, uns offiziell zu verpflichten. Wir, alle von uns, sind freie Männer und Frauen und können tun und machen was wir wollen und gehen wann und wohin wir wollen."

Daraufhin lächelte Patterson, erhob sich und reichte Andreas die Hand, die dieser schüttelte.

„Wenn das so ist, mein Herr und meine Dame, sind wir im Geschäft", sagte er. „Wir werden die letzten Details später mit Ihnen besprechen, aber ich glaube nicht, dass es ein Problem sein wird, Ihnen das Land, um das Sie gebeten haben, im Gegenzug dazu, dass Sie es besiedeln werden und uns dabei helfen, die Zivilisation in diese Gegend zu bringen, zu überschreiben."

„Mr. Conway, ein vollausgebildetes Bataillon von erfahrenen Soldaten, die an die Bedingungen, die sie dort wahrscheinlich erwarten werden, gewöhnt sind, ist mehr als wir uns je erhofft hätten. Unsere Polizei ist momentan nur eine Vision, die erst in zwei oder drei Jahren Realität werden wird. Wenn das alles so funktioniert, wäre ein Großteil der Probleme, die wir bewältigen müssen, schon gelöst."

„Wie schnell können Sie bereit sein, mein Herr?"

„Das kommt auf den Transport an, und wie schnell die Reise von den Vereinigten Staaten nach Kanada hinein organisiert werden kann", sagte Andreas. „Frühestens in diesem Januar, spätestens nächstes Jahr. Je früher desto besser, würde ich sagen. Elizabeth und ich sind schon seit einem Jahr am Planen. Captain McDonald und Mr. Remington haben uns die Entscheidung abgenommen, indem sie uns von Ihrem Land und seinen Einwohnern erzählt haben."

„Ich werde sofort mit den Vorkehrungen für den Transport und dem Prozedere für die Landüberschreibung beginnen", sagte Conway. „Können wir McDonald als Verbindungsmann verwenden?"

„Einverstanden", sagte Andreas und nachdem er allen die Hand gegeben hatte, gingen die drei Männer wieder.

„Weißt du was, Andy", sagte Elizabeth, „ich habe den Eindruck, dass die noch begeisterter und aufgeregter sind als wir."

Das Bataillon verließ Odessa am Donnerstagmorgen, eine Stunde nach Sonnenaufgang. Nachdem es nicht mehr weit bis nach Hause war und die Soldaten nach drei freien Tagen unruhig geworden waren, schien es an der Zeit gewesen zu sein, aufzubrechen. Sie verließen die Stadt in der Formation, die nun ihre typische Reiseformation war: Fünfhundert Adler vor den Bären, fünfhundert danach, wobei die Bären mit ihren berittenen Soldaten zwischen den zweirädrigen Versorgungswagen verteilt waren. Wieder hatte sich eine jubelnde Menge am Straßenrand eingefunden, die dem Bataillon viel Glück wünschte, als es die Stadt so schnell verließ, wie es sie betreten hatte.

Als sie begannen, den letzten Hügel vor dem Tal, in dem sich die Villa befand, emporzureiten, rief Andreas die vier Leutnants, die er als Boten eingesetzt hatte, herbei.

„Offiziersversammlung, alle Offiziere, Offiziersheim, zwei Stunden nach Wegtreten", befahl er. Die vier Männer gaben ihren Pferden die Sporen und galoppierten die Reihen entlang, um den Befehl an die Schwadronsführer weiterzuleiten, welche ihre eigenen Botschafter hatten, die die Offiziere in den Schwadronen benachrichtigten.

Andreas zog Bartholomew auf die Seite der Kolonne, die dem Wind zugewandt war, blieb stehen und sah auf das Haus, das sich im Tal vor ihm ausbreitete und das er vor beinahe zwei Jahren verlassen hatte. Elizabeth gesellte sich zu ihm, heute trug sie ihren Sohn in der Trage vor ihrer Brust. Gemeinsam sahen sie zu, wie das Bataillon ins Dorf zog, dessen Bewohner winkten und jubelten. Ehefrauen und Freundinnen hielten die Pferde fest und die Soldaten schwangen sie vor sich in den Sattel. Als die letzten beiden Soldaten verschwunden waren, um sich um ihre Pferde zu kümmern, ritten Andreas und Elizabeth langsam den Hügel hinunter in Richtung des Hauptquartiers. Als sie abstiegen waren und ihre Pferde am dafür vorgesehenen

Pfosten vor dem Büro angebunden hatten, kam Stephans Amme mit ihrem Ehemann herbei. Trotz Elizabeths Protest, nahmen sie Stephan mit und versicherten ihnen, dass sie ihn am nächsten Morgen zurückbringen würden. Als sie gingen, nahmen sie die beiden Pferde mit.

Andreas betrat das Büro, das es seit zehn Monaten nicht mehr verwendet hatte und sah sich um. Elizabeth folgte ihm und schloss hinter sich die Türe.

„Tja, in den zwei Stunden bis zum Treffen kann ich ja ein paar Berichte durchsehen", sagte er.

„Da habe ich aber eine bessere Idee", hörte er Elizabeth sagen.

Als er sich umdrehte, sah er, dass sie ihre Bluse bereits ausgezogen hatte und dabei war, sich ihrer Hose zu entledigen während sie, den nackten Rücken zu ihm gewandt, in Richtung des Zimmers verschwand, das er als behelfsmäßiges Schlafzimmer verwendete. Ihre Hosen schlugen auf dem Boden auf, sie drehte ihren Oberkörper zu ihm um und bedeutete ihm mit ihrem gebeugten Zeigefinger, ihr zu folgen, dann verschwand sie im Schlafzimmer. Andreas jagte hinter ihr her.

Zwei Stunden später nahmen die versammelten Offiziere schnell die Grundstellung ein, als Andreas und Elizabeth den Raum betraten und nach vorne marschierten. Andreas bedeutete ihnen, sich zu setzen und er und Elizabeth standen im Rührt-euch, bis sich auch der letzte niedergelassen hatte.

„Morgen Nachmittag werden wir unsere Medaillenzeremonie abhalten", begann Andreas. „Ich werde den Stabsoffizieren ihre Auszeichnungen verleihen, die Stabsoffiziere werden ihren Offizieren die Auszeichnungen verleihen und die Offiziere ihren Männer. Wenn wir es nicht so machen, brauchen wir dafür zwei Tage und ich bin mir sicher, dass viele von euch sich ans Kinderzeugen machen wollen."

Der ganze Raum brach in Gelächter aus und gerade, als sie dabei waren, sich wieder zu beruhigen platzte Katia heraus: „Und was genau habt ihr die letzten beiden Stunden gemacht?", sagte sie.

„Ja, das kann ich dir schon sagen", erwiderte Elizabeth, „ich habe meinen Hengst geritten, liebe Schwester, genau wie du deinen."

Erneut brachen alle in Gelächter aus und eine hochrote Katia versuchte, sich hinter Ivan zu verstecken.

„Gut, jetzt beruhigt euch mal wieder", sagte Andreas, immer noch kichernd. „Ich würde euch gerne einen Vorschlage machen, über den ihr heute Abend nachdenken könnt und ihn morgen vor dem Appell euren Leuten mitteilen könnt.

Ich habe einen Offiziersposten von den Briten angenommen, für die ich im Gegenzug eines ihrer Territorien, das sie Kanada nennen, befrieden und besiedeln werde. Das Ganze ist eine Reise ohne Wiederkehr. Ich habe ihnen zweitausend Männer samt Familien versprochen und, wenn möglich, hätte ich es gerne, wenn das ihr Bären und Adler wärt. Ich möchte aber noch einmal betonen, dass Elizabeth und ich gehen werden und dass jeder, der mitkommen will, freiwillig dabei ist. Ich werde niemanden zwingen oder überreden mitzukommen, der nicht will, und ich werde jeden, der sich uns nicht anschließen will, vom Eid, den er mir geschworen hat, entbinden."

„Was werden wir machen, wenn wir da bleiben?", fragte ein Hauptmann aus der Runde.

„Soweit ich weiß hat das hohe Kommando Pläne, nächstes Jahr Feldzüge gegen die Ottomanen zu führen. Ihr würdet in dieses Gebiet geschickt werden, um ein paar Stellungen einzunehmen, die der Zar unter seine Kontrolle bringen möchte, oder ihr würdet mit einem ähnlichen Auftrag, wie dem, den wir vorgeschlagen haben, nach Kasachstan gehen, was jedoch mit einem deutlich höheren Risiko verbunden wäre", antwortete Andreas.

„Wie gesagt, sagt es euren Männern morgen vor dem Appell. Ich würde gerne bis nächsten Freitag wissen, wie sie sich entschieden haben. Guten Abend. Meine Dame", sagte er und reichte Elizabeth seinen Arm. Während alle im Raum schnell in die Grundstellung sprangen, verließen sie das Offiziersheim und gingen in Richtung Haupthaus.

Noch bevor sie das Haus erreicht hatten, wurden sie von Stephans Amme und ihrem Mann, der ein Offizier bei den Adlern war, aufgehalten.

„Mein Herr, meine Dame", sagte sie, „wir kommen mit Ihnen."

„Nein, meine Liebe", sagte Elizabeth, „Sie und Ihr Mann sollten sich Zeit nehmen, darüber nachzudenken. Treffen Sie keine voreilige Entscheidung."

„Nein, mein Herr", sagte der Ehemann, „wir haben schon monatelang darüber geredet; die meisten Offiziere übrigens auch, und, ich bin mir sicher, dass das auch für die meisten der Männer gilt. Wir wussten, dass Sie vorhaben, zu gehen. Wir wussten nur nicht, wohin.

Da wo Sie hingehen, werden auch meine Frau und ich hingehen", sagte er mit fester Stimme.

„Hauptmann", sagte Andreas, „diese Reise ist eine Reise ohne Rückkehr. Wir reisen mit dem Boot genau so weit, wie wir gereist sind, um nach Afghanistan zu gelangen, und dann noch mal soweit auf dem Landweg. Das Land ist größtenteils unbesiedelt. Wir müssen alles, was wir brauchen, mitnehmen. Die Leute dort sprechen unsere Sprache nicht. Es wird schwer werden."

„Mein Herr, glauben Sie, der Zar denkt an all diese Dinge, wenn er uns aus denselben Gründen nach Kurdistan oder Sibirien schickt? Haben Sie jemals gesehen, dass jemand von dort zurückgekehrt ist? Nein, sobald wir keinen Nutzen mehr für ihn haben, oder zu mächtig werden, wird er uns wegschicken und hoffen, dass wir sterben. Zumindest haben wir auf diese Weise die Wahl. Die Russen werden uns keine Wahl lassen", sagte der Mann fest entschlossen. Dann gingen die beiden. Stephan lag immer noch im Arm seiner Amme.

Der innere Kreis trat als geschlossene Gruppe in den Speisesaal und stellte sich um den Tisch. Als alle ihre Plätze eingenommen hatten, begann William auf Englisch:

„Warum ausgerechnet jetzt, mein Herr? Sie haben so viel zu verlieren", sagte er und deutete auf das Zimmer um ihn herum. „Sie sind berühmt, sie haben große Ländereien und einen exzellenten Ruf."

„Zusammen besitzen Elizabeth und ich etwas mehr als 300 Hektar Land, den Rest dürfen wir großzügiger Weise für den Zaren verwalten. Sobald der Zar nicht mehr mit uns zufrieden ist, oder wenn jemand aus der Zarenfamilie oder einer ihrer Hofaffen beschließt, dass er das Land will, wird es der Zar sofort zurücknehmen. Wenn wir hierbleiben, werden sie uns nächstes Jahr befehlen, einige äußerst gut befestigte Festungen einzunehmen. Sollte uns das gelingen, werden wir im Jahr darauf etwas noch schwierigeres tun müssen. Und so wird es weitergehen, bis wir sterben oder zu berühmt werden. In dem Moment werden sie uns an irgendeinen gottverdammten Ort schicken, wo wir in Vergessenheit geraten werden. Die Männer, die unter meinem Kommando dienen, haben noch weniger. Sie sind von mir abhängig. Wenn ich entfernt werde, wird sich der nächste Befehlshaber höchstwahrscheinlich nicht so sehr um ihre Belange kümmern wie ich.

In Amerika gehört einem das, was man sich aufgebaut hat. Hier können sie es einem wegnehmen, oder sie nehmen dir je nach Belieben deine Titel weg oder verhaften dich oder lassen dich töten. Seit Generationen, ja schon seit hunderten von Jahren, bekämpfen und töten wir uns gegenseitig. Einmal sind wir mit diesem Land im Krieg, einmal kämpfen wir mit einem anderen Land gegen das erste. Jeder von uns möchte einfach nur leben und seine Familie aufziehen und versorgen. Aber jedes Jahr werden die Besten von uns los geschickt, um zu sterben. Und für was? Nicht für ein Ideal oder für die Freiheit, nein, sie werden wegen der Habgier eines Herrschers geschickt, um mehr Land für ihn zu erobern. Wenn unser Herrscher ein Narr ist, so wie dieser Nikolaus es sein wird, müssen wir hungern oder sterben oder beides und alles nur wegen seinem schlechten Urteilsvermögen. Wenn ihr so einen Herrscher habt, wählt ihr ihn aus dem Amt und bekommt einen neuen.

Ich entbinde alle von euch von eurem Treueeid, ganz egal, was ihr mir schuldig seid oder denkt, mir schuldig zu sein. Ich muss das tun, was ich für mich und meine Nachkommen für richtig halte, aber ich werde keinen so bevormunden, wie ich bevormundet werde."

Mit diesen Worten stand Andreas auf und verließ das Haus.

Die Gruppe saß für einen Moment schweigend da, bevor die Nordamerikaner sich ansahen, aufstanden, leise zur Tür gingen und die Familie alleine zurückließen.

„Er liebt euch alle beinahe so sehr wie er mich liebt", sagte Elizabeth. „Im Moment ist er beim Einzigen, bei dem er nicht das Gefühl hat, verurteilt zu werden. Dem, der ihn so annimmt, wie er ist. Manchmal ist Andy so einsam. Ihr glaubt alle, dass er so stark ist, dass er keinen braucht. Aber jetzt, in diesem Moment, ist er bei seinem einzigen Freund und quält sich mit der Frage, ob es die richtige Entscheidung ist, oder nicht. Ich kann ihm dabei nicht helfen." Dann stand Elizabeth ebenfalls auf und ging zum Büro, in dem Andreas und sie so viele glückliche Momente miteinander verbracht hatten. Katia sprang auf und hielt ihre Schwester fest.

„Gibt es nichts, das du tun kannst, um ihm zu helfen, Lizbet?", fragte sie.

„Nein, diesmal nicht", sagte Elizabeth. „Weißt du, Schwester, ich verstehe, wie er sich fühlt, aber ich habe dich, und ich scheue mich nicht davor, um Hilfe zu bitten."

Andreas streichelte Bartholomews Hals, als dieser auf einmal die Ohren aufstellte und Andreas links und rechts von sich die Anwesenheit von jemanden spürte.

„Weißt du, ich habe mir schon überlegt, dieses Pferd eines Tages betrunken zu machen. Vielleicht erzählt er mir dann all deine Geheimnisse", sagte Johann.

Andreas lächelte ein wenig. Dann legte Marie ihm den Arm um und lehnte ihren Kopf an seine Schulter.

„Wir können nicht alles wissen, was Gott für uns geplant hat, Andy", sagte sie. „Aber ich weiß, dass, wenn wir hier bleiben, mein Mann und vielleicht auch mein Sohn einen Großteil ihres Lebens weg sein werden und möglicherweise für Leute sterben werden, denen sie völlig egal sind. Wir kommen mit."

Johann legte seine Hand auf die Schulter von Andreas und sagte: „Bruder, du und ich haben schon Nächte, in denen Schneestürme gewütet haben, unter einer Decke verbracht; wir haben uns gegenseitig das Leben gerettet, wir haben gemeinsam im Regen gestanden und unzählige Nächte als Wachen oder auf Patrouille miteinander verbracht. Du warst für mich da, als ich Irene geheiratet habe, und du warst für mich da, als sie gestorben ist. Ich verstehe jetzt, was Papa gemacht hat, und wie schwer ihm die Entscheidung gefallen ist. Wenn wir von hier weggehen, werden wir nie mehr zurückkommen. Wir werden geliebte Menschen und Orte nie wieder sehen. Meine Susanna hat etwas Besseres verdient; und ich auch. Ich komme mit, Bruder." Und dann tat er etwas völlig Überraschendes: Er küsste Andreas auf die Wange.

„Komm jetzt, dieser Heufresser hat genug von deiner Aufmerksamkeit erhalten. Deine liebe Liz wartet. Sie braucht dich jetzt."

Andreas setzte die letzte Unterschrift auf die Papiere, die vor ihm lagen, stand auf und zog sich seinen dunkelblauen Mantel über das weiße Hemd und zog ihn über seine rotgestreiften Hosen hinunter. Als er seinen Schwertgürtel umlegte und sicherstellte, dass das Schwert richtig hing, trat Elizabeth aus dem kleinen Schlafzimmer. Auch sie vergewisserte sich, dass ihr Schwert ordentlich über dem knöchellangen, rotgestreiften Rock hing, den sie heute anstatt einer Hose trug.

„Auf die Gefahr hin, dass wir unsere glänzend polierten Stiefel dreckig machen, glaube ich, dass wir heute lieber zu Fuß gehen sollten", sagte Andreas und küsste sie. „Ich würde es auch nur ungern sehen, wenn dieser wunderschöne Rock Falten bekommen würde."

„Ha", erwiderte sie, „du möchtest nur nicht, dass jemand anderes als du meine nackten Waden sieht."

„Es sind sehr schöne Waden", lachte er, als sie auf die Veranda traten.

Er schnappte sich Stephan von der Amme und ihrem Mann, die auf der Veranda gewartet hatten, und setzte ihn sich auf die rechte Hüfte. „Heute nicht, Hauptmann, heute ist Ihr Tag. Bitte schließen Sie sich doch Ihren Kameraden an und genießen den Tag."

Obwohl ihm viele auf dem Weg zum Paradeplatz anboten, ihm Stephan abzunehmen, weigerte sich Andreas vehement, seinen

Sohn abzugeben, und gab ihn schließlich erst der Großmutter des Kindes, die Stephan heute zum ersten Mal sah. Als sein Vater sich vor ihm in die Grundstellung stellte und salutierte, zog Andreas ihn statt zu grüßen an sich und umarmte ihn. Die beiden Männer hielten sich gegenseitig einen Moment lang fest, bevor sie ich gegenseitig auf den Rücken schlugen und sich wieder trennten.

Andreas gab seiner Mutter einen Kuss auf die Wange und nahm ihr seinen Sohn wieder ab. „Er gehört genauso dazu wie wir, Mama", sagte er.

Elizabeth nickte in Richtung des Endes des Paradeplatzes, wo ein Soldat einen kleine Flagge schwenkte, um ihnen zu signalisieren, dass alles bereit war und das Paar stieg mit Stephan, der nun auf der linken Hüfte von Andreas saß, auf das kleine Podest.

Es war ein Gewirr von Befehlen zu hören, und das Bataillon marschierte in achtreihigen Kolonnen auf den Paradeplatz. Eine Schwadron nach der anderen. Alle trugen ihre blauen Soldatenrücke und rotgestreifte Hosen, oder Ausgehuniformen mit Rock. Weibliche Offiziere mit Kindern trugen diese, wie Andreas, auf ihrer linken Hüfte. Als die erste Linie am Podest vorbeizog, grüßten Andreas und Elizabeth. Sie ließen die Hand so lange zum Gruß erhoben, bis die letzte Linie vorbeigezogen war. Als sie sich in ihren Schwadronen vor ihm aufgestellt hatten und die Rührt-euch-Stellung eingenommen hatten, begann Andreas zu sprechen.

„Wir sind heute hier versammelt um Ihren Mut, Ihre Tapferkeit und die Opfer die Sie erbracht haben zu würdigen. Niemand unter den Zuschauern kann verstehen, welche Furcht Sie gespürt haben, als Sie das Donnern der herannahenden Hufen und das Knallen der Gewehre gehört und das Schießpulver gerochen haben. Wir alle glauben, es zu wissen. Aber in Wirklichkeit, weiß keiner von uns, was jeder einzelne durchgemacht hat, als diese Pferde immer näher herankamen, als sie unsere Linien durchbrochen und unsere Kameraden verwundet oder getötet haben. Wir sind heute hier, um Sie zu ehren. Sie, die Sie zurückkehrt sind, aber auch diejenigen, die nicht mehr unter uns sind. Möge Gott Sie immer und allezeit bewahren."

Anschließend rief er die Stabsoffiziere zu sich aufs Podium und zeichnete sie persönlich mit ihren Medaillen aus. Die von Irene steckte er an Susannas Kleid. Elizabeth küsste jeden Offizier auf beide Wangen, und überreichte ihnen dann eine Schachtel. Auf diese Weise wurde jeder Soldat ausgezeichnet, bis nur noch ein Gefreiter übrig war. Der Gefreite stieg in Begleitung eines grauhaarigen Veteranen und einer Frau mittleren Alters auf das Podium. Zunächst steckte Andreas dem Soldaten den Orden des Heiligen Georg, erste Klasse, an, dann stellte sich dieser neben Elizabeth und Andreas hängte den Orden des Heiligen Georg, dritte Klasse, erst der Mutter des ersten getöteten Soldaten und dann dem Großvater des zweiten um den Hals. Johann stellte sich zu den beiden Zivilisten, Susanna an seine Brust gedrückt.

„Achtung!", brüllte Andreas. „Präsentieren!" Das gesamte Bataillon stampfte ins Achtung und hob die Hand zum Gruß. „Hurra! Hurra! Hurra!", rief das Bataillon im Chor den drei Vertretern der gefallenen Kameraden zu.

Johann ging zu Elizabeth und reichte ihr Susanna, dann trat er nach vorne.

„Kameraden!", rief er. „Gestern Abend, wurde euch aufgetragen, über einen Vorschlag nachzudenken. Wir haben euch gebeten, sorgfältig über diesen Vorschlag nachzudenken und uns eure Antwort nächste Woche mitzuteilen. Ihr habt euren Offizieren einstimmig mitgeteilt, dass ihr eure Entscheidung jetzt bekannt geben möchtet." Er hielt inne und sah die versammelten Soldaten an, eine Schwadron nach der anderen.

„Soldaten der Bären und Adler, alle die den Vorschlag annehmen, treten einen Schritt nach vorne."

Mit einem schallenden Knall traten zweitauend Paar Stiefel einen Schritt nach vorne. Einen Schritt, der ihr Leben und das ihrer Nachfahren für immer verändern sollte.

Die Familie hatte sich um den ausgezogenen Esstisch herum versammelt. Ivans Mutter und Vater waren auch dabei.

„Ich möchte mich dafür entschuldigen, dass ihr die Neuigkeiten auf so abrupte Art und Weise erfahren habt", sagte Andreas zu den älteren Bekenbaums. „Ich hatte gehofft, dass sich die Soldaten die Woche Zeit nehmen würden, die ich ihnen gegeben hatte, um über den Vorschlag nachzudenken. Dann hätte ich euch auf eine etwas angemessenere Weise über unsere Pläne informiert. Ich habe einen Offiziersposten von den Briten angenommen, um eine ihrer Kolonien, sie heißt Kanada, zu befrieden und zu besiedeln. Als Gegenleistung erhalte ich mehr als hunderttausend Hektar Land, das mir per Urkunde überschrieben wird. Dieses Land wird zwischen denen, die mit uns kommen, aufgeteilt werden."

„Oh mein Gott", sagte sein Vater, „das ist ja so groß wie der ganze Distrikt von Odessa. Und du sagst, du bekommst die Besitzurkunde dafür und musst es nicht nur für irgendeinen Adligen verwalten? Wie groß ist dieses Land bitteschön?"

„Ja, die Besitzurkunde ist auf mich ausgestellt", sagte Andreas. „Das Land ist beinahe so groß wie Russland und das Landesinnere besteht zum Großteil aus unbewohnter Steppe. In einem riesigen Gebiet, das sich über ungefähr sechzehnhundert Kilometer von Osten nach Westen und vielleicht achthundert Kilometer von Norden nach Süden erstreckt leben vielleicht zwanzigtausend Nomaden, die Jäger und Sammler sind und in kleinen Familiengruppen im ganzen Gebiet verstreut sind.

Man hat mir gesagt, dass das nur ein Drittel des Landes ist. Die meisten Leute leben an der Ostküste, die in die englischen Kolonien und eine alte französischen Kolonie, die die Franzosen schon lange vor Napoleon an die Engländer abgetreten haben, unterteilt ist. Eine wilde Bergregion trennt den Ostteil vom Landesinneren, welchen sie die Great Plains, die großen Ebenen nennen. Diese Ebenen erstrecken sich so weit, bis man noch höhere und schroffere Berge erreicht, die sich von Alaska bis nach Mexiko und zum Pazifischen Ozean erstrecken. Unser Land liegt am Fuße dieser Berge, im Bereich der kleineren Hügel, gleich oberhalb der Grenze zu den Vereinigten Staaten."

Er fuhr fort und erklärte, dass Elizabeths Ländereien und ihr Besitz bereits veräußerst waren und dass seine Ländereien und Besitztümer kurz vor dem Verkauf standen. Die Mieten und Steuern, auf die er laut der russischen Vereinbarung Anspruch hatte, würden bis zum Ende des Jahres fortgelten. All dies und das Geld, das er bei der Wette vor einem Jahr gewonnen hatte, würde reichen, um die Kosten für den Transport seiner Leute und seines Materials dahin zu bezahlen, von wo aus die Reise auf dem Landweg weitergehen würde. Zugpferde, Vieh, Werkzeug, Futter und Holz, um Transportwägen zu bauen, würden sie vor Ort kaufen. Nur die Adler dürften ein Pferd pro Mann mitnehmen. Das Gepäck würde auf ein Minimum beschränkt. Außerdem würden sie Weizen- und Hopfensamen mitnehmen sowie Samen für Büsche.

„Möchtet ihr mitkommen? Platz haben wir", fragte Andreas seinen Vater und seinen Onkel.

„Nein, danke", sagte sein Vater. „Wir haben uns überlegt, allesamt nach Deutschland zurückzukehren. Die meisten der jüngeren Söhne gehen mit dir und die älteren sind hier geboren worden und werden wahrscheinlich hier bleiben. Aber es gibt nichts, was uns hier hält. Der Mann deiner Schwester Ingrid hat eine Stelle in der deutschen Regierung angekommen und sie ziehen zurück. Heiner verwaltet ja bereits unseren Besitz in Köln. Johann und Marie gehen mit dir mit. Nein, es gibt nichts, was uns hier hält", sagte sein Vater. „Aber was ist mit den Russen? Werden die euch so einfach gehen lassen?"

„Sie haben mich aus Lust und Laune heraus zu einem Offizier und Adligen gemacht", sagte Andreas. „Die einzige Bedingung war, dass ich ihnen, so lange ich den Offiziers- und den Adelstitel innehabe, bestimmte Dienste schulde. Ich habe keinen Eid geleistet und keine Papiere unterschrieben. Meine Männer sind meine Männer, nicht die Männer Russlands. Sie haben mir die Treue geschworen und es steht ihnen frei, ihren Eid am Ende jeder Dienstperiode zu widerrufen. Das haben sie nicht getan. Deswegen, nein, die Russen können uns nicht hier halten. Kann sein, dass sie es versuchen werden, aber sie können es sich nicht leisten, es sich mit den übrigen Horden zu verscherzen, indem sie uns mit Gewalt aufhalten. Wir sind zwar eine kleine Gruppe, aber wir sind bekannt und wenn sie jetzt versuchen, uns zu vernichten, wird es Probleme geben. Nein, nein, die werden uns gehen lassen. Damit müssen sie auch nicht mehr versuchen, uns umbringen zu lassen, bevor wir zu beliebt werden und möglicherweise zur Bedrohung werden."

Nachdem Marie ihm einen Stoß in den Arm versetzt hatte und einen ernsten Blick zugeworfen hatte, räusperte sich Peter und sagte. „Entschuldigen Sie, meine Herren. Marie würde gerne meine Familie kennenlernen, ich wollte fragen, ob es vielleicht möglich wäre, dass wir schon früher aufbrechen? Wir könnten uns später wieder mit euch treffen."

„Das sollte kein Problem sein. Ich bin mir nicht sicher, mit welchen Entfernungen wir hier zu tun haben. Vielleicht könntest du am Montagmorgen im Büro vorbeischauen, dann können wir uns die Karten anschauen und einen Treffpunkt vereinbaren", antwortete Andreas.

Am frühen Montagmorgen schickte Andreas Ian nach Odessa, um einige Fragen an sein Konsulat weiterzuleiten und um beim Vicomte um eine Audienz für Elizabeth und Andreas zu bitten. Als Ian dabei war zu gehen, kamen William, Patrick und Peter mit einem Stapel Landkarten im Gepäck herein. Sie breiteten die Karten am Fußboden des Büros aus. Die Karten zeigten die Hauptwasserstraßen, die Straßen und Eisenbahnlinien des östlichen und des nördlichen Teils der Vereinigten Staaten. Andreas hörte zu, als die drei Männer die Vor- und Nachteile verschiedener Routen und Möglichkeiten, von der Ostküste ins Landesinnere und an die kanadische Grenze zu gelangen, erörterten. Die Diskussion dauerte mehrere Stunden, dann hatten sie sich auf das Wesentliche geeinigt. Sie würden in Baltimore an Land gehen, dann mit dem Zug nach Omaha fahren, wo sie auf die Union Pacific-Eisenbahn nach Fort Laramie umsteigen würden, von wo aus sie auf dem Bozeman Trail ins Landesinnere weiterreisen würden. Peter und Marie würden Peters Eltern in Minnesota besuchen und in Fort Laramie zu ihnen stoßen. Patrick würde nach Texas gehen, um ein paar seiner Freunde aus Konföderationszeiten zu treffen, tausend Rinder zu kaufen und diese von Texas nach Fort Laramie zu bringen. William würde nach Baltimore gehen, den Transport arrangieren und Farmwerkzeug, Holz, Vieh und Zugpferde kaufen.

Sie planten bis zum ersten April in Baltimore zu sein, bis zum ersten Mai in Fort Laramie und von dort am fünfzehnten Mai aufzubrechen.

„Jetzt müssen wir nur noch austüfteln, wie wir vom Ende des Bozeman Trails an unser Ziel in Kanada kommen", sagte William. „Wir haben keinerlei genaue Information zum Terrain oder den Überlandrouten. Ich habe gehört, dass der Stamm der Piegan, diese Gegen als Teil seines nördlichen Reviers aufsucht. Wenn die Lage ausreichend friedlich ist, können wir sie vielleicht dazu überreden, uns den Weg zu zeigen. Aber in letzter Zeit ist es zwischen uns und den westlichen Stämmen nicht so gut gelaufen."

„Vielleicht kann ich den Herren in diesem Gebiet helfen", tönte eine Stimme aus Richtung Tür. Rudy stand dort, den Arm voller Unterlagen und mit einem breiten Grinsen im Gesicht. „Die Briten haben dieses Gebiet zweihundert Jahre lang erkundet und Landkarten dafür angefertigt, und sie haben sehr gute Landkarten. Ich denke, dass wir eine einfache Route zu unserer neuen Siedlung finden werden."

„Unsere neue Siedlung?", fragte Andreas.

„Die Dienstzeit unseres Bataillons ist zum Jahresende vorbei. Rein technisch sind wir, obwohl sie uns nicht nach England selber lassen, britische Staatsbürger. Ich gehöre genau wie du, Andreas, dem Adel an. Die kanadische Regierung ist hocherfreut darüber, dass wir Interesse daran angemeldet haben, nach Kanada auszuwandern und sie haben uns zwanzigtausend Hektar Land neben deinem Land gegeben. Die Briten bezahlen es als Teil unserer Rente. Außerdem werden sie für unseren Transport bezahlen, von Hamburg nach . . . . Baltimore, wie ich sehe."

„Kannst du bis zum ersten April dort sein?", fragte Andreas. „Du musst ja auch noch von hier bis nach Hamburg kommen."

„Von Odessa aus gibt es gute Eisenbahnverbindungen nach Hause", antwortete Rudy. „Wir werden alles, was wir zu Hause noch haben, verkaufen und an Bord gehen. Die Reise von Hamburg aus ist kürzer als eure, sie dauert zwei Wochen und nicht drei. Wenn du so nett wärst, dich um unser Pferdefleisch zu kümmern, müssen wir uns nicht um ihren Transport nach Hause kümmern, wo wir sie sowieso verkaufen würden."

„Wassili kann sie wahrscheinlich alle nehmen", sagte Andreas. „Das sind gute Pferde, gut ausgebildet. Die werden ein Gewinn für ihn sein. Ich habe vor, die Pferde der Adler mitzunehmen. Den Rest der Herde werden wir verkaufen. William hat mir versichert, dass es in Amerika jede Menge Pferde zu kaufen gibt, mit denen wir unsere Herde wieder aufstocken können. Eine Sache noch: Dort drüben sprechen alle Englisch. Wie gut sprechen deine Soldaten Englisch?"

„Alle von ihnen verstehen es ganz gut, wir haben viel Zeit mit den Briten verbracht."

„Besser als unsere Männer also. Lass deine Soldaten von jetzt an mit allen, auch den Deutschsprechern, Englisch reden. Wir werden dafür sorgen, dass unsere Englischsprecher allen zumindest die Grundlagen beibringen, und die meisten Deutschen haben ja schon rudimentäre Englischkenntnisse", sagte Andreas.

„Viele der einheimischen Stämme verstehen etwas Französisch. Sie haben jahrelang mit den Franzosen Handel getrieben. Haben wir Französischsprecher?", fragte William.

„Ich und noch ein paar andere", sagte Andreas.

„Rudy hat auch ein paar."

Für die nächste Weile besprachen sie eine Reihe von möglichen Routen nach Kanada und welche Art von Vorräten sie benötigen würden. Als Ian müde und staubig das Büro betrat, stellten sie fest, dass die Sonne untergegangen war. Die Diskussion fand ein Ende und die Männer gingen zum Abendessen. Ian schloss sich ihnen an, nachdem er Andreas zwei Briefe überreicht hatte, die dessen Termine in Odessa am kommenden Mittwoch bestätigten.

Die Stadt wurde voller, da langsam die Leute aus Moskau eintrafen, die den Winter in Odessa verbrachten und auch die Leute, die in den nördlicheren Städten wohnten und jedes Jahr vor dem kalten Wintern flohen. Elizabeth wollte lieber nach

Hause zurückkehren als die Nacht in einem Hotel zu verbringen. Es war eine Sache, sich den ganzen Tag lang anstarren zu lassen und sich unverschämte Kommentare über ihr Erbe anhören zu müssen, wenn sie die Straße entlanggingen, sich das Ganze über Nacht gefallen zu lassen war eine andere. Sie hatten sich dazu entschlossen, an diesem Tag ihre normale Kleidung zu tragen, sodass sie in die Stadt reiten konnten und nicht auf eine Kutsche angewiesen waren. Daher trugen sie keine angemessene, standesgemäße Kleidung. Als sie die lange Einfahrt zum Anwesen des Vicomtes heraufritten, näherte sich ihnen eine offene Kutsche in der zwei makellos gekleidete Paare saßen. Eine der beiden Frauen machte eine Bemerkung über die schmutzigen Kosaken, als die Kutsche an ihnen vorbeifuhr, worauf hin Andreas ihr einen drohenden Blick zuwarf. Sie war gerade dabei, noch mehr zu sagen, als der Mann, der gegenüber von ihr saß, sie zum Schweigen brachte, indem er lächelte und ihr leise etwas zuflüsterte.

„Guten Tag, Graf und Gräfin Bekenbaum, ein schöner Tag für einen Ausritt", sagte der Mann und lüftete seinen Hut.

Andreas nickte zur Antwort, starrte die dreiste Frau, die mittlerweile bleich geworden war und deren Lippen vor Furcht bebten, jedoch immer noch an.

„Sie haben Glück, dass mein Mann gerade erst zu Mittag gegessen hat, meine Liebe", sagte Elizabeth zu der Frau, „sonst hätte er Ihre Bemerkung möglicherweise als Beleidigung aufgefasst.

Kosaken sind unglaublich launisch, wenn sie Hunger haben."

Andreas blickte zu Elizabeth und der hässliche Ausdruck verschwand aus seinem Gesicht als sie beide auf Kosten der Frau zu lachen begannen, was dieser offenbar noch mehr Angst einjagte. Als sie zum Haupteingang der Villa geritten waren und angehalten hatten, kam eine Reihe von Dienern herbei, die ihnen beim Absteigen half und ihre Pferde wegführte. Sie selbst wurden zum Vicomte und zur Vicomtesse ins Teezimmer geführt.

Nachdem sie für eine angemessen Zeit Komplimente ausgetauscht hatten, kam der Vicomte auf das Geschäftliche zu sprechen.

„Wie geht es mit der Planung für den Einsatz im nächsten Jahr voran? Wir hoffen, Ende März aufbrechen zu können", sagte der Vicomte.

„Es tut mir leid, aber wir sind nicht verfügbar, mein Herr", erwiderte Andreas. „Wir haben einen Offiziersposten bei den Kanadiern angenommen und werden Russland nicht mehr zur Verfügung stehen."

Ilana wurde sichtbar wütend und stand kurz davor ihrer Empörung Luft zu verschaffen, als der Vicomte seine Hand auf ihren Arm legte und sie beruhigte.

„Sie haben sich also doch an die Unterhaltung erinnert, die wir damals an der österreichischen Grenze geführt haben, und haben das Schlupfloch, das ich Ihnen verschafft habe, genutzt. Meine Spione haben mir berichtet, dass bei Ihnen etwas im Busche ist, aber nicht was. Weißt du, meine Liebe, Andreas ist ein freier Mann. Er dient uns, weil er es will und nicht weil wir es wollen. Ich nehme an, dass sie Ihnen akzeptable Bedingungen angeboten haben? Wie viele von euch werden gehen und wann?"

„Ja, mein Herr", sagte Andras. „Die Bedingungen sind sehr gut, eindeutiges Eigentum an rund vierhundert Quadratkilometern Land und sofortige Staatsbürgerschaft für alle von uns. Alle Bären und Adler und ihre Familien kommen mit. Es würden noch mehr mitkommen wollen, aber sie sind nicht in derselben Position wie wir. Alle haben schon oder sind kurz davor ihren gesamten Besitz zu verkaufen und ich werde die Länder, die ich in Ihrem Auftrag verwalte, Anfang Januar zurückgeben. Wir werden voraussichtlich Mitte Februar aufbrechen. Sie haben die Steuern und die Miete für letztes Jahr erhalten, mein Herr?"

„Ja, es war doppelt so viel wie in der Zeit bevor Sie die Verwaltung übernommen haben", antwortete der Vicomte. „Was haben Sie anders gemacht?"

„Ich habe die Miete auf das gesenkt, was sie eigentlich sein sollte, habe die Steuern von den dreißig Prozent, die bislang verlangt wurden, auf die zehn Prozent gesenkt, die sie eigentlich sein sollten. Ich habe davon die zwanzig Prozent behalten, die mir zustehen, und achtzig Prozent des Rests dafür ausgegeben, Straßen und Brücken im Distrikt zu reparieren."

„Genau das sage ich diesen Narren in meinen anderen Distrikten immer. Aber sie sind alle zu geizig, um das Gesamtbild zu sehen", sagte der Vicomte. „Bei den Sätzen, die sie alle verlangen, werden die Arbeiter, auf die wir ja alle angewiesen sind, bald nicht mehr genug für das Nötigste übrighaben, und dann haben wir ein Riesenproblem."

Das Treffen endete positiv und die beiden Paare liefen Arm in Arm zum Eingang des Anwesens.

„Was hätten Sie denn gemacht, wenn mein Ehemann nicht so viel Verständnis gezeigt hätte und Sie verhaftet hätte, Andreas?", fragte Ilana.

„Ich hätte gar nichts gemacht", antwortete Andreas lächelnd, „Viertausend Kosaken hätten an meiner Stelle gesprochen, ganz zu schweigen von den übrigen sechzigtausend Soldaten unter meinem Kommando."

Er nickte dem Vicomte zu und fuhr fort: „Ein weiser Mann hat mir einmal geraten, vorsichtig zu sein, und immer einen dicken Knüppel dabeizuhaben. Sieht so aus, als ob ich den Knüppel dieses Mal nicht brauchen werde."

Charaktere

Adler Bären und Bieber

Motto des Regiments; Entschlossenheit, egal wie gut oder schlecht die Chancen stehen

Charaktere:

Andreas Bekenbaum, Graf und Führer der Kosakentruppe

Elizabeth Bekenbaum, Ehefrau von Andreas, selbst Freifrau und Gründerin des Sanitätscorps der Truppe

Johann Bekenbaum, jüngerer Bruder von Andreas, Mitglied des inneren Kreises und Befehlshaber einer Adlerschwadron

Stephan Bekenbaum, ältester Sohn und Erbe von Andreas

Susanna Bekenbaum Anderson, älteste Tochter von Johann

Ingrid Bekenbaum, Stephans Ehefrau, Adler und Bär

John Bekenbaum, jüngster Sohn von Andreas

Rudy von Hoaedle, Major des Kings Loyal German Cavalry Regiment und Mitglied des inneren Kreises von Andreas

Greta von Hoaedle, Rudys Ehefrau

Ivan, Cousin und angeheirateter Schwager von Andreas

Katia, Elizabeths Schwester und Ivans Ehefrau

Peter Chimalovich, gebürtiger Kosake, US Marine und Schwager von Andreas

Marie, Schwester von Andreas und Peters Ehefrau

William Olynick, Major, US Army, First Cavalry und Mitglied des inneren Kreises von Andreas

Patrick Asmanov, US Army, First Cavalry, General in der Konföderierten-Armee, Mitglied des inneren Kreises von Andreas

Ian McDonald, Offizier im kanadischen Militär, Verbindungsoffizier zur Kosakengruppe, später Superintendent der North West Mounted Police

Bill Hancock, Cowboy aus Texas

Bartholomew, Pferd von Andreas Bekenbaum

Sammy, Wilhelmina Rosenthal, texanisches Teenager-Mädchen, das sich als Cowboy verkleidet

Bill Hasendorf, Büffeljäger

Sergei Chimalovich, Peters Vater

Inga Chimalovich, Sergeis Ehefrau

Leechang Yu, ehemaliger Leibwächter und Lehrmeister des chinesischen Kaisers, Bauingenieur

Chow Yu, Leechangs Ehefrau

Edward Stewart, Pferdebändiger und Lehrer

Mindy Stewart, seine Ehefrau

Lionel Anderson, britischer Offizier und Freund von Stephan Bekenbaum

Sergei Petrovitch Chimalovich, Sohn von Peter und Katia, und Stephan Bekenbaums Cousin

Major Alex Hood, Coldstream Guards, britischer Verbindungsoffizier für das Regiment während des Ersten Weltkriegs

Oberst Edward Makarov, Befehlshaber der Adler, Erster Weltkrieg

Christine Bekenbaum, jüngste Tochter von Johann und Wilhelmina, erster weiblicher Offizier in einer Kampfeinheit des Regiments

Tatiana Romanovchuck, (Romanov) letztes überlebendes Mitglied der Zarenfamilie

Nicolas Andreas Johnavitch Bekenbaum, Naj, erster überlebender Sohn von John und Tatiana

Sandy Chimalovich, Cousine zweiten Grades von Nicolas Bekenbaum

Calvin Motz, Major Calgary Highlanders

Katherine Engelmann, Kat, Ehefrau von Nicolas Bekenbaum

Ingrid Zimmerman, Major im Regiment

Hans von Bekenbaum, Oberst in der deutschen Armee